Dark Love

Helena Hunting

Traduit de l'anglais
par Benoîte Dauvergne

City
Roman

Kato,
ce livre est pour toi.

Publié aux États-Unis sous le titre *Inked Armor*

Photo de couverture : © Laurence Monneret /
The image bank / GettyImages

ISBN : 978-2-8246-0480-0
Code Hachette : 17 2224 4

Rayon : Roman / Érotisme

Collection dirigée par Christian English et Frédéric Thibaud
Catalogues et manuscrits : www.city-editions.com

Dépôt légal : août 2014
Imprimé en France par France Quercy - Mercuès - N° 41067/

I

Tenley

À 6 h 23, la porte d'entrée s'ouvrit au rez-de-chaussée, puis le dispositif de sécurité émit un gazouillis, signe que Trey venait de pénétrer dans la maison. Je retins mon souffle en écoutant le son des touches à mesure qu'il tapait le code, puis un bip d'avertissement retentit, suivi d'un juron furieux. Hier soir, j'avais modifié le code pour la septième fois en une semaine. J'avais décidé de le faire le matin même après avoir découvert Trey au pied de mon lit, hurlant de rage à cause de mon dos tatoué. Quel bonheur d'être réveillée par les insultes de mon quasi-beau-frère ! Comme il avait réussi à m'empêcher de faire changer la serrure, j'avais décidé de lui empoisonner la vie grâce à cette alarme.

Trey se mit à débiter un chapelet d'expressions plutôt innovantes, censées me dire tout le mal qu'il pensait de moi ; il savait que l'alarme allait commencer à hurler d'un moment à l'autre. J'attrapai mon iPhone, branchai mes écouteurs et cherchai la liste de chansons que j'avais créée pour échapper à ce cirque. Du hard-rock plein les oreilles, je n'entendis même pas l'alarme se déclencher.

Peu après, Trey commença à frapper à ma porte. J'attrapai la télécommande sur ma table de nuit, allumai les haut-parleurs à son *surround* qui étaient reliés à l'écran plat, et un rythme techno fit soudain vibrer les murs de la chambre. Je me dirigeai ensuite vers ma salle de bains pour prendre une douche. Trey détestait la techno.

Une fois lavée et habillée, je m'aperçus que les coups à ma porte avaient cessé. Avec une discrétion experte, je tournai le verrou et jetai un œil au-dehors par l'entrebâillement. Pas de Trey. Mais ça ne voulait pas dire qu'il était parti. Il lui était déjà arrivé de m'attendre des heures ; son obstination était sans limites. Sur le pas de la porte, je découvris une pile de documents et un stylo. Trey espérait toujours que j'allais lui céder la propriété. Il était venu me voir tous les matins depuis mon retour, mais, la semaine passée, sa tactique avait légèrement changé. De temps en temps, il laissait les documents devant ma porte, puis me tombait dessus au milieu de la journée ou dans la soirée. Ces deux derniers jours, il avait recommencé à m'attendre à l'extérieur de ma chambre.

Ma réponse était toujours la même : je déchirais les papiers et les regardais tomber comme de gros flocons de neige sur le sol. J'appréciais de plus en plus ce geste de destruction rituel.

J'étais sur le point de déchiqueter ceux qu'il avait déposés un peu plus tôt, quand je remarquai qu'il ne s'agissait pas des documents habituels. Le paquet était plus mince. Les sourcils froncés, je tournai les pages en essayant de comprendre leur contenu. Sur la dernière se trouvait ma signature bâclée. D'après ce que je venais de lire, j'avais donné une procuration générale à Trey.

Je ne me rappelais pas du tout avoir lu ce document auparavant, encore moins l'avoir signé. D'après la date, il avait été rédigé et légalisé deux mois après l'accident. Je venais de sortir de l'hôpital, mais j'étais alors incapable de m'occuper de moi-même, et c'était Trey qui avait pris mon traitement en charge. Je comprenais mieux pourquoi, maintenant.

— Trey !

J'écrasai les documents dans mon poing et descendis les marches quatre à quatre.

Assis à l'îlot de la cuisine, Trey tapait sur le clavier de son ordinateur portable, une tasse de café à portée de la main. Comme si c'était sa maison, et non la mienne. Je refermai le portable sur ses doigts.

— Mais qu'est-ce qui te prend ?

Il renversa sa chaise en se levant. Le bruit métallique résonna dans l'espace ouvert.

— Qu'est-ce qui *me* prend ?

Je plaquai les papiers sur son torse.

— Dis-moi plutôt ce qui *te* prend ! Tu crois vraiment que je vais te céder la maison à force d'être harcelée ?

Trey m'attrapa par les poignets pour m'empêcher de l'attaquer. Un sourire méprisant se dessina sur ses lèvres.

— Tu m'as donné procuration. Je peux *tout* te prendre si j'en ai envie.

— Tu as perdu la tête ? Tu crois honnêtement que ce document est valable ? Je n'étais même pas lucide quand je l'ai signé.

Comme je luttais contre lui, ses mains se resserrèrent autour de mes poignets qui craquèrent douloureusement.

— Cède-moi la maison et ce ne sera plus un problème.

— Elle ne sera jamais à toi, surtout si tu me traites comme ça, crachai-je.

— Cède-moi cette putain de maison, nom de Dieu ! rugit-il.

— Mais pourquoi tu tiens autant à ce que je signe ? hurlai-je à mon tour.

— Parce que le domaine ne me sert à rien tant que je ne suis pas propriétaire de cette maison !

Trey relâcha mes poignets et fit le tour de la cuisine en titubant. Son corps sec agité de tressaillements, il essayait de retrouver son sang-froid. C'était la première fois que Trey perdait son calme devant moi. Je me massai les poignets. Des marques rouges zébraient ma peau à l'endroit où il les avait serrés trop fort. Ses narines étaient dilatées, son regard, enflammé par la haine. Il prit une profonde inspiration et réajusta sa cravate.

— Le domaine compte cinq maisons ; pourquoi tu as besoin de celle-là ? demandai-je, incapable de comprendre ses motivations.

Mais, bon, avec Trey, aucune logique ne s'appliquait vraiment.

— Tu es stupide ou quoi ? Je ne peux pas vendre le domaine tant que je ne possède pas *toutes* les maisons.

— Mais dans le testament de tes parents...

— Le testament n'a plus aucune importance ! Comme mes parents sont morts à cause de tes merveilleux projets de mariage, on se fiche bien de ce qu'ils souhaitaient.

Son accusation me toucha comme une balle en plein cœur.

— Tu es injuste.

— Tu as un problème avec la vérité ? Elle est trop difficile à supporter ? Est-ce que je dois aller te chercher un comprimé ?

— Ça suffit, dis-je en levant la main.

Je ne parviendrais jamais à vivre dans cette maison : elle symbolisait la vie dont Connor et moi avions été privés à tout jamais. Je ne pouvais pas supporter l'idée qu'elle n'appartienne plus à sa famille. Beaucoup de ses parents proches sauteraient sur l'occasion s'ils pouvaient s'offrir le domaine. Cette propriété appartenait à sa famille depuis des générations.

— Mais, même si je te cédais la maison, le pavillon d'été appartiendrait toujours à tes oncles, non ? demandai-je.

— Ils le vendront.

— Comment peux-tu en être sûr ?

— Parce que tout a un prix. Mais je ne sais pas encore très bien quel est le tien. Connor a eu beau se taper la moitié de la population féminine de Cornell pendant que vous faisiez votre « petite pause », tu es quand même revenue vers lui, ricana Trey. Ensuite, tu es devenue hystérique quand il t'a demandée en mariage. Alors, l'argent est peut-être plus important pour toi que tu veux nous le faire croire. D'après ce que j'ai pu constater à Chicago, tu as même renoncé à tout respect de toi-même ces derniers temps. Et si je doublais la somme ? Tu l'accepterais ?

Le dernier soupçon d'empathie que je ressentais pour Trey disparut aussitôt. Connor n'était pas parfait, mais l'affirmation de Trey n'était certainement qu'un stratagème de plus destiné à me blesser. Que cette histoire soit vraie ou non, je ne voulais pas que Trey salisse la mémoire de Connor.

— Pourquoi tu te crois obligé d'être aussi cruel ?

Trey eut un sourire méchant.

— Tu es mon seul obstacle, et je ferai tout ce qui est en

mon pouvoir pour obtenir ce dont j'ai besoin. Si tu ne me cèdes pas la maison, je la prendrai. Je te l'ai demandé par politesse pour commencer, mais tu es trop égocentrique pour t'en rendre compte. Comme d'habitude.

Ma détermination plus forte que jamais, je levai devant moi les documents chiffonnés.

— Cette procuration ne vaut rien.

— C'est ce qu'on verra.

Trey releva sa chaise et prit sa veste. Il rangea son ordinateur dans sa mallette, mais, avant de la refermer, il en sortit un autre paquet de feuilles, que je reconnus aussitôt.

— Je vais juste te laisser ces documents-là, d'accord ? Au cas où tu changerais enfin d'avis.

Là-dessus, il me tourna le dos et sortit.

Dès que la voiture de Trey disparut de l'allée, je m'effondrai sur une chaise. Ses paroles étaient comme des lames tranchantes qui s'enfonçaient dans ma peau.

Ma relation avec Connor avait toujours été complexe. Il était plus âgé que moi de quelques années et avait des attentes irréalistes, une interprétation démodée de la notion de propriété surtout. Avec le recul, je comprenais qu'il s'agissait surtout de sauver les apparences. Si nous nous étions mariés, j'aurais dû lutter toute ma vie pour trouver le bon équilibre. J'aurais dû mettre entre parenthèses toutes mes « petites excentricités », comme les appelait Connor, ou les rendre plus acceptables. Ou encore les cacher sous mes vêtements ou sous mes cheveux, comme mon petit tatouage et mes piercings aux oreilles.

Connor vivait à quelques centaines de kilomètres de moi et ne rentrait dans le Minnesota qu'en été et pour les fêtes. Quand nous avions commencé à sortir ensemble, il était revenu plus souvent. Mais la distance pesait sur notre relation, et, pendant mon dernier semestre à l'université, j'avais trouvé trop difficile de m'adapter à ces conditions. Je devais me concentrer sur mes études, non passer mon temps à attendre le retour de mon petit ami. Je lui avais par conséquent suggéré de faire une pause. Elle avait duré huit semaines. Par la suite, je ne lui avais jamais posé de questions sur cette période. Je n'avais pas éprouvé le besoin de savoir ce qu'il avait fait sans moi, puisqu'il m'avait demandée en mariage peu après.

Malheureusement, cette petite pique de Trey faisait ressurgir d'autres inquiétudes qui n'avaient rien à voir avec Connor. Je me mis soudain à imaginer Sienna collée à Hayden comme une sangsue. Cette pensée me retourna l'estomac. Je ne pouvais pas supporter l'idée qu'il touche une autre que moi.

Ce qui était injuste de ma part puisque c'était moi qui l'avais quitté, non l'inverse. S'il retournait la voir pendant mon absence, je ne pourrais m'en prendre qu'à moi-même. Ces deux dernières semaines, Sienna avait eu amplement le temps de trouver un moyen de lui remettre le grappin dessus, surtout dans l'état où j'avais laissé les choses. Il était donc urgent que je règle mes derniers problèmes ici. Hayden me manquait tellement que je ne pouvais me concentrer sur rien.

Je défroissai les feuillets de la procuration sur le plan de travail. Contrairement au tri des affaires de Connor ou à la gestion financière de mes dommages et intérêts, ce n'était pas un problème que je pouvais résoudre seule. J'attrapai mon sac à main et les documents, puis me dirigeai vers le garage.

Le trajet familier vers Minneapolis ne fut pas long, et j'atteignis bientôt le cabinet d'avocats Williams & Williams. J'aurais dû appeler avant de venir, mais Frank Williams était un vieil ami de mon père. J'étais certaine qu'il me recevrait, même sans rendez-vous.

La montée en ascenseur jusqu'au douzième étage me sembla durer une éternité. Cet espace confiné me rendait anxieuse ; je n'étais pas revenue voir Frank depuis que j'avais signé les documents concernant mon dédommagement par la compagnie aérienne et le testament de mes parents.

La réceptionniste eut l'air surprise en me voyant entrer.

— Tenley !

— Bonjour, Catherine. Je n'ai pas de rendez-vous, malheureusement, mais je peux attendre si Frank veut bien me recevoir plus tard.

— Tout va bien ? Est-ce qu'il y a un problème avec le dédommagement ?

— C'est au sujet de la propriété de Connor. J'ai quelques... questions.

— Je reviens tout de suite.

Catherine longea le couloir jusqu'au bureau de Frank et revint avec lui moins d'une minute plus tard.

— Tenley ! Ça me fait tellement plaisir de te voir.

Franck sourit et me serra dans ses bras avec une tendresse paternelle, mais son inquiétude était perceptible. Je lui rendis son étreinte.

— Comment ça se passe pour toi à Chicago ?

— En fait, j'ai pris un peu de vacances. Il faut que je m'occupe de certaines choses ici.

— Viens donc me raconter ça dans mon bureau.

Il regarda Catherine.

— Est-ce que tu peux reporter mon déjeuner ?

— Bien sûr.

— Je te préviendrai si nous devons aussi reporter mes rendez-vous de cet après-midi, lui dit Frank avant de m'emmener dans son bureau.

Lorsque les portes furent refermées, je lui racontai toute l'histoire et lui montrai le fameux document. Frank chaussa les lunettes à double foyer qui étaient suspendues à son cou et lut rapidement les quelques pages, l'air de plus en plus soucieux.

— Pourquoi ne m'a-t-on pas montré ce document avant ? demanda-t-il.

— Je ne l'ai découvert que ce matin. Je suis venue te voir immédiatement. Est-ce que Trey a raison ? Il peut vraiment tout me prendre ?

Je n'étais pas intéressée par la propriété, ni sa valeur financière. Je craignais simplement qu'on me dépouille de mes pouvoirs, car l'idée de perdre quelque chose de plus m'était insupportable.

— C'est ta signature ?

Frank tourna la dernière page du document vers moi.

— Oui, mais je venais de sortir de l'hôpital et je prenais beaucoup de médicaments. Je ne me rappelle pas avoir signé ça.

— Le fils de...

Frank secoua la tête.

— Il pourrait être radié du barreau pour avoir fait une chose pareille.

— Est-ce qu'on peut faire quelque chose ?

— Il va me falloir quelques jours, mais je suis certain de pouvoir faire annuler cette procuration. Trey mériterait vraiment d'être rappelé à l'ordre, mais je sens que tu n'as pas envie d'emprunter cette voie-là.

— Je n'ai pas l'énergie nécessaire pour le poursuivre en justice. Je veux juste faire en sorte qu'il n'ait plus aucun pouvoir sur moi et qu'il n'obtienne pas la maison. J'aimerais mettre fin à toutes ces histoires pour pouvoir tourner la page.

— Si c'est ce que tu préfères, soit. Catherine m'a dit que tu souhaitais me parler de la propriété de Connor. Est-ce qu'il y a un autre problème à régler ?

— Oui.

Je sortis une copie de la cession de propriété précisant la compensation proposée par Trey.

Tant de choses avaient changé depuis que j'avais signé les documents des dommages et intérêts. J'avais été submergée par la culpabilité en acceptant cette compensation financière après la perte accablante de tous mes proches.

Après l'accident, j'étais convaincue d'avoir subi la conséquence directe de mon égoïsme. Trey avait tiré profit de cette faiblesse, mais j'avais fini par comprendre que personne n'aurait pu éviter ce qui s'était passé. Je ne lui permettrais plus jamais de me faire souffrir.

Quatre jours plus tard, j'étais de retour dans le bureau de Frank en compagnie de Weston, le cousin de Connor.

Frank avait réussi à faire annuler la procuration. Il avait aussi découvert des informations sur un récent projet visant le domaine des Hoffman, qui s'étendait sur plus de quatre hectares et comptait cinq maisons. Trey avait fait appel au conseil municipal pour la création d'une zone commerciale et la démolition des bâtiments existants.

Ma maison et son terrain d'un hectare étaient un cadeau des parents de Connor. Cette propriété devait nous être offerte après notre mariage, et nous étions censés y emménager à notre retour d'Hawaï – mais ça ne s'était pas passé comme prévu.

J'avais été stupéfaite en apprenant que j'héritais de la propriété. Trey, de son côté, avait réagi très violemment. Connor, qui se spécialisait en droit immobilier, avait rédigé les documents à la perfection, de façon à ce que Trey ne puisse pas me la reprendre.

J'ignorais encore quel sort il réservait à ma propriété, mais certaines des maisons, sinon toutes, risquaient d'être démolies. C'était inacceptable.

En rédigeant la nouvelle cession de propriété, Frank inclut une clause stipulant que la maison et son terrain garderaient toujours le statut de zone résidentielle. Comme la maison se trouvait en plein milieu du domaine, Trey pouvait dire adieu à ses grands projets.

Le stylo à la main, Weston leva les yeux vers moi.

— Tu es sûre de vouloir faire ça ?

— Absolument. Connor aurait voulu que le domaine reste dans la famille.

La famille de Weston était aussi partiellement propriétaire du pavillon d'été. Une fois que j'aurais cédé ma maison, Trey serait bel et bien coincé.

Weston et Connor avaient toujours été des cousins proches. Weston avait même failli venir à notre mariage, mais n'avait pas réussi à modifier son emploi du temps, ce qui l'avait profondément déçu. Pourtant, c'était un immense soulagement de le voir assis à côté de moi aujourd'hui.

Il se pencha sur les documents avec un hochement de tête respectueux et signa aux endroits indiqués en jaune.

Quand il eut apposé sa signature sur la dernière page, il reposa le stylo.

— Est-ce que tout est en ordre ? demandai-je à Frank. Weston est bien propriétaire de la maison maintenant ?

— En effet. Les clés lui seront remises demain à dix-sept heures.

J'aurais donc assez de temps pour empaqueter les dernières affaires de Connor, les envoyer à des œuvres de charité et faire mes bagages. La tension des dernières semaines retomba soudain. La procuration avait été annulée. La maison n'était plus sous ma responsabilité et appartenait à quelqu'un qui la méritait vraiment. Je refusai de recevoir la moindre somme d'argent, mais Weston insista pour payer la maison. D'après Frank, on pouvait toujours créer un fonds fiduciaire. La dernière chose qui me restait maintenant, c'était la maison de mes parents. Je n'étais pas encore prête à m'en séparer.

Weston me serra dans ses bras.

— Merci d'avoir fait ça pour Connor. C'est certainement difficile pour toi d'abandonner sa maison.

En fait, c'était plutôt un soulagement. Maintenant, je savais qu'elle ne risquait plus rien.

— Je suis désolée que tu sois obligé d'affronter Trey à ton tour.

Weston éclata de rire.

— Ne t'en fais pas pour ça. Je le supporte depuis que je suis né. Il est grand temps que quelqu'un le remette à sa place.

Après avoir quitté le bureau de Frank, j'allai chez mes parents. Malgré mes passages quotidiens, je n'avais pas vraiment avancé dans le rangement de la maison. J'étais si triste que je n'arrivais plus à ressentir la chaleur de cet environnement familier. C'était douloureux d'être là sans ma famille ; désormais, cette maison était plus un mausolée qu'un foyer.

En errant dans les différentes pièces, je m'attardai sur quelques trésors familiers et emballai les choses que je me sentais obligée d'emporter. Je voyais presque mes parents dans le salon, pelotonnés sur le canapé devant la télé. L'humour pince-sans-rire de mon père et la chaleur de ma mère me manquaient. Et puis les dîners estivaux dans le jardin, les films du vendredi soir, les vacances au camping sous la pluie. Je regrettais la vie que je menais avant que tout s'effondre.

Pourtant, je me rendais compte que, même si on me proposait de retrouver cette vie-là, ce ne serait plus du tout pareil.

J'étais désormais une personne différente. Je ne pourrais plus vivre dans le cocon protecteur de mon ancienne existence ; j'en avais trop vu. Mon traumatisme avait provoqué en moi une métamorphose.

Je m'arrêtai sur le seuil de ma chambre. La couette noire était parfaitement assortie aux posters de groupes et aux reproductions encadrées d'Escher et de Dalí. Mes parents m'avaient toujours laissée exprimer ma créativité. Ils avaient sans doute cru que ce serait un exutoire suffisant pour mes tendances rebelles, mais ça n'avait pas été le cas.

Ma mère et moi nous étions disputées à cause des anneaux qui s'alignaient le long du cartilage de mon oreille. Quand j'avais exprimé l'envie de me faire tatouer, j'avais eu droit à un sermon sur l'image que j'aurais dû essayer de projeter.

Comme Connor était exactement du même avis que mes parents, j'avais décidé d'aller me faire tatouer pour de bon. Quand il s'était fâché en voyant le résultat, j'avais poussé la provocation encore plus loin en me teignant les cheveux en rouge vif juste avant une grande réunion de famille. On ne m'avait pas autorisée à poser sur les photos, mais je m'étais quand même incrustée au dernier rang. J'étais sans cesse à cheval entre deux mondes. La plupart des choses qui m'intéressaient étant jugées inacceptables par ma sphère sociale, j'avais choisi d'approfondir ces sujets par le biais de mes études.

Et puis j'avais rencontré Hayden.

Je traversai la pièce et caressai le dessus-de-lit du bout des doigts. Que penserait Hayden de ma chambre d'adolescente ? Quelle aurait été la réaction de mes parents en le rencontrant ? Auraient-ils réussi à ignorer son apparence peu conventionnelle ? Je voulais croire que oui.

Ils auraient peut-être pensé que je traversais une phase, que j'allais l'essayer et le laisser tomber au bout d'un moment. Peut-être qu'avant l'accident d'avion, j'aurais considéré mon histoire avec Hayden comme une simple expérimentation de la déviance, mais j'en doutais. J'aurais été attirée par lui, mais je n'aurais pas eu le courage de l'assumer. Au lieu de céder à son charme, j'aurais préféré essayer de rentrer dans le moule.

Ma perte l'avait rendu accessible ; il ne l'aurait jamais été autrement. Hayden comprenait mon envie d'être différente.

J'étais toujours intriguée par sa perception unique du monde et par le fait qu'il mette si peu en avant son intelligence supérieure. Quant à nos rapports physiques, ils surpassaient de loin le simple besoin. Je n'avais jamais rien vécu de tel avant lui.

Notre lien physique me manquait. Tout comme son goût, le contact de sa peau, les lignes d'encre infinies qui couvraient son corps. Je voulais retrouver Hayden – mais je devais d'abord le mériter.

Tout en me promenant dans mon ancienne chambre, je détachai les posters et les roulai ensemble, jetai dans un carton les quelques babioles que je ne pouvais pas abandonner, puis je redescendis pour fermer la maison à clé.

Je ne reviendrais plus ici avant d'avoir décidé s'il fallait la vendre. Plus je me détachais de mon passé, plus je me sentais capable de penser à l'avenir.

Assise au volant de ma voiture, je décidai de faire la chose que j'évitais depuis mon retour. Je m'arrêtai dans une jardinerie et choisis des poinsettias. Les fleurs ne tiendraient pas longtemps avec ce temps, mais je voulais laisser quelque chose de beau derrière moi.

En arrivant au Hillside Cemetery, je ressentis une pointe de culpabilité à l'idée de ne pas l'avoir fait plus tôt. Au lieu de l'apaiser, la cérémonie de commémoration avait ravivé ma douleur, raison pour laquelle j'avais ensuite évité le cimetière.

Il était inutile de chercher à comprendre pourquoi l'accident m'avait tout pris. J'avais intériorisé cette souffrance, lui avais permis de dominer ma vie, mais ce n'était plus possible. Surtout si je voulais retourner à Chicago, auprès de Hayden. Il avait fallu que je rentre à Arden Hills pour comprendre enfin que cette tragédie n'était pas la punition de mes transgressions.

Au cimetière, je m'arrêtai devant chaque tombe : celles des amis que j'avais perdus, celles des parents de Connor, celles des miens. Je passai un long moment sur la tombe de ma mère pour lui raconter ma vie à Chicago. Je lui dis combien je détestais mon directeur de thèse, combien je doutais de ma capacité à supporter ses attentes irréalistes, ses exigences fantaisistes et son intérêt importun pour moi. Je lui parlai de mon travail à Serendipity et de mes nouveaux amis ; je lui dis combien elle les aurait aimés malgré leur différence. Enfin, je lui décrivis mon tatouage et l'artiste qui avait changé ma vie. Je lui parlai de mon désir d'être avec lui malgré ma peur.

Je m'arrêtai sur la tombe de Connor en dernier. De légers flocons se mirent à tourbillonner autour de moi, alors même que je déposais les poinsettias blancs près de sa pierre tombale. Épuisée, je m'effondrai sur l'herbe malgré le froid humide.

Connor avait été arraché à ma vie tellement tôt. Du doigt, je traçai son nom sur la pierre, puis sa date de naissance et celle de sa mort. Il avait été une constante dans ma vie ; j'avais grandi avec lui. Pendant l'été qui avait suivi mon bac, les choses avaient changé entre nous. Il me regardait différemment. Il ne me traitait plus comme avant.

Il nous avait alors paru naturel de sortir ensemble. Au début, nous n'en avions parlé à personne. Le secret donnait du piquant à notre relation : les retrouvailles en douce, les séances de pelotage débridées quand on se retrouvait enfin seuls.

J'aimais le côté rebelle de notre relation, le fait qu'il soit plus âgé, que son attirance pour moi le rende aussi téméraire, que j'exerce un tel pouvoir sur lui.

Dans le cimetière silencieux et froid, je pleurai mon ancienne vie. Je laissai mes larmes couler en pensant à Connor, nos familles et nos amis comme je ne l'avais encore jamais fait. Je laissai mon cœur exprimer sa culpabilité et sa souffrance tout en ressentant une paix extraordinairement nouvelle. J'aimerais Connor toute ma vie, mais il était parti. Il était temps de l'accepter.

2

Hayden

Quelques jours, une semaine, une deuxième. Tout le monde me répétait qu'elle avait besoin de temps. Et son silence me disait la même chose.

Quelle merde, le temps !

Un jour s'écoulait, puis un autre, et un autre encore. C'était un cycle sans fin : sommeil, réveil, angoisse, sommeil, réveil, angoisse. Il commençait à me sortir par les yeux, le temps.

Tenley était partie depuis trois semaines. Chaque jour sans elle était une privation sensorielle atroce et interminable du réveil au coucher. La première semaine, je l'appelai tous les jours. Je finissais toujours par tomber sur sa messagerie. Elle ne me rappelait jamais. Au bout d'un moment, je laissai tomber parce que ça me soûlait de m'être fait jeter aussi facilement.

J'avais des souvenirs d'elle partout : chez moi, au boulot, à Serendipity. Impossible d'y échapper. Maintenant, je comprenais très bien pourquoi elle s'était installée à Chicago : elle avait voulu fuir ses souvenirs omniprésents. Je n'arrivais pas à comprendre ce qui l'avait obligée à retourner là-bas, cependant. Me fuir était une chose, mais si c'était pour retrouver la vie dont elle avait voulu s'échapper, ça n'avait pas beaucoup de sens. À moins qu'elle cherche de nouveau à s'engluer dans la culpabilité. Il est facile de nier qu'un avenir est possible quand on se laisse freiner par le passé. J'en savais quelque chose. C'est ce que j'avais fait pendant des années avant l'arrivée de Tenley.

Quelqu'un frappa doucement à la porte de la salle de tatouage. Lisa passait encore prendre de mes nouvelles.

Inked Armor était fermé, mais, depuis trois semaines, je passais la plupart de mon temps libre au salon ou dans l'appartement vide de Tenley. Rester seul chez moi m'était insupportable. Au salon, je pouvais au moins faire comme si la situation n'était pas totalement merdique.

Les souvenirs de sa présence ici étaient tapis dans les moindres recoins, mais ce n'était pas aussi infernal que dans son appartement ou dans le mien. Là-bas, tout était déprimant à mort. Pourtant, je passais à son appartement tous les jours, même si ce n'était que pour vérifier que tout allait bien. Les jours les plus difficiles, j'y restais des heures à mariner dans ma souffrance. Je détestais être là sans elle.

Lisa passa sa tête par la porte.

— Hé ! J'ai essayé de t'appeler, mais je tombe toujours sur ton répondeur.

— Désolé, mon portable doit être éteint.

Je pris un feutre rouge foncé et ajoutai de la couleur à mon croquis. Ce n'était pas la bonne nuance. Mon dessin était gâché. Je le rangeai avec les autres dans le dossier et pris une autre feuille.

— Cassie nous attend dans une heure. Tu peux peut-être ranger tout ça et venir avec Jamie et moi ?

— Ah ouais, au fait, je crois pas que je vais y aller.

Depuis que j'avais refusé de venir au repas de Thanksgiving, Cassie avait décidé d'inviter l'équipe d'Inked Armor à dîner tous les dimanches. Au début, j'avais décliné l'invitation sous prétexte que quelqu'un devait rester au salon. Lisa avait alors modifié les jours d'ouverture afin que le salon soit fermé le dimanche. Personne ne m'avait consulté. Comme Chris et Jamie étaient aussi nos associés et qu'ils étaient tous les deux d'accord, cette décision avait été adoptée à la majorité. Quand j'avais protesté, Lisa m'avait répondu que le rythme de travail était toujours plus lent l'hiver. Je n'étais pas stupide. Ce n'était pas en me forçant à voir du monde qu'elle m'aiderait. Tenley était la seule à pouvoir arranger les choses, et, comme elle ne me parlait plus, j'étais une loque. Lisa s'assit dans le fauteuil à roulettes et avança jusqu'à ce qu'elle se trouve en face de moi. LC émit un petit miaulement groggy pour protester contre tout ce bruit. Il se sentait seul dans mon appart ; alors, je l'emmenais toujours quand je venais pendant les heures de fermeture, histoire d'échapper au néant. Il m'accompagnait aussi lorsque j'allais faire un tour dans l'appartement de Tenley.

— Tu ne peux pas rater le dîner cette fois, dit Lisa.

— Je voudrais terminer ça.

Je posai la feuille vierge sur mon dessin et commençai à tracer le contour. Une fois que j'aurais trouvé les couleurs parfaites, j'avais l'intention de convaincre Chris de me le tatouer. J'aurais préféré que Jamie s'en charge parce que c'était un portrait, pas un dessin tribal, mais il avait déjà refusé. Chris aussi, mais je réussirais à le faire changer d'avis.

Il n'y avait plus de place sur mes bras, sauf si on couvrait un vieux tatouage. J'y réfléchissais sérieusement parce que je voulais que celui-ci soit visible. La perspective d'un nouveau tatouage me remontait le moral.

Lisa posa sa main sur la mienne. Je la retirai, car ce contact physique était insoutenable.

— Et si tu faisais une pause ? Ton dessin sera toujours là quand tu reviendras.

— Je préfère pas.

Je sentais son regard sur moi qui me jaugeait. J'avais sans doute besoin d'une douche et il aurait vraiment fallu que je me rase, mais ça me demandait trop d'efforts.

— Depuis combien de temps tu es là ? Tu es rentré chez toi hier soir ?

— Ouais.

C'était plus ou moins vrai.

— Tu as dormi ?

— Quelques heures.

Depuis le départ de Tenley, j'avais du mal à trouver le sommeil. Je dormais trois ou quatre heures, puis mes cauchemars commençaient. Parfois, je rêvais de mes parents, mais, la plupart du temps, il s'agissait de Tenley. Dans mon cauchemar le plus fréquent, elle était vêtue de satin crème, et un petit point rouge apparaissait sur le tissu entre ses seins. La tache s'étendait, puis le tissu devenait entièrement rouge vif.

Dans ce rêve, je ne pouvais jamais atteindre Tenley. Bloqué sur le pas de la porte, je regardais avec impuissance la vie quitter son corps. À la fin, sa peau prenait un ton crème, l'ancienne couleur du satin.

Je n'arrivais jamais à me rendormir après ça. Ces cauchemars étaient trop réels. Après le premier, j'avais appelé Tenley sur son portable au milieu de la nuit. Je n'avais pas laissé de message, mais, comme un minable, je l'avais rappelée plusieurs fois juste pour entendre sa voix enregistrée.

— Je crois que tu devrais venir, m'encouragea Lisa.

— Je ne suis pas vraiment de bonne compagnie en ce moment, et je ne veux pas laisser LC tout seul.

Mon pied martelait nerveusement le sol ; j'avais hâte que Lisa me laisse tranquille.

— Je sais qu'elle te manque, mais ça ne sert à rien de t'isoler.

Je posai le crayon et fermai les yeux. Lisa n'allait pas abandonner aussi facilement.

— J'ai pas le courage d'y aller. Alors, tu veux bien me foutre la paix ?

Surpris, LC enfonça ses griffes dans ma jambe.

— Très bien. Si c'est ce que tu veux.

Lisa se leva brusquement de son fauteuil et se pencha sur le bureau. Elle prit LC sur mes genoux, puis se dirigea vers la porte.

— Mais qu'est-ce que tu fous ?

Je me levai si vite que je ressentis aussitôt un vertige et je dus me rasseoir.

— Je vais chez Cassie. À plus tard.

Je fis une nouvelle tentative et réussis cette fois à rester debout malgré mon étourdissement.

— Rends-moi LC.

— Non.

— Rends-moi mon putain de chat ! hurlai-je.

Mon comportement était totalement irrationnel. Je savais

bien que Lisa n'allait pas s'enfuir avec lui, mais mon esprit cartésien était aux abonnés absents ces derniers temps.

Lisa berçait doucement LC contre sa poitrine en caressant son épaisse fourrure.

— Pas avant que tu aies accepté de venir chez Cassie.

— Tu me fais chanter ?

— Je comprends que ce soit dur, Hayden, mais ton attitude ne va pas la faire revenir. Cassie se fait un sang d'encre pour toi. Et je suis inquiète, moi aussi. Nous le sommes tous. Tu ne vas pas tenir le coup.

— Je m'en sors très bien.

— Ah bon ? Il me semble pourtant que ton isolement et ton manque d'hygiène indiquent exactement le contraire.

— Est-ce qu'on pourrait remettre cette conversation à plus tard ? C'est trop dur. Je sais pas...

Ma colère s'évanouissait. Je ne ressentais plus que ce vide dévorant qui m'avait envahi le jour du départ de Tenley.

Lisa s'écarta de la porte.

— Montons chez toi pour que tu prennes une douche ; tu pourras même en profiter pour te débarrasser de cette barbe super tendance. Ensuite, nous irons chez Cassie.

Je soupirai, trop fatigué pour me battre.

— D'accord.

LC sauta des bras de Lisa, bondit vers moi, puis zigzagua entre mes jambes. Quand je le pris dans mes bras, il s'étira et posa ses pattes sur mon torse. Ensuite, il se mit à donner de petits coups de tête à mon menton, comme s'il approuvait ma décision.

Je sortis du salon derrière Lisa et le fermai à clé. Jamie attendait dans la voiture garée devant. Il sortit, et tous deux me suivirent dans le hall de mon immeuble. Vivre au-dessus de mon lieu de travail était à la fois un avantage et un inconvénient, surtout maintenant, car c'était bien le dernier endroit où je voulais aller. Ils me suivirent jusqu'au deuxième étage. Il me fallut un bon moment pour trouver ma clé, puis je la glissai dans la serrure d'une main tremblante. Je ne parvenais pas à me souvenir si j'avais mangé aujourd'hui. Ni hier – ce qui expliquait mes vertiges au salon. J'entrai et retirai mes chaussures avant de les ranger dans le placard.

— Euh, attendez une seconde. Je ne m'attendais pas à avoir de la visite ; il faut que je range quelques trucs.

C'était un mensonge. Mon appart était impeccable, comme toujours. Le fait que j'aie réussi à supporter le désordre permanent de Tenley prouvait à quel point elle était importante pour moi, parce que ça m'aurait rendu complètement dingue autrement. Certains trucs, comme le rasage, étaient devenus facultatifs depuis le départ de Tenley, mais mes tocs s'étaient aggravés dans d'autres domaines. Plus elle me manquait, plus mon obsession pour l'organisation et la perfection s'intensifiait.

Je longeai le couloir, allumai et tournai à droite. Je jetai un œil dans chaque pièce en gardant ma chambre pour la fin. La boule d'angoisse dans ma gorge diminua lorsque j'appuyai sur l'interrupteur et que la pièce fut aussitôt baignée d'une chaude lueur. J'examinai ma couette gris ardoise parfaitement lisse et la position des oreillers appuyés contre la tête de lit. L'oreiller rouge et noir au centre était le seul élément qui perturbait ces lignes harmonieuses. Je l'avais rapporté de l'appartement de Tenley parce que c'était celui qu'elle préférait pour dormir.

Je retournai voir Lisa et Jamie qui attendaient patiemment dans l'entrée. Ils étaient tout à fait conscients de ce que je devais faire avant de les laisser entrer. Ils avaient déjà enlevé leurs chaussures, puis les avaient rangées dans le placard.

— Tout va bien ?

— Ouais. Mettez-vous à l'aise.

Du bout du couloir, je leur fis signe d'entrer dans le salon.

— Oh là là, Hayden, c'est vraiment le bazar ici, plaisanta Jamie.

Il faillit heurter Lisa qui s'était arrêtée au milieu du salon.

— Oh ! Ouah !...

Elle était plantée devant la nouvelle œuvre accrochée au mur. Lisa et Jamie n'étaient pas passés chez moi depuis que les choses étaient devenues intéressantes avec Tenley. Avant, ils venaient souvent boire un verre après le travail, parce que c'était pratique. La dernière fois que j'étais sorti, si on oubliait mon passage merdique au Dollhouse, c'était le soir où j'avais vu Tenley donner un coup de poing dans la gorge du connard aux mains baladeuses, en septembre.

J'ignorais alors que c'était le début de la fin pour moi. Sans elle, je me sentais encore plus mal qu'avant notre rencontre, et je n'avais plus d'addictions pour m'aider à oublier cette situation merdique.

— Tu as travaillé dur, observa Jamie, toujours calme et objectif.

— Ça me permet de tuer le temps quand j'arrive pas à dormir.

Lisa s'approcha des dessins encadrés pour les regarder de plus près. J'avais l'impression qu'elle examinait mon âme à nu. Ils n'étaient pas destinés à d'autres yeux que les miens.

— Est-ce que Tenley les a vus ?

Le simple fait d'entendre son prénom était douloureux.

— Seulement celui du milieu.

J'aurais voulu revenir trois semaines en arrière. J'aurais gardé Tenley nue dans mon lit au lieu d'aller chercher LC dans son appartement ; le chaton aurait pu passer une nuit sans manger. Et alors peut-être que son quasi-beau-frère ne l'aurait pas emmenée. Mais ça ne s'était pas passé de cette façon. Tenley m'avait quitté. Et, quand elle reviendrait, qui sait si je ferais toujours partie de l'équation. Compte tenu de son silence, je supposais que c'était fini entre nous.

Je devenais complètement dingue. Tenley était partie depuis un bout de temps déjà ; il était grand temps de l'oublier.

— Je vais me laver. Servez-vous un verre si vous voulez. Vous savez où se trouvent les bouteilles.

Je me sentis de nouveau totalement épuisé en traversant ma chambre vers la salle de bains. J'ouvris le robinet, retournai dans la chambre où je me déshabillai, puis lançai mes vêtements dans les différents compartiments du panier à linge sale, avant de repartir vers la salle de bains. Lorsque l'eau fut assez chaude, j'entrai dans la cabine.

Vingt minutes plus tard, j'étais propre, rasé et habillé. En principe, je mettais une chemise et une cravate pour aller dîner chez Cassie, mais je ne réussis qu'à enfiler un tee-shirt et un jean. Je trouvai LC à son endroit préféré : roulé en boule contre l'oreiller de Tenley sur mon lit.

— Je reviens plus tard, lui dis-je en lui grattant le menton.

Avant de partir, je changeai son eau et remplis son écuelle de nourriture. Dans la rue, j'aperçus Chris et Sarah près de la portière de la voiture. Avec ces deux couples, je me sentais vraiment comme la cinquième roue du carrosse. Je faillis faire demi-tour et rentrer dans mon immeuble.

— Monte devant, Hayden, il y a plus de place pour les jambes, dit Lisa en grimpant à l'arrière avec Sarah.

Je me tassai sur le siège avant et regardai avec un certain plaisir les contorsions de ce pauvre Chris qui tentait de s'asseoir derrière moi. J'avais pourtant avancé mon siège.

Pendant le court trajet jusqu'à la maison de banlieue où vivaient Cassie et Nate, Lisa et Sarah n'arrêtèrent pas de parler du spa à la con qu'elles avaient décidé d'essayer. Si Tenley avait été là, elles l'auraient certainement embarquée dans leur expédition.

Cassie et Nate vivaient dans une maison centenaire à l'extrême nord de Chicago, près du lac. Jamie gara la voiture dans l'allée, et tout le monde sortit à la queue leu leu, sauf Chris. Il s'agrippait désespérément à la portière et tentait de se relever en jurant. On aurait dit qu'il essayait de s'extirper de la voiture d'un clown. Je ne pus m'empêcher de sourire.

— Toi, dit-il en me pointant du doigt, tu montes à l'arrière au retour.

— C'est pas ma faute si tu n'es pas assez malin pour t'acheter un véhicule avec des portières, alors qu'il neige cinq mois sur douze.

— J'ai pas besoin d'un tas de ferraille : ma copine en a déjà un.

Chris passa un bras autour de Sarah et l'attira contre lui.

Il y eut une claque sourde, puis un chuchotement irrité, et je regardai ailleurs. J'étais incapable de supporter leur bonheur ; ça me rendait fou. Je traversai l'allée pavée, gravis les marches du perron et appuyai sur la sonnette.

J'avais cessé de passer à la boutique de Cassie après le départ de Tenley. Elle avait dû embaucher un autre employé à temps partiel pour la remplacer, et l'avantage, c'est que ce n'était pas une fille. Cassie disait qu'elle n'aurait plus besoin de lui après la période des fêtes, mais je ne pouvais pas supporter de voir quelqu'un d'autre assis derrière la caisse. Alors, c'étaient Lisa et Jamie qui allaient nous chercher des cafés désormais. À mon grand soulagement, Cassie ne demandait pas non plus à son nouvel employé de m'apporter des livres. Dans le cas contraire, j'aurais littéralement pété les plombs.

Au lieu de ça, Cassie me les livrait elle-même un par un, vérifiant ainsi mon état deux fois par semaine. J'acceptais ses cadeaux, tout à fait conscient d'être observé à la loupe. Je refusais qu'elle me prenne à part, cependant, car je savais très bien en quoi consisterait la conversation, et c'était justement le genre de chose que je voulais éviter.

Cassie ouvrit la porte comme si elle avait surveillé notre arrivée derrière la fenêtre.

— Hayden ! Je suis tellement contente que tu sois venue.

Elle s'élança vers moi et me serra dans ses bras.

— Lisa ne m'a pas vraiment laissé le choix.

Je tapotai le dos de Cassie. Ce contact me parut étrange et gênant.

— Tu as perdu du poids. Tu manges bien ? Je peux aller te chercher quelque chose ?

Voilà pourquoi j'avais refusé de venir. Je ne voulais pas de sa pitié ni de sa sollicitude.

— Ça va pour le moment, merci.

Cassie m'entraîna à l'intérieur de la maison pour laisser entrer les autres dans le vestibule. Elle se détourna de moi un instant et serra chacun d'eux dans ses bras. Nate sortit du salon, un verre de scotch à la main. J'enlevai mes chaussures et mon manteau, puis échangeai une poignée de main amicale avec lui.

— Comment vas-tu ? me demanda-t-il avec le même regard agaçant que tous les autres.

— Pas mal. Mais je boirais bien quelque chose.

Je le contournai et me dirigeai vers le bar afin de me servir une grosse dose de scotch. Nate avait toujours de bonnes bouteilles. Pas la peine d'y ajouter des glaçons ; je ne voulais pas le diluer. Je m'assis et sirotai mon verre en m'efforçant de contrôler le tremblement de mes mains.

On ouvrit des bières, on servit du vin, on sortit les amuse-gueules. Tout le monde se mit à l'aise, chaque couple se pelotonnant sur un siège.

J'écoutai la conversation se poursuivre autour de moi tout en regardant mon scotch diminuer (il était question de projets pour Noël, du réveillon du Nouvel An, d'achats de cadeaux de dernière minute). Un blabla incessant à vous donner le tournis, alors que rien de tout ça n'avait d'importance. Je n'avais aucune envie de participer à ces futilités.

Je me demandai ce que faisait Tenley, si elle avait des projets pour les fêtes. Elle avait sans doute des amis à Arden Hills, qui voulaient passer du temps avec elle ; des gens qu'elle n'avait pas vus depuis longtemps. Ou peut-être qu'elle serait rentrée d'ici là. Dans ce cas, il valait mieux que je lui achète un cadeau, même si elle ne voulait plus de moi.

Je posai mon verre et, trop nerveux pour rester plus longtemps immobile, me dirigeai vers l'escalier. La rampe était lisse sous ma paume tandis que je grimpais les marches en spirale. Parfois, les escaliers me mettaient mal à l'aise.

À part cette odeur impossible à oublier, c'était la montée des marches vers le premier étage qui m'avait le plus marqué, le soir du meurtre de mes parents. Ma lente ascension tandis que j'essayais discrètement d'atteindre ma chambre sans les réveiller. Les miaulements d'avertissement de Bêtise alors que j'atteignais le palier. Le couloir sans fin. Le rai inhabituel de lumière sous la porte de leur chambre. Puis l'odeur nauséabonde de la mort, suivie de cette vision atroce au moment où j'étais entré, certain que quelque chose n'allait pas.

Arrivé en haut de l'escalier, je cessai de retenir ma respiration. Je jetai un œil dans chaque pièce et m'arrêtai dans la chambre qui avait été la mienne pendant mon bref séjour chez Cassie et Nate. Je m'assis sur le bord du lit, totalement épuisé. Ces trois dernières semaines, l'angoisse ne m'avait pas quitté et je me sentais vidé. Au bout d'un moment plus ou moins long, quelqu'un finit par frapper à la porte.

Nate entra.

— Je me disais bien que tu serais là.

— J'avais besoin d'un moment de répit.

— Je te dérange ?

Il me tendit le verre que j'avais laissé en bas. Je vis qu'il m'avait resservi avant de monter.

Comme je haussais les épaules, il s'assit à côté de moi. Il se pencha en avant et posa les coudes sur ses genoux en faisant tourner sa boisson dans son verre. Les cubes tintèrent contre le cristal.

J'attendais qu'il dise quelque chose. Nate était le genre de mec qui jouait cartes sur table. Je trouvais ça difficile à supporter quand je vivais ici. Il voulait que je parle de ce que j'avais vécu. Quand je lui avais raconté mes cauchemars, à l'époque, il avait insisté pour que je voie un psy – un autre professionnel que lui, qui aurait un point de vue objectif.

J'avais refusé. Peu de temps après ma majorité, j'avais déménagé, et les choses s'étaient rapidement dégradées. Je m'étais écarté du droit chemin, car plus personne n'était là pour m'imposer des limites. Il m'avait fallu deux bonnes années pour reprendre les choses en main.

— Sans vouloir te vexer, tu n'as pas l'air très en forme, Hayden.

— Tu aurais dû me voir avant que je me rase.

Comme il ne disait rien, je soupirai.

— Je dors mal.

— Tu fais encore des cauchemars ?

— C'est pas très grave. Ça m'arrive quand je suis stressé.

Ces deux dernières années, mes cauchemars avaient été supportables. Ils refaisaient surface de temps en temps, mais, au bout de quelques semaines, ils disparaissaient. Enfin, c'était jusqu'à ce que Tenley parte. Maintenant, j'en faisais toutes les nuits.

— De quoi tu rêves ?

— Des mêmes choses que d'habitude.

Ce n'était pas tout à fait exact.

— Est-ce que ces cauchemars ressemblent à ceux que tu faisais après le meurtre de tes parents ?

— En quelque sorte.

Si les rêves de mes parents me troublaient, ceux qui mettaient Tenley en scène me foutaient les jetons. D'habitude, il s'agissait surtout de fragments de souvenirs ou de moments marquants, comme l'interrogatoire de Cross. Parfois, je rêvais des femmes avec qui j'avais couché, et elles finissaient toujours par se transformer en Tenley. Le fait que mon subconscient autorise une chose pareille me faisait vraiment flipper. Ces rêves étaient merdiques, mais ce n'était la fusion de souvenirs. Nate n'avait pas besoin de le savoir.

— Tu veux que je te prescrive quelque chose pour t'aider à dormir ?

— Non, ça va passer.

J'avais déjà des médicaments dans mon armoire à pharmacie et je refusais de les prendre. Je n'avais craqué qu'une seule fois, quelques mois plus tôt. Ma façon d'affronter les problèmes était sans doute désastreuse, mais je savais à quoi ressemblait la toxicomanie.

Qu'on me prescrive des médicaments ou non, je n'avais aucune envie de retomber dans un engrenage d'autodestruction. Nate resta silencieux. Je m'attendais à ce qu'il ajoute quelque chose, mais il ne le fit pas. Au bout d'un moment, les mots sortirent tout seuls, même si je m'étais juré de ne pas aborder le sujet avec lui.

— Je n'arrête pas de repenser au soir où Tenley est partie et je me demande si j'aurais pu agir différemment. Et puis son beau-frère a dit un truc que je n'arrive pas à me sortir de la tête.

— Je t'écoute ?

— Il a dit que j'étais sa punition.

— Sa punition ?

Un pli se forma entre les sourcils de Nate.

— Pourquoi voudrait-elle se punir ?

— Je n'en sais rien. Parce qu'elle a survécu ?

Je me massai la nuque.

— Ça me paraît un peu extrême, étant donné ce que Tenley a traversé.

— Mais elle ne l'a pas nié. Alors, ça doit être vrai.

— Je ne suis pas sûr d'être d'accord avec toi. Tout dépend du contexte, non ? Et son beau-frère est un vrai salaud, d'après ce qu'on m'a dit. Est-ce que tu as eu l'impression qu'elle se punissait en sortant avec toi ? Je crois que c'est ça, la vraie question.

J'hésitai.

— Pourquoi pas ? Tenley avait peut-être envie de s'encanailler en sortant avec moi, comme l'a dit Trey.

— S'encanailler ? Tu n'es quand même pas une petite frappe.

— Mais je n'aspire pas non plus à faire partie de la haute société, pas vrai ? J'ai eu le bac parce qu'on avait pitié de moi, pas parce que je le méritais. Je n'ai pas fait d'études et je ne me conforme pas du tout aux exigences de la société.

En général, les seules personnes qui recherchaient ma compagnie ne voulaient qu'un tatouage. Ça en disait long sur moi en tant que personne.

— D'abord, la haute société est essentiellement constituée de connards narcissiques ; alors, mieux vaut ne pas viser ce statut. Ensuite, ton problème au lycée n'était pas un manque de compétence. Tu as eu ton diplôme parce que tu étais doué. Ton niveau était bien au-dessus de la moyenne et tu t'ennuyais à mourir. Ce qui explique en partie ton comportement de l'époque.

— J'aurais été un vrai chieur, même si je ne m'étais pas ennuyé.

— Peut-être. Mais soyons honnête, Hayden : même si j'adorais tes parents, on ne peut pas dire qu'ils t'aient surveillé beaucoup.

Nate avait raison, mais j'avais l'impression de les trahir en admettant qu'ils n'étaient pas parfaits. Ils avaient attendu que je rentre à la maison bourré et défoncé pour tenter de m'imposer des limites. Mais c'était déjà trop tard à ce moment-là.

Comme je restais silencieux, il poursuivit :

— Le non-conformisme est devenu ta philosophie de vie le jour où tu as acquis une certaine indépendance d'esprit. En plus, tu étais leur seul enfant et ils ne savaient pas te dire non. Quand tu les as perdus, tu t'es perdu aussi. Mais ça ne fait pas de toi la punition de Tenley pour autant.

Je levai une main. J'en avais marre d'entendre ses conneries.

— C'est bon, je suis pas allongé sur ton divan.

Nate eut un sourire amusé.

— Excuse-moi, déformation professionnelle. Mais il n'y a rien de mal à suivre une thérapie.

— Je ne suis pas fou.

— Je n'ai pas dit que tu l'étais.

— Je n'ai pas besoin de parler de mon passé de merde.

— C'est quelque chose que tout le monde devrait faire, pourtant.

— Je savais bien qu'il fallait que je la ferme, dis-je, énervé d'avoir abordé ce sujet.

— Tu as passé ces sept dernières années à te reprocher la mort de tes parents. Tu te punis tout seul. Alors, il serait naturel que tu te reproches le départ de Tenley, comme s'il était dû à ton comportement plutôt qu'à une force externe.

Difficile de lutter contre la vérité. Voilà pourquoi je ne voulais pas me rapprocher de Nate. Je parlais trop quand il était là.

— Je fais exprès de maintenir tout le monde à distance.

Je secouai la tête en pensant à l'ironie de mon histoire avec Tenley.

— Et à la minute où je laisse Tenley m'approcher, elle me quitte. Ça fait un mal de chien. C'est comme s'il y avait un trou énorme dans ma poitrine. Je me dis que, si elle revenait, il disparaîtrait et je me sentirais bien. Sauf que ce n'est pas vrai – parce qu'il y aura toujours ce truc entre nous maintenant.

— Tu fais allusion à son fiancé décédé ?

Nate attendit en silence.

Ça me soûlait vraiment qu'il soit au courant de choses aussi personnelles.

— Voilà ce que j'arrive pas à comprendre : si je souffre

autant à cause d'une personne vivante que je connais seulement depuis quelques mois, comment a-t-elle pu continuer à vivre après avoir perdu neuf de ses proches ? Voilà pourquoi je suis persuadé d'être sa punition. Elle m'a choisi en sachant que je ne serais jamais assez bien pour elle.

— L'amour n'arrive pas toujours au meilleur moment.

— Tenley n'est pas amoureuse de moi.

J'aurais bien aimé que les gens arrêtent de dire qu'elle m'aimait. J'y avais cru au début, mais, après ces trois semaines de silence, c'était fini. J'avais fait tout le chemin jusqu'à Arden Hills pour la retrouver, mais Trey ne m'avait même pas laissé entrer. Si je le recroisais un jour, il pourrait dire adieu à ses dents.

— Elle te l'a dit ?

— Elle m'a quitté. Je crois que le message est clair.

— Et si Tenley était partie parce qu'elle n'arrivait pas à assumer ses sentiments pour toi ?

— Elle est partie parce qu'elle devait s'occuper de sa propriété.

— Je suis sûr que c'était l'une des raisons de son départ.

— Peu importe. Ça ne change rien à la situation.

Je vidai le reste de mon scotch et me levai du lit.

— J'ai besoin de remplir mon verre.

Le dîner se passa plus ou moins de la même façon. Je m'enfermai dans ma bulle et pensai à Tenley. Il ne restait plus que deux semaines avant Noël, et je craignais que Tenley ait du mal à supporter la période des fêtes.

Dans le passé, l'alcool et la drogue m'avaient donné un bon coup de main. Maintenant, je me limitais au scotch ; j'étais devenu un ivrogne plus sophistiqué.

Après le dîner, je fis sortir tout le monde de la cuisine pour pouvoir faire le ménage. Je me sentais moins anxieux à mesure que le chaos faisait place à l'ordre. Je décidai ensuite de rentrer parce que je n'étais pas encore passé voir l'appartement de Tenley aujourd'hui, et le moindre écart dans ma routine aggravait mes tocs. J'étais esclave de mon obsession. Après avoir rangé les derniers plats, je retournai au salon.

Les filles étaient rassemblées autour du téléphone de Cassie. Je me penchai pour voir ce qui les captivait autant et entendis Lisa chuchoter quelque chose à propos de Tenley. Toutes trois parlaient rarement d'elle devant moi de peur que je pète les plombs. À raison. Lisa bougea la tête et je vis enfin l'écran ; les filles lisaient un e-mail de Tenley.

J'arrachai le portable des mains de Cassie et parcourus rapidement le message avant qu'elle me le reprenne. Tenley l'informait que le virement du loyer venait d'être fait. Elle était en avance. D'habitude, elle le payait le quinze de chaque mois. Dans son message, Tenley disait aussi qu'elle allait bien, mais ne savait pas très bien quand elle rentrerait. À la fin, elle demandait comment j'allais et si je tenais le coup. Comme si elle me plaignait. Sacré coup de pied dans les couilles !

— Vous vous envoyez des e-mails ? Depuis combien de temps ? demandai-je.

Incapable de cacher ma douleur, je laissai exploser ma colère.

Surprises par mon emportement, les filles eurent un mouvement de recul. Sarah et Lisa échangèrent un regard.

— Elle vous a contactées aussi ?

Je les regardai tour à tour. Leurs mines coupables en disaient long. Je fusillai Lisa du regard.

— Tu te fous de moi ? Comment tu as pu me cacher ça ? Je croyais que tu étais mon amie. Ça ne veut rien dire pour toi, la loyauté ?

— On ne voulait pas te contrarier, m'expliqua Lisa.

Contrarier était un terme beaucoup trop faible. Je n'arrivais pas à croire que Tenley était restée en contact avec tout le monde sauf moi.

— Je vous emmerde tous.

3

Hayden

J'enfilai mes chaussures et attrapai ma veste dans la penderie.

— Hayden, attends ! s'écria Lisa.

Je me retournai.

— Ne m'adresse plus la parole.

— Il faut que tu te ressaisisses, mec, dit Jamie en venant se placer derrière Lisa.

Lorsque je levai les yeux vers lui, il se rapprocha de moi, craignant sans doute que je m'en prenne à elle.

— Va te faire foutre.

J'ouvris brutalement la porte, sortis et la claquai derrière moi, mais ce geste agressif ne m'apporta aucune satisfaction. On aurait dit que quelqu'un avait jeté de l'acide sur mes émotions. Je dépassai la Coccinelle de Lisa et descendis l'allée. Il gelait dehors et j'étais habillé trop légèrement, mais je m'en foutais. Il fallait que je me trouve un bus ou un taxi. Je ne pouvais pas passer du temps avec eux pour le moment ; j'avais les nerfs à vif.

La porte s'ouvrit, et un bruit sourd de bottes sur l'asphalte se rapprocha rapidement de moi. Je me mis à marcher au même rythme.

— Hé ! mon frère, attends ! m'appela Chris.

Exactement ce dont j'avais besoin. Quand il posa sa main sur mon épaule, je la repoussai et continuai à marcher.

— Je ne veux rien entendre.

— Allez, mec. Je sais que tu es fâché, mais tu ne peux pas rentrer à pied.

Je fis volte-face.

— C'est pourtant ce que je vais faire. Je refuse de rentrer en voiture avec ces deux-là.

— Tee n'a contacté Sarah que la semaine dernière. Et ce n'était pas pour bavarder. Elle avait un devoir à rendre à son directeur de thèse et a demandé à Sarah d'y aller à sa place.

— Et Cassie ? Lisa ?

— J'en sais rien. Si tu rentrais à l'intérieur ? Tu pourrais leur poser la question.

Je secouai la tête.

— J'ai besoin d'air.

Chris ne me suivit pas plus loin. Il savait qu'il ne fallait pas insister. Il valait mieux pour tout le monde attendre que je me calme. Quelques minutes plus tard, la Mercedes noire de Nate s'arrêta devant moi. La vitre côté passager descendit avec un ronronnement et il se pencha au-dessus du siège pour ouvrir la portière.

— Je peux peut-être te ramener chez toi ?

Si je refusais de monter, il roulerait à dix kilomètres-heure jusqu'à Inked Armor. Je me laissai tomber sur le siège passager et attachai ma ceinture.

— Tu as le droit d'être en colère, dit-il en s'engageant sur la route.

— Je refuse de parler de ça, répondis-je d'un ton sec.

— D'accord, pas de problème.

Incapable de supporter notre silence tendu, j'appuyai sur le bouton de sa radio. Toutes les stations programmées jouaient du rock des années 1970.

— Est-ce que je peux juste préciser quelque chose ?

— Tu le feras même si je te dis non. Alors, vas-y.

Je fixai mon regard sur l'extérieur. Je voyais mon reflet dans la vitre teintée chaque fois que nous passions sous un lampadaire. J'avais l'air totalement brisé.

— C'est seulement la deuxième fois que Tenley contacte Cassie depuis son départ. La première, c'était pour prévenir

Cassie qu'elle devait s'absenter un moment et lui fournir une liste de remplaçants potentiels. Chaque fois, elle a demandé de tes nouvelles.

Je ne répondis pas. Je n'avais rien à dire. Qu'est-ce que ça pouvait me foutre qu'elle demande de mes nouvelles ? Elle le faisait plus par remords que par inquiétude pour moi. La culpabilité était comme un parpaing suspendu à son cou.

Quand la voiture s'arrêta devant Inked Armor, j'attrapai la poignée de la portière, mais Nate appuya sur le bouton de verrouillage.

— Attends.

— Je ne suis pas d'humeur à discuter, dis-je en soupirant.

— Dommage, parce que j'ai quelque chose à te dire. Dans la vie, les gens doivent affronter certains aléas, Hayden. Ça arrive tout le temps. Tu as toi-même vécu un drame. Personne ne peut maîtriser ce genre de chose, mais c'est à chacun de trouver comment s'en sortir. Il faut que tu commences à regarder ton traumatisme en face. Il ne va pas s'effacer juste parce que tu le veux. Cassie est terrifiée à l'idée que tu recommences à t'autodétruire. C'était déjà tragique de perdre sa sœur, mais te regarder dépérir a failli la détruire. Ne lui fais pas subir la même chose.

— Tu es vraiment en train d'essayer de me culpabiliser ? demandai-je, furieux.

— Tu as besoin d'aide. Si c'est le seul moyen de t'atteindre, alors, soit. Je refuse de voir ma femme revivre le même enfer.

Le déverrouillage de la portière me signala que je pouvais sortir. La voiture s'éloigna dans un crissement de pneus. Les mots de Nate avaient atteint leur but. Cassie avait souffert après avoir perdu sa sœur, évidemment – mais je n'avais pas imaginé ce que je lui avais fait endurer. Nate et elle m'avaient accueilli malgré mon comportement problématique. Mais, comme j'étais incapable de supporter leur affection ou leurs inquiétudes, j'avais quitté la maison dès que j'avais pu.

Nate avait raison : j'étais à deux doigts d'imploser à nouveau. Dans ma tête, rien n'avait vraiment changé ces sept dernières années. En rentrant chez moi, je commençai par nourrir LC. Une fois qu'il eut englouti le contenu de son écuelle, je le pris sous le bras et allai voir l'appartement de Tenley. Après avoir ouvert la porte, j'enlevai mes chaussures et les plaçai sur le paillasson à côté des vieilles Chucks violettes de Tenley. Je jetai un œil dans chaque pièce, puis retournai dans la cuisine.

Le frigo était presque vide : il ne restait qu'un paquet de tranches de fromage, des condiments, de la bière que j'avais apportée, une carafe d'eau et les citrons que j'y laissais pour masquer les mauvaises odeurs.

J'ouvris une bière, puis examinai le contenu du frigo et jetai tout ce qui était périmé. Ensuite, je me dirigeai vers le placard sous l'évier et sortis une nouvelle boîte de bicarbonate de soude. Après avoir déchiré le côté perforé, je posai la boîte sur l'étagère du bas, puis jetai l'ancienne. Le demi-citron que j'avais déposé la veille finit à son tour dans la poubelle et je le remplaçai par un frais.

Ensuite, ce fut le tour de sa salle de bains. Même si personne ne l'utilisait, je la nettoyais régulièrement. La chambre était toujours ma dernière étape. Comme je ne me sentais pas encore prêt à y entrer, je retournai dans le salon.

Un exemplaire de la thèse de Tenley était posée sur la table basse et j'en lisais un passage dès que je restais chez elle un moment. Tenley était intelligente, et, en lisant sa thèse, je me demandais quel était le problème de son directeur de thèse. Il la faisait tourner en rond sans raison.

Tous les rideaux étaient tirés. Je les ouvris, puis baissai les yeux vers l'enseigne d'Inked Armor de l'autre côté de la rue. Tenley avait une vue imprenable sur le salon depuis cet emplacement, tout comme je voyais parfaitement l'intérieur de son appartement depuis la fenêtre de ma chambre.

Bon sang, on aurait dit que des siècles s'étaient écoulés depuis cette chaude soirée d'été où j'avais débarqué chez elle, alors qu'elle se préparait une boisson dans sa cuisine. À ce moment-là, je me demandais déjà si elle cachait quelques tatouages. J'avais eu la réponse à ma question, mais ça m'avait coûté foutrement cher.

Je laissai retomber le rideau et me tournai vers le salon vide. Je balayai du regard ses étagères de livres et m'arrêtai sur les albums photo rangés sur celle du haut. Ils étaient classés du plus ancien au plus récent. Tout ce que je cherchais à savoir devait se trouver là-dedans. Je tirai sur l'une des tranches et retirai l'album de l'étagère.

La reliure en cuir décolorée était très usée ; l'album semblait avoir le même âge que Tenley. À l'intérieur se trouvaient des polaroïds, en bas desquels des noms et des dates avaient été inscrits proprement. Ignorant ce qui devait leur arriver des années plus tard, les parents de Tenley souriaient sur chaque photo.

Tenley était quasiment le portrait craché de sa mère, de la forme de ses sourcils à ses lèvres boudeuses. Mais elle avait les yeux gris vert de son père, ainsi que la même lueur espiègle dans le regard. Je suivis l'histoire de ses parents de l'université à leur mariage en passant par leurs vacances sur la plage.

Un couple qui apparaissait sur de nombreuses photos à l'époque de la fac se tenait aux côtés des parents de Tenley en tant que garçon et demoiselle d'honneur.

Dans le deuxième album, le garçon et la demoiselle d'honneur devenaient parents, et leurs visages jeunes et insouciants prenaient des expressions plus adultes. La mère de Tenley tenait ces bébés en couche-culotte avec l'émerveillement fasciné qu'inspirent les nourrissons. L'aîné était un garçon aux cheveux foncés, puis quelques années plus tard apparaissait un bébé aux cheveux blonds. Les prénoms Trey et Connor étaient inscrits élégamment en bas des photos. Depuis qu'elle était née, Tenley connaissait donc le mec qu'elle était censée épouser. Je rangeai cet album et sortis le suivant.

Sur la première page, la mère de Tenley se tenait sur le porche à l'arrière d'une maison à bardeaux. Quelques nuages roses zébraient l'horizon. La main posée sur le léger renflement de sa robe, elle avait un petit sourire aux lèvres.

Ensuite venait la naissance de Tenley. Les photos d'elle bébé, puis petite fille étaient innombrables. De temps en temps, l'autre famille apparaissait dans l'album. Les enfants grandissaient, et on comprenait vite lequel était cet abruti de Trey. Il avait déjà ce regard dur, comme si le monde l'emmerdait et qu'il ne pût pas supporter les gens qui le peuplaient. Ses sourires étaient forcés, son regard, indifférent. Connor, le blond, était son exact contraire. Il avait un sourire franc et éclatant. Sa fascination pour le monde qui l'entourait et pour Tenley était visible dès son plus jeune âge.

Je sortis le reste des albums de l'étagère et reconstituai l'histoire complète de la vie de Tenley. Elle avait grandi dans une famille de la classe moyenne et traversé son adolescence sans passer par l'habituelle phase empotée.

Elle avait visiblement partagé beaucoup de moments forts avec sa famille, ou alors ses parents avaient immortalisé ces instants aussi souvent que possible.

Sur quelques photos, elle était assise avec son père sur le siège avant d'un camion de pompiers. La fierté du père et l'excitation de la fille étaient évidentes. Sur d'autres, Tenley et sa mère préparaient des cupcakes côte à côte dans la cuisine, ou bien plantaient des fleurs dans le jardin. Un cliché montrait même Tenley en train de faire ses devoirs sur la table de la cuisine, feignant de se concentrer tout en adressant un doigt d'honneur à l'objectif. Au fil de l'album, je cherchai longuement les indices de son côté subversif. Une lueur de malice brillait toujours dans ses yeux. On aurait dit qu'elle attendait le départ du photographe pour faire un mauvais coup.

Je regardai rapidement les photos de la fête de son bac et de son passage à l'âge adulte. Au bal de fin d'année, elle portait des chaussures de sport usées avec une robe hideuse, alors que son cavalier portait un smoking. Ces albums photo n'étaient plus en cuir mais en vinyle, couverts d'autocollants de groupes et remplis de photos de Tenley et ses amis.

Ses tenues devenaient encore plus extravagantes lorsqu'elle entrait à l'université. Rien n'allait jamais ensemble. Elle associait souvent vintage et froufrous. Des autoportraits montraient l'ajout de chaque anneau le long de son oreille. Sur d'autres, on la voyait avec Connor. En fait, il y avait des tas de photos d'eux ensemble.

Blond et large d'épaules, Connor était un beau gosse sportif dont les polos portaient le logo de la fac de droit de Cornell. Quand Tenley était avec lui, son style changeait complètement. Enfin, pas celui de ses chaussures. Elle portait sans cesse des baskets miteuses. Sur ces photos, elle souriait toujours en regardant l'objectif, tandis que Connor la serrait dans ses bras protecteurs. Il souriait d'un air presque satisfait, comme s'il détenait un trophée que personne d'autre n'aurait jamais.

À la fin d'un album, Connor disparaissait un moment, et certaines des amies de Tenley devenaient plus présentes. Connor réapparaissait dans le dernier album, au moment où Tenley recevait son diplôme de fin d'études. Son visage n'exprimait plus le même bonheur sincère qu'avant ; elle souriait, mais semblait distante, préoccupée.

Je me sentis trahi en découvrant les photos de leurs fiançailles. Celles de Tenley essayant des robes de mariée et riant avec ses copines me rendirent furieux.

Puis neuf photos de cercueils à la fin me remirent très vite les idées en place. Jamais elle n'aurait fini avec un mec comme moi si elle n'avait pas eu cet accident d'avion. L'ironie de la situation était franchement cruelle.

Je replaçai les albums un par un sur l'étagère. En glissant le dernier au bon endroit, j'en remarquai un autre sur l'étagère du dessous.

Il était tout neuf et avait une reliure en cuir noir. J'hésitai un peu avant de le prendre. Les premières pages contenaient des photos du campus de Northwestern, puis des vitrines de Serendipity et Inked Armor.

Venaient ensuite des clichés de la vie de Tenley à Chicago. Cassie, Lisa, Sarah, Jamie et Chris apparaissaient tous sur différentes photos. Il y en avait d'autres de ses copains de fac, même de ce crétin d'Ian. Mais elles étaient rares.

Il y avait surtout beaucoup de photos de LC – et encore plus de moi. Des pages et des pages m'étaient dédiées. J'étais dans sa cuisine en train de faire la vaisselle. Ou je fusillais du regard les piles de livres sur sa table basse ; sur la suivante, j'étais occupé à les ranger. Il y avait plusieurs gros plans de mes bras, et beaucoup de mon profil, surtout du côté des *viper-bites*. Tenley avait même pris des photos de moi au salon de tatouage. Elle avait dû passer un temps considérable à ajouter des dates et des explications. Je ne savais pas quoi en penser.

L'album n'était qu'à moitié plein. La dernière page était intitulée « Soir de notre rendez-vous », mais il n'y avait aucune photo.

Je remis l'album à sa place et longeai le couloir jusqu'à sa chambre. LC était à son endroit préféré, piquant un roupillon entre les oreillers. Je m'allongeai à côté de lui ; je ne m'étais jamais senti aussi vidé de toute ma vie.

Incapable de garder les yeux ouverts, je me laissai envahir par les souvenirs des moments que nous avions passés ici ensemble. Après la mort de mes parents, c'était la disparition de certaines petites choses qui me rappelait qu'ils étaient partis et ne reviendraient jamais. Depuis le départ de Tenley, tout me manquait, tout le temps. J'aurais voulu sentir son corps à côté du mien. Je regrettais nos réveils en sueur après avoir dormi l'un contre l'autre. J'avais envie de me retourner et de l'attirer dans mes bras, de sentir ses cheveux me chatouiller le visage, et puis l'odeur de sa peau. Je sombrai dans le sommeil en me demandant si je revivrais un jour l'un de ces moments.

La mort a une odeur distincte. Lorsque je pénétrai en douce dans la maison par la porte d'entrée, je ne la reconnus pas tout de suite, mais je m'arrêtai en remarquant la forte odeur métallique qui imprégnait l'air. J'avançai dans le vestibule, puis me dirigeai vers la droite pour éviter la latte de plancher qui craquait. Cette odeur n'avait rien de normal. Mon cerveau embrumé par la drogue n'arrivait pas à analyser l'information sensorielle transmise par mes récepteurs.

La porte d'entrée se referma en cliquetant doucement derrière moi ; la drogue me rendait tellement parano que je sursautai comme si une bombe venait d'exploser. J'étais sûr que la lumière du salon allait brusquement s'allumer. Mais rien ne se produisit. La maison resta silencieuse. Parfois, maman m'attendait dans le fauteuil à bascule, le siège le plus inconfortable de la maison. Ainsi, elle était sûre de ne pas s'endormir.

J'enlevai mes baskets une par une et les rangeai à côté des chaussures noires et bien cirées de papa. C'était étrange qu'elles soient là. Mes parents ne devaient rentrer que dans une heure et j'étais censé être dans mon lit, car j'étais privé de sortie. Ils avaient sans doute cru que je dormais en voyant la masse de coussins que j'avais rassemblés sous ma couette.

Je longeai le couloir en faisant très attention de ne pas faire de bruit. Quelque chose clochait, cependant. L'odeur fétide devenait plus pénétrante à mesure que j'avançais, et un sentiment de terreur s'installait dans le creux de mon estomac. Un effet de l'herbe peut-être. Ou de l'alcool.

Je montai les marches lentement. J'étais juste assez lucide pour me rendre compte que je titubais. Une ombre traversa le palier et je faillis hurler de peur. Bêtise, le vieux chat de la maison, trottait dans le couloir en miaulant bruyamment.

— Chuuut, tais-toi, Bêt', sifflai-je.

Je me penchai et lui caressai le dos dans l'espoir de le calmer, mais il continua à geindre.

— La ferme !

Je le pris dans mes bras de peur qu'il réveille mes parents. Il se blottit contre moi en tremblant et enfonça ses griffes dans ma peau. J'aurais dû comprendre alors. Bêtise ne venait jamais me voir, même quand son écuelle était vide.

D'habitude, une petite veilleuse branchée dans la salle de bains éclairait le chemin, mais ce soir, le noir était total. L'odeur métallique, de plus en plus écœurante, saturait l'air maintenant. Une pâle lumière passait sous la porte de mes parents. Malgré mon état de déni total provoqué par l'herbe, l'insupportable vérité m'apparut. Cette odeur m'était étonnamment familière. Du cuivre. Du fer. Du sel.

Je poussai très légèrement la porte et jetai un œil à l'intérieur. La première chose que je vis, ce fut le tableau de l'ange rouge sur le sol. J'ouvris un peu plus la porte. Bêtise poussa un cri strident et se dégagea de mes bras en me griffant pour échapper à l'inéluctable. Mais je ne sentis rien.

Papa était allongé de son côté du lit, les yeux écarquillés et vitreux. Un filet de sang rouge brunâtre s'écoulait de son front par un petit trou. Les draps autour de sa tête avaient pris une teinte marron. Les projections de cervelle sur l'oreiller derrière lui ressemblaient à un test de Rorschach rouge sombre.

Je voulus détourner les yeux, mais mon regard dériva vers la droite. Un unique impact de balle marquait la poitrine de ma mère. Sa robe fourreau était tachée de rouge, plus sombre au centre et s'éclaircissant à mesure qu'il s'étalait. Ses yeux étaient ouverts, aveugles et horrifiés. Je me demandai lequel avait été obligé de regarder l'autre mourir en premier tout en sachant ce qui allait suivre.

Ensuite, la scène se transforma et je n'eus plus dix-sept ans. La chambre était la mienne. Il y avait un seul corps de femme vêtu de satin crème. Le petit trou dans sa poitrine colorait de rouge le tissu pâle. Malgré tous mes efforts, je n'arrivais pas à franchir le seuil pour la sauver.

Je me réveillai en poussant un cri. Assis dans mon lit, je parcourus la pièce sombre du regard. J'étais dans la chambre de Tenley. Le cœur battant, couvert de sueur, je passai une main sur le drap près de moi dans l'espoir d'y trouver son corps chaud et intact. Mais ce côté du lit était désert. La panique s'empara de moi. Puis je me rappelai qu'elle était partie. J'avais beau retrouver peu à peu ma lucidité, mon cauchemar me paraissait toujours aussi réel.

L'image de Tenley blessée ne cessait de réapparaître devant mes yeux comme un film d'horreur. Je sentis de la bile monter dans ma gorge. Je titubai jusqu'à la salle de bains, aveuglé par la lumière, et arrivai juste à temps devant les toilettes pour vomir. Mes cauchemars étaient de plus en plus terrifiants. Mon estomac se contracta de nouveau violemment alors que la scène repassait dans ma tête, et je vomis les restes de mon dîner dans la cuvette jusqu'à ne plus cracher que de la bile.

Incapable de bouger, le front posé sur mon bras, je restai penché sur la cuvette en attendant le prochain haut-le-cœur. Je finis par me relever en m'aidant de mes bras tremblants.

Les jambes flageolantes, je me dirigeai vers le lavabo pour me gargariser avec de l'eau et une dose de bain de bouche.

Mon incapacité à maîtriser mon subconscient me dégoûtait. Comment pouvais-je avoir autant de mal à oublier cette merde après toutes ces années ? Je tournai le dos au lavabo et jetai un œil à la chambre de Tenley de l'autre côté du couloir. La couette était roulée en boule, et les oreillers, éparpillés sur le sol. Pas de cadavre de Tenley. Pas de sang sur les draps.

Je laissai la lumière de la salle de bains allumée, puis retournai vers le lit. Le réveil sur la table de chevet indiquait 4 h 47. Il ne fallait surtout pas que je me rendorme, sinon j'allais encore me taper ce cauchemar dégueulasse. Je pris mon portable et m'assis par terre en m'appuyant contre le bord du lit. Le cadre en bois s'enfonçait dans mon dos juste sous mes épaules ; ma tête reposait contre le rembourrage du matelas. Je préférais le lit de Tenley parce qu'il était plus mou que le mien.

Je tapai mon mot de passe, ouvris ma liste de contacts et contemplai la photo de Tenley et LC à côté de son numéro. Je ne l'avais pas appelée depuis deux semaines, de peur qu'elle réponde. Ou qu'elle ne réponde pas. Mais j'avais besoin d'entendre sa voix, même si ce n'était qu'un enregistrement. J'appuyai sur la touche d'appel, regardai l'écran s'éclairer et comptai les sonneries. Deux, trois..., encore une et puis ce serait sa messagerie.

Mais la quatrième sonnerie fut interrompue. Je retins mon souffle. Je ne m'attendais pas du tout à ce qu'elle me réponde.

4

Tenley

Mon rêve fut interrompu par la sonnerie de mon portable. J'eus beau essayer de le retenir, le beau visage de Hayden disparut peu à peu de mon esprit tandis que je clignais des yeux dans le noir. J'attrapai mon portable avant que l'appel atterrisse sur ma messagerie. D'après le réveil sur la table de nuit, il était presque cinq heures du matin.

— Allô ? dis-je, la voix rauque et ensommeillée.

J'entendis un léger soupir.

— Tu as décroché, fit-il, incrédule. Je pensais pas que tu le ferais. Je t'ai déjà appelée plusieurs fois, mais tu n'as jamais répondu. Et tout à coup... Pourquoi tu n'as pas décroché les autres fois ?

Je me roulai en boule autour de mon portable. Il avait l'air si désemparé que j'aurais donné n'importe quoi pour pouvoir le serrer dans mes bras.

— Je voulais le faire.

— Alors, tu aurais dû.

J'avais hésité à lui répondre de nombreuses fois au cours des trois dernières semaines. La douleur dans ma poitrine s'accentuait chaque jour ; j'étais de plus en plus angoissée. Si j'avais répondu à ses appels, je serais aussitôt rentrée à Chicago au lieu de régler mes problèmes à Arden Hills. Sans plus me demander si je méritais Hayden ou non.

— Je sais. Je regrette. Tu vas bien ? Il est arrivé quelque chose ?

— J'ai fait un rêve.

Sa voix était si faible ; il semblait avoir honte de m'appeler pour une telle raison.

— Oh ! Hayden. Je suis vraiment désolée.

Les larmes me montèrent aux yeux.

— Tu veux me le raconter ?

J'entendis un léger bruit. Un bruissement. Un coup sourd. Un deuxième, un troisième, un quatrième. Un son étranglé, suivi d'un claquement bruyant. Je ne pouvais rien faire à cause de la distance. J'aurais voulu tendre la main à travers le portable et apaiser sa douleur, comme il l'avait fait si souvent pour moi.

— Hayden ?

— Pardon.

Il toussota.

— J'ai fait tomber quelque chose.

Je n'étais pas dupe.

— C'était un cauchemar ?

— Il était tellement réel. Quand je me suis réveillé, j'ai cru...

Il y eut un autre bruit sourd.

— C'était à propos de tes parents ?

— Non.

— De moi ?

— Oui.

Sa voix se brisa.

— Tu étais, tu étais, tu étais... fit-il en butant sur les mots.

— Tout va bien maintenant. Je suis là. Je suis là et je vais bien. Il ne m'est rien arrivé.

J'espérais le calmer en continuant à parler.

— Ce n'était qu'un rêve.

— Je ne pouvais pas t'atteindre. Tu étais en train de mourir et je ne pouvais... Le sang, il y en avait tellement, et tu étais, tu étais...

Il commençait à avoir du mal à respirer.

— Je me sentais tellement vide sans toi. Je me sens toujours tellement vide.

Hayden craquait pour de bon. Les mots sortaient tous en même temps, ses paroles n'avaient plus de sens.

— Je ne savais pas que ça me ferait cet effet-là. J'en savais rien. Je ne t'aurais pas laissée... Je veux, je veux...

Terrifiée par ce que je lui avais fait, je plaquai une main sur ma bouche pour étouffer un sanglot. Je m'étais dit que, si je partais, Hayden comprendrait que je n'étais pas la personne qu'il lui fallait. Au lieu de ça, il était en train de s'effondrer.

— Chut, ça va, Hayden. Je suis vraiment désolée. J'aimerais tellement être avec toi, dis-je doucement.

— Alors, rentre, me supplia-t-il.

— Je vais le faire. C'était tellement dur de te quitter. Je sais que j'aurais dû t'appeler pour m'expliquer. Mais je dois encore m'occuper de certaines choses.

— Tu rentreras après ?

— Oui. Dès que possible.

J'essuyai mes larmes du dos de la main.

— Promis ?

— Promis.

Je l'écoutai respirer pendant un long moment en silence.

— Tenley ?

— Je suis toujours là.

— Je... Plus rien n'est pareil sans toi.

Il était essoufflé.

— Rentre vite, d'accord ?

— Je vais essayer. Les choses sont très compliquées, tu sais.

— Combien de temps tu vas encore rester là-bas ?

La panique lui fit hausser le ton.

— J'en sais rien. Je partirais maintenant si c'était possible... Je te le jure, Hayden.

— Mais j'ai besoin de toi ici. Tu me manques. Je peux pas...

Il y eut un silence, et, quand il reprit la parole, sa voix était monocorde.

— Je suis désolé. J'aurais pas dû appeler.

— Je suis contente que tu...

J'entendis un clic.

— Hayden ?

La communication était coupée. Je regardai l'écran sans comprendre ce qui s'était passé. Je cherchai le nom de Hayden dans ma liste de contacts. La toute première photo que j'avais prise de lui dans mon appartement apparut sur l'écran.

C'était celle où il faisait manger du glaçage à LC. Je caressai l'image de mon pouce. LC me manquait presque autant que Hayden. J'appuyai sur la touche d'appel. Au bout de quelques sonneries, j'atterris sur sa messagerie. Je fis une nouvelle tentative. Cette fois, je tombai directement dessus.

— Non, non, non !

J'aurais dû lui dire qu'il me manquait dès que j'en avais eu l'occasion. J'essayai de nouveau ; encore sa messagerie. Hayden doutait de moi, et cette idée me rendait malade. Je rappelai son numéro encore et encore dans l'espoir de pouvoir arranger les choses. Mais c'était toujours pareil. Il ne décrochait pas.

Frustrée, je jetai mon portable à travers la pièce. À la seconde où l'appareil quitta le bout de mes doigts, je plongeai pour le rattraper, mais c'était trop tard. Il heurta le mur et retomba violemment sur le sol. Je le ramassai en espérant ne pas l'avoir endommagé dans un moment de stupidité. L'impact avait fissuré l'écran.

Je me dépêchai de le rallumer, puis tapai mon code, mais ça ne servit à rien. L'écran restait figé. J'ouvris la porte d'un geste brusque et longeai le couloir en courant jusqu'au bureau. Là-bas, je saisis le combiné du téléphone fixe, puis composai le numéro de Hayden.

— S'il te plaît, s'il te plaît, s'il te plaît, s'il te plaît..., le suppliai-je.

Mais il ne décrocha pas.

La vue brouillée par mes larmes, j'essayai alors d'appeler mon propre portable. L'appareil émit un faible son, puis se tut.

Il fallait que je joigne Hayden. J'aurais dû essayer de m'expliquer bien avant, même s'il risquait de ne rien comprendre. Je me fichais qu'il soit en colère contre moi à cause de mes piètres excuses. N'importe quelle situation valait mieux que celle-ci. Maintenant qu'il refusait de me parler, je prenais conscience de la souffrance que lui avait infligée mon silence. J'avais été totalement absorbée par les problèmes que je pensais devoir résoudre ici et n'avais pas mesuré l'impact que mon départ aurait sur lui. J'avais fui Hayden parce que j'étais amoureuse de lui. Et puis parce que j'avais peur de ne jamais lui suffire. En tout cas, je ne pouvais pas lui suffire maintenant – mais le fait de rester ici ne risquait pas d'arranger les choses. Il fallait que je rentre à Chicago pour réparer mes bêtises.

Je retournai dans ma chambre en courant. Désormais, cette maison n'était plus qu'une prison, le souvenir de ma perte ; je ne pouvais plus rester ici. J'avais suffisamment souffert.

J'avais encore plein de choses à faire avant de rentrer à Chicago, mais mon départ serait tout à fait différent de mon arrivée. Je partirais quand je l'aurais décidé.

Je filai sous la douche avant que l'eau ait eu le temps de se réchauffer. Je me lavai les cheveux en frissonnant. J'oubliai presque de les rincer tellement j'étais pressée de régler mes dernières affaires. Une fois habillée, j'attachai mes cheveux humides en queue de cheval et fourrai mes vêtements dans ma valise. Je dus m'asseoir dessus pour la fermer. Je la traînai ensuite jusqu'en bas de l'escalier, puis vers le garage.

La voiture de Connor était pleine. Le siège arrière et le coffre croulaient sous les cartons pleins de vêtements que je voulais donner à des œuvres de charité. Les quelques souvenirs dont je n'avais pas réussi à me séparer se trouvaient dans une caisse en plastique sur le siège avant. J'avais prévu de la déposer chez mes parents la veille, mais ma visite au cimetière m'avait épuisée.

Bien décidée à ne pas craquer, je pris une profonde inspiration et remportai ma valise dans la maison. Je la laissai dans la cuisine, puis attrapai mon sac à main.

En sortant du garage, je faillis arracher le rétroviseur côté passager. J'avais au moins réussi à partir avant que Trey débarque. Avec un peu de chance, il n'y aurait pas d'autre confrontation.

J'atteignis la maison de mes parents en un temps record et traînai la caisse en plastique à l'intérieur. L'idée était de la ranger dans le placard de mon ancienne chambre et de m'en occuper le jour où je serais capable de revenir. Il faisait aussi froid dans la maison qu'à l'extérieur. J'abandonnai la caisse dans le couloir et descendis au sous-sol.

La flamme témoin de la chaudière s'était éteinte. Le vrai problème, en fait, c'était le tuyau crevé et la couche de glace sur le sol. J'allais devoir appeler un plombier. Il était à peine sept heures du matin cependant, et je n'avais plus de téléphone. Rien ne serait ouvert avant neuf heures et je n'avais pas autant de temps devant moi.

Je pressai mes paumes sur mes yeux en réfléchissant aux différentes solutions. Arden Hills était une petite ville. Je connaissais beaucoup de gens chez qui frapper, même à cette heure matinale. Je quittai la maison et roulai jusqu'au lac Johanna. Un vieil ami de mon père habitait là-bas ; il serait capable de m'aider. La ferme était comme dans mes souvenirs, mais le soleil avait décoloré la peinture, et le porche était usé par le temps. Ses habitants, eux, n'avaient pas changé.

Ils m'invitèrent à entrer, préparèrent le petit-déjeuner et me parlèrent de la ferme et de leurs huit petits-enfants pendant que nous mangions. Comme l'ami de mon père avait accepté de venir jusque chez mes parents pour réparer les tuyaux, je les écoutai patiemment en souriant et en hochant la tête.

Je m'arrêtai ensuite à la boutique Apple du Rosedale Center juste en dehors de la ville. Tout se passa bien jusqu'à ce que j'essaie de payer. Ma carte Visa fut refusée, ainsi que ma MasterCard. Je dus alors utiliser le téléphone du magasin pour appeler ma banque. Mes comptes avaient été bloqués le matin même. Ce devait être un coup de Trey ; je ne voyais pas d'autre explication.

J'appelai Frank, mon avocat, puis passai les deux heures suivantes à la banque pour régler le problème. Trey s'était octroyé le droit de gérer mon compte après m'avoir illégalement forcée à signer la procuration. Par chance, il ne l'avait pas vidé, et ce n'était pas le compte qui contenait le plus d'argent. Frank finit par régler le problème, mais Trey était introuvable. Il devait être au courant de la vente de la maison désormais.

Une fois assise dans la voiture, je finis par craquer. Il me fallut vingt minutes pour retrouver mon calme. Ensuite, je retournai à la boutique Apple pour récupérer mon nouveau portable.

Dès que ce fut fait, je me dépêchai d'appeler Hayden. Il ne répondait toujours pas. Je réessayai à chaque feu rouge.

Il était seize heures lorsque je finis de déposer les affaires de Connor à l'Armée du salut. La neige avait commencé à tomber un peu plus tôt, et la lumière du jour prenait une teinte gris foncé lorsque je retournai à la maison qui allait bientôt devenir celle de Weston. Mes pneus crissèrent sur le tapis de neige lorsque je m'arrêtai devant la porte d'entrée.

Avant de pénétrer dans la maison, j'appelai Frank pour m'assurer que Weston était bien sur le point de recevoir les clés. Il m'assura que tout était en ordre et promit de me tenir au courant dès qu'elles lui auraient été officiellement remises. On n'avait toujours pas retrouvé Trey, ce qui était plutôt inquiétant, mais, au moins, sa voiture n'était pas garée dans l'allée. Il avait laissé plusieurs messages sur mon portable, mais je ne les avais pas écoutés ; il s'agissait certainement de choses que je n'avais pas envie d'entendre. Je laissai le moteur en marche, car je voulais seulement poser la clé sur le plan de travail de la cuisine et prendre ma valise. J'avais hâte de rentrer chez moi.

Je tournai la clé dans la serrure et poussai la porte. Comme le soleil déclinait, le rez-de-chaussée était envahi d'ombres grises et menaçantes. J'appuyai sur l'interrupteur et m'immobilisai. Trey était assis à la table de la cuisine, ses mains jointes posées sur un paquet de feuilles.

— Je n'ai pas vu ta voiture.

Son visage n'exprimait aucune émotion. Sans me regarder, il répondit :

— Elle est dans le garage.

Il portait un costume, mais sa tenue était totalement débraillée. Sa cravate était défaite, les premiers boutons de sa chemise, ouverts, son col, de travers. Il ne s'était pas rasé depuis plusieurs jours. Ses cheveux tenaient droit debout sur sa tête, et ses yeux étaient cerclés de rouge.

Ma valise était à l'endroit où je l'avais laissée, à mi-chemin entre lui et moi. Trey la désigna d'un geste.

— Tu vas quelque part ?

— Je rentre chez moi, dis-je d'un ton incroyablement calme.

— Chez tes parents ?

Il reposa sa main sur la table et caressa sa surface en verre.

— Non.

— Non ?

Il inclina la tête sur le côté.

— Tu as décidé de vivre dans la maison principale ?

Trey y avait emménagé après la mort de sa famille et avait tenté de m'obliger à y rester avec lui à ma sortie de l'hôpital. Au bout de trois jours, j'avais réussi à m'enfuir de cette prison et à échapper aux doses d'anxiolytiques qu'il glissait sans cesse dans ma nourriture.

— Non, Trey. Je rentre chez moi. À Chicago.

— Tu vas retrouver ton dégénéré ? Comme c'est charmant.

Il sourit avec méchanceté.

Je fis un pas vers ma valise. Les quatre mètres cinquante de sol carrelé entre elle et moi me paraissaient aussi longs que des kilomètres. Je ne voulais pas me rapprocher de Trey. Son calme apparent cachait une immense fureur.

— Je dois reconnaître que tu es plus maligne que je le pensais.

D'un geste de la main, il étala les papiers comme un paquet de cartes à jouer.

— Je vois que tu as réussi à faire annuler la procuration.

Mon cœur cognait dans ma poitrine. J'avais espéré que les papiers de la maison lui parviendraient seulement lorsque je serais déjà loin sur la route.

— J'ai fait ce que je devais.

— J'en suis sûr. Mais tu croyais vraiment que je ne le découvrirais pas avant ton départ ?

Soudain, il monta le ton, et sa voix ne fut plus qu'un hurlement.

— Que tu pourrais agir dans mon dos en cédant la maison et t'enfuir de nouveau ?

D'un mouvement rapide, il fit grincer sa chaise sur le carrelage et renversa la table. Les papiers s'envolèrent et retombèrent doucement. J'aperçus de petites taches d'encre rouge et de surligneur jaune au milieu du blanc.

La table atterrit sur un côté, puis sa surface en verre trempé éclata en un million de morceaux. Les poings serrés, Trey se dirigea vers moi d'un pas raide, écrasant les débris de verre sous ses semelles.

— J'ai quand même réussi à faire bloquer tes comptes. Je suis sûr que ça a rendu ta fuite un peu plus compliquée que prévu.

— Le problème est réglé maintenant.

Je rêvais de déguerpir, mais je ne bougeai pas.

Trey s'arrêta juste devant moi, le visage impassible.

— Je peux trouver un autre moyen de te coincer ici.

— C'est impossible, Trey. Ce n'est plus en ton pouvoir. Je ne vais pas te donner la maison pour que tu la détruises. Ce n'est pas ce qu'aurait voulu ton père.

— Mon père est mort. Ce qu'il voulait n'a plus aucune importance.

— Pour moi, si. Je n'ai plus rien à faire ici, Trey. Je ne te laisserai pas me démolir de nouveau.

Je lui tournai le dos ; cette conversation ne nous mènerait nulle part. Quand il m'attrapa le bras, je me dégageai violemment. Comme il revenait à la charge, je remontai ma manche sur mon avant-bras et lui montrai les bleus qu'il me restait de notre dernière altercation.

— Je te conseille de ne plus poser la main sur moi, Trey. Mon avocat a déjà enregistré la preuve des mauvais traitements que tu m'as infligés.

— Je..., je n'ai pas...

— Les clés de la maison seront entre les mains de Weston d'ici peu. Je suppose que tu n'essaieras pas de le tyranniser, lui. Mais si tu sens qu'une confrontation physique est nécessaire, tu auras au moins un adversaire à ta taille. Au revoir.

Je contournai Trey, attrapai ma valise d'une main tremblante et la fis rouler jusqu'à la porte.

Choqué par les dégâts que sa colère avait provoqués, Trey retrouva peu à peu son sang-froid et m'adressa une réponse mordante.

— Tu ne crois quand même pas que je vais t'autoriser à prendre la voiture de Connor !

— Je n'ai pas besoin de ta permission. Cette voiture est à moi maintenant.

Trey ne pouvait plus rien me prendre. La chose qu'il voulait le plus avait été vendue à son cousin ; Frank s'était assuré que notre accord soit inattaquable. Les mains de Trey étaient liées. S'il avait jeté un œil aux documents, il le savait déjà.

J'ouvris la porte, prête à laisser toute cette histoire derrière moi.

— Je n'aurais jamais dû te laisser partir la dernière fois, fit-il.

Comme s'il avait eu le choix ! Je me tournai vers lui, le vent glacial picotant le haut de ma nuque.

— Qu'est-ce que tu as dit ?

— Tu aurais dû être à moi, dit-il amèrement.

Trey se montrait toujours insensible ; il ne s'excusait jamais de la souffrance qu'il infligeait aux autres. Mais, à cet instant, son masque tomba et je vis un homme paralysé par son narcissisme.

— Et tu espérais m'en convaincre en me ramenant ici ?

— Je n'ai plus rien maintenant, alors que je me suis occupé de toi. Tu as une dette envers moi.

Comme si j'étais un objet qu'on pouvait se transmettre de frère en frère.

Je partis sans un mot. Il n'y avait plus rien à dire.

5

Tenley

Weston m'appela une dizaine de minutes plus tard, et je m'arrêtai sur le bord de la route. Les clés lui avaient été remises. Je m'aperçus alors que Trey et moi avions toujours nos propres jeux.

— Ne t'en fais pas pour ça, dit Weston. Je fais changer les serrures ce soir. Avec Trey, il faut toujours avoir une longueur d'avance.

— Je n'ai jamais été très douée pour ça.

— Oh ! tu l'étais plus que tu le crois. Et tu seras toujours la bienvenue à la maison quand tu auras envie de passer. Tu n'auras qu'à appeler.

— Merci, Weston.

— Fais attention à toi, d'accord ?

— D'accord. Toi aussi.

Je m'arrêtai dans une station-service trois heures plus tard. J'avais parcouru la moitié du trajet et je mourais de faim. Pour la première fois depuis des semaines, j'avais enfin de l'appétit. Je m'achetai un gigantesque paquet de chips, une énorme barre de chocolat et un coca.

J'appelai Sarah après avoir fait le plein pour la prévenir que j'étais sur le chemin du retour, mais, comme elle ne décrochait pas, je lui laissai un message et lui envoyai un SMS par précaution. Je lui avais laissé les clés de mon appartement pour qu'elle puisse nourrir LC.

Je réfléchis aux différentes solutions qui me restaient en reprenant la route. Hayden avait une clé, mais, comme il ne répondait pas à mes appels, je ne pouvais pas compter sur lui. En plus, on risquait d'avoir une conversation assez sérieuse quand on se verrait, et je préférais qu'elle ait lieu en plein jour plutôt qu'au milieu de la nuit. L'idée de ne pas réussir à rattraper mes erreurs me terrifiait.

Trois heures plus tard, j'étais devant mon immeuble. Je sonnai à l'interphone de Sarah et priai pour qu'elle soit chez elle, même si sa voiture n'était pas garée dehors. Il n'y eut pas de réponse. Peut-être était-elle au travail.

Je retournai à la voiture de Connor et décidai de me rendre au Dollhouse avec l'aide du GPS. Je voulais rentrer chez moi, et je voulais voir LC. Si je ne pouvais pas dormir avec Hayden ce soir, j'aurais au moins mon chat.

Un quart d'heure plus tard, je m'arrêtai sur le parking du club de strip-tease. J'appelai de nouveau Sarah, mais elle ne répondit pas, ce qui était compréhensible si elle était en train de travailler. Après m'être garée dans une zone bien éclairée, je pris mon sac à main et fermai la voiture à clé. Sur le mur de l'immeuble peint en noir clignotait le nom du club en lettres criardes. Une femme en petite tenue faite de néons ne cessait de se pencher et se relever, ses fesses nues apparaissant chaque fois que se soulevait sa jupe.

Je n'arrivais pas à croire que Sarah travaillait dans cet endroit. Mais ce boulot lui permettait de payer ses études, et elle n'aurait aucune dette après l'université. Alors, je pouvais comprendre sa démarche.

Un peu nerveuse, je me dirigeai vers l'entrée. Je balayai le parking du regard, à la recherche de la voiture de Sarah, mais ne parvins pas à la localiser. Le personnel avait peut-être un parking privé ; c'était plus sûr pour les filles qui travaillaient ici. Un homme immense aux bras aussi larges que ma taille surveillait la porte d'entrée.

Pourtant vêtue d'un sweat à capuche, je me sentis totalement nue quand il me regarda de la tête aux pieds. Je regrettai de ne pas avoir enfilé ma veste par-dessus.

— Papiers d'identité.

Il tendit son énorme paume.

Je cherchai mon portefeuille dans mon sac à main et en sortis mon permis de conduire. L'homme l'examina, regarda mon visage, puis me le rendit.

— Où est la personne qui vous accompagne ?

— Pardon ?

— La personne qui vous accompagne, dit-il d'un ton agacé. Vous devez venir avec un homme pour pouvoir entrer ici.

— Oh ! je...

Je me mordis la lèvre en cherchant une solution.

— J'ai une amie qui travaille ici ; elle s'appelle Sarah.

— Sarah ? Je suppose que vous cherchez du boulot ?

Il sourit d'un air ironique.

— Vous êtes un peu maigre, mais je vous vois bien jouer les petites poupées de porcelaine.

Il ouvrit la porte et interpella une femme en tenue légère qui passait par là.

— Cette fille cherche du boulot. Conduis-la à la patronne.

La fille me regarda, se mit à rire et se tourna vers lui.

— T'es sérieux ?

— Elle dit qu'elle connaît Sarah.

Je faillis leur expliquer la vraie raison de ma venue, mais, si on me laissait entrer aussi facilement, mieux valait sauter sur l'occasion. Tout ce que je voulais, c'était ma clé. Ensuite, je partirais.

La fille me regarda avec scepticisme, puis se tourna vers le videur.

— Tu vas faire perdre du temps à tout le monde. Elle ne tiendra même pas une soirée.

D'un air exaspéré, elle me fit signe de la suivre.

Gênée, je fis le tour de la salle avec elle et aperçus de nombreux hommes en costume assis près de la scène principale. Au fond du club se trouvaient deux scènes plus petites, fermées par un cordon de velours rouge. De chaque côté, des hommes en costume se détendaient sur des banquettes confortables, tandis que des danseuses se tortillaient sur leurs genoux.

Je ne parvenais pas à comprendre comment on pouvait vivre dans ce monde. J'essayai de ne pas imaginer Hayden promenant ses mains sur toutes ces femmes, ou l'inverse. Je me demandai s'il avait déjà payé pour obtenir quelque chose. Cette pensée me rendait malade.

— Comme ça, tu connais Sarah ? demanda la fille en m'examinant avec méfiance.

— Ouais.

— Eh bien, dis à cette garce de rester éloignée de mes clients.

Elle ramena ses cheveux décolorés sur son épaule.

— Sinon je lui refais le portrait, compris ? Attends ici, m'ordonna-t-elle.

— Est-ce qu'elle trav... ?

Je n'eus pas le temps de finir ma phrase. La fille se faufila par une porte que gardait un autre homme musclé.

— Hé ! lui criai-je, dans l'espoir de me faire entendre malgré le rythme bruyant de la musique.

J'étais de plus en plus mal à l'aise dans cet environnement.

— Je cherche ma copine Sarah. Elle travaille ici.

L'homme tapota son oreille et articula :

— Je ne peux pas vous entendre.

Puis il recommença à fixer la foule d'un air menaçant.

Frustrée, je me retournai pour essayer de la repérer. L'intérieur du club était peint en noir, ce qui permettait à la clientèle de rester dans l'ombre. Je cherchai les cheveux blond presque blanc de Sarah, mais ne parvins pas à les repérer sous les clignotements des stroboscopes.

Des dizaines d'hommes assis à des tables regardaient une femme nue tourner autour d'une barre. Ils ne détournaient le regard que lorsqu'une serveuse en petite tenue passait à côté d'eux. Je détestais penser que mon amie travaillait ici et qu'un jour, Hayden avait été immergé dans ce monde.

La porte à côté du videur s'ouvrit brusquement, et Sienna apparut dans toute sa splendeur, vêtue d'une robe de cuir verni rouge. Ce vêtement lui collait littéralement au corps. Ses faux seins étaient remontés si haut qu'on aurait dit des pamplemousses couleur chair prêts à exploser. Elle avait des marques sur les bras comme si quelqu'un l'avait tenue trop fermement, et l'une de ses joues était rouge vif. Un homme habillé exactement comme celui qui gardait la porte arriva derrière elle en ajustant sa ceinture.

Clairement énervée, Sienna s'adressa au vigile d'un ton brusque. Je vis le nom de Sarah se former sur ses lèvres, puis il me désigna d'un geste. Sienna jeta un coup d'œil de mon côté, et une expression haineuse passa sur son visage. Mais elle retrouva aussitôt son sang-froid, et un rictus déforma sa bouche. Je n'y comprenais plus rien.

Hayden m'avait dit que Sienna dansait ici. Mais, vu la façon dont tout le monde se comportait avec elle, il avait dû omettre un petit détail. Malgré ce que suggérait sa tenue indécente, Sienna n'était plus strip-teaseuse ; c'était la responsable de ce club. Et j'étais dans de beaux draps.

— Eh bien, en voilà une surprise, ronronna-t-elle.

Elle se dirigea nonchalamment vers le bar et s'appuya à la barre de laiton sans me quitter des yeux.

— Qu'est-ce que tu fais là ?

— Je cherche...

Son sourire forcé disparut et elle m'interrompit.

— Oh ! je sais exactement qui tu cherches. J'avais bien dit à Hayden qu'il finirait par s'ennuyer. Je l'avais prévenu que tu ne saurais pas comment t'y prendre avec lui, mais il ne m'a pas écoutée.

Elle me dominait de toute sa hauteur sur ses talons absurdement hauts.

— Quel minable ! Il veut toujours paraître meilleur qu'il l'est, mais on connaît toutes les deux la vérité, pas vrai ?

— Je..., je ne..., bafouillai-je, stupéfaite.

Hayden m'avait dit que sa vie était différente, qu'*il* était différent avant de me rencontrer, mais je n'avais rien imaginé de tel.

— Je-je-je, se moqua-t-elle. Tu lui fais perdre son temps. Tu es venue ici pour que je t'explique comment continuer à l'intéresser, c'est ça ?

Sienna avait l'air très amère.

— Te fatigue pas, chérie. Tu ne pourras rien faire. Hayden aime avoir le choix. Tu ne le satisferas jamais ; tôt ou tard, il reviendra me voir en courant.

Cette journée avait été longue et difficile, et j'étais déjà à bout de nerfs. Je n'avais vraiment pas besoin de ça. Si je me laissais emporter par mes émotions, cette soirée risquait de très mal se terminer.

— Je n'aurais pas dû venir ici, dis-je en reculant. Je m'en vais.

Sienna fit un pas de côté, me coinçant entre le bar et le mur.

— Tu es sûre de ne pas vouloir jeter un coup d'œil dans la salle ? Histoire d'apprendre ce que tu vas devoir faire pour le garder un peu plus longtemps ?

— Je ferais mieux de partir.

Ma gorge se serra lorsqu'elle se rapprocha de moi.

Elle inclina la tête sur le côté.

— Je ne pige pas. Qu'est-ce qu'il peut bien te trouver ? Regarde-toi un peu.

Elle souleva ma queue de cheval en fronçant le nez, puis passa un faux ongle sur ma joue.

Je tournai brusquement la tête.

— Ne me touchez pas.

Sienna attrapa mon menton et le serra entre ses doigts. Nous étions dans l'ombre, cachées par sa garde rapprochée. Elle se pencha vers moi et approcha sa bouche de mon oreille.

— Tu crois connaître Hayden, mais tu te trompes. Quand je l'ai rencontré, il était occupé à baiser toutes les filles de ce club une par une. Elles le voulaient toutes, mais j'étais la seule vers qui il revenait toujours. Je lui ai donné ce dont il avait besoin, *par tous les moyens*. Tu sais ce qui va se passer quand tu n'arriveras plus à suivre ? Il reviendra vers moi. Comme toujours.

— Lâchez-moi.

Je tirai sur son poignet.

Ses doigts serrèrent mon menton plus fort, et ses ongles s'enfoncèrent dans ma peau.

— Comme je suis d'humeur généreuse, je vais te donner

un petit conseil. Si Hayden commence à aller voir ailleurs, il y a un moyen très sûr d'attirer son attention. Tu veux savoir ce que c'est ?

Comme je ne réagissais pas, elle poursuivit :

— Tu n'as qu'à baiser Chris. C'est ce que j'ai fait quand j'ai découvert Hayden en train de sauter trois filles en même temps.

Sienna lâcha mon visage et recula.

— Oh ! tu as l'air choquée. Pauvre petite. Il ne t'en avait pas parlé ?

— Espèce de pute manipulatrice, murmurai-je en m'écartant d'elle.

— Comment tu viens de m'appeler ?

J'aurais dû m'attendre à une riposte. Je levai le bras une seconde trop tard pour parer son coup, mais parvins à amortir le choc. Mon coude entra en contact avec son nez, tandis que ses ongles m'écorchaient la joue. Je perçus un craquement satisfaisant.

Sienna jura en hurlant, me bouscula, et je perdis l'équilibre. Incapable d'éviter l'impact, j'atterris sur le coccyx, puis ma tête heurta le carrelage noir. De petites étoiles m'obscurcirent soudain la vue, et une douleur aiguë traversa ma hanche. Le vigile intervint au moment où Sienna revenait à la charge ; un bras massif s'enroula autour de sa taille et la souleva dans les airs, tandis qu'elle battait des jambes et hurlait des obscénités.

— Lâche-moi ! Je vais casser la gueule de cette salope !

Du sang coulait sur sa bouche et son menton, dégoulinant sur sa robe brillante comme du plastique. Le vigile, qui s'efforçait de la tenir fermement, l'emmena dans le couloir qu'elle avait emprunté plus tôt.

Je me soulevai sur mes bras tremblants. Ma hanche me faisait atrocement souffrir, et ma tête n'allait pas beaucoup mieux. Je rassemblai mes affaires éparpillées sur le sol et les fourrai dans mon sac à main en m'assurant que j'avais bien mes clés et mon portefeuille. Il ne manquait rien. Je sentais des regards posés sur moi. Pourtant, la musique hurlait toujours, et la fille sur scène continuait à tourner autour de sa barre. Si je n'avais pas été aussi concentrée sur ma douleur, j'aurais été morte de honte. Je dus me servir de la barre en laiton le long du bar pour me relever. La douleur était telle que j'avais un goût de bile au fond de la gorge. Du regard, je cherchai la sortie autour de moi.

Quand je la repérai enfin, j'aperçus le videur de l'entrée qui se dirigeait vers moi, les yeux plissés et les poings serrés. Je cherchai une autre issue, mais le panneau de sortie de secours se trouvait à l'autre bout du club.

Je n'arriverais jamais à marcher jusque-là.

6

Hayden

Il était une heure du matin. La télé était allumée, mais je ne la regardais pas. Je contemplais la série de dessins sur mon mur. Ils représentaient tous Tenley. Soudain, mon portable sonna.

— Quoi ? grognai-je, agacé par cette interruption.

— Tu ferais mieux de venir tout de suite au Dollhouse pour réparer tes conneries.

— Mais c'est qui ? dis-je en jetant un œil à l'écran. C'était un numéro inconnu.

— C'est Jay, abruti. Ta copine a cassé le nez de Sienna.

— Qu'est-ce que tu racontes ?

Jay était le chef de la sécurité. On se connaissait depuis des années et on était plutôt en bons termes.

— Bon sang ! Tu ne gardes jamais un œil sur les salopes avec qui tu couches ?

— Quoi ?

— Nom d'un chien, je croyais que tu avais arrêté la coke. Ta petite princesse est venue te chercher ici et s'est pris la tête avec Sienna. Bouge-toi et viens chercher ta copine avant que Sienna la bute pour de bon.

— C'est de *Tenley* que tu parles ?

— Qu'est-ce que j'en sais ?

Jay eut un soupir agacé.

— Longs cheveux noirs. Plutôt petite. Elle connaît Sarah, une des filles de Sienna. Ça te dit quelque chose ?

— C'est impossible. Elle n'est même pas à Chicago.

— Je sais pas ce qu'elle t'a raconté, mais elle est dans ce foutu club en ce moment, et on a dû enfermer Sienna. Je te donne dix minutes pour venir la chercher.

La communication fut coupée. J'attrapai mes clés et descendis les marches quatre à quatre jusqu'au parking souterrain.

Il était impossible que Tenley soit rentrée. Je l'aurais forcément su si elle était de retour. *Enfin, peut-être pas.* Elle m'avait appelé vingt fois aujourd'hui et je n'avais pas répondu. Elle n'avait laissé aucun message, et je m'étais senti trop énervé pour l'appeler tôt ce matin. Pourtant, il me semblait qu'elle m'aurait envoyé un SMS si elle avait décidé de rentrer. Ou alors quelqu'un d'autre m'aurait transmis l'information.

J'appelai Chris en sortant du parking, mais je tombai sur sa messagerie. Quand j'essayai de joindre Sarah, ce fut la même chose. Il me fallut moins de dix minutes pour arriver au Dollhouse. Je me garai juste devant l'entrée sur une zone interdite au stationnement. Une fois sorti de ma voiture, je verrouillai la portière.

— Stryker, mon pote, tu ne devrais pas..., dit Max.

— C'est Jay qui m'a fait venir. J'en ai pour une seconde.

— Cette petite furie est à toi ?

Je m'arrêtai.

— C'étaient pas des conneries ? Tenley est vraiment ici ?

— Une petite aux cheveux foncés ? Un joli visage et un cul à croquer ?

Je lui aurais bien écrasé la figure contre le mur de l'immeuble, mais il faisait deux fois ma taille.

— Je n'en ai pas pour longtemps.

En franchissant la porte, je fus frappé par l'odeur de sexe et de transpiration qui flottait dans le club. Les basses fortes qu'on entendait à l'extérieur venaient de la dance merdique sur laquelle dansaient les filles. J'inspectai la clientèle du club et cherchai Tenley au milieu des mecs en costard et des sales types habituels. Dans un coin au fond, je vis un homme d'affaires bien habillé poser les mains sur une danseuse.

Un vigile sortit de l'ombre, prêt à calmer le mec. Une conversation muette eut alors lieu entre le vigile et la danseuse, puis la fille descendit du canapé et tendit la main au mec en costard, qui se leva pour la rejoindre. Tandis que le vigile et le client échangeaient quelques mots, la danseuse se curait les ongles, l'air de s'ennuyer. Quand le marché fut conclu entre les deux hommes, le mec et la danseuse disparurent par une porte cachée. La routine, quoi. L'idée que Tenley ait pu assister à tout ça me rendait malade. Je me dirigeai vers le fond de la salle, où un vigile surveillait le couloir menant au bureau de Sienna. Jay travaillait depuis longtemps dans ce club quand j'avais commencé à le fréquenter. Il avait vu défiler beaucoup de danseuses, et beaucoup de gérants aussi.

— Tu m'as appelé ?

— Sienna est un peu énervée à cause de ce que ta copine a fait à son visage. Il a fallu que je me montre très persuasif pour l'empêcher de la traîner derrière et de la jeter dans une benne à ordures.

— Hayden ? dit Tenley.

Je fermai brièvement les yeux en entendant sa voix, puis je me retournai.

Elle avait l'air terrifiée. Elle était assise sur un tabouret de bar dans un coin, les mains posées sur les genoux. Je ne voulais pas qu'elle voie cet endroit, qu'elle observe ce qui s'y passait, ni qu'elle imagine ce que j'y faisais quand j'étais un client régulier.

— Mais qu'est-ce que tu fous ici ? demandai-je, soudain plus en colère que soulagé.

— Il fallait que je trouve Sarah.

J'étais ravi d'apprendre qu'elle avait décidé de chercher Sarah en premier... Je ravalai mon amertume lorsque les stroboscopes éclairèrent son visage balafré par trois ignobles traces rouges. Je me rapprochai d'elle et lui relevai le menton. Les griffures s'étendaient de sa tempe jusqu'à sa bouche. Je constatai que le contact était toujours aussi électrique entre nous.

— Qu'est-ce qui s'est passé ? demandai-je d'un ton plus tranchant que je l'aurais voulu.

— J'ai eu une petite conversation avec Sienna.

— C'est elle qui t'a fait ça ?

Comme Tenley hochait la tête, je me tournai vers Jay.

— Je veux lui parler.

— Je ne crois pas que ce soit dans ton intérêt.

— Je m'en fous. Je veux savoir pourquoi elle a défiguré Tenley.

— Eh bien, justement, Tenley est là. Je suis sûr qu'elle te racontera tout.

— Je veux l'entendre de la bouche de Sienna. Dis-lui que je suis là. Je te garantis qu'elle va accepter de me recevoir.

Sienna était en colère. Elle allait profiter de la situation pour me prendre la tête parce qu'elle était très douée pour ça.

— Peut-être qu'on devrait simplement s'en aller, dit doucement Tenley en se laissant glisser du tabouret.

— Pas question, fis-je d'un ton sec.

Tenley ignora ma réponse et posa les pieds l'un après l'autre sur le sol en grimaçant. Elle fit un pas vers moi, mais son genou se déroba, et elle dut s'agripper au bar.

Je l'attrapai par la taille.

— Mais qu'est-ce que c'est que ce bordel ?

Je lançai un regard furieux à Jay.

Il y avait tout le temps des bagarres au Dollhouse. Les filles devenaient agressives à cause de la concurrence entre elles, de la drogue et tout le reste. Mais la sécurité intervenait très vite. Une fois qu'elles avaient échangé quelques gifles, on les séparait. Aucun client n'aurait envie de payer pour regarder des danseuses amochées et hirsutes.

À l'évidence, Jay avait volontairement laissé Tenley et Sienna se crêper le chignon. Sans doute jusqu'à ce que Tenley se défende. Je lui en voulais à mort.

— Je vais bien, dit faiblement Tenley en s'accrochant de toutes ses forces à mes épaules.

— Arrête, crachai-je, agacé qu'elle me mente.

Ses jambes pouvaient à peine supporter son poids. Je la rapprochai de moi jusqu'à ce que son corps tout entier soit serré contre le mien. J'avais beau être en colère, j'étais trop en manque pour admettre qu'elle s'accrochait à moi uniquement pour ne pas tomber comme une pierre. Ce qui ne faisait qu'augmenter ma frustration.

Je gardai mon bras fermement enroulé autour de sa taille et la sentis haleter contre mon ventre alors qu'elle tentait de retrouver son équilibre. Tenley fit un pas en arrière en gardant une main sur mon avant-bras et s'efforça de faire passer son poids sur sa jambe droite.

— Assieds-toi et ne bouge pas, lui ordonnai-je en la déposant sur le tabouret.

Tenley obéit, ce qui était sacrément inhabituel. Elle semblait au bord des larmes. C'était compréhensible. Sienna n'était pas le genre de personne auquel Tenley aurait dû se frotter. Et il aurait été préférable qu'elle ne croise pas non plus les gens qui travaillaient ou fréquentaient le Dollhouse. Assise dans l'ombre, elle était au moins à l'abri des regards lubriques de tous ces crétins.

Ma confrontation avec Jay prit fin lorsque Sienna ouvrit brusquement la porte, heurtant presque la tête du vigile

— Je vais te faire ta fête, salope ! hurla-t-elle.

Puis elle remarqua ma présence. Des deux femmes, Sienna était visiblement la plus mal en point. Ses yeux étaient cernés, et son nez, enflé. Elle posa les mains sur ses hanches et bomba la poitrine. Elle portait une horrible tenue rouge en cuir artificiel, si courte qu'elle couvrait à peine son cul. Ce truc était si décolleté qu'on voyait presque ses tétons.

— Tu es venu chercher ta mégère ? demanda Sienna.

Ses paroles étaient tout juste compréhensibles.

Je me plaçai devant Tenley pour empêcher Sienna de la regarder.

— Je t'ai obéi après ta crise chez Lisa, tu sais. Je me suis éloignée parce que tu voulais absolument te taper cette petite conne. Mais je n'apprécie pas du tout que ton jouet vienne faire des conneries dans mon club.

Tenley grogna derrière moi, mais j'ignorai les remarques de Sienna sur notre relation. Elle voulait m'énerver, mais, cette fois, ça ne marcherait pas.

— Quel genre de conneries ?

— Elle m'a cassé le nez ! s'écria-t-elle en désignant Tenley.

Je me crispai.

— Fais gaffe à ce que tu dis.

— Ton petit jouet m'a traitée de pute !

Je gardai un ton neutre pour éviter d'entrer dans son jeu :

— Alors, tu as eu envie de la tabasser, c'est ça ?

— Elle a débarqué ici en faisant comme si elle te comprenait mieux que personne. Elle a eu ce qu'elle méritait. Je devrais porter plainte pour agression.

Sienna essuya son nez enflé, car un filet de sang coulait vers sa bouche. Sa consommation de coke n'arrangeait sans doute pas les choses.

— Tu veux dire que Tenley t'a frappée la première ?

— Tu devrais mettre une muselière à cette chienne, siffla Sienna.

Je me penchai vers elle, mais Jay secoua la tête pour m'avertir de ce qui m'attendait. Je levai la main en signe de soumission. Je n'étais pas stupide : il me mettrait au tapis en deux temps trois mouvements.

— Réponds à cette question. Est-ce que Tenley t'a frappée la première ?

— Elle est entrée dans mon club !

J'en avais assez entendu.

— Tu es vraiment un cas.

Je m'apprêtais à lui tourner le dos, mais Sienna m'attrapa par le bras, et ses ongles s'enfoncèrent dans ma peau tandis qu'elle se pressait contre moi.

— Ouvre les yeux, chéri, me dit-elle à l'oreille. Sa pureté ne va pas déteindre sur toi. Une fois passé l'attrait de la nouveauté, tu feras la même chose que d'habitude. Et alors, qu'est-ce qu'il te restera ? Rien.

— Je ne cherche pas à me purifier. J'assume les conneries que j'ai faites, et rien ne m'oblige à finir comme toi. Tu retombes dans le même trou en te demandant pourquoi, alors que c'est toi qui tiens la pelle. Tu adores t'enfoncer toute seule.

— Je t'emmerde ! cria Sienna en me poussant. Sors d'ici et emmène ta traînée !

— Tu ferais mieux de te regarder avant de parler, Sienna.

— Espèce de connard ! hurla-t-elle en tendant la main vers un verre vide sur le bar.

Mais Jay l'attrapa par la taille avant qu'elle l'atteigne.

Je me dépêchai d'éloigner Tenley, qui regardait la scène avec des yeux ronds. Quand la colère de Sienna se déchaînait, il y avait beaucoup de casse, et parfois même quelques victimes. Elle fut rapidement entourée de vigiles qui l'empêchèrent d'attraper d'autres objets. Sienna menait une triste vie, et j'étais soulagé de ne plus en faire partie.

Je traversai le club en portant partiellement Tenley. Quand j'arrivai enfin dehors, la fourrière était en train d'embarquer ma voiture.

Je lus dans le regard de Max que j'aurais dû m'y attendre.

— Où est ta voiture ? aboyai-je à Tenley.

— Là-bas, dit-elle en pointant un doigt vers le parking.

Un bras passé autour de sa taille, je me dirigeai vers l'endroit qu'elle m'indiquait. Elle avait toujours du mal à marcher sans mon aide. Bon sang, sa Prius était introuvable.

— Où est-ce... ?

Tenley leva une télécommande devant elle, puis une BMW rouge bipa, et son moteur se mit en marche.

— Elle est à qui, cette nazemobile ?

— C'était la voiture de Connor. Je n'ai pas eu d'autre solution pour revenir à Chicago, répondit-elle avec un regard triste.

Parfois, j'étais un vrai abruti.

— Merci de m'avoir sortie de là.

L'espace d'un instant embarrassant, j'eus envie de l'embrasser, mais je m'aperçus qu'elle attendait que je la relâche pour pouvoir monter dans la voiture. Une fois libre, elle baissa la tête et se dirigea vers le côté du conducteur en boitillant.

J'attrapai la main de Tenley qui tenait les clés.

— Euh, tu ne vas quand même pas conduire !

Tenley céda sans protester, ce qui en disait long sur son état. Je l'aidai à contourner la voiture. Elle dut soulever sa jambe de ses deux mains pour s'installer sur le siège passager. Je montai du côté du conducteur, mais le siège était tellement proche du volant que je me retrouvai presque le nez collé au pare-brise.

Une certaine tension régnait dans la voiture, et Tenley ne prononça pas un mot tandis que je sortais du parking. Je jetais des coups d'œil à son visage de temps à autre. J'avais trop de questions à lui poser (concernant cette soirée, les trois semaines qui venaient de s'écouler, le soir où elle était partie).

N'y tenant plus, je finis par lui demander :

— Qu'est-ce qui t'a pris d'aller au Dollhouse ?

— C'est Sarah qui a la clé de mon appartement et, comme elle ne répondait pas au téléphone, je me suis dit qu'elle était au travail.

— J'en ai une, moi aussi. Je t'aurais laissée entrer. Et on aurait évité toute cette merde.

— Tu ne répondais pas à mes appels. Je ne savais pas très bien si tu avais envie de me voir.

Nous étions de retour à la case départ, à l'époque où je la rendais nerveuse. Qu'avait bien pu lui infliger Trey pendant qu'elle était à Arden Hills ? Je sentais que son séjour là-bas avait été sacrément horrible. J'avais donc intérêt à me calmer et à arrêter de lui parler sèchement.

— Peu importe ce qu'il s'est passé entre nous, Tenley, tu aurais quand même pu venir me voir. Je ne t'aurais pas claqué la porte au nez.

Curieusement, ce n'était pas la chose à dire parce qu'elle se recroquevilla sur elle-même, et ses épaules se mirent à trembler.

— Chaton ?

Je n'aurais pas dû prononcer ce mot-là non plus. Tenley pressa une main sur sa bouche, mais un sanglot s'en échappa. Heureusement, nous étions presque arrivés chez moi.

Je pénétrai dans le parking souterrain, arrêtai le moteur, puis allumai le plafonnier pour pouvoir la voir. Elle s'était roulée en boule, comme après sa première séance de tatouage. Je lui caressai le dos. Comme moi, elle avait perdu du poids. Je sentais l'arête saillante de sa colonne vertébrale à travers ses vêtements. Elle me paraissait encore plus fragile qu'avant ; c'était effrayant.

Tenley inspira plusieurs fois profondément et expira en frissonnant. Quand elle releva la tête, je vis qu'elle avait tout juste repris le contrôle de ses émotions.

— Je suis désolée. Je ne voulais pas craquer.

— Ça va… N'importe qui s'effondrerait après avoir affronté Sienna. Et si tu venais chez moi ? Tu n'arriveras jamais à monter l'escalier de ton immeuble.

J'espérais que cette excuse suffirait à la faire céder. J'ignorais totalement où nous en étions, mais je ne voulais pas qu'elle parte.

— J'aimerais bien voir LC, murmura-t-elle.

— Il est là-haut. Il va être content que tu sois rentrée.

— LC est chez toi ?

— Je me suis occupé de lui pendant ton absence.

Elle renifla, puis s'essuya les yeux du revers de la main.

— C'est bien. Merci d'avoir fait ça.

Je haussai les épaules.

— J'en avais envie.

Je sortis de la voiture et me dirigeai vers le côté de Tenley. Elle était déjà en train d'essayer de se relever. Si elle avait toujours aussi mal demain, il faudrait que je l'emmène passer une radio chez le médecin ou un truc de ce genre. Comme elle serrait les lèvres, je compris qu'elle essayait de me cacher sa souffrance.

— Tu as besoin de quelque chose dans le coffre ? demandai-je.

Elle secoua la tête. Je fermai la nazemobile à clé et me dirigeai vers l'ascenseur. Tenley n'arrêtait pas de regarder l'escalier. Je lui dis qu'elle serait incapable de monter toutes les marches jusqu'à mon appart, vu la façon dont elle boitait.

— Je déteste les ascenseurs, dit-elle lorsque les portes s'ouvrirent.

Moi aussi, mais je ne pouvais pas envisager de la porter jusque là-haut.

— Ce ne sera pas long.

Tenley hésita, mais, quand je posai le pied sur le capteur pour empêcher les portes de se refermer, elle entra. Elle se réfugia dans un coin et agrippa la barre qui faisait le tour de la cabine. J'appuyai sur le bouton du deuxième étage, puis passai un bras autour d'elle.

Quand l'ascenseur commença à bouger, elle s'accrocha à moi et pressa son visage contre mon torse en s'excusant. Elle n'avait aucune raison de le faire ; le mouvement de l'ascenseur lui rappelait probablement la chute de l'avion. Et cet espace confiné sans fenêtre devait accentuer cette peur du vide.

Je la tins fermement en lui caressant les cheveux et regardai le reflet de nos corps enlacés dans les miroirs qui nous entouraient. Quand l'ascenseur s'arrêta, les portes s'ouvrirent, et Tenley s'élança presque dans le couloir.

Elle n'était venue qu'une fois chez moi, mais elle se souvenait où se trouvait mon appartement et commença à longer le couloir. Je n'allais pas lui demander, comme je l'aurais fait en temps normal, d'attendre que j'aie vérifié toutes les pièces ; il fallait qu'elle s'asseye immédiatement.

À l'intérieur, Tenley s'appuya au mur et enleva ses chaussures avec précaution. Je les rangeai dans le placard à côté des miennes.

LC arriva en bondissant dans le couloir et vint zigzaguer entre mes jambes en jetant des coups d'œil du côté de Tenley.

— Viens me voir, minou, roucoula Tenley en se laissant glisser sur le sol.

LC pencha sa petite tête sur le côté d'un air incertain et resta près de moi.

Tenley fit claquer sa langue en agitant les doigts. L'expression de son visage me fendait le cœur. Elle ne semblait pas surprise que le chaton la rejette.

Je m'accroupis et grattai la tête de LC.

— Ça va, mon petit pote, c'est ta maman. Elle était partie en voyage, mais elle est rentrée maintenant.

Toujours installé entre mes chevilles, LC miaula et la regarda.

— C'est ça, va lui dire bonjour. Elle nous a manqué, mais tu lui as beaucoup manqué aussi, tu sais.

LC trotta vers elle et renifla la main tendue de Tenley. Il fallut un petit moment au chaton pour se détendre, mais, ensuite, il s'approcha assez de Tenley pour qu'elle puisse le prendre dans ses bras. Tenley se mit alors à pleurer pour de bon. Des sanglots silencieux agitèrent son corps tandis qu'elle se recroquevillait autour du chaton.

Je fis de mon mieux pour ne pas être jaloux d'un stupide chat, mais LC avait tout de même droit à un bonjour beaucoup plus sincère que moi. Jusqu'à maintenant, Tenley m'avait seulement touché quand elle avait eu besoin de mon aide pour marcher et quand elle avait eu peur dans l'ascenseur.

— Tu m'as tellement manqué. Je suis désolée d'être partie aussi longtemps. Je ne recommencerai plus, c'est promis.

Tenley leva ses yeux pleins de larmes vers moi. Son regard était lugubre.

Ses paroles ne s'adressaient pas seulement à LC ; elles m'étaient aussi destinées. J'avais envie de la croire, mais j'étais incapable de lui faire confiance après sa disparition et son silence. Les actes en disent plus long que les mots, selon moi. J'étais soulagé qu'elle soit rentrée, mais je lui en voulais toujours d'être partie. Des sentiments contradictoires, c'est le moins qu'on puisse dire.

En plus, j'étais épuisé. Il était presque trois heures du matin et je n'avais pas beaucoup dormi cette semaine, surtout ces trois dernières nuits.

— Et si tu venais dans le salon ? Mon canapé est plus confortable que le sol. Et puis je voudrais jeter un œil aux griffures sur ton visage.

— Tu n'es pas obligé de faire ça.

— Si, au contraire. Allez, viens.

Je glissai mes mains sous ses bras et l'aidai à se relever tandis qu'elle tenait LC contre sa poitrine. Elle contemplait son environnement comme si elle le voyait pour la première fois. Arrivée dans le salon, elle retint son souffle en remarquant les nouvelles œuvres suspendues aux murs.

Je me passai une main dans les cheveux, un peu énervé à l'idée que mes sentiments pour elle soient aussi visibles sur mes dessins.

— Tu veux boire quelque chose ?

— Oui, merci.

Tenley s'enfonça dans un coin du canapé et ramena ses jambes contre sa poitrine, puis se tourna pour pouvoir regarder les dessins suspendus au-dessus de sa tête.

— Du vin, de la bière ? Ou quelque chose de plus fort ?

— Je veux bien quelque chose de fort.

Je nous servis deux verres de scotch en résistant à l'envie de vider le mien aussitôt pour le remplir une deuxième fois. J'étais plutôt tendu et j'avais plein de choses à lui demander, mais il valait mieux pour elle comme pour moi que j'évite de la bombarder de questions tout de suite – surtout après sa confrontation avec Sienna.

Je tendis un verre à Tenley. Elle avala une gorgée hésitante, puis fronça le nez avec dégoût.

— Tu n'aimes pas ? lui demandai-je en réprimant un sourire.

— Ça va.

Elle but une autre gorgée, mais fit la moue en avalant.

— Tu te fais souffrir pour rien. Ne te force pas à le boire par politesse.

— Pardon.

Tenley me tendit le verre et je versai son contenu dans le mien.

— Il faut du temps pour apprendre à aimer le scotch. Je vais te chercher autre chose.

Je me levai.

— Et j'aimerais m'occuper de ces griffures.

— D'accord.

Recroquevillée sur le canapé, Tenley avait l'air si craintive. Toute sa fougue avait disparu. Je voulais que revienne l'ancienne Tenley, vive et sarcastique. Je lui servis un verre de vin rouge et la laissai en compagnie de LC, qui était étalé sur ses genoux. Je sortis une trousse de premiers secours de mon armoire à pharmacie, puis humidifiai un gant de toilette avec de l'eau bouillante et l'essorai. Lorsque je retournai au salon, il était assez tiède pour nettoyer ses griffures.

— Laisse-moi jeter un œil aux dégâts.

Je m'assis à côté d'elle et m'approchai pour examiner ce qu'avait subi son visage.

— Ça ne me fait pas mal, dit doucement Tenley en posant son verre sur la table basse.

Au même moment, la manche de son sweat-shirt remonta sur son avant-bras. Elle avait des marques, ici aussi. Je lui pris la main et retroussai sa manche. Tenley tressaillit malgré la douceur de ce contact. Ces bleus anciens, tirant sur le vert jaunâtre, recouvraient tout le tour de son poignet. Comme une menotte.

— D'où ça vient ?

— Ce n'est rien.

Les yeux baissés, elle tira sa manche sur son poignet.

— Ne me raconte pas de conneries.

Tenley eut un mouvement de recul et, quand elle leva les yeux vers moi, je lus de l'appréhension dans son regard. Elle avala sa salive et joignit les mains.

— Trey s'est montré un peu agressif.

— À quel point ?

Toutes sortes de scénarios me vinrent à l'esprit, et j'eus soudain très envie d'écraser ce mec avec ma voiture. Jusqu'à ce qu'il ne reste plus rien de lui.

— Il m'a serré le poignet un peu plus fort qu'il ne l'aurait dû. Ce n'était pas volontaire, et j'ai facilement des bleus.

— Tu cherches des excuses à ce con ? demandai-je, incrédule.

— Non. Tu m'as demandé ce qui s'était passé et je t'ai répondu.

Tenley me paraissait toujours trop craintive. Je n'aimais pas ça, et son explication était très incomplète.

— Est-ce qu'il t'a laissé d'autres marques ?

Elle secoua la tête.

— Juste celles sur mes poignets. Tu veux regarder ma joue maintenant ?

Je laissai tomber. Pour le moment. Elle se tint parfaitement immobile tandis que j'inspectais ses griffures. Une patiente modèle. Ça me rappelait le jour où je lui avais tatoué ce petit cupcake, cinq centimètres à gauche de sa chatte.

Je lui relevai le menton, puis orientai correctement sa tête. Tenley se rapprocha de moi, et son tibia se pressa contre l'extérieur de ma cuisse. Sa main vint se poser sur mon genou, ce qui me fit tressaillir ; alors, elle la retira. J'eus envie de prendre sa main et de la reposer au même endroit, mais je ne le fis pas.

— Sienna a les ongles longs, dis-je.

Elle m'avait griffé le corps plus d'une fois.

À certains endroits, il y avait du sang séché. Mon côté parano me disait qu'il faudrait aller chez le médecin dès le lendemain pour vérifier si elle n'avait pas attrapé le tétanos ou un truc encore pire, mais, comme il n'y avait pas eu d'échange de fluides corporels, Tenley était probablement hors de danger.

Mon passé était la cause de toute cette histoire et ça m'exaspérait ; Tenley avait déjà surmonté assez d'épreuves. Et moi aussi. Je n'avais pas imaginé son retour de cette façon. Je passai doucement mes doigts sur sa joue et elle sursauta.

— Tu as mal ? demandai-je, inquiet.

— Non.

Sa voix était légèrement essoufflée.

Je tamponnai ses griffures avec le gant de toilette afin d'essuyer le sang. Puis je vaporisai du désinfectant sur sa peau et utilisai un coton-tige pour appliquer une solution antibiotique.

Quand j'eus terminé, Tenley changea de position en grimaçant.

— Il faut que tu voies un médecin pour ta hanche : ça a l'air grave.

— Elle me fait juste un peu mal.

— Ne me mens pas. Ça me fait vraiment chier quand tu fais ça.

Tenley eut encore un mouvement de recul, ce qui était compréhensible. J'étais énervé et je me défoulais sur elle. Moi qui voulais laisser ma colère de côté pour le moment, c'était raté.

Je glissai mes bras autour d'elle, puis l'attirai contre moi. Son dos s'appuya contre mon torse et je laissai tomber mon front sur son épaule.

— Tu n'as pas besoin de cacher ta douleur. Ça ne nous aide pas. Laisse-moi m'occuper de toi.

Son corps raide se détendit et je fermai les yeux lorsque ses doigts se promenèrent du dos de ma main jusqu'à mon avant-bras. Bon sang, cette sensation de proximité avec elle, le fait de la toucher, d'être touché par elle, tout ça m'avait tellement manqué. Sa main monta, monta, monta ; sur mon biceps, mon épaule, mon cou, jusqu'à ce qu'elle atteigne mes cheveux et s'y enfouisse. Je levai la tête, et mon nez effleura sa clavicule. J'eus beaucoup de mal à m'empêcher d'y poser ma bouche. Mais nous devions parler de beaucoup de choses avant d'en arriver là.

Tenley se retourna entre mes bras.

— Tu m'as manqué.

Sa paume se posa sur ma joue, et elle me força à redresser la tête. Sa bouche était juste au bon endroit.

C'est elle qui se pencha en avant.

C'est elle qui m'attira contre son corps

Ses lèvres se pressèrent sur les miennes. Elles avaient le même goût que dans mes souvenirs..., mais ce n'était plus pareil.

7

Tenley

Ce que je faisais à Hayden était injuste. Nous devions avoir une discussion qui lui permettrait d'exprimer toute sa colère. Qui m'obligerait à reconnaître que j'étais partie sans explication. Mais ça faisait des semaines que je n'avais rien ressenti d'agréable. Entre ses bras, je me sentais enfin de retour à la maison.

Alors, je l'embrassai. Il m'attira à lui en laissant échapper un soupir mi-découragé, mi-soulagé et m'écrasa contre son torse. Ainsi délogé, LC bondit de mes genoux en enfonçant ses petites griffes dans mes cuisses, puis miaula de mécontentement. Quand je me déplaçai pour augmenter le contact entre nos corps, ma hanche me fit atrocement souffrir, mais je l'ignorai.

Si j'avais été à l'initiative de ce baiser, Hayden en prit rapidement le contrôle. Je me retrouvai aussitôt allongée sur le canapé. Hayden rôdait au-dessus de moi et essayait d'introduire une jambe entre les miennes.

Sa bouche était ferme ; ses anneaux d'acier s'enfonçaient dans ma lèvre. Il glissa une main dans mes cheveux, puis les agrippa pour pouvoir contrôler l'angle de ma tête.

J'avais besoin de ce lien, qu'il soit physique et autre. La superbe masse de son corps s'installa au-dessus de moi. Son érection se pressa contre ma hanche, et je gémis. Je gardai une main fermement posée sur sa nuque pour le maintenir près de moi et fis descendre l'autre vers le creux de son dos.

Ensuite, je glissai ma paume sous la ceinture de son jean et touchai sa peau nue. Pas de boxer pour me barrer le passage. J'enfonçai mes ongles dans la peau douce de ses muscles fermes et poursuivis mon chemin.

Une chaleur familière envahit mes membres et atterrit tout droit entre mes cuisses. Hayden se tendit, mais je le retins fermement, terrifiée à l'idée de ce qui allait venir. J'avais désespérément envie de lui. Pourtant, il voulait en rester là. Je le devinais à sa façon plus lente de m'embrasser.

Hayden s'écarta de moi.

— On peut pas faire ça.

— Mais si, t'inquiète pas.

Je me redressai et tendis une main vers lui.

Hayden se leva du canapé d'un bond et attrapa son scotch.

— Non. On a des problèmes à régler, et c'est pas en faisant ce genre de chose qu'on y arrivera.

Il avait raison, évidemment. Mais je n'avais aucune envie de l'admettre à haute voix.

— Je sais que tu es en colère contre moi.

Je touchai mes lèvres. Elles étaient encore humides.

— En colère ? Tu n'as aucune idée de ce que j'ai vécu pendant ces trois dernières semaines.

Il se dirigea vers la cuisine afin de mettre plus de distance entre nous.

— Bien sûr que si.

Disons que je pouvais l'imaginer.

Je m'aperçus que nous avions déjà vécu une situation semblable. Après la fête de fiançailles chez Lisa et Jamie, quand je l'avais découvert dans la salle de bains avec Sienna et l'autre femme.

L'un bâtissait des murs autour de lui pour se protéger, tandis que l'autre essayait de trouver un moyen de les franchir. Cette fois, c'était moi qui cherchais à me faire pardonner. De son côté, Hayden avait revêtu son armure.

Sa main s'abattit sur le plan de travail avec un bruit sourd.

— Non. Tu n'en as aucune idée. C'est toi qui m'as quitté

– pas l'inverse. Alors, ne me dis pas que tu le sais, parce que c'est faux. Ça m'a totalement détruit.

— Tu crois que je n'ai pas souffert en partant d'ici ?

— Oh ouais, ça a dû être horrible. À tel point que tu n'as même pas pris la peine de nous appeler. Enfin, pas moi, en tout cas. Pas une seule fois.

Je m'attendais exactement à ça ; cette colère, cette souffrance.

— Je ne pouvais pas t'appeler.

— Pourquoi ? Trey s'y serait opposé ? Est-ce qu'il t'a enchaînée dans une cellule et t'a refusé tout accès au téléphone ? Ou est-ce que tu étais seulement autorisée à appeler tes copines ? C'est ça, hein ? Il n'y a que le dégénéré que tu n'avais pas le droit d'appeler.

— Mais non. En fait, si je t'avais téléphoné, je n'aurais jamais pu rester là-bas.

— Et ça aurait été vraiment grave ? Tu crois pas que je me suis senti totalement stupide quand tu m'as rejeté le jour où je suis allé te chercher à Arden Hills ?

— Quoi ? Tu es venu à Arden Hills ? Mais quand ? demandai-je avec stupéfaction.

— Le soir où tu as quitté Chicago, je suis tout de suite parti à ta recherche. Trey ne voulait même pas m'ouvrir la porte. Il s'est contenté de me menacer à l'interphone et a appelé les putains de flics.

— Oh ! bon sang. Je n'en savais rien, Hayden. Il ne m'en a jamais parlé.

Les deux premiers jours avaient été les pires. Je m'étais enfermée dans l'ancienne chambre de Connor et j'avais pleuré toutes les larmes de mon corps.

— Je te l'aurais dit si tu avais daigné répondre à mes putains d'appels. Mais tu ne l'as pas fait. Pas une seule fois. Je ne comprends rien. Je ne pige même pas pourquoi tu as voulu retourner là-bas. Surtout avec ce type qui te méprise. Si tu m'avais laissé faire, je t'aurais aidée à trouver un avocat et tu aurais pu régler tes problèmes ici.

— Ce n'était pas si simple. Je devais m'occuper de certaines choses.

— Il ne reste plus personne là-bas ; tu aurais pu t'en occuper ici ! hurla Hayden.

Ces paroles me firent l'effet d'une gifle et je fermai les yeux. Quand je les rouvris, son regard était plein de regret, mais il avait prononcé ces mots et il ne pouvait pas les retirer.

— Je sais qu'il n'y a plus personne, Hayden. Je vis avec cette pensée chaque jour.

Je me levai.

Hayden quitta la cuisine et me bloqua entre le canapé et la table basse.

— Je suis désolé ; c'était très con de ma part. Ce n'était pas ce que je voulais dire. J'essaie simplement de comprendre. La dernière soirée que nous avons passée ensemble, nous nous sommes sentis plus proches que jamais.

Quand Trey a débarqué, tu l'as laissé cracher sur notre relation. Ensuite, tu t'es mise à le soutenir en me disant de partir et tu as disparu pendant trois semaines. Je suis perdu. Je voulais à tout prix que tu rentres, mais je suis tellement...

Hayden s'arrêta, incapable de prononcer le reste de sa phrase. Je voyais ce qui le déchirait ; sa peur dominait tout. Comme si ce qu'il allait dire risquait de me faire disparaître de nouveau.

Il n'avait aucune raison d'interpréter les choses autrement. Pour le moment, il pensait que j'étais simplement passée chercher LC. J'avais cru que notre baiser lui indiquerait ce que je désirais vraiment, mais, bien sûr, ça n'avait pas marché. Parce que la dernière fois, je lui avais dit ce que je ressentais pour lui et puis j'étais partie.

— Tu as tout à fait le droit d'être contrarié, dis-je.

Il avait l'air si méfiant.

— Je croyais que partir avec Trey était la seule solution. Il y a moins de deux semaines, c'était la date anniversaire de l'accident, et un service commémoratif était organisé à cette occasion. J'ai perdu toute ma famille ; il fallait que j'y aille. Mais tu as raison : j'aurais dû t'appeler pour m'expliquer. Je regrette de ne pas l'avoir fait.

Je fis un pas vers lui, mais il recula.

— Mais je t'ai appelée, moi. Tu n'avais qu'à décrocher.

— Je te l'ai dit : si je t'avais répondu, je serais aussitôt revenue ici. Je ne suis pas retournée à Arden Hills pour une simple histoire de propriété. L'apparition de Trey a rouvert toutes mes blessures. Il a toujours été doué pour profiter de mes faiblesses, et surtout de ma culpabilité après l'accident.

Je rassemblai tout mon courage pour lui avouer la partie la plus difficile.

— Je me sentais totalement responsable de ce qui s'était passé. J'avais vraiment la trouille de me marier. Je croyais que c'était normal d'avoir des doutes, mais ensuite...

Ma voix se brisa, et je dus prendre une profonde inspiration pour pouvoir continuer.

— Tous ces morts... C'est arrivé par ma faute. Il a fallu que je l'accepte, Hayden. Autrement, je serais revenue ici avec les mêmes fantômes qui me hantaient à mon arrivée à Chicago. Et qu'est-ce qu'on serait devenus alors ?

— Je regrette que tu ne m'aies pas parlé de tout ça avant de me quitter.

Et voilà, encore cette bonne vieille phrase qui me faisait souffrir. Comme si j'avais voulu l'abandonner. Pour lui, c'était exactement ce qui était arrivé.

— Et je regrette de ne pas avoir été assez forte pour le faire. J'en suis désolée.

— Ouais. Moi aussi.

Il soupira bruyamment.

— Écoute, ça fait beaucoup de choses à digérer et je suis un peu... anéanti et fatigué. Tu dois être crevée après ces longues heures de route, toute cette merde avec Sienna, et puis notre discussion. Alors, il vaut peut-être mieux qu'on aille dormir. Sinon je risque de dire d'autres conneries.

— D'accord.

J'ignorai la boule dans ma gorge. Je n'avais pas le droit d'être déçue.

— Si tu veux bien me rendre la clé de mon appart...

— Quoi ? Pourquoi ?

— Parce que tu veux aller te coucher.

— Ouais, mais je veux pas que tu partes.

Il s'éclaircit la voix.

— En plus, tu boites et tu ne vas pas vouloir reprendre l'ascenseur… Autant que tu restes ici.

Mon cœur fit un bond.

— Je dormirai ici sur le canapé.

Il était assez confortable. Mais, bon, pas autant que le lit et le corps chaud de Hayden.

Il fronça les sourcils et se passa une main dans les cheveux.

— Euh..., c'est pas nécessaire. J'ai une chambre d'amis.

Ma lueur d'espoir s'éteignit de déception. La dernière fois que j'étais venue ici, il m'avait dit que personne n'avait jamais vu sa chambre. Il ne rechercherait plus la moindre intimité avec moi maintenant. Trop de choses avaient changé. Je le suivis dans le couloir, et il s'arrêta devant une porte que je n'avais pas remarquée pendant ma précédente visite.

Hayden alluma. Dans un coin se trouvaient un bureau et un meuble de rangement, et un grand lit était installé contre le mur du fond. Comme toutes les pièces de son appartement, celle-ci était impeccable.

La couette était bien lisse. J'étais sûre que les draps en dessous l'étaient tout autant. À côté du lit se trouvait une table de chevet avec une petite lampe.

Le réveil indiquait 4 h 14. J'étais debout depuis presque vingt-quatre heures. Mon corps et mon cerveau étaient épuisés ; seule l'adrénaline me faisait tenir debout. Une fois à court, je risquais de m'effondrer.

— Je vais te chercher une brosse à dents et une tenue pour dormir.

Hayden longea le couloir, puis disparut dans sa chambre.

Je m'assis sur le bord du lit et passai une main sur la couette rouge. Les draps étaient gris foncé, les murs, blancs.

Hayden revint avec une brassée de vêtements et une brosse à dents dans son emballage.

— Je ne savais pas très bien ce que tu voudrais… Je t'ai apporté différentes choses.

Il posa les vêtements sur le bord du lit.

— Il y a une salle de bains au fond du couloir à gauche. Si tu as besoin de quelque chose, tu sais où me trouver.

— Je te remercie d'avoir bien voulu m'héberger.

— Je suis soulagé que tu sois rentrée. On se voit demain matin.

Hayden se pencha, m'embrassa sur la tête et passa ses doigts dans ma queue de cheval.

Quand il fut sorti de la chambre, je triai ses vêtements. Le pantalon à cordon lui allait peut-être, mais il était beaucoup trop grand pour moi. Il y avait deux tee-shirts, l'un à manches courtes, l'autre à manches longues, ainsi qu'un boxer. J'enlevai mes vêtements, contente de pouvoir enfiler quelque chose de plus confortable. J'avais très envie de filer sous la douche, mais l'aube approchait déjà. Il valait mieux dormir un peu.

Le tee-shirt à manches longues m'allait jusqu'aux cuisses. L'élastique du boxer était trop large à la taille, mais je parvins à le faire tenir en le roulant plusieurs fois.

J'avais toujours mal à la hanche. C'était certainement dû à ma petite bagarre avec Sienna, mais aussi au long trajet en voiture. La douleur n'était pas aussi forte que lorsque Hayden était venu me chercher au Dollhouse, mais j'étais toujours gênée au point de boiter. Je cherchai dans la poche de mon jean et y trouvai la boîte de Tylenol qui ne me quittait jamais.

Mes dents me paraissant granuleuses sous ma langue, je me dirigeai vers la salle de bains. Je trouvai le dentifrice dans le placard, me brossai les dents et me rinçai avec du bain de bouche, même si je n'étais pas obligée d'avoir l'haleine fraîche cette nuit.

Les serviettes et les gants de toilette se trouvaient dans le tiroir du haut sous le lavabo. Je passai un gant sous l'eau chaude et me lavai le visage en faisant attention d'éviter mes griffures. Comme je ne pouvais pas prendre de douche, je m'appuyai contre le bord du lavabo et passai le gant de toilette sur mes jambes. Cette chaleur humide était agréable.

Hayden frappa à la porte et je lui criai d'entrer. Il apparut sur le seuil, une pile de serviettes dans une main et un verre d'eau dans l'autre. Il ne portait qu'un pantalon de pyjama.

D'habitude, il dormait nu. Il avait dû l'enfiler pour nous éviter tout embarras.

Son regard se promena sur mon corps et revint se poser sur mon visage. Puis il erra de nouveau plus bas pour remonter aussitôt.

— Je me suis dit que tu aurais peut-être besoin de ça si tu te lèves avant moi. À moins que tu décides de prendre ta douche chez toi. Mais je les laisse ici. Comme ça, tu auras le choix.

Il me tendit les serviettes.

— Et je t'ai apporté un verre d'eau au cas où tu aurais soif.

Il me le tendit aussi.

— Merci.

Hayden était visiblement nerveux. En le voyant comme ça, j'avais envie de rire et de pleurer en même temps.

Il se frotta la nuque et cligna des yeux plusieurs fois.

— Tu as choisi le boxer.

— Le pantalon était trop long. Le boxer est un peu grand aussi, mais je vais sans doute l'enlever une fois au lit, dis-je sans penser à ce que ça sous-entendait.

Son corps était magnifique. Les lignes noires du phénix se terminaient brusquement juste au-dessus de sa large poitrine. Suivait une étendue de peau vierge, puis une explosion de couleurs ornait son épaule et s'étendait sur son bras droit. Ces deux tatouages formaient un tout.

Mais il aurait été trop simpliste d'en conclure que Hayden avait un côté lumineux et un côté sombre. Ces deux tatouages représentaient ses contradictions. Le cœur sanguinolent sur son avant-bras était enveloppé de ronces en fleurs, flétries d'un côté, épanouies de l'autre. La carpe koï qui se promenait le long de son bras se démenait pour remonter le courant.

Les nénuphars qui flottaient sur l'eau passaient du rose et blanc au violet foncé, puis se fanaient en atteignant son épaule. En fait, les côtés sombre et lumineux de Hayden fusionnaient, se fondaient l'un dans l'autre.

Cette nuit, je voyais pour la première fois combien il était tiraillé entre des sentiments contradictoires, combien il luttait pour aller vers la lumière. J'avais l'impression que les tatouages dans son dos reflétaient ses humeurs les plus sombres. L'un d'eux était particulièrement inquiétant, mais, chaque fois que j'avais demandé à le voir de plus près, Hayden m'avait distraite d'une manière ou d'une autre.

Il avait perdu du poids pendant mon absence. Cinq kilos sans doute, voire plus. Ses tablettes de chocolat étaient plus prononcées, et les os de ses hanches ressortaient très légèrement sous ses muscles bien définis recouverts d'encre.

Sa taille était plus étroite, aussi ; son pantalon tombait si bas que c'en était presque obscène. Je le fixais bêtement, sans la moindre pudeur.

Hayden baissa une main pour dissimuler le problème qui s'aggravait sous sa ceinture.

— Je... Euh... J'y vais maintenant. Me coucher.

— Si tu crois que ça vaut mieux.

J'avais une terrible envie de tendre la main vers lui et de suivre du doigt les lignes du phénix. Surtout les cercles qu'elles décrivaient autour du métal noir qui perçait son téton, et, plus bas, à l'endroit où elles disparaissaient sous la ceinture de son pantalon. Il m'avait déjà repoussée une fois, cependant ; je n'allais certainement pas réessayer. Son hésitation était compréhensible.

— Oui, dit Hayden en faisant un pas en arrière. Il est grand temps de dormir.

— On se voit demain matin alors.

Je roulai l'élastique du boxer une fois de plus pour faire bonne mesure.

Il hocha la tête, les yeux fixés sur mes jambes.

— Sauf si tu as besoin de moi. Enfin, de quelque chose. Sauf si tu as besoin de quelque chose. Je ne serai qu'à quelques pas de toi.

Hayden se retourna, puis s'éloigna dans le couloir. J'aperçus alors le tatouage sur son épaule droite, celui que je n'avais encore jamais vu de près. On aurait dit un enfant emmailloté dans une couverture, mais son regard était terrifiant – c'était celui d'une personne âgée, mauvaise, pleine de désespoir.

Hayden me regarda par-dessus son épaule en atteignant la porte de sa chambre.

— Bonne nuit, Tenley.

— Bonne nuit, dis-je avec un faible sourire.

J'aurais voulu être invitée dans son lit, même si ce n'était que pour dormir. Je rêvais de sentir son corps près du mien. C'était dur d'être chez lui, mais pas à ses côtés. Enfin, c'était justifié vu ce que je lui avais fait subir.

Hayden laissa la porte de sa chambre entrouverte. LC arriva alors en gambadant dans le couloir et s'arrêta à mes pieds, se frotta contre ma jambe, puis trotta vers la chambre de Hayden. Tout ce qui avait été à moi ne l'était plus.

J'entendis Hayden parler à LC et m'aperçus que je n'avais peut-être pas le droit de lui reprendre le chaton. Je les avais tellement négligés, tous les deux. Quelques secondes plus tard, la lumière s'éteignit, et je me retrouvai seule.

Je laissai les serviettes à côté du lavabo et emportai le verre d'eau dans ma chambre. Soulevant la couette, je me glissai entre les draps froids et me dis que je ne pourrais jamais m'endormir en sachant Hayden aussi près et inaccessible. Pourtant, un voile se déposa aussitôt sur mes yeux fatigués.

Je fus réveillée en sursaut par un cri. Un sentiment de panique s'empara de moi quand je ne reconnus pas les lieux, mais je me rappelai alors que j'étais chez Hayden, dans sa chambre d'amis. Il était sept heures, une heure raisonnable pour se lever si je ne m'étais pas couchée seulement deux heures plus tôt. Un nouveau cri retentit de l'autre côté du couloir. C'était une voix grave et masculine.

Je me glissai hors du lit en testant ma jambe droite avant de m'appuyer dessus. Elle me faisait toujours mal, mais le Tylenol rendait la douleur acceptable. Je me faufilai dans le couloir, seulement éclairé par la faible lumière de la salle de bains.

Je poussai la porte sans bruit. Hayden était entortillé dans ses draps, ses oreillers éparpillés sur le sol. Son corps était couvert d'un film de sueur malgré l'air frais. LC était assis par terre, les poils hérissés. Hayden se débattait et gémissait plaintivement. Des mots sortaient de sa bouche tandis qu'il s'agitait entre ses draps. Son cauchemar était trop puissant pour que Hayden parvienne à s'en échapper.

Je me précipitai vers le lit et grimpai à côté de lui. Je l'appelai doucement au début, puis plus fort, jusqu'à ce que je crie. Mais Hayden restait bloqué dans son mauvais rêve. N'ayant pas d'autre solution, je posai une main sur son épaule et le secouai avec hésitation, puis de plus en plus fort.

Hayden se redressa en sursautant. Il tourna la tête de tous les côtés, examinant la pièce sans comprendre. Enfin, son regard se posa sur moi ; un regard effaré et paniqué.

— Tenley ?

— Tout va bien. Je suis là. C'était juste un rêve.

Je repoussai les cheveux de son front.

Hayden m'attrapa les mains et les porta à sa bouche. Je sentis ses lèvres bouger sur mes phalanges. Du fond de sa gorge monta un son grave, mélange de désespoir et de soulagement. Ensuite, il se mit à m'examiner à tâtons. Il passa une main sur ma poitrine, regarda sa paume, puis refit le même geste en marmonnant quelque chose à propos de mon sang.

Hayden trouva le bord de mon tee-shirt et glissa une main sous le tissu. Sa paume se promena sur mon ventre et entre mes seins, comme si elle cherchait quelque chose. Frustré, Hayden tira mon tee-shirt par-dessus ma tête. Sa paume se posa au centre de ma poitrine.

— Elle n'est pas là.

Il regarda par-dessus mon épaule et passa sa main dans mon dos.

— Qu'est-ce qui n'est pas là ?

— La balle. Il n'y a pas de balle.

— Je vais bien, Hayden.

Je posai ma main sur la sienne et la déplaçai plus haut.

— Tu vois ? Je vais bien, il n'y a rien ici. C'était un rêve.

— Rien. Il n'y a rien. Il n'y a pas de sang, haleta-t-il.

Hayden me serra si fort contre lui que j'eus presque du mal à respirer. Le menton posé sur son épaule, je traçai de lents cercles sur son dos pour le réconforter, puis j'embrassai sa peau bouillante. Elle était humide, et la sueur lui donnait un goût salé.

— Je t'en prie, reste avec moi. Ne repars pas. S'il te plaît. J'ai trop mal sans toi. Je ne sais pas quoi faire. Je ne...

Hayden continua à me supplier jusqu'à ce qu'il devienne trop agité pour parler. J'étais bouleversée de le voir aussi vulnérable.

— Je suis là. Je ne vais nulle part, dis-je en cherchant à le rassurer.

Cassie avait raison : je n'aurais jamais imaginé qu'il puisse être aussi fragile.

Lorsque sa respiration se calma enfin et que son étreinte se relâcha, je l'encourageai à retourner sous la couette. Il obéit volontiers. Je la ramenai sur nous, et Hayden s'enroula autour de mon corps. Il pressa son front contre ma nuque, puis se rapprocha le plus possible de moi. Sa main continuait à me caresser lentement. Elle revenait toujours vers le centre de ma poitrine, s'assurant que je n'étais pas blessée.

— C'est toujours le même rêve. Je n'arrive pas à t'atteindre à temps, puis tu disparais, et je ne peux rien faire pour échapper au vide.

Comme les miens, ses cauchemars semblaient constitués de fragments du passé mêlés au présent. Ses parents avaient été assassinés. Si j'avais pris leur place dans son subconscient, mon départ avait dû déclencher ces nouveaux cauchemars.

— Je suis avec toi, Hayden. Tout va bien maintenant.

Je le serrai contre moi.

Au bout d'un moment, sa main vint se poser sur mon sternum. Son nez était pressé contre ma gorge. Je sentis peu à peu sa respiration se calmer et la tension quitter son corps, mais il garda son bras passé autour de moi, comme s'il craignait que je disparaisse s'il me lâchait.

8

Hayden

Mon visage était chaud, humide. Un battement régulier me berçait. Ma joue reposait sur une poitrine, ce qui expliquait pourquoi mon visage était couvert de sueur. Le battement était celui d'un cœur, car j'étais enroulé autour d'un corps.

J'ouvris les yeux. Tenley était dans mon lit. L'espace d'un instant, je me demandai si ces trois dernières semaines n'avaient été qu'un rêve incroyablement merdique. Mais je compris en voyant les griffures sur sa joue que ma récente descente aux enfers était bien réelle.

Tenley était revenue. Enfin. Malheureusement, nous n'avions pas eu droit à de joyeuses retrouvailles. Le thème de la soirée, c'était plutôt remarques amères et crêpage de chignon.

Je ne comprenais toujours pas comment elle avait pu finir dans mon lit, ma tête posée sur elle comme sur un oreiller. Et, à ce qu'il me semblait, elle était entièrement nue. Pas génial comme situation, parce que j'avais une gaule d'enfer et qu'avant toute chose, nous devions avoir une sérieuse conversation. L'envie de me branler avait disparu le soir où Tenley était partie de Chicago, mais, dès que je l'avais vue cette nuit dans mon tee-shirt et mon boxer, ma queue était sortie du coma. Comme je n'étais pas dans le bon état d'esprit pour me soulager, j'avais laissé tomber. En plus, sa hanche avait l'air de lui faire vraiment mal. Une partie de jambes en l'air n'aurait fait qu'empirer les choses.

Tenley renifla légèrement, ce qui voulait dire qu'elle se réveillait. Ensuite, elle s'étira, et ses membres se mirent à vibrer. Toutes ces petites choses m'avaient manqué, plus que je voulais l'admettre.

Mes sentiments me rendaient trop faible ; je sentis ma colère monter. Mais mon érection ne se calma pas pour autant. Ce fut même tout le contraire. Je roulai sur le dos pour avoir un peu d'espace et réfléchir, car j'ignorais totalement comment procéder. Mon cerveau et mon corps désiraient deux choses très différentes.

Tenley ne me facilita pas les choses puisqu'elle jeta sa jambe en travers des miennes, son corps nu se collant contre le mien. Elle ne plaisantait pas en disant que le boxer était trop grand. Je sentais la moindre parcelle de son corps, y compris cet endroit doux et chaud fermement pressé contre ma cuisse. Elle se pelotonna un peu plus contre moi sans s'apercevoir de rien, et sa main descendit sur mon torse. Je l'attrapai avant qu'elle atteigne mon nombril.

Tenley leva la tête en clignant des yeux.

— Salut, dit-elle d'une voix rauque et sensuelle.

Ma queue sursauta, excitée par quelque chose qu'elle n'avait pas le droit de vouloir. Stupide appendice. Lorsque Tenley remua, ses seins nus effleurèrent mon bras, et je me tendis. La stimulation était trop forte. Je luttai contre le désir de me retourner, de m'introduire entre ses cuisses et de prendre ce que je voulais. J'avais simplement envie de la pénétrer pour pouvoir sentir de nouveau ce lien entre nous.

— Comment tu as atterri ici ? demandai-je.

L'air perplexe, Tenley contempla son environnement. Elle dut s'apercevoir de notre position compromettante, car elle parut soudain sur ses gardes. Lorsque je lâchai sa main, elle s'assit, et la couette tomba. La première chose que je remarquai, ce fut la crête proéminente de ses clavicules. Mais, ensuite, le léger mouvement de ses seins merveilleusement rebondis attira mon regard. Tenley eut un frisson, et ses tétons se durcirent à cause du changement de température. Ses petits *barbells* brillèrent. Ils avaient l'air d'attendre ma bouche ou mes mains, mais je regardai ailleurs.

Tenley ramena rapidement la couette sur elle et la remonta jusqu'à son cou.

— Tu as fait un cauchemar cette nuit. Tu ne t'en souviens pas ?

Je secouai la tête.

— Je ne sais pas très bien si tu étais vraiment lucide. Tu..., euh..., tu m'as enlevé mon tee-shirt. Tu cherchais quelque chose. Une blessure, je crois ?

Les draps bruissèrent, et je perçus une sorte de froissement, comme du tissu glissant sur de la peau.

Je jetai un œil dans sa direction. Tenley avait couvert sa nudité à l'aide du tee-shirt noir de la veille.

— Est-ce qu'on a... ?

— Non. Rien du tout. Tu étais bouleversé après ton cauchemar. Alors, je suis restée jusqu'à ce que tu te calmes, et puis nous nous sommes endormis. Il ne s'est rien passé d'autre.

De toute façon, il était impossible que j'oublie une partie de jambes en l'air avec Tenley.

— Bien, très bien...

Soudain, mon cauchemar se mit à défiler devant mes yeux comme un diaporama de photos terrifiantes. C'était celui qui me perturbait le plus ces derniers temps, celui où elle saignait à cause d'une blessure par balle à la poitrine. Sauf que, la nuit dernière, sa robe fourreau était noire au lieu d'être blanche, et je n'arrivais pas à voir le sang qu'elle perdait.

Tenley dut comprendre à mon expression que je repensais à mon rêve, car elle baissa la tête. Ses cheveux retombèrent devant son visage. Elle se tordit les mains sur ses genoux, et des larmes coulèrent sur la couette grise. Elles restèrent sur la surface pendant quelques longues secondes, puis traversèrent le tissu qui devint presque noir.

— Je suis désolée de t'avoir fait souffrir, murmura-t-elle.

— Je te crois.

Incapable de m'en empêcher, je lui relevai le menton pour voir son visage. Ses peurs égalaient les miennes. J'aurais voulu retrouver notre relation telle qu'elle était avant son départ, mais tant de choses étaient arrivées. Nous devions trouver un nouvel équilibre et ça prendrait du temps.

Je roulai sur le flanc pour lui faire face.

— Tu veux bien me raconter ce qui s'est passé hier soir avec Sienna ?

— J'ai quitté Arden Hills précipitamment. J'ai appelé Sarah en chemin pour lui dire que j'étais sur le point d'arriver. Je voulais simplement rentrer chez moi. Enfin, bref, elle n'a pas décroché, et je lui ai laissé un message. Je me suis arrêtée devant notre immeuble, mais sa voiture n'était pas là...

— Tu étais juste de l'autre côté de la rue et tu ne m'as pas envoyé de message ?

— J'en avais envie, mais tu n'avais pas répondu à mes appels et je n'étais pas prête...

— Tu venais de passer trois putains de semaines loin de moi. Tu crois vraiment que tu pouvais être encore plus prête ?

— Je sais que c'est nul. Enfin, j'étais debout depuis que tu m'avais appelée le matin, et il était tard quand je suis arrivée ici. J'avais envie de te voir, mais j'étais fatiguée et émotive. J'ai pensé qu'il valait mieux pour nous deux que je ne débarque pas au milieu de la nuit.

Je comprenais ce qu'elle voulait dire, mais ça me faisait mal quand même.

— Alors, c'est comme ça que tu as atterri au Dollhouse ?

— J'avais seulement l'intention de récupérer ma clé et de partir. Quand j'ai dit que je connaissais Sarah, le videur a cru que je cherchais du travail et m'a laissée entrer. Si j'avais su que Sienna était la gérante, je n'y serais pas allée. Une fille m'a emmenée la voir, et, bien entendu, elle m'a reconnue. Elle a dit des choses qui m'ont déplu ; alors, j'ai fait pareil. Quand elle est devenue agressive, je me suis défendue.

J'étais fier que Tenley ait affronté une personne comme Sienna. C'était imprudent, mais gonflé.

— Qu'est-ce qu'elle a dit exactement ?

Tenley regarda ailleurs.

— Que je ne saurais pas m'y prendre avec toi. Que tu t'ennuierais et que tu retournerais la voir.

Du Sienna tout craché.

— Ce sont des conneries. Je préférerais baiser un cactus. Je devine que ta réponse ne lui a pas plu.

— Pas tellement.

— Qu'est-ce que tu lui as dit pour l'énerver ?

Les joues de Tenley se colorèrent.

— Ce n'est pas important.

Je levai un sourcil et soutins son regard.

— Ah non ? Ça devait l'être, pourtant, vu l'état de ton visage.

Elle céda en soupirant bruyamment.

— Je l'ai traitée de pute. Après, elle est devenue agressive.

Tenley omettait quelque chose. Je le devinais à son regard fuyant et à son agitation.

— Qu'est-ce qu'elle t'a dit d'autre ?

— Pas grand-chose. Elle voulait juste me provoquer. Tu as dit toi-même qu'elle aimait mentir.

Je me rapprochai de Tenley pour qu'elle ne puisse pas cacher son visage et fis glisser ma main le long de son cou. Son pouls battait à toute allure contre ma paume. J'effleurai sa mâchoire de mon pouce. Elle se pencha vers moi pour accentuer ce contact.

— Quoi d'autre, Tenley ?

— Elle m'a dit pourquoi elle avait couché avec Chris.

Mon estomac se serra. Je dissimulai mon affolement derrière un sarcasme.

— Ah oui ? Et quelle était son explication tordue ?

— Elle l'aurait fait pour attirer ton attention.

— Eh bien, quelle femme intelligente ! répondis-je avec dérision.

Sienna lui avait sans nul doute servi une version très déformée des événements, laissant de côté toutes les parties importantes. Sienna avait atterri dans le lit de Chris suite à un immense bordel. J'aurais dû me douter qu'il me faudrait affronter cette merde tôt ou tard ; j'avais encore trop de liens avec les personnes de mon passé. Mais j'aurais préféré qu'on ait cette discussion à un moment moins crucial de notre relation. L'ombre menaçante de ma ruine ne cessait de s'étendre ; les déchets toxiques de mes anciennes relations me submergeaient.

— Elle a dit que tu...

Tenley se mordit la lèvre. Puis secoua la tête.

— Laisse tomber. Ça n'a pas d'importance.

— Bien sûr que si, putain. Qu'est-ce qu'elle t'a raconté ?

Visiblement, Sienna lui en avait dit beaucoup plus que je l'aurais fait.

— Est-ce qu'on peut oublier ça pour le moment ? Je sais que je n'aurais pas dû aller au Dollhouse, mais c'est fait. Ce que Sienna a dit était hors de propos.

Agacé, frustré, je frottai ma main sur mon visage.

— Ne fais pas ça. Je veux savoir ce qu'elle a dit pour pouvoir me défendre ou m'expliquer.

Je soupirai.

— Je n'ai pas l'intention de minimiser les événements, Tenley. Je vais te dire tout ce que tu veux savoir. On a enfin compris tous les deux que nos omissions avaient un vrai impact sur notre relation, je crois.

Comme elle restait silencieuse, je la provoquai un peu.

— Est-ce qu'elle t'a parlé de mon plan à quatre ?

— Je..., je..., ça..., ça n'a pas...

— Je prends ça pour un oui. Est-ce que tu vas encore me mentir et me dire que ça ne te dérange pas ? On dirait bien que si, pourtant. En fait, tu as l'air au bord de la nausée. Tu es sûre que ça n'a pas d'importance ?

Tenley tripota le bord de la couette.

— Bien sûr que ça me dérange. Mais je ne peux rien y changer, et toi non plus. Pourquoi tu me provoques comme ça ?

— Parce que je suis toujours en colère, Tenley !

Ma rage contre Sienna, Tenley et contre moi-même me donnait soudain une grande envie de me battre.

— Tu as disparu sans aucune explication, pendant presque un putain de mois ! Comment tu as pu me faire ça ?

Elle resta silencieuse une minute. Puis elle dit :

— Tu as raison. J'ai fui. Je l'admets.

Elle inspira profondément.

— J'étais terrifiée par ce que je vivais avec toi, Hayden. Et pas seulement à cause de ce que j'avais déjà perdu.

Ces mots attirèrent mon attention.

— Alors, pourquoi ? demandai-je plus doucement.

— Parce que ma relation avec Connor me faisait soudain l'effet d'une farce. Je n'ai *jamais* éprouvé des sentiments aussi forts pour lui. Peut-être que j'aurais pu être heureuse avec Connor, mais je ne le saurai jamais parce qu'il est mort. Et c'est ma faute. C'est moi qui voulais un mariage loin de chez nous. Imagine un peu ce que je ressens : je ne t'aurais jamais rencontré si toute ma famille n'était pas morte ! Je ne cherche pas à justifier ma fuite. Je t'explique simplement pourquoi je suis partie.

Eh bien, ça me donnait amplement de quoi réfléchir. L'apparition de Trey avait dû faire ressurgir toute sa culpabilité. Et puis la commémoration et les problèmes de propriété lui avaient fourni une excuse parfaite pour s'échapper. Elle avait vraiment dû en baver là-bas.

Je soupirai.

— Je peux comprendre les raisons de ton départ. Mais je regrette quand même qu'on n'ait pas pu en parler avant. Ces trois dernières semaines ont été à chier.

— Et j'en suis désolée. Elles l'ont été pour moi aussi. Je changerais tout si je le pouvais.

— Comment je peux être sûr que tu ne recommenceras pas ? Comment je pourrais te faire confiance après ça ?

Tenley baissa les yeux ; quand elle me regarda de nouveau, ils étaient brillants de larmes refoulées.

— Il faudra du temps, j'imagine. Est-ce que tu veux bien m'en accorder un peu ? Je suis sûre que tu as encore des questions, et j'y répondrai si ça peut t'aider. Je ferai tout ce qu'il faudra. Je m'éloignerai même un peu, si c'est ce que tu veux.

Le problème était beaucoup plus difficile à régler que je l'avais imaginé.

— Non, merci, pour l'éloignement, j'ai eu ma dose. Mais je ne crois pas qu'on puisse reprendre là où on en était.

— J'aurais tendance à être d'accord. Alors, on en est où exactement ?

— Je n'en ai aucune idée. C'est la première fois que je vis ce genre de situation.

— Moi aussi. Enfin, plus ou moins.

Tenley baissa la tête.

— Tu as déjà vécu ça ?

— Oui. Mais ça ne s'est pas très bien terminé.

Il s'agissait donc de son histoire avec Connor.

— Tu as l'intention de m'en parler quand même ?

— Tu veux que je le fasse ?

Je n'étais pas sûr que ce soit le meilleur moment.

— Peut-être plus tard.

Ses épaules s'affaissèrent de soulagement.

— D'accord. Alors, qu'est-ce qu'on fait maintenant ?

Je jetai un œil au réveil. Il était presque midi.

— Je dois aller travailler dans une heure, mais on pourrait commencer par aller prendre le petit-déjeuner quelque part.

— Vraiment ?

Elle m'adressa ce petit sourire timide que j'aimais tant.

— Ouais. Mais je vais d'abord prendre une douche.

— Je devrais sans doute faire la même chose.

Je faillis lui proposer de me rejoindre, mais je m'aperçus que ce n'était sans doute pas la meilleure idée qui soit. Pour prendre une douche, il fallait être nu, et qui dit nudité, dit sexe. J'en rêvais tellement que ça frôlait le pathétique, mais ça n'aurait pas été très malin. Ce serait délicieux, fantastique même, mais tout était déjà trop confus dans ma tête.

Cependant, j'allais maintenant devoir accomplir une prouesse de taille : filer sous la douche sans que Tenley remarque mon énorme érection.

— Attends.

Tenley attrapa mon bras alors que je descendais du lit.

— Ouais ?

— Peut-être que je pourrais...

— Je ne crois pas...

Ses intentions étaient évidentes.

— Je veux juste...

— C'est pas une bonne idée...

— T'embrasser.

Tenley ne me laissa pas une chance de protester. Ses mains remontèrent le long de mes épaules et se posèrent de chaque côté de mon cou. Ce contact était exactement le baume dont je rêvais, et ma faiblesse me dégoûta. Quand elle se pencha vers moi, je lui tendis ma joue.

Elle laissa retomber ses mains et s'assit sur ses talons, le regard plein d'un désir triste.

— Tu ne veux pas m'embrasser ?

— Je n'ai pas dit ça.

— C'est juste un baiser. Je n'attends rien de plus.

Elle en parlait comme d'un acte tout innocent, mais je n'étais pas totalement stupide. La nuit dernière, quand elle m'avait embrassé, j'avais fini par me frotter contre elle. Et nous étions tous les deux habillés.

— Nous sommes dans mon lit et tu ne portes qu'un tee-shirt. Tu n'attends peut-être rien de plus, mais je ne me sens pas franchement capable de me maîtriser maintenant.

— Tu n'es pas obligé de te retenir.

— Je suis toujours en colère contre toi.

Il ne servait à rien de le nier.

— Je sais.

Ses doigts se promenèrent le long de ma mâchoire.

— Et je peux comprendre que tu ne sois pas prêt à me pardonner.

— Il va sans doute me falloir un peu de temps.

— J'imagine.

Tenley se pencha de nouveau vers moi, lentement, jusqu'à ce qu'elle ne soit plus qu'à quelques centimètres de ma bouche. Je la regardai avec un mélange d'impatience et de méfiance.

— On ne réglera rien en se roulant des pelles.

— Non, mais ça fera peut-être redescendre la tension.

Ses lèvres touchèrent les miennes. Comme elle ne

rencontrait aucune résistance, elle recommença, et ses lèvres glissèrent vers la gauche, jusqu'à mes *viperbites*.

— Ta bouche m'a manqué, dit-elle en me mordillant.

Je grognai. Tenley inclina la tête sur le côté, et sa langue se mit à titiller mes lèvres serrées, me demandant timidement de la laisser passer. L'une de ses mains quitta mon cou et glissa le long de mon bras gauche. Tenley me caressa ensuite les doigts jusqu'à ce que mon poing se desserre.

— Tu as le droit de me toucher, dit-elle.

— Ce n'est vraiment pas une bonne idée, marmonnai-je.

Elle m'ignora cependant et déplaça ma main pas totalement réticente vers sa hanche. J'agrippai son tee-shirt et le serrai dans mon poing. Le creux de son dos et le renflement de ses seins se dessinèrent nettement sous le tissu tendu. J'eus soudain beaucoup plus de mal à me convaincre qu'il valait mieux différer toute gratification sexuelle. Jusqu'à ce soir peut-être ? J'aurais au moins eu la journée pour réfléchir à tous les trucs qu'on s'était dits ces douze dernières heures.

— Ton goût m'a manqué.

Sa langue força le barrage de mes lèvres. Elle m'explora doucement à coups de langue chaude et indolente.

Mes sentiments avaient beau être partagés, mon corps, lui, aurait donné n'importe quoi pour pouvoir se rapprocher d'elle. Et, en ce qui concernait ma queue, plus on serait collés l'un à l'autre, mieux ce serait. Mon cerveau semblait avoir migré vers le sud et ne voyait aucun problème à ce que nous nous apprêtions à faire.

Les mains de Tenley bougeaient de nouveau. Celle qui était posée sur mon cou remonta vers mes cheveux, où ses doigts s'entortillèrent et tirèrent sur ma tête pour l'incliner sur le côté. L'autre partit se promener sur mon avant-bras, remonta vers mon biceps et mon épaule, puis redescendit sur mon torse.

Sa main s'arrêta sur mon *barbell*, et son index dessina des cercles autour de mon téton avant de poursuivre son chemin vers le sud. Ses doigts s'arrêtèrent sur ma ceinture et en suivirent le contour de droite à gauche, puis de gauche à droite, encore et encore.

Je me tendis quand ses doigts se glissèrent sous la barrière élastique de mon pantalon. Ils étaient atrocement près de mon gland. Je pouvais supporter qu'elle me touche au-dessus de la ceinture, mais, si elle s'aventurait en dessous, je risquais fort de perdre mes bonnes manières.

— Je croyais que tu n'attendais rien de plus.

Ses doigts s'immobilisèrent.

— Tu veux que j'arrête de te toucher ?

— J'en sais rien.

Réponse totalement stupide, car je n'avais aucune envie qu'elle en reste là, bien sûr. C'était foutrement hors de question.

Tenley retira ses doigts et posa sa paume sur ma poitrine pour me forcer à m'allonger sur le lit. Ses cheveux effleuraient mon torse et chatouillaient ma peau tandis qu'elle continuait à m'embrasser, à me taquiner en alternant doux mordillements et coups de langue hallucinants. Au bout d'un moment, je finis par enrouler une main autour de sa nuque et la rapprochai de moi. Tenley remua un peu pour s'appuyer sur son autre bras, puis se remit à me toucher. Et le connard que je suis fit tout foirer. J'avais été privé de tout ça pendant trop longtemps.

Je ne supportais plus que sa main se promène lentement de mon bras jusqu'à mon épaule, puis de mon torse à ma ceinture pour repartir dans l'autre sens. Mes hanches se mirent à bouger de leur plein gré, cherchant à obtenir le contact que je nous refusais. Tenley effleura mon érection à travers le tissu de mon pantalon.

Et je craquai.

D'un geste rapide mais fluide, je passai un bras autour de sa taille et roulai sur elle pour m'installer entre ses cuisses. Même à travers le fin coton de son boxer, je sentais la chaleur et l'humidité de son entrejambe ravi de me revoir.

Je cherchai le bord de son tee-shirt et tirai dessus. Tenley voulut m'aider en le faisant passer par-dessus sa tête, mais je chassai ses mains. C'était peut-être elle qui avait commencé, mais c'est moi qui allais finir.

Plus rien à foutre de mes hésitations. Plus rien à foutre des conversations nécessaires. Plus rien à foutre des réponses que je voulais obtenir. Je pressai mes paumes le long de ses côtes jusqu'au doux renflement de ses seins. Comme ses tétons étaient totalement cicatrisés maintenant, il n'y avait plus de raison d'être doux. Je baissai la tête et aspirai sa peau tendue entre mes lèvres. Ses mains s'enfouirent dans mes cheveux, puis me pressèrent contre elle jusqu'à ce que son corps s'arque sous le mien. Je la mordis, sans doute plus fort que j'aurais dû, et elle retint un petit cri.

— Je t'avais dit que ce n'était pas une bonne idée, mais tu ne m'as pas écouté, hein ?

Ma colère avait peu à peu pris la forme d'une espèce d'agressivité sexuelle. Je remuai entre ses hanches ; mon sexe en érection se nicha à l'endroit exact où je le voulais.

— Je suis désolée. Tu m'as manqué.

Ses mains descendirent le long de mon dos, puis se glissèrent sous ma ceinture, et ses ongles s'enfoncèrent dans mes fesses.

— Alors, tu aurais dû rentrer plus tôt.

— Je voulais le faire.

— Ne dis pas ces choses-là juste pour la forme. Tu n'aurais pas dû m'abandonner sans une putain d'explication. Tu aurais dû me parler.

— Alors, laisse-moi me faire pardonner.

Tenley essaya de glisser une main entre nous et d'atteindre ma queue.

— Oh non ! Hors de question.

Je passai mes doigts entre les siens et remontai son bras droit au-dessus de sa tête pour le plaquer contre le lit, puis je fis pareil avec le gauche. J'agrippai ses poignets d'une main afin de garder l'autre libre.

— Je te donnerai ce que tu veux quand je serai prêt.

D'un geste rapide, je baissai mon pantalon pour libérer mon sexe douloureux. Puis je reculai les hanches, et ma queue glissa le long de sa peau lisse. Je répétai ce mouvement un long moment jusqu'à ce qu'elle halète et gémisse. Chaque fois qu'elle se rapprochait de l'orgasme, je m'arrêtais. Puis je recommençais jusqu'à ce que je sois sur le point de jouir moi-même. Enfin, je fis glisser ma queue un peu plus bas et caressai son ouverture à l'aide de mon gland. Et puis je m'arrêtai.

— Je t'en prie, Hayden.

Ses yeux étaient vitreux, ses joues, rouges. Elle lutta pour libérer ses mains.

— Qu'est-ce que tu veux ? lui demandai-je sévèrement.

— J'ai besoin de toi. S'il te plaît.

L'excitation dans son regard s'estompa partiellement.

— Je n'ai jamais cessé de te désirer pendant que j'étais là-bas. Je pensais simplement que je ne te méritais pas.

Le soulagement remplaça la peur qui s'était installée en moi. En entendant ses aveux, je ne pensai plus qu'à une chose : récupérer ce qui était à moi.

Lorsque je m'apprêtai à m'enfoncer en elle, Tenley souleva ses hanches pour permettre à mon piercing de franchir l'ouverture. Je fermai les yeux ; j'étais de nouveau connectée à elle, et cette sensation supprimait toute pensée rationnelle. J'aurais voulu qu'elle efface toute ma souffrance, mais, au lieu de ça, elle me rappelait combien j'avais été seul sans Tenley, et à quel point j'avais peur de revivre le même enfer.

Quand je lui libérai les mains, Tenley se remit aussitôt à me caresser le dos, puis elle s'accrocha à mes épaules. Je commençai alors à aller et venir en elle. Lorsque je prenais de l'élan, les jambes de Tenley se resserraient autour de ma taille. Loin d'être doux, je m'enfonçais en elle avec acharnement. Avec une satisfaction sinistre, je l'observais se désintégrer peu à peu sous moi, son regard ne quittant jamais le mien.

Quand je sentis le feu irradier dans le bas de mon dos, j'enfonçai mon visage dans le cou de Tenley, alors même qu'elle me suppliait de la regarder. Mais, ne pouvant supporter d'être aussi transparent, je refusai. Mon orgasme fut si intense que je faillis m'évanouir.

9

Tenley

Le petit-déjeuner passa aux oubliettes. Et Hayden fut en retard au travail cet après-midi-là.

— Tu vas entrer dire bonjour à tout le monde, hein ? me demanda-t-il alors que nous sortions de son immeuble.

— Peut-être que je ferais mieux de repasser plus tard, répondis-je.

Je me sentais un peu embarrassée après avoir couché avec lui. Finalement, la tension entre nous était toujours bien présente. Nous marchions côte à côte, sans nous toucher.

— Tu leur as manqué, à eux aussi. Je ne suis pas la seule personne que tu as abandonnée.

J'éprouvai un profond remords en me rappelant toute la souffrance que j'avais provoquée. Un nouveau sentiment de culpabilité avait remplacé l'ancien. Mais, cette fois, j'avais le contrôle de la situation. Je pourrais réparer le mal que j'avais fait. Avec un peu de chance.

— D'accord. Je viens avec toi.

Les épaules de Hayden se détendirent, et il me prit par la main. Ses changements d'humeur disparaîtraient sans doute lorsque la tempête que j'avais provoquée se calmerait.

Dans la rue froide, je suivis Hayden qui tournait à droite et passait devant les vitrines du salon. On ne pouvait pas imaginer plus court trajet pour aller travailler. Je jetai un œil vers Serendipity de l'autre côté de la rue. Il faudrait aussi que j'aille affronter Cassie un peu plus tard.

La porte s'ouvrit en tintant, et un silence s'installa dans le salon.

— Salut, dis-je humblement à Lisa et Jamie qui me dévisageaient.

Curieusement, aucun d'eux n'avait l'air vraiment surpris de me voir.

Lisa se leva d'un bond et se précipita vers moi depuis la caisse.

— Je suis tellement contente que tu sois rentrée ! Quand es-tu arrivée ?

Elle me serrait si fort dans ses bras que je pouvais à peine respirer.

— Tard cette nuit.

Je lui rendis son étreinte.

— Tu aurais dû m'envoyer un message, chuchota-t-elle assez bas pour que les autres ne puissent l'entendre.

Lisa était la seule personne avec qui j'étais restée en contact pendant ces trois semaines. Elle m'envoyait sans cesse des messages, et j'avais fini par répondre. C'était une fille difficile à ignorer. Je lui serrai le bras pour qu'elle sache que je l'avais entendue.

— Il sait que nous étions toutes en contact avec toi, murmura-t-elle en reculant d'un pas. Tu as perdu du poids, poursuivit-elle d'un ton désapprobateur. Et qu'est-ce qui est arrivé à ton visage ?

— Ce n'est pas grand-chose.

Je jetai un œil au fond du salon, où se trouvaient son bureau et les salles privées. J'aurais voulu me retrouver seule avec elle pour pouvoir lui demander comment Hayden l'avait découvert. Ça expliquait donc son commentaire de la veille et pourquoi mon silence l'avait autant perturbé, au-delà des raisons évidentes.

Lisa regarda furtivement Hayden, qui croisa les bras et regarda fixement le sol. Dès que je serais partie, Lisa lui poserait certainement toutes les questions restées en suspens.

Jamie me sauva de l'interrogatoire en m'attirant dans ses bras.

— Tu nous as cruellement manqué.

Alerté par nos bruits de voix, Chris sortit de la réserve les bras chargés de fournitures.

— Tee ! Tu es revenue !

Il laissa tomber le matériel sur la surface la plus proche et me souleva dans les airs.

— Toi alors, ça fait plaisir de te voir ! s'exclama-t-il avant de me reposer.

— Sarah a essayé de t'appeler hier soir après avoir écouté tes messages. C'est ma faute si elle a raté tous tes appels.

Il m'adressa un sourire penaud.

Je ris, les joues ruisselantes de larmes. Lisa attrapa un mouchoir, et Hayden passa un bras protecteur autour de mes épaules tout en pressant son nez contre mes cheveux humides.

— Un peu trop d'émotions fortes depuis hier soir ? demanda-t-il.

— Je suis juste un peu troublée, répondis-je, embarrassée.

— Tu n'es pas la seule, chuchota-t-il.

C'était un vrai plaisir de les revoir, mais la conversation me paraissait un peu tendue. À l'évidence, ils n'étaient pas encore assez à l'aise pour me poser toutes leurs questions.

Quand le premier client de Chris arriva, je profitai de cette occasion pour partir.

— J'ai quelques trucs à régler aujourd'hui.

Cependant, Hayden et moi étions sortis de chez lui si précipitamment que nous n'avions pas parlé de notre prochaine rencontre.

Hayden enfonça ses mains dans ses poches et se balança sur ses talons.

— J'ai une pause entre deux clients vers dix-sept heures. Si tu revenais à ce moment-là ? Sauf si tu es occupée ailleurs.

Il donna un petit coup de pied dans le bout de ma chaussure.

— Non, c'est parfait. On pourrait peut-être aller manger un morceau ?

Hayden hocha la tête.

— Ouais. D'accord. Ça marche. Et il faudra que j'aille chercher ma voiture aussi.

— Je pourrais t'emmener, offris-je.

— D'accord.

— Je vais passer voir Cassie. Tu veux que je t'achète quelque chose au café ?

La conversation était terriblement maladroite, sans compter que Lisa, Jamie et Chris faisaient tous semblant de ne pas nous écouter. En fait, seul Chris était vraiment occupé, mais même lui ne cessait de jeter des coups d'œil dans notre direction.

— Non, c'est bon. Mon client devrait bientôt arriver.

— D'accord. On se voit plus tard alors.

— Ça marche.

Je m'attendais à un petit geste d'affection – ne serait-ce qu'un rapide baiser sur la joue –, mais il ne fit rien. Je me tournai vers la porte, déçue par son rejet.

— Tenley ?

Je regardai par-dessus mon épaule.

— Oui ?

— Tu n'oublies pas quelque chose ?

Les clés de mon appartement pendaient à son doigt.

— Oui. Bien sûr.

Hayden les posa dans ma paume et referma mes doigts dessus. Il eut une hésitation, puis m'attira à lui. Sa main se glissa sur ma nuque, sa bouche se posa sur la mienne, dure et insistante, et sa langue s'introduisit entre mes lèvres. Quand il eut terminé, il me relâcha. Je reculai en titubant, étourdie et déroutée.

— Ne t'en va pas trop loin, dit-il sombrement.

— Mais non. C'est promis.

Je devinai pourtant qu'il ne me croyait pas.

Comme prévu, je fis ensuite un saut à Serendipity. J'étais nerveuse à l'idée de revoir Cassie. Son inquiétude suite à mon départ brutal était évidente dans ses brefs e-mails.

Elle ne me disait jamais comment se portait Hayden, même si je le lui demandais chaque fois. Au début, j'avais supposé que c'était par loyauté envers lui, mais, après l'avoir vu s'effondrer la nuit dernière et ce matin, je n'en étais plus convaincue. Je l'avais brisé, et Cassie voulait certainement que je le comprenne par moi-même.

La cloche au-dessus de la porte tinta, et Cassie leva la tête. Elle parut légèrement incrédule. J'avais lu la même incertitude méfiante dans le regard de Hayden.

— Tu es rentrée.

Décidément, c'était devenu la nouvelle façon de me saluer.

— Oui, hier soir.

— Est-ce que Hayden est au courant ?

— C'est lui que je suis allée voir en premier.

Enfin, c'était presque vrai.

— Comment va-t-il ?

— Il est perdu. Blessé. En colère. Soulagé, peut-être ? Nous avons beaucoup parlé hier soir, et puis ce matin.

— Il a eu beaucoup de mal à supporter votre séparation, dit-elle sévèrement.

— Je sais. Moi aussi.

J'étais blessée par son ton désapprobateur. Cassie m'avait avertie de la fragilité de Hayden dès le début de notre relation. Elle devait considérer que j'étais responsable de ce qu'il venait de traverser.

Cassie quitta son fauteuil et contourna le comptoir.

— Allez, viens là.

Elle me serra dans ses bras. C'était exactement ce dont j'avais besoin ; je compris alors qu'elle me pardonnait. J'avais envie de m'excuser, mais je ne savais pas par où commencer.

— Je ne voulais pas vous blesser. Ni Hayden ni personne d'autre.

— Je suis certaine que c'est vrai.

Elle posa ses mains sur mes épaules.

— Et maintenant que tu es consciente des conséquences, je suis également certaine que tu ne recommenceras jamais.

Sa phrase s'acheva sur un « sinon » muet, mais je ne me vexai pas. Je n'en attendais pas moins d'elle.

En sortant de Serendipity, je me dirigeai vers mon appartement. La voiture de Sarah n'était pas dans l'allée, mais les examens avaient lieu cette semaine, et il était possible qu'elle soit justement en train d'en passer un. Je n'avais pas pensé à poser la question à Chris au salon.

La clé tourna facilement quand je l'insérai dans la serrure, ce qui était inhabituel. La plupart du temps, je devais forcer un peu. Je m'attendais à retrouver un bazar monstre dans mon appartement, mais il avait été rangé.

Les livres que je laissais tout le temps traîner par terre étaient proprement empilés sur la table basse. Les couvertures avaient été pliées et posées sur l'accoudoir du canapé. Chaque coussin avait retrouvé sa place dans son coin. Il n'y avait que Hayden pour prendre autant soin de mes affaires.

J'enlevai mes chaussures et accrochai mon manteau. J'avais l'impression d'être une voyeuse en observant mon appartement. Tout me semblait si étranger, comme si c'était celui de quelqu'un d'autre. Ma chambre était aussi impeccable que les autres pièces ; pas une seule chose ne traînait. Ou disons plutôt que tout avait été rangé aux endroits appropriés. Les oreillers étaient joliment disposés le long de la tête de lit. Je soulevai le bord de la couette et vérifiai les draps. Ils avaient été changés et parfaitement pliés aux quatre coins.

Dans la cuisine, le frigo était tout propre ; un demi-citron frais avait été posé sur la clayette du haut. Mon pichet à eau était plein, et des tranches de citron flottaient à la surface. Hayden devait être passé chez moi ces derniers jours, et plus d'une fois. Il attendait que je rentre.

Comme j'avais besoin de me distraire, j'ouvris mon ordinateur portable et imprimai la version la plus récente de ma thèse. Trop absorbée par tout le reste, j'avais peu avancé pendant mon absence. Les documents légaux falsifiés par Trey m'avaient fait gagner du temps, et le doyen de la fac m'avait prise en pitié, mais j'étais en retard sur mon planning. J'allais devoir travailler très dur pour rattraper le temps perdu et les cours que je n'avais pas pu donner.

Le point positif, c'était que ma bourse d'études ne m'avait pas été retirée. Du moins pas encore. Le Pr Calder avait évoqué cette possibilité et il m'en reparlerait certainement dès que je le rencontrerais. Je projetais de lui remettre une ébauche de ma thèse au cas où il aurait le temps d'y jeter un œil avant le début du second semestre. Si quelque chose ne m'avait pas manqué à Arden Hills, c'étaient bien les rendez-vous avec mon directeur de thèse.

La température avait brutalement chuté la semaine passée, et les vitres de ma voiture étaient couvertes de givre. Je montai dans la voiture, mis le chauffage à fond et attendis en frissonnant que la couche de glace fonde sur le pare-brise, car je n'avais pas de raclette.

J'envoyai un message à Hayden en claquant des dents pour lui dire que je sortais faire des courses, mais que je serais au salon vers dix-sept heures. Je n'eus même pas le temps de ranger mon portable dans ma poche ; Hayden me répondit aussitôt. Il me demandait de prendre de la bière et de la nourriture pour LC en précisant quelles marques il voulait.

Je m'arrêtai d'abord à Northwestern. Tout était calme sur le campus. La plupart des étudiants, enfermés à la bibliothèque ou dans des cafés, étaient en train de bachoter. Les cours ne reprendraient pas avant le mois de janvier.

Le bâtiment serait sans doute ouvert toute la journée jusqu'à la fin de la semaine prochaine, moment où les notes devaient être rendues. J'avais vingt-sept dissertations à noter et à rendre d'ici vendredi, ce qui ne serait pas un problème puisque je n'avais plus de travail. Cassie devait encore décider si je pouvais reprendre mon poste dans sa boutique.

J'empruntai l'escalier pour monter au deuxième étage. Ma hanche était raide, mais plus très douloureuse. Après ma bagarre avec Sienna et mes câlins avec Hayden, je m'étais attendue à souffrir beaucoup plus.

Peut-être que l'exercice physique me faisait du bien. Je ne pus m'empêcher de sourire en poussant la porte à côté de la rangée d'ascenseurs. Alors que j'arrivais au bout du couloir, j'aperçus une fille aux longs cheveux blond roux qui sortait du bureau de mon directeur de thèse en gloussant. Comme j'étais loin, elle ne me remarqua pas.

Une main sortit brusquement par la porte, puis l'entraîna à l'intérieur. Je reculai rapidement dans l'ombre et me plaquai contre le mur. Le gloussement s'arrêta brusquement, et j'entendis des chuchotements. Ensuite, j'attendis en retenant mon souffle. Un nouveau rire idiot sortit de la pièce, rapidement couvert par le léger cliquètement de la porte qui se refermait.

Je restai là plusieurs minutes sans oser bouger ; enfin, je longeai le couloir jusqu'au bureau du Pr Calder. Une fois devant sa porte, j'entendis un gémissement étouffé provenant de l'intérieur. Suivit alors le bruit d'un meuble qu'on déplaçait sur le parquet, puis un battement rythmé. Les rumeurs étaient donc vraies.

Je sortis mon portable de ma poche, cherchai la fonction CAMÉRA et appuyai sur la touche d'enregistrement alors que la fille se mettait à gémir pour de bon. Je levai le portable vers la plaque du Pr Calder. Il y eut une tape sonore, semblable au claquement d'une paume sur de la peau, et des réprimandes prononcées à voix basse. Puis le battement reprit de plus belle. J'espérais que mon portable enregistrait bien la voix étouffée de la fille qui criait faiblement son nom. Lorsque je me sentis sur le point de vomir, je rangeai mon portable. Sans un bruit, je sortis la page-titre de ma thèse de sa chemise cartonnée et y griffonnai un message. Après avoir remis la feuille à sa place, je déposai le paquet dans la boîte à côté de la porte.

Je décidai de redescendre par l'escalier à côté du bureau du Pr Calder, même si la sortie que je devais emprunter se trouvait à l'autre bout du bâtiment. Comme je l'espérais, la porte se referma avec un claquement sonore. Je voulais rendre le Pr Calder légèrement paranoïaque. Je m'aperçus alors, en cet après-midi glacial de décembre, que Trey m'avait au moins appris une chose : le chantage peut être un moyen efficace de se protéger.

10

Hayden

Les gens m'ennuyaient littéralement aujourd'hui. Surtout Lisa et Chris. Ils n'arrêtaient pas de me regarder, comme s'ils attendaient quelque chose. Ils croyaient peut-être que j'allais finir par craquer et décider soudain de leur confier quel bonheur intense avait provoqué en moi le retour de Tenley. Mais ça ne risquait pas d'arriver. Et pas seulement parce que je détestais ce genre de confession à la con. C'était le bordel dans ma tête et j'essayais encore de comprendre ce que je ressentais.

Il était juste un peu plus de quatorze heures. Tenley était partie faire des courses et j'avais déjà hâte qu'elle revienne. Je sortis le dossier de ma cliente suivante, ainsi que les dessins de Nate. Il était censé passer dans la soirée pour y jeter un œil. J'étais sûr que cette visite impromptue était plutôt liée aux événements de dimanche dernier, mais ça m'était égal. Nate n'avait que de bonnes intentions, de toute façon.

Je laissai son dessin sur mon bureau et emportai l'autre dans la salle privée. Le tatouage que voulait ma cliente s'étendrait tout le long de son flanc droit. Le dessin était cool, et Amy était une fille cool. Je lui avais déjà tatoué plusieurs petits trucs dans le passé, mais c'était son premier tatouage à séances multiples. J'étais super excité à l'idée de m'attaquer de nouveau à quelque chose d'aussi conséquent.

Je laissai la porte ouverte et commençai à installer mon matériel. Nous allions commencer par une simple séance de deux heures : les tatouages sur les côtes font un mal de chien et je ne voulais pas exagérer. J'arriverais sans doute à terminer le contour, si nous ne faisions pas trop de pauses. Amy était réaliste ; elle savait qu'elle ne supporterait pas longtemps la douleur.

Ça me changeait agréablement de tous les crétins qui exigeaient une séance de quatre heures, puis tombaient dans les pommes au bout de vingt minutes.

— Coucou.

Lisa était dans l'entrée, appuyée au cadre de la porte.

— Amy est déjà là ?

Je vérifiai l'heure. Il n'était que 14 h 10. Elle était ponctuelle, mais n'arrivait jamais aussi en avance à ses séances.

— Non, pas encore.

Lisa entra et ferma la porte.

— Ça va ? me demanda-t-elle.

Je savais très bien pourquoi elle cherchait à me coincer ici. Lisa attendait l'occasion de me cuisiner depuis la minute où j'avais passé la porte avec Tenley.

— Comment tu te sens ?

— Bien.

— Juste bien ?

Je lissai le pochoir.

— Inutile de tourner autour du pot. Demande-moi ce que tu veux savoir.

— Qu'est-ce qui se passe entre Tenley et toi ?

J'avais cru que ma façon de l'embrasser avant son départ répondrait à cette question. Apparemment, c'était raté.

— On essaie de résoudre nos problèmes.

— Ce qui veut dire, plus exactement ?

Je fronçai les sourcils.

— Ça veut dire ce que ça veut dire. Tu veux quand même pas un rapport détaillé de nos conversations ?

— Sarah m'a appelée ce matin. Apparemment, elle a eu une discussion intéressante avec Candy tard hier soir.

Merde. Les mauvaises nouvelles circulaient vite. Je n'avais même pas vu Candy hier, mais, bon, mon attention était ailleurs.

J'entrepris de vérifier si j'avais la bonne encre pour me donner l'air très occupé.

— Qu'est-ce qu'elle a dit ?

— Que Sienna en était venue aux mains avec une personne dont la description ressemblait fortement à Tenley. Sienna aurait fini avec le nez cassé. Candy aurait aussi raconté à Sarah que tu étais passé au Dollhouse. Elle a ajouté que Sienna était furieuse après ton départ. Ça te dérangerait de remplir les blancs ?

— Tenley avait laissé ses clés à Sarah en partant à Arden Hills. Elle s'est arrêtée au Dollhouse en pensant que Sarah y serait ; au lieu de ça, elle est tombée sur Sienna. Les choses ont dégénéré, et je suis allé la chercher.

— C'est Tenley qui t'a appelé ?

Une bonne vingtaine de fois. Et je n'avais pas décroché.

— Non. C'est Jay.

Je devinais que Lisa voulait me poser beaucoup de questions, mais qu'elle les choisissait avec précaution. Elle commença par la plus cruciale.

— Tenley est restée chez toi hier soir ?

— Oui. Elle était plutôt secouée après le Dollhouse. Sienna l'a provoquée un peu ; alors, Tenley s'est défendue. Elle ne pouvait pas monter l'escalier de son immeuble à cause de sa hanche. En plus, LC était chez moi, et Tenley voulait le voir.

Je me justifiais à mort parce que je ne voulais pas que Lisa me juge. J'avais passé suffisamment de temps sans Tenley. Maintenant qu'elle était revenue, je n'avais aucune envie de rester calme et de mettre la moindre distance entre nous, même s'il est toujours plus sage de goûter l'eau avant de plonger la tête la première dans une marmite bouillante. J'étais un plongeur, pas un baigneur frileux.

— Tu as couché avec elle ?

— Tu plaisantes ? Je te demande si tu couches régulièrement avec Jamie, moi ? rétorquai-je.

— On le fait tous les jours. Généralement le matin, parce que Jamie tient plus longtemps et ça me met de bonne humeur. Voilà. Je t'ai tout dit. À ton tour.

Je grimaçai en imaginant la scène.

— Mais pourquoi, Lisa ? *Pourquoi* tu me racontes ça ? Je n'ai pas besoin de ces détails.

— Ah bon ? Je croyais que t'avais rien contre, pourtant. Les seules fois où tu as été aussi discret à propos de tes prouesses sexuelles, c'est quand tu couchais avec Sienna et quand tu as enfreint la règle avec Tenley. Vu ton comportement, la réponse est assez claire de toute façon.

— Et où est-ce que tu veux en venir exactement ?

Lisa leva un sourcil.

— Je vérifie juste où vous en êtes. Elle t'abandonne à ton sort pendant des semaines et, quand elle revient, la première chose que tu fais, c'est coucher avec elle ? Après tout ce qui s'est passé, tu crois vraiment que c'était une bonne décision ?

— On a parlé d'abord.

— Et tout est arrangé ? Après une seule conversation ?

— Il y en a eu deux. Une hier soir et une autre ce matin.

— Et quand est-ce que vous êtes passés à l'action ? Entre les deux ?

— Après la conversation de ce matin.

D'accord, c'était pas brillant comme défense.

— Oh ! Je vois. Alors, deux discussions plus tard, tu es prêt à tourner la page ? me demanda Lisa d'un air méprisant.

— Qu'est-ce que tu veux que j'y fasse ? On ne peut pas tout reprendre à zéro !

— Je crois que tu as déjà essayé avant, et ça ne t'a pas vraiment réussi.

Je la fusillai du regard.

— Je ne comprends pas pourquoi tu me parles comme ça. Je me disais que tu serais contente qu'on essaie de régler nos problèmes.

Enfin, pour être honnête, coucher avec Tenley n'avait fait que compliquer la situation. Toute ma colère, ma frustration et ma peur avaient donné lieu à une succession d'orgasmes violents, rapides et hallucinants. De cette façon, j'avais réussi à me débarrasser de mon stress, mais ça avait aussi fait ressurgir un tas d'autres conneries que je n'étais pas prêt à affronter. Je gardai cette observation pour moi.

— Je suis contente qu'elle soit revenue, mais tu dois faire attention, et pas seulement à toi. Vous avez beaucoup de choses à régler, tous les deux.

— C'est ce que nous essayons de faire, je te l'ai déjà dit. Elle comprend que je lui en veuille d'être partie, et je ne lui ai jamais dit que tout allait bien maintenant qu'elle était rentrée.

— Tant mieux. Mais il n'y a pas que le départ de Tenley qui pose problème, ou les choses que tu as apprises sur elle. Tu as vécu des choses traumatisantes, mais tu ne veux pas les regarder en face. Tu ne pourras pas les garder enfouies toute ta vie.

Quelqu'un frappa à la porte, et Jamie passa sa tête à l'intérieur. Il nous regarda tour à tour.

— Désolé de vous interrompre, dit-il lentement. Amy est arrivée.

Il ne pouvait pas mieux tomber.

— Parfait. J'arrive tout de suite.

— Vous avez encore besoin d'une minute ? demanda-t-il.

— Non. On a fini, merci.

— Je vais la prévenir.

Jamie disparut en laissant la porte ouverte.

Comme j'essayais de sortir en l'évitant, Lisa posa une main sur mon bras, me demandant gentiment de l'écouter.

— Tu te souviens du jour où je t'ai dit que tout n'était pas noir ou blanc, juste avant que tu commences à tatouer Tenley ?

— Oui ?

— Il faut peut-être que tu trouves le juste milieu pour que ta relation avec Tenley ne soit pas tout l'un ou tout l'autre. Elle a envie d'être avec toi, visiblement, et c'est réciproque. Je veux juste dire que, cette fois, vous devriez peut-être y aller doucement et vous débarrasser de tous les trucs importants d'abord.

Lisa avait raison. Je n'étais pas doué pour y aller mollo dans la vie, et c'était pareil avec Tenley. Je m'étais pratiquement installé chez elle dès notre première nuit ensemble. Mais ce n'était pas qu'une histoire de sexe à l'époque et ça ne l'était toujours pas. Et cette crise n'en était que plus difficile à gérer.

J'avais envie de Tenley et je voulais vivre avec elle ; mais ces deux choses étaient si liées que les séparer était un vrai défi. L'une engendrait l'autre. Mais, bon, je n'avais jamais éprouvé ces sentiments pour quelqu'un d'autre avant.

— Tu as parlé avec Nate ?

Lisa fronça le nez.

— Quoi ? Pourquoi ?

— Parce que tu as la même façon que lui de me psychanalyser.

— Te « psychanalyser » ?

— Je suis presque sûr que ce verbe existe. Autrement, je vais tout de suite déposer une demande pour qu'il entre dans le dico.

Lisa leva les yeux au ciel, puis redevint sérieuse.

— Ça ne te ferait sans doute pas de mal de passer sur le divan.

— Je sais déjà ce qui ne va pas chez moi.

Elle me lança un regard las.

— Réfléchis un peu à ce que je t'ai dit. Je suis de ton côté. Tenley était parfaite pour toi avant qu'elle parte, et j'espère qu'elle l'est encore. Je détesterais que les choses tournent mal de nouveau parce que chacun de vous cherche toujours à protéger l'autre en évitant de parler de son passé. Les relations amoureuses sont rarement simples. Celui qui croit le contraire se met le doigt dans l'œil.

Lisa me laissa soudain en plan, quelque peu ahuri. Jamie et elle ne se disputaient jamais, à ma connaissance. Lisa était parfois un peu brusque, ou Jamie, d'humeur changeante, mais ils avaient toujours autant de respect l'un pour l'autre et se tripotaient au point de vous donner la gerbe. Je taquinais souvent Jamie en disant que c'était Lisa qui portait la culotte, et il ne le niait pas.

Il ne m'était jamais venu à l'esprit qu'ils puissent avoir des problèmes, mais, bon, j'étais trop réservé pour leur poser des questions indiscrètes. Je n'avais jamais été assez proche de quelqu'un pour avoir de vrais problèmes de couple à régler. Avant de rencontrer Tenley, en tout cas. Et, franchement, j'avais l'air totalement nul dans ce domaine.

J'étais toujours un peu hébété lorsque je sortis de la pièce pour aller saluer Amy. Comme Chris n'avait pas de client, tous deux étaient en train de discuter. Amy avait la main posée sur son avant-bras et riait aux éclats.

— Salut, beau gosse ! s'exclama-t-elle en me voyant arriver.

— Comment tu vas ?

Je la laissai me serrer brièvement dans ses bras.

— Super bien ! Je suis surexcitée.

Elle inclina la tête sur le côté.

— Tu as l'air différent.

— Ça fait un bail que je suis pas passé chez le coiffeur.

Je me grattai le côté de la tête. Mes cheveux commençaient à être longs, mais j'avais été trop déprimé ces derniers jours pour demander à Lisa de s'en occuper.

— Non, j'ai remarqué ça la semaine dernière. Je trouve que tu as l'air presque civilisé avec tous ces cheveux. Mais, ne t'en fais pas, tu es toujours mortel avec tes piercings.

— Tu me rassures. Faudrait quand même pas que je commence à passer inaperçu.

— Ne parle pas de malheur ! Mais, vraiment, il y a quelque chose... Je n'en sais rien. Je te le dirai quand j'aurai trouvé ce que c'est.

Amy continua à m'examiner attentivement, presque comme un médecin, ce qui n'avait rien d'extraordinaire puisqu'elle était ambulancière. Comme elle ne trouvait rien, elle laissa tomber et joignit les mains.

— Alors, on s'y met ?

Je souris.

— C'est parti.

Comme Lisa et Tenley, Amy avait un tempérament de feu, mais elle était plus joviale. Après une séance de deux heures, elle avait toujours une énergie impressionnante et semblait prête à courir un marathon.

Je l'emmenai dans la pièce privée et lui expliquai quels vêtements elle devait enlever. Comme le tatouage s'étendait de ses côtes à sa cuisse, il faudrait qu'elle soit nue sous la taille. Elle pouvait garder son tee-shirt, mais pas son soutien-gorge.

Grâce à la blouse que je lui avais fournie, les parties les plus importantes de son corps seraient cachées, mais j'allais quand même regarder son cul la plupart du temps. C'était inévitable.

Je quittai la pièce pour lui permettre de se déshabiller et vérifiai si j'avais reçu des messages de Tenley sur mon portable. Il n'y en avait aucun. Comme un crétin, je lui en envoyai un. Sa réponse arriva aussitôt. Elle était à l'animalerie et voulait rapporter un nouveau jouet à LC. Je lui suggérai d'acheter de l'herbe-aux-chats. Elle remit alors en question mes compétences de père. J'imaginai brièvement ce que serait notre vie avec un enfant, mais interrompis rapidement le fil de mes pensées. Jamais je ne voudrais prendre ce genre de responsabilité, c'était trop de bazar et d'inquiétude. LC me suffisait amplement.

Amy passa la tête dans le couloir.

— Je suis fin prête.

Je rangeai mon portable dans ma poche et me mis au boulot.

Comme prévu, Amy eut besoin de pauses fréquentes, même avec l'aide d'une balle antistress. La zone de ses côtes était super sensible. Tenley était svelte, mais pas maigre, alors qu'Amy n'avait que la peau sur les os.

C'était une coureuse ; elle n'avait pas assez de graisse pour atténuer la brûlure de l'aiguille. Elle fit de son mieux pour tenir le coup, mais, au bout de deux heures, je la sentis prête à jeter l'éponge. J'avais tout de même réussi à finir le contour ; on pourrait donc commencer la couleur la prochaine fois qu'elle viendrait.

Une fois que j'eus terminé son pansement, Amy se rhabilla et me rejoignit dans la salle principale. Lisa voulait voir son nouveau tatouage. Il ne leur vint même pas à l'esprit d'aller faire ça plus discrètement dans l'une des salles vides. Amy, qui n'était pas timide, souleva son tee-shirt et dévoila le tatouage qui commençait sous sa poitrine non existante et s'achevait sur sa hanche presque plate. Lisa se planta devant elle pour l'examiner sous les yeux ébahis des deux étudiants bien propres sur eux qui étaient assis dans les fauteuils de l'autre côté de la pièce. Ils attendaient de se faire percer par Lisa. Du moins, c'est ce qu'ils lui avaient dit. J'étais prêt à parier que l'un d'eux allait se dégonfler, car ils avaient demandé des piercings sous la ceinture.

Tandis que Lisa et Amy discutaient des futures couleurs du dessin, la clochette au-dessus de la porte tinta et, les joues rougies par le froid, Tenley entra dans le salon. Elle avait remonté le col de son manteau d'hiver noir pour protéger son visage et portait un bonnet rose vif orné d'une tête de mort noire. Un petit nœud était posé sur le sommet du crâne. Tenley était mignonne comme ça. Nos regards se croisèrent tandis qu'elle enlevait son bonnet et secouait ses cheveux.

Cependant, son sourire disparut lorsqu'Amy passa un bras autour de ma taille et m'attira contre son flanc.

— Je suis une cliente fidèle. Je ne laisserais jamais personne d'autre que toi me tatouer.

On entendit Chris toussoter depuis son poste de travail.

— Si j'aimais le tribal, je te filerais le boulot, chéri, tu le sais très bien ! cria Amy.

Chris lui adressa un signe de remerciement et se remit à remplir de noir un dessin celtique compliqué.

— J'aimerais te présenter quelqu'un, dis-je en tendant une main à Tenley.

J'attendis qu'elle soit tout à fait devant moi.

— Tenley, je te présente Amy. Amy, voici Tenley.

— Salut !

Amy lui serra la main avec enthousiasme.

— Tu es aussi une cliente de Hayden ?

Tenley me lança un regard gêné avant de répondre :

— Hayden a commencé à me tatouer le dos, mais ça fait longtemps que je ne me suis pas assise dans son fauteuil.

— Ah ? Alors, c'est un tatouage à séances multiples ? Je préfère te prévenir : une fois qu'on commence à se faire tatouer, on a du mal à s'arrêter ; il a tellement de talent.

Amy me caressa le bras.

Tenley ne quitta pas des yeux cette main sur mon biceps, et un sourire faussement timide se dessina sur ses lèvres lorsqu'Amy suivit du doigt une ligne d'encre sur mon avant-bras.

— Oui. Hayden a un talent incroyable. J'ai beaucoup de chance de porter ses tatouages sur mon corps.

Amy cligna des yeux. De son côté, Lisa toussa pour masquer un ricanement. Le sous-entendu était difficile à ignorer et il fit réagir une partie agaçante de mon corps. J'avais dit quelque chose du même genre à l'époque où on n'était pas encore ensemble. Et c'était sorti d'une façon tout aussi crue. Tenley revendiquait son statut, et je trouvais ça à la fois excitant et sexy. Comment Lisa pouvait-elle prétendre que je devais rester éloigné d'elle un moment ? Le moindre geste, la moindre parole me donnaient envie de Tenley.

— En fait, Tenley est ma petite amie.

Je passai un bras autour de ses épaules, puis l'attirai sur le côté. Elle se colla aussitôt à moi et accrocha son pouce dans un passant de ma ceinture.

— Oh ! Bien sûr.

Amy hocha la tête.

— J'avais bien dit à Hayden que quelque chose avait changé chez lui. C'était donc ça !

— C'était donc ça, répondit calmement Tenley.

Je me penchai en avant pour l'embrasser sur la joue. Mais elle tourna la tête à la dernière seconde, et c'est sa bouche que je rencontrai. Elle me donna un rapide coup de langue, tout en subtilité, effleurant ma lèvre du bas. J'aimais son côté jaloux. Grâce à lui, je me sentais un peu moins coupable d'être aussi possessif.

Une fois que tout malentendu fut dissipé, je sortis avec Tenley pour rejoindre la nazemobile, car toutes ses affaires se trouvaient encore à l'intérieur.

Dès que je fus assis dans la voiture, elle me sauta dessus. Il y avait plein de place pour manœuvrer sur le siège avant. Elle était à moitié assise à califourchon sur moi, ses lèvres sur les miennes, et une main me caressait l'entrejambe à travers mon jean. Ma bite était à la fête.

— Holà ! Vas-y doucement, chaton.

Tenley profita de l'ouverture de ma bouche pour enfoncer sa langue dedans, puis sa main se faufila sous la ceinture de mon pantalon. Mais elle eut du mal à continuer à m'embrasser en enfonçant sa main assez loin pour trouver ce qu'elle cherchait. Gênée par l'angle de son poignet, elle finit par ouvrir ma braguette. Une partie de moi avait envie de l'aider, mais l'autre – devinant qu'il valait mieux y aller doucement – décida que c'était le bon moment de suivre les conseils de Lisa à la lettre.

Je posai ma main sur la sienne.

— Tenley, je crois que...

Comme elle continuait à tripoter ma ceinture, je laissai retomber mes mains et cessai de l'embrasser. Tenley émit un petit bruit impatient et enfonça de nouveau sa langue entre mes lèvres. Je mourais d'envie de répondre à ses gestes, mais je restai impassible.

— Embrasse-moi, ordonna-t-elle avant de mordiller ma lèvre inférieure.

— Non.

— Très bien.

Elle commença à défaire ma ceinture de ses deux mains.

— Tenley, arrête.

Je promenai mes mains le long de ses bras, puis saisis ses poignets, ce qui la fit tressaillir. Elle m'obligea aussitôt à la relâcher. J'avais oublié les bleus que lui avait laissés ce connard de Trey.

— Tu ne veux pas que je te touche ?

Je perçus dans sa voix la même panique et la même peur qu'exprimait son regard.

J'avais très envie de sentir ses mains sur moi, évidemment, mais l'endroit n'était pas le bon. En plus, je doutais de ses motivations.

— Et si tu me disais ce qui t'énerve autant ?

— Il nous reste juste une heure avant ton prochain rendez-vous. Je veux en profiter au maximum.

— En faisant l'amour dans la voiture de ton fiancé décédé ?

Tenley cligna des yeux, stupéfaite, et se laissa lourdement retomber sur son siège.

Voilà qui pourrit parfaitement l'ambiance.

— Je suis désolé. C'était très con de dire ça.

— Tu as raison pourtant. Je n'y avais même pas pensé. Je voulais juste me rapprocher de toi.

— Mais je suis sûr qu'il ne s'agit pas que de ça.

— Je n'ai pas aimé la façon qu'elle avait de te toucher.

— Amy est une cliente et une copine. Elle adore tripoter les gens.

— Oui, mais elle ne touchait que toi, me fit amèrement remarquer Tenley.

— C'est juste une cliente, répétai-je.

Je me demandais où Tenley voulait en venir et pourquoi ce détail l'agaçait autant. Je ne l'avais jamais vue comme ça avant, mais, bon, beaucoup de choses avaient changé en très peu de temps.

— Tu n'as jamais couché avec elle ?

Je levai brusquement les sourcils.

— Euh, non. Sienna est la seule cliente avec qui c'est arrivé.

— À part moi, tu veux dire.

— Oui. Mais tu es différente, et les circonstances le sont aussi. Qu'est-ce qui t'arrive tout à coup ?

— Tu es resté des années avec Sienna.

Tenley suivit du doigt les lignes gravées sur l'intérieur du volant.

Je me frottai le front.

— On a déjà parlé de ça. Sienna et moi, on ne faisait que baiser. C'est vrai, ça a duré un certain temps, mais on ne sortait pas ensemble.

— Je ne suis pas sûre d'être d'accord avec ça.

— Ce n'est pas parce que j'ai mis ma queue dans tous les trous qu'elle me présentait qu'on sortait ensemble.

Tenley grimaça, sans doute parce que je me montrais inutilement vulgaire, mais je voulais qu'elle comprenne ce qui la différenciait de Sienna.

— On ne sortait pas ensemble le soir. Je ne passais jamais de temps avec elle quand je n'étais pas défoncé ou si je ne voulais pas m'envoyer en l'air. Putain de merde, c'est elle qui organisait toutes ces parties à trois et à quatre.

Tenley écarquilla les yeux.

— *Toutes ?* Parce qu'il y en a eu plusieurs ?

— Pourquoi tu as l'air aussi surprise ? Tu es allée au Dollhouse, non ? Tu as rencontré Sienna. Tu traînes avec Sarah et tu sais ce qu'elle fait pour se payer ses cours. Tu as vu les gens avec qui j'avais l'habitude de passer mon temps. Rien de tout ça ne devrait te choquer. Je vais pas passer mon temps à m'excuser pour les conneries que j'ai faites avant de te rencontrer.

Mon estomac se serra tandis que je prononçais ces mots. J'en avais tellement marre de devoir regarder mon passé en face et de justifier le moindre de mes actes.

— Je ne te demande pas de t'excuser.

— Alors, qu'est-ce que tu attends de moi ?

— Je veux juste...

— Quoi, Tenley ? Qu'est-ce que tu veux ? Qu'on assouvisse simplement nos besoins sexuels ? Que je sois le mec que tu baises et rien d'autre ? Est-ce que je suis trop compliqué pour toi ? Tu sais, je vais avoir du mal à te sauter en faisant l'impasse sur mes sentiments pour toi. Et, si ça te dérange, j'en suis sincèrement désolé.

Tenley eut l'air horrifiée.

— C'est absurde. Comment peux-tu imaginer un instant que c'est ce que je souhaite ?

Je me frottai la tempe.

— Je n'en sais rien. J'ai un peu de mal à comprendre pourquoi tu as essayé de me forcer à te baiser dès qu'on a arrêté de se disputer hier soir. Ou la manière dont tu as fini nue dans mon lit ce matin, histoire de remettre ça.

Je sus que c'était injuste alors même que je prononçais ces mots.

— Tu plaisantes ! Je suis venue dans ton lit parce que tu avais fait un cauchemar, pas pour que tu me sautes. Tu me manquais. Je l'ai fait à cause des sentiments que j'éprouve pour toi, pas parce que je voulais un orgasme.

— Ouais, eh bien, on sait jamais avec toi, rétorquai-je. Je n'ai connu que des relations merdiques, Tenley. La bagarre et la baise, il ne s'agissait que de ça avec Sienna. Elle me provoquait jusqu'à ce que j'explose et, ensuite, elle me laissait la baiser pour que je me défoule. Je connais trop bien ce scénario.

Je savais bien que ma relation avec Tenley n'était pas seulement basée sur le sexe, mais je n'arrivais plus à maîtriser mes émotions. Ni mes peurs.

Je n'avais pas pensé que les choses se passeraient ainsi cet après-midi. Nous étions censés aller chercher ma voiture et manger un morceau avant que je retourne travailler.

Ensuite, je m'étais dit qu'elle pourrait passer chez moi dans la soirée et qu'on glanderait ensemble. Je n'avais pas prévu cette dispute dans la voiture de son fiancé mort, provoquée par une séance de pelotage.

— Je suis désolée de ce que t'a fait subir Sienna, mais je ne suis pas elle. Les gens font parfois l'amour après une dispute pour se réconcilier, pas seulement pour se défouler. C'était ça que j'espérais… Je n'ai jamais voulu prendre le contrôle, me venger, ni rien d'aussi sinistre.

Tenley tendit une main vers moi, mais, comme je reculai, elle la retira.

— J'étais terrifiée à l'idée que tu retournes voir Sienna pendant mon absence. Ou que tu trouves quelqu'un pour me remplacer. J'y pensais tout le temps.

— D'abord, tu n'es pas remplaçable. Et tu crois que je n'ai pas craint la même chose ? Je n'arrêtais pas de me demander ce que j'aurais dû faire pour te garder.

— Je n'ai jamais voulu personne d'autre que toi.

— Mais comment tu voulais que je le sache ? Tu m'as dit de partir ! Peut-être que, si tu avais essayé de me contacter, je n'aurais pas vécu cet enfer pendant trois semaines. Un simple coup de fil aurait suffi.

— Mais je t'ai dit pourquoi je ne t'avais pas...

Je levai une main pour l'interrompre.

— Je sais que tu avais de bonnes raisons de partir, mais tu n'es pas la seule à avoir été touchée par tes décisions. Nous avons tous les deux des passés merdiques. Ce qui se passe entre nous n'a rien de simple. Je vais essayer de passer l'éponge, mais tu es rentrée depuis moins de vingt-quatre heures, alors, laisse-moi un peu de temps. En plus, si tu n'es pas capable de supporter les choses que j'ai faites, ça ne va peut-être pas marcher.

— Qu'est-ce que tu dis ?

Son angoisse était perceptible. Je ne pouvais pas m'empêcher de m'en réjouir et, en même temps, je me sentais terriblement coupable. Tenley n'avait pas demandé à avoir un tel passé, et moi non plus.

— Je n'en sais rien. Peut-être qu'on devrait y aller plus doucement. Tout recommencer à zéro ou quelque chose comme ça.

— Tu veux qu'on fasse une pause ?

— Non. Je crois qu'on devrait faire légèrement marche arrière. Je ne sais plus du tout où j'en suis en ce moment. J'ai envie d'être avec toi, mais je ne suis pas sûr que ce soit une bonne chose pour moi maintenant.

— Être avec moi ?

Ses doigts se resserrèrent autour du volant, et la panique enflamma son regard.

— Ça veut dire... ?

— Coucher ensemble. Il faut qu'on arrête pendant un moment.

Ses mains se détendirent, mais elle continua à froncer les sourcils avec inquiétude.

— Jusqu'à nouvel ordre ?

D'après mon expérience, je tiendrais deux semaines au mieux. J'évitai cependant de le lui faire remarquer.

— Quelque temps, disons. Nous devons régler nos problèmes avant de remettre ça. Mes sentiments sont trop confus et je ne maîtrise plus rien.

— D'accord. Si tu penses que c'est nécessaire…

Je la fusillai du regard.

— J'ai déjà entendu ça avant. Ne me rends pas les choses plus difficiles. Tu n'aideras aucun de nous, et je serai encore plus énervé contre toi.

— D'accord. C'est promis.

Il me restait juste assez de temps pour récupérer ma voiture à la fourrière et retourner au salon. Tenley paya l'amende, car elle se sentait responsable de cette situation. Ensuite, je lui donnai les clés de mon appartement parce qu'elle voulait aller voir LC. Elle ne m'avait pas encore demandé si elle pouvait le ramener chez elle et je n'avais aucune envie d'aborder le sujet. Je n'étais pas très pressé de me séparer de lui, mais je le ferais si c'était ce que voulait Tenley. En bref, je me comportais comme un gros crétin et ça me cassait franchement les couilles.

Nate arriva à dix-huit heures pile et il me demanda de lui montrer les croquis dans une pièce privée. J'en conclus qu'il voulait m'interroger, comme tout le monde.

— Cassie m'a dit que Tenley était rentrée, dit-il en regardant les photos dans son dossier et les dessins que j'avais faits en me basant sur notre discussion.

— Ouais.

— Comment ça se passe ?

— Ça va.

Il leva les yeux vers moi.

— La situation est un peu tendue.

— J'imagine. Tu veux qu'on en discute ?

— Non, j'ai déjà trop parlé aujourd'hui.

Nate laissa tomber. Il finit par sélectionner deux croquis et m'expliqua quels détails il aimait sur chacun d'eux. Je n'aurais pas de mal à fusionner les deux dessins. Je lui dis qu'il allait me falloir une semaine pour travailler dessus, puis je programmai son prochain rendez-vous.

— Tu ne fais plus du tout de cauchemars ? me demanda Nate tandis que je rangeais les croquis dans son dossier, ainsi que mes notes.

— Si, encore un peu.

— Et ils sont de plus en plus violents ?

Je fronçai les sourcils.

— Comment tu le sais ?

— Tu viens de subir un gros stress. Le départ de Tenley a sans doute réveillé en toi le souvenir du décès de tes parents et de ta perte de contrôle.

— Eh bien, ça va peut-être s'arranger maintenant qu'elle est revenue.

Je n'y croyais pas vraiment, en fait. Mes cauchemars étaient devenus plus fréquents au cours des dernières semaines et incroyablement réels. Je ne rêvais plus seulement que je découvrais les cadavres de mes parents, ou celui de Tenley. Certains cauchemars faisaient ressurgir des souvenirs. D'autres étaient moins clairs. Les plus récents me foutaient vraiment les jetons.

— Est-ce que tu as vu les photos de la scène de crime ? lui demandai-je avant de perdre mon sang-froid.

— Non. Mais je sais que toi, tu les as vues, répondit-il prudemment.

Je hochai lentement la tête en repensant aux photos et à la scène telle que je m'en souvenais. Tant d'années s'étaient écoulées depuis, et j'étais totalement défoncé à ce moment-là.

— Est-ce que les œuvres d'art de mes parents ont fini au garde-meuble ?

— Je n'ai rien donné ni jeté. Je suppose que oui. Qu'est-ce qui se passe ? Tu en voudrais une en particulier ? Je pourrais aller la chercher avec toi.

— Je n'en sais rien. Tu te souviens si les flics ont emporté des tableaux comme preuves ?

Cette période était tellement floue dans ma tête. Je n'avais aucun souvenir clair des mois qui avaient suivi la mort de mes parents. Il ne me restait que l'image obsédante de leurs cadavres et de certains moments de l'interrogatoire.

— Je ne crois pas. Tu voudrais vérifier quelque chose ?

— Tu te souviens de l'ange ?

— Pardon ?

À l'évidence, Nate ne voyait pas de quoi je parlais.

— Je suis prêt à jurer qu'il se trouvait sur le sol, mais je ne l'ai vu sur aucune des photos de la scène de crime.

Tout en prononçant ces mots, je m'aperçus que je pouvais me tromper. Les souvenirs ne sont pas toujours fiables, après tout.

— Je suis désolé, j'ai du mal à te suivre.

Nate se pencha en avant et posa ses coudes sur ses genoux.

L'intensité avec laquelle il me regardait me mit mal à l'aise, et je me refermai. Il devait se dire que je racontais n'importe quoi et me prendre pour un taré.

— C'est rien, j'ai juste fait un rêve idiot. Aucune importance.

— Est-ce que certaines choses te reviennent maintenant, alors que tu les avais oubliées ? Ce n'est pas inhabituel ; ça peut arriver des années après un traumatisme. Je pourrais te trouver une personne avec qui en parler, si tu n'es pas à l'aise avec moi...

— Ne commence pas, Nate...

— Écoute-moi avant de refuser. Je connais une femme avec qui les patients se sentent vraiment en confiance.

J'essayai de l'interrompre, mais il ne m'écouta pas.

— Tout ce que je te suggère, c'est d'aller la voir une seule fois. Ça durera juste une heure. Tu ne seras pas obligé de poursuivre. Si elle ne te plaît pas ou si ça ne te convient pas, je laisserai tomber.

— Je vais y réfléchir, dis-je avant tout pour le faire taire.

— Très bien.

Il me donna une petite tape sur l'épaule.

— Si tu décides d'aller au garde-meuble pour une raison ou pour une autre, ou si tu as envie d'accepter mon offre, appelle-moi. Autrement, on se voit la semaine prochaine.

— À plus, Nate.

Je fis semblant de trier les croquis pour éviter de croiser son regard quand il partit.

Je n'étais toujours pas convaincu par cette idée. Tout ce bavardage allait simplement faire ressurgir mon passé de merde. Je ne voyais pas l'intérêt de remuer la boue si c'était juste pour m'entendre dire par une diplômée en prise de tête que je souffrais d'un stress post-traumatique. Nommer mon problème ne me débarrasserait pas de lui pour autant.

11

Tenley

LC était roulé en boule sur le lit de Hayden, installé sur un oreiller qui venait de mon appartement. Il leva la tête, m'adressa un miaulement groggy, puis reposa son menton sur ses pattes. Je grimpai sur le lit à côté de lui et le grattai entre les oreilles. Il roula gracieusement sur le dos et s'étira en se délectant de mes caresses. Il avait grandi depuis que j'étais partie, mais pas beaucoup. J'étais contente qu'il ressemble plus à un chaton qu'à un chat.

— Tu m'as manqué, lui dis-je en caressant la tache blanche au centre de son ventre rayé.

Il me répondit en ronronnant, bondit sur mes genoux, puis posa ses pattes sur mes épaules et donna des petits coups de museau à ma joue. Je m'allongeai sur les oreillers de Hayden et reconnus son odeur. Encore une chose qui me manquait. J'avais quitté Chicago vêtue de l'un de ses tee-shirts et dormi avec jusqu'à ce que son odeur ait totalement disparu.

Hayden avait changé les draps avant qu'on parte ce matin. Si l'indéniable alchimie entre nous était toujours présente, le lien qui existait avant mon départ n'était pas réapparu. J'espérais que ce n'était pas définitif. Notre dernière soirée ensemble avant mon départ avait été tellement plus douce. J'avais eu envie de lui dire ce que je ressentais pour lui. Et c'était toujours le cas. Mais Hayden n'était pas prêt à l'entendre, et je n'arrivais toujours pas à trouver le courage de prononcer ces mots. Ils n'auraient aucun poids si je ne parvenais pas à le convaincre que je ne le quitterais plus jamais. Absorbée par mes souvenirs et mes inquiétudes, je restai avec LC plus longtemps que prévu. À vingt et une heures, je retournai au salon de tatouage. Il ne fermait que dans une heure, mais, si j'avais l'air disponible, Hayden déciderait peut-être de passer plus de temps avec moi.

Il était en plein rendez-vous quand j'entrai dans le salon. Cette fois, au moins, son client était un homme ; et un fidèle à en croire la quantité d'encre sur ses bras. Jamie et Chris s'occupaient de leurs propres clients ; tous deux levèrent rapidement les yeux, puis m'adressèrent un signe de tête. Hayden s'arrêta au milieu de sa conversation et me lança un petit sourire.

— Salut, chaton, dit-il. J'en ai encore pour un moment. Lisa est en train de faire les comptes dans le bureau.

Je me mordis l'intérieur de la lèvre pour m'empêcher de sourire trop largement. Le fait qu'il m'appelle toujours « chaton » était plutôt bon signe.

— D'accord. Je vais voir si elle a besoin de compagnie.

Le client de Hayden me regarda avec un intérêt plein d'étonnement quand je passai à côté de lui. Toutefois, comme Hayden ne semblait pas vouloir faire les présentations, je poursuivis mon chemin vers le fond du salon. La porte du bureau de Lisa était ouverte, mais je frappai quand même.

Avant, je serais peut-être entrée sans prévenir. Cependant, je ne savais pas très bien où se situaient les limites, désormais, et je ne voulais rien considérer comme allant de soi. Lisa leva les yeux de son ordinateur tout en pianotant sur le clavier.

— Tiens, salut ! Entre.

— Je ne veux pas t'interrompre, dis-je en restant sur le pas de la porte.

— Les interruptions sont toujours les bienvenues, et il faut qu'on discute.

Elle cessa de taper sur son clavier et concentra son attention sur moi.

— Comment se passe ta première journée ici ?

— Pas mal.

Lisa se leva et fit le tour du bureau pour m'attirer dans ses bras. C'était exactement ce dont j'avais besoin.

— Je suis désolée de t'avoir mise dans une situation difficile, marmonnai-je dans ses cheveux lavande.

Ils avaient changé de couleur pendant mon absence. Avant, ils étaient rose bonbon.

— De quoi tu parles ? demanda-t-elle en me relâchant.

— De tous les messages et e-mails qu'on s'est envoyés pendant que j'étais partie.

— Ah ! Mais c'est moi qui t'ai harcelée, pas l'inverse ; alors, tu n'as aucune raison de t'excuser.

— Mais vous êtes amis, Hayden et toi. Je ne voulais pas compromettre votre relation ; c'est pour ça que je n'ai pas répondu au début.

J'avais craqué au bout de cinq jours de messages incessants. Si Hayden avait fait la même chose, je n'aurais pas tenu aussi longtemps.

— Hayden est comme mon frère. C'est du solide entre nous. De toute façon, il fallait bien que quelqu'un te surveille.

— C'est ce que tu faisais ?

— Et comment ! Tu es rentrée juste à temps. J'étais prête à prendre la route si tu ne revenais pas d'ici la fin de la semaine.

Malgré son ton légèrement taquin, elle semblait tout à fait sérieuse.

— Comment Hayden a-t-il appris que nous échangions des messages ?

— Dimanche soir, nous lisions ton e-mail chez Cassie, et il l'a vu. Ça ne lui a pas du tout plu. Après nous avoir envoyés nous faire foutre, il a essayé de rentrer chez lui à pied.

— Oh ! mon Dieu.

Je comprenais mieux sa colère : Hayden s'était senti encore plus trahi.

— Il s'en remettra.

— Je l'espère.

— Tu vas bien sinon ? Tout est réglé à Arden Hills ?

— Je dois encore m'occuper de la maison de mes parents, mais ce n'est pas urgent et je ne suis pas encore prête. À part ça, les problèmes sont réglés.

Frank m'avait contactée afin de m'assurer que la vente de la maison s'était bien passée. Trey n'avait pas essayé de m'appeler depuis que j'étais partie. Les bleus sur mes poignets disparaissaient et, dans quelques jours, ils ne seraient plus qu'un lointain souvenir.

— Tant mieux. Je suis là, si tu veux en parler. En attendant, j'ai des trucs à te montrer.

Si Lisa avait énormément insisté pour que nous restions en contact, elle ne l'avait pas fait pour obtenir des informations ou des explications, chose que j'appréciais beaucoup. Elle voulait juste s'assurer que j'allais bien. Je sortis du bureau et entrai avec elle dans la salle de piercing privée. Lisa verrouilla la porte, puis sortit un plateau de bijoux.

— Je viens juste de rentrer et tu veux déjà me convaincre de me refaire percer ?

— Je n'ai pas eu vraiment besoin d'insister, les autres fois.

Lisa me présenta un large choix de *barbells* incurvés.

Je secouai la tête.

— Oh non ! Pas question. Il faut des semaines pour qu'un clitoris cicatrise.

— Entre quatre et six pour une cicatrisation totale...

— Franchement, tu trouves que c'est un bon argument de vente ? C'est absolument hors de question...

Lisa leva un doigt.

— Mais cicatrisation ne veut pas dire abstinence. Tu peux recommencer à te caresser en toute sécurité au bout d'une semaine, si tu fais bien attention.

— Une semaine ?

— Hm-hm.

Lisa me sourit, et une lueur malicieuse éclaira son regard.

Je baissai les yeux vers le plateau de jolis *barbells* argentés, tous de styles et de tailles différents. Je comprenais très bien pourquoi Hayden voulait qu'on évite de coucher ensemble pendant un moment. Avec un tel piercing, je n'aurais plus du tout envie de le provoquer. Ce serait mieux pour nous deux. D'après Lisa, ce serait formidable pour moi une fois que le piercing aurait cicatrisé. Enfin, avec ou sans, je n'avais aucune difficulté à atteindre l'orgasme quand j'étais entre les mains de Hayden.

— Quand est-ce qu'on peut le faire ? demandai-je.

— Pourquoi pas tout de suite ?

— Maintenant ? Mais...

Je jetai un coup d'œil à la porte fermée. Hayden était toujours avec son client ; ça pouvait encore durer un moment.

— On en aura pour deux minutes. Tout ce que tu as à faire, c'est enlever le bas.

Je poussai un soupir. Connor aurait piqué une crise si j'avais exprimé l'envie d'un piercing génital. Hayden, lui, risquait plutôt de sauter de joie.

— Faisons-le. Mais sans en parler à Hayden.

— Motus et bouche cousue.

Je patientai pendant que Lisa installait le fauteuil. Les étriers me rappelaient ceux d'un cabinet de gynécologie. Je m'attendais à ce que l'expérience soit tout aussi désagréable que chez le gynéco, mais le résultat, plus plaisant.

Quand tout fut prêt, j'enlevai mon pantalon et mes sous-vêtements, puis je m'assis dans le fauteuil. Même si c'était mon amie, je ne trouvai pas plus gênant d'écarter les jambes devant Lisa que devant un médecin, sans doute parce qu'elle n'en faisait pas toute une affaire. À chaque étape du processus, elle m'expliqua ce qu'elle faisait.

— On arrive au moment le plus désagréable, dit-elle en levant sa pince. Inspire profondément.

J'obéis. Lorsque Lisa transperça ma chair sensible, la piqûre rapide de l'aiguille fut presque éclipsée par un fort pincement. Ensuite, elle installa le *barbell*. Une fois qu'il fut en place, elle desserra la pince, et mon sang se remit à circuler.

— Et voilà. Dans six semaines environ, tu pourras commencer à le changer et voir quelle taille de bille tu préfères.

Je resserrai les jambes par pudeur.

— C'est bon à savoir.

Ce n'était pas si terrible, en fait ; je ne ressentais qu'un faible élancement. Je me rhabillai pendant que Lisa rangeait son matériel. Je venais de reboutonner mon jean quand la poignée de la porte se mit à tourner.

— Tenley ? Lisa ? Vous êtes là ?

— Juste une seconde ! cria Lisa.

Elle jeta ses gants dans la poubelle et j'ouvris la porte. Hayden se tenait sur le seuil.

— Tu as déjà fini de tatouer ton client ?

Ma voix était trop aiguë.

— Ouais.

Hayden nous regarda tour à tour.

— Qu'est-ce que vous mijotez ? Pourquoi la porte était fermée à clé ?

Je me mis à parler alors même que Lisa se lançait dans des explications.

— Lisa vérifiait la cicatrisation de mon industriel...

— Tenley voulait que je regarde le piercing de l'un de ses tétons...

Hayden croisa les bras. Il fit bouger ses *viperbites* avec sa langue et plissa les yeux.

— De quel piercing vous parlez au juste ?

— Des deux. Je voulais que Lisa vérifie les deux, répondis-je rapidement.

— Tes tétons m'avaient l'air d'aller très bien ce matin.

Je croisai les bras pour l'imiter.

— Il me semble que tu étais concentré sur autre chose, non ?

— Je crois que je l'aurais remarqué si tes tétons avaient eu un problème. Je les connais foutrement bien, rétorqua Hayden.

— Je vais vérifier si Jamie et Chris ont besoin de moi.

Lisa essaya de se faufiler dehors, mais Hayden lui bloqua le passage.

— Oh non ! Certainement pas. Je veux savoir ce qui se passe. Ça sent les conneries à plein nez.

Lisa leva les yeux au ciel.

— Bon sang, Hayden. Dégage. Tes petites tétines de mec n'ont rien à voir avec les tétons des filles. Les nôtres mettent deux fois plus de temps à cicatriser, et, après ce qu'ont subi ceux de Tenley ce matin, ils sont un peu sensibles. Elle voulait juste s'assurer qu'il n'y avait pas de risque d'infection. Regarde un peu dans quel état tu la mets.

Lisa agita les mains dans ma direction.

— Elle est mal à l'aise à cause de toi. Non, mais quel abruti !

Lisa le bouscula de l'épaule et s'éloigna d'un pas raide.

Hayden se tourna vers moi, l'air embarrassé. J'étais rouge écarlate. Non pas parce que j'étais gênée, mais parce que je n'arrivais pas à croire que Lisa lui ait menti.

Hayden se passa une main dans les cheveux, puis sur les pectoraux, où se trouvaient ses *barbells* métalliques. Son regard descendit vers ma poitrine.

— Je suis désolé. Je n'avais pas du tout pensé à ça...

— C'est bon. J'ai demandé à Lisa d'y jeter un œil à cause de la conversation que nous avons eue plus tôt.

J'étais obligée de continuer à lui mentir et je m'en sentais très coupable. Mais ça n'avait rien à voir avec mes autres omissions. Ce petit mensonge ne lui ferait aucun mal.

— Oui. Bien sûr.

Hayden hocha la tête comme un jouet.

— J'ai terminé pour ce soir. Tu veux monter chez moi ?

J'essayai de ne pas me montrer trop enthousiaste.

— Tu es sûr ?

— Oui.

La soirée ne se terminerait pas sous la couette, mais je souris, soudain intimidée.

— Ce serait chouette.

Dimanche soir, Hayden me demanda de venir dîner chez Cassie. Tout le monde y serait et il voulait que je l'accompagne.

Sarah et moi nous étions vues plusieurs fois depuis mon retour. À mon grand soulagement, elle n'avait eu aucun mal à me pardonner mon départ. Elle comprenait mieux que personne pourquoi j'étais partie. Peut-être parce qu'elle avait subi les conséquences des cauchemars qui me tourmentaient. En tout cas, quelle qu'en soit la raison, son soutien m'était d'un grand réconfort. Lisa avait beau me sembler une alliée naturelle, elle serait toujours du côté de Hayden.

Il se gara dans l'allée, derrière la Tercel de Sarah. J'étais contente qu'elle soit déjà arrivée.

Comme je restais littéralement bouche bée devant l'imposante demeure de sa tante, Hayden posa sa main sur ma nuque.

— Ça va ?

— Cette maison est magnifique.

— Nate l'a achetée il y a des années, quand les prix étaient encore bas. Il a dû faire beaucoup de travaux, mais c'est son truc, l'immobilier. Il s'est débrouillé pour racheter la boutique de Serendipity de la même façon, avant que le bâtiment soit transformé en immeuble ou en tour. Et c'est lui qui m'a vendu Inked Armor. Avant, c'était un salon de coiffure pour hommes.

— Je croyais que Nate était psychiatre clinicien.

— En effet. L'immobilier, c'est son passe-temps.

— Ça ne m'a pas l'air très relaxant pourtant.

— J'imagine que ça l'est pour lui. Nous allons rénover une propriété ensemble le printemps prochain.

— Je ne savais pas que ça t'intéressait.

Hayden haussa les épaules.

— Il me l'a proposé quand tu étais partie. Je me suis dit que ce serait une bonne façon de tuer le temps.

Hayden arrêta le moteur.

— On ferait mieux d'entrer ; ils doivent nous attendre.

Il fut surtout question des fêtes au cours du dîner. Cassie m'embaucha pour la préparation des cupcakes. Un an plus tôt, ayant passé Noël totalement droguée à l'hôpital, je ne m'en souvenais même pas. Cette année, je risquais d'être assez lucide pour avoir la nostalgie des fêtes en famille. Mes décorations, celles que mes parents m'avaient offertes au fil des années, se trouvaient à l'intérieur d'un carton dans mon placard. J'allais devoir acheter un sapin pour pouvoir les accrocher.

— Tu es en congé demain ? demandai-je à Hayden tandis que nous roulions vers Inked Armor après le dîner.

— Oui. Pourquoi ? Tu veux faire quelque chose ?

— Je dois aller faire les magasins avec Sarah et Lisa dans l'après-midi, mais je voudrais aussi acheter un sapin. Il ne reste plus qu'une semaine avant Noël.

— Je t'emmènerai en acheter un dans la matinée. On l'attachera sur le toit de la nazemobile.

— On peut prendre ma voiture, autrement.

— Pas question, on risque de flinguer la peinture du toit.

Hayden détestait la voiture de Connor et le fait qu'elle soit toujours garée derrière Serendipity. Il en profita pour faire un commentaire sur les crétins prétentieux qui conduisent des BMW. Connor n'était pas un crétin, mais il pouvait se montrer prétentieux parfois.

— Tu veux qu'on l'installe chez toi ou chez moi ? demandai-je.

— Chez moi, dit Hayden. LC va adorer tout ce bazar.

Hayden dépassa son immeuble et tourna vers le parking situé derrière Serendipity, ce qui signifiait que je n'étais pas invitée à monter. Depuis le soir de mon retour, je n'avais pas redormi chez lui. Hayden avait décidé de prendre certaines mesures pour nous empêcher de faire des bêtises. J'aurais préféré les bêtises à mon lit vide. Nous passions presque toutes nos soirées ensemble après son travail. Ça ne suffisait pas, mais c'était mieux que rien.

Hayden me souhaita bonne nuit si consciencieusement que les vitres furent bientôt couvertes de buée et que je ressentis une frustration sexuelle un peu exagérée. Avec un peu de chance, sa prudence disparaîtrait au moment de Noël. Je montai l'escalier vers mon appartement. J'aurais eu moins de mal à passer cette nuit sans Hayden si LC avait été là à m'attendre, mais il vivait toujours de l'autre côté de la rue. Sarah n'étant pas non plus chez elle, je n'aurais pas d'autre distraction ce soir.

Une fois chez moi, je jetai mes chaussures dans un coin, lançai ma veste sur le portemanteau et me précipitai dans ma chambre. Je me déshabillai, puis cherchai une tenue pour la nuit dans ma commode. À mon retour, j'avais découvert qu'il n'existait que deux températures dans mon appartement en hiver : « chaud » et « sauna ». Aucun intermédiaire. Bien décidée à m'offrir un dédommagement après notre séance de tripotage dans la voiture, je me débarrassai de mon soutien-gorge, puis enfilai un caraco et un short. Ensuite, j'allai me servir un verre dans la cuisine et traversai le salon en direction de la fenêtre. J'ouvris les rideaux, m'assis sur le rebord et attendis.

C'était une habitude que j'avais prise après mon emménagement. Avant que j'entre dans le salon de tatouage de Hayden et que tout change. J'avais recommencé à le faire depuis mon retour. C'était encore plus intéressant maintenant que je savais où était situé l'appartement de Hayden de l'autre côté de la rue. Ensemble, nous avions instauré ce nouveau rituel du soir. Ainsi, j'avais un peu moins de mal à supporter mes nuits sans lui.

Mon regard erra vers l'enseigne d'Inked Armor. Elle restait allumée toute la nuit et éclairait le trottoir d'une douce lueur. Emmitouflés dans leurs manteaux épais, écharpes et bonnets, les gens marchaient à pas rapides. Je levai les yeux vers les appartements au-dessus du salon et souris quand un rai de lumière apparut à une fenêtre du deuxième étage. Les rideaux s'entrouvrirent, et une silhouette masqua la lumière.

Je distinguais le profil de Hayden et les détails de son corps. Il avait retiré sa chemise. Un fin débardeur recouvrait la plupart de ses tatouages, mais il était assez moulant pour mettre en valeur ses épaules musclées et sa large poitrine. J'aimais mieux quand il se présentait à moi torse nu, mais je ferais avec. LC était à son endroit préféré : affalé sur ses épaules.

Mon téléphone sonna.

— Salut.

J'agitai la main, et Hayden m'imita.

Puis j'entendis sa voix grave.

— Tu t'es changée.

— Je suis prête à aller me coucher.

— Ta tenue me semble un peu légère, vu le temps.

— Il fait chaud ici.

Je tripotai la bretelle de mon caraco en contemplant son profil indistinct à la fenêtre au-dessus de moi.

— Tu ne crois pas que tu vas prendre froid ?

— Ça n'arriverait pas si tu venais, chuchotai-je, pleine d'espoir.

Hayden soupira bruyamment, et je compris que j'allais trop loin.

— Je t'ai demandé de ne pas me rendre les choses plus difficiles, il me semble.

— C'est ce que j'essaie de faire.

— Tu en es sûre ?

De loin, son corps semblait aussi raide que sa voix était sévère. Je ne voulais pas qu'il soit en colère contre moi. Surtout si je devais continuer à dormir seule dans mon lit.

— Tu me manques, c'est tout.

Je portai mes doigts à mes lèvres, puis touchai la vitre.

Il y eut un long silence. Quand Hayden reprit la parole, sa voix était douce, toute sa tension avait disparu.

— Je ne suis pas loin. Bonne nuit, chaton, on se voit demain matin.

— Bonne nuit, Hayden.

Il mit fin à l'appel et leva une main pour me dire au revoir avant de baisser le rideau. Quelques minutes plus tard, la lumière de sa chambre s'éteignit. Je restai longtemps à la fenêtre. Une fois au lit, il me fallut une éternité pour m'endormir. Je ne cessais de penser que Hayden était tout près, mais toujours inaccessible.

La sonnerie de mon portable me réveilla au milieu de la nuit.

— Tenley ?

Hayden avait la voix tremblante.

— Je suis là. Tout va bien ?

Je m'assis en clignant des yeux. Il était trois heures du matin.

— J'ai fait un autre...

Il toussota.

— Tu n'étais pas là. Tu n'étais pas à côté de moi. Je voulais juste vérifier que tu allais bien. Je suis désolé.

— Pas de problème. Tout va bien.

Je sortis de mon lit en écoutant son souffle haletant et me dirigeai vers la fenêtre qui donnait sur son appartement. Hayden se tenait en face de moi, comme il l'avait fait quelques heures plus tôt.

— Tu veux que je passe ?

Ses doigts errèrent sur la vitre.

— S'il te plaît.

— Je suis là dans cinq minutes.

J'enfilai mes vêtements tout en continuant à lui parler, à lui assurer que je n'allais pas tarder à le rejoindre.

Hayden avait décidé de m'attendre dans l'entrée de son immeuble, même si j'avais les clés. Il ne coupa la communication que lorsque je me trouvai juste devant lui. Il avait les cheveux ébouriffés. Des mèches dépassaient sur les côtés. Sur le dessus de sa tête, sa chevelure était hérissée par endroits et tout aplatie à d'autres. Hayden avait les yeux injectés de sang et la mâchoire serrée.

— C'était le même rêve ? demandai-je alors qu'il m'attirait contre lui et enfouissait son visage dans mes cheveux.

À l'en croire, ses cauchemars revenaient toutes les nuits depuis quelque temps.

— En quelque sorte. Ça commence toujours de la même façon, mais la suite est différente.

Il m'emmena vers l'ascenseur et écrasa le bouton jusqu'à ce que les portes s'ouvrent. Je refoulai mon angoisse en entrant dans la cabine ; Hayden avait besoin de ma force plus que j'avais besoin de la sienne. Une fois à l'intérieur, il défit rapidement les boutons de mon manteau. Ses mains froides se glissèrent sous mon sweat, palpèrent mon sternum, puis poursuivirent leur chemin vers mon dos. Tout comme le soir de mon retour, ça n'avait rien de sexuel.

Hayden garda une main pressée sur ma peau jusqu'à ce que l'ascenseur sonne et que les portes s'ouvrent. Comme il était trop troublé pour introduire la clé dans la serrure, c'est moi qui ouvris la porte de son appartement. LC vint à notre rencontre et se mit à zigzaguer entre nos jambes. Hayden ne prit même pas la peine de ranger ses chaussures une fois que j'eus refermé la porte à clé, ce qui en disait long sur son angoisse. Je les posai dans le placard avec les miennes.

— Tu veux m'en parler ? demandai-je tandis que nous nous asseyions sur son canapé, lui avec un verre de scotch, moi avec un verre d'eau.

Hayden avait peut-être besoin d'alcool pour calmer ses

tremblements, mais je voulais conserver toutes mes facultés. J'allongeai mes jambes sur les siennes, et Hayden passa un bras dans mon dos, se collant le plus possible à moi.

— Avant, je rêvais que je n'arrivais pas à t'atteindre. Maintenant, je réussis à m'approcher de toi, mais, quand je suis assez près pour te toucher, tu disparais. Et puis, dans d'autres rêves, ce sont plutôt des souvenirs qui ressurgissent. Je n'arrive pas à me les sortir de la tête ; ils sont là quand je dors, quand je suis réveillé. J'ai l'impression que je ne peux plus y échapper.

Je lui caressai la joue du dos de la main. C'était horrible de savoir que son subconscient jouait avec ses peurs.

Hayden resta silencieux un moment, puis il dit doucement :

— Et s'il t'arrivait quelque chose et que je ne puisse rien faire pour te sauver ? Et si quelqu'un te forçait de nouveau à me quitter ?

Je me pelotonnai entre ses bras dans l'espoir de le rassurer par ma proximité.

— Personne ne va le faire.

— Mais tu ne peux pas le savoir. Même si tu me promets de rester, et même si je te crois, il peut toujours t'arriver quelque chose. Qu'est-ce que je deviendrai après ? Je me retrouverai encore tout seul. Je serai seul et, tout ce qui me restera, ce seront ces putains de cauchemars. Ma tête va exploser. Je peux pas..., je peux pas...

La panique s'empara de lui. Pendant les premiers mois après l'accident d'avion, la même terreur m'empoisonnait la vie. Je sentais qu'à tout moment, la chose dont j'avais le plus besoin pouvait disparaître. À l'époque, il s'agissait des médicaments. Aujourd'hui, il s'agissait de lui.

Hayden serrait son verre si fort dans sa main que je le lui repris de peur qu'il éclate. Ensuite, je m'assis à califourchon sur ses genoux et m'enroulai autour de lui. Il s'accrocha à moi tandis que je lui chuchotais des paroles rassurantes. Nos souffrances étaient tellement semblables. Si seulement elles avaient pu s'annuler.

12

Hayden

Cinq nuits. Je ne parvins pas à dormir plus longtemps sans elle. Pourtant, mes cauchemars continuèrent, même avec Tenley dans mon lit. Ils étaient plus horribles que jamais, mais, comme elle dormait à côté de moi, elle n'apparaissait plus dans mes rêves, heureusement.

Quelque chose en moi s'était brisé. Le mur que j'avais érigé s'effondrait, et je n'arrivais plus à le reconstruire. Tous les détails de la mort de mes parents dont je ne voulais pas me souvenir refaisaient surface avec une telle clarté que je me réveillais la nuit, tremblant et en sueur.

Il était six heures du matin. Tenley était endormie dans mon lit. J'aurais pu rester allongé à côté d'elle, mais c'était inutile parce que je n'arrêtais pas de bouger et de me retourner. J'avais donc décidé de m'installer sur le canapé dans le salon.

Le sapin de Noël que Tenley et moi avions installé plus tôt dans la semaine clignotait joyeusement à l'autre bout de la pièce. Nous l'avions décoré ensemble avec les boules et les guirlandes qu'elle avait apportées.

Les petites lumières aussi blafardes que la lueur de l'aube s'accordaient assez bien avec mon humeur sombre. Mon ordinateur portable était ouvert sur la table basse. Je parcourais sans cesse les mêmes articles dans l'espoir d'y découvrir quelque chose de nouveau. Toute information susceptible de donner du sens aux souvenirs que je n'arrivais pas à faire disparaître de la partie « Passage interdit » de mon cerveau.

Je ne pouvais plus les ignorer ; il fallait que je retrouve les fragments manquants de mes souvenirs. Cette époque était très vague dans mon esprit. Je ne me rappelais que la semaine qui avait précédé le meurtre de mes parents. Mais mes recherches finirent par déclencher quelque chose.

Ma mère frappa à la porte de ma chambre. Je fourrai le magazine porno sous ma couette et saisis la souris de mon portable. La dissertation sans intérêt que j'avais terminée trois jours plus tôt pour un cours intitulé « L'homme et la société » apparut sur l'écran.

— Tu peux entrer.

Elle passa sa tête par la porte.

— On se prépare à partir.

— D'accord, cool. Tu es jolie.

Ce n'était pas simplement pour lui faire de la lèche ; elle l'était vraiment dans sa robe rouge. Ses cheveux relevés mettaient en valeur les traits délicats de son visage.

— Tu ne trouves pas que c'est un peu osé ?

— Papa a dit quelque chose ?

Mon père était très doué pour la faire douter de sa tenue quelques minutes avant de partir.

— Non, non. Je me demandais juste si je n'aurais pas dû choisir une robe noire.

— Je préfère le rouge. C'est plus tranchant.

Je souris, et un plaisir sincère illumina son visage tandis qu'elle lissait sa robe. Elle avait quelques rondeurs, ce qui me paraissait normal pour une mère de famille. Rien à voir avec toutes ces femmes accros à la liposuccion avec qui elle s'apprêtait à passer la soirée. Sûr qu'elles porteraient toutes du noir ou d'atroces imprimés léopard. Par bonheur, j'étais maintenant trop grand pour qu'on me traîne à ces soirées barbantes.

— Vous rentrez tard ?

— Vers minuit. Pas de copains ici pendant notre absence.

— Ça marche, m'man.

— Je suis sérieuse, Hayden. Pas de copains. Sinon ton

père vendra sa voiture, et tu prendras le bus jusqu'à ce que tu puisses t'en acheter une.

— D'accord. Pas de copains ici. Promis, dis-je pour couper court à toute leçon de morale.

— Si tu sors, ferme bien les portes à clé et rentre à vingt-deux heures trente. Pas après.

— Pas de problème. Amusez-vous bien.

Je tapai sur quelques touches de mon clavier, histoire de lui faire comprendre que je devais me remettre au travail.

Elle balaya ma chambre du regard.

— Je te dirais bien de faire un peu de rangement, mais ça ne servirait à rien.

Papa l'appela depuis le bas de l'escalier, et ses talons cliquetèrent sur le parquet quand elle se retourna pour partir.

— Hayden ?

Je levai les yeux.

— Je t'aime. Tu le sais, n'est-ce pas ?

— Je t'aime aussi, m'man.

Mon père l'appela de nouveau, d'un ton impatient cette fois.

J'attendis que la voiture sorte de l'allée pour appeler Damen et lui demander de passer me prendre. J'avais dit adieu aux clés de ma voiture deux semaines plus tôt, quand une fille que je m'étais tapée avait vomi partout sur la banquette arrière. Mes clés me seraient rendues quand j'aurais craché l'argent pour le nettoyage. En attendant que Damen arrive, je vidai la moitié du flacon de vodka qu'une fille de mon boulot avait acheté pour moi.

Mon père avait mis ses bouteilles d'alcool sous clé depuis longtemps à cause du nombre de fois où je l'avais vidé. Je vérifiai mon portefeuille. J'avais déjà dépensé ma paye ; il ne me restait que dix dollars. Je me dirigeai vers la chambre de mes parents, puis soulevai le tableau accroché au mur pour accéder au coffre-fort caché dessous.

Je composai le code et souris lorsque le loquet s'ouvrit. À l'intérieur se trouvaient les plus beaux bijoux de ma mère et l'argent que gardait mon père pour les coups durs, en plus de la paperasse bancaire. Je pris quelques billets de vingt, les rangeai dans mon portefeuille et refermai le coffre-fort. Je ne me sentais pas tellement coupable en prenant cet argent. J'y déposerais la même somme une fois que j'aurais été payé à la fin de la semaine.

— On se croirait dans Mission impossible*, dit Damen depuis le pas de la porte.*

Surpris, je laissai tomber le tableau par terre, et un coin du cadre abîma le parquet.

— Tu m'as foutu une de ces trouilles ! Comment tu es entré ?

— Je suis passé par la porte. J'ai même frappé avant.

Je fronçai les sourcils. D'habitude, mes parents fermaient la porte à clé en sortant. Je raccrochai le tableau au mur et tapotai le bord jusqu'à ce qu'il soit parfaitement droit. Le coin du cadre était éraflé à l'endroit où il avait heurté le sol. Je le frottai, mais sans grand succès. Avec un peu de chance, mon père ne s'en apercevrait pas.

— Ça représente quoi, ce truc, un ange de la mort ? demanda Damen en examinant la peinture.

Il s'agissait d'un ange peint dans des nuances de rouge.

— Ta gueule. C'est une œuvre de ma mère.

— C'est trop bizarre.

Damen prit une boucle d'oreille en diamant que ma mère avait laissée sur la commode, puis la fit rouler entre ses doigts.

Je la lui arrachai des mains et la reposai au même endroit.

— Ne touche à rien. Mon père s'en apercevra tout de suite si quelque chose a changé de place.

— Tu as besoin de te détendre, mon pote. Viens, y a plein de salopes dans la voiture.

— Ah ouais ?

Je balayai la pièce du regard afin de m'assurer que tout était bien en place.

— Tu as amené qui cette fois ?

— Des filles que j'ai ramassées au hasard. Ne t'en fais pas, y en a une pour toi.

Je souris.

— C'est parti.

Damen me prit le flacon des mains et le vida alors que nous descendions l'escalier. Je fermai la porte à clé, puis vérifiai que le double se trouvait bien sous la jardinière avant de le suivre vers le SUV garé dans la rue.

Damen avait quelques années de plus que moi. Il était le gérant du salon de tatouage Art Addicts situé dans le centre-ville, où je m'étais fait percer le sourcil. J'y étais retourné quelques fois avec des potes et j'avais découvert qu'il avait d'autres activités d'un genre un peu moins légal. Damen avait des contacts et semblait connaître un tas de filles faciles. Tout ça faisait de lui un mec intéressant.

Un tocard que je ne connaissais pas était assis sur le siège avant, le regard fixé devant lui. J'ouvris la portière, et un nuage de fumée s'échappa de la voiture. Deux mecs aux visages vaguement familiers étaient assis sur la banquette du milieu. Une fille que j'avais déjà vue au salon de tatouage était coincée entre eux. Elle me regarda, puis jeta un œil par-dessus son épaule aux deux filles installées au fond. Je n'en reconnaissais aucune. Leurs yeux étaient trop maquillés. La fausse blonde était occupée à tirer sur un joint, et la vraie se mettait du gloss sur les lèvres. Je grimpai dans la voiture et m'assis entre elles.

— Y en a une pour moi, dit Damen en reprenant la route.

— C'est vrai ?

Je passai un bras autour de chacune des filles.

— Laquelle est la mienne ?

— Moi, répondirent-elles en même temps.

— Super. Je vais juste les divertir un peu en attendant que tu sois prêt, d'accord ? criai-je vers l'avant.

— Vas-y doucement. J'aime pas les filles qui ont déjà servi.

La musique assourdissante rendait toute conversation impossible. Ce qui n'était pas gênant puisqu'on avait mieux à faire que de parler.

Il était minuit et demi quand je rentrai à la maison. J'étais bourré et je planais totalement. La voiture de mes parents ne se trouvant pas dans l'allée, je supposai qu'ils n'étaient pas rentrés. Je me trompais. La voiture était dans le garage. Quand j'entrai, mon père était assis dans l'escalier, la cravate défaite. Sa chemise, dont il avait ouvert les deux premiers boutons, sortait de son pantalon. Il était calme. Ce qui signifiait qu'il était très en colère.

J'entendis des pas feutrés dans le couloir de l'étage.

— Il est rentré ?

Ma mère apparut sur le palier, les yeux rouges. Elle avait pleuré. Elle serra les pans de sa robe de chambre en satin bleu pâle autour d'elle et descendit les marches en contournant mon père, qui n'avait toujours pas bougé.

— Oh ! merci mon Dieu ! Tu n'imagines pas combien j'étais inquiète. Je t'avais dit vingt-deux heures trente. J'ai été très claire, il me semble.

Sa voix se brisa.

Je me sentais nul et c'était précisément ce que voulaient mes parents.

— Je suis désolé, m'man. J'ai pas vu le temps passer.

— Il est plus de minuit ! Tu as de l'école demain matin ! Où étais-tu ? Qu'est-ce qui est arrivé à ton cou ?

Comme elle était beaucoup plus petite que moi, surtout sans ses talons, elle dut lever la tête pour me regarder dans les yeux. Je n'arrivais pas à me concentrer ; le mélange d'alcool et d'herbe me rendait patraque, et mes gestes étaient mal coordonnés. Ma mère m'attrapa par le menton et me força à tourner la tête.

— Est-ce que ce sont des suçons ? Mais avec quel genre de fille passes-tu tes soirées ? Tu sens l'alcool à plein nez. J'en ai plus qu'assez, Hayden. Combien de temps vas-tu continuer comme ça ?

Ma mère éclata en sanglots. Je me sentais vraiment con.

— C'est bon, Eleanor, je prends le relais, dit mon père en se levant des marches.

Il posa doucement sa main sur son épaule.

Mais ma mère se retourna et pointa un doigt vers son visage.

— Ne fais pas ça ! Ne me traite pas comme si j'étais trop fragile pour m'occuper de lui. C'est moi qui l'ai mis au monde.

Elle se tourna vers moi.

— Je peux tolérer tous ces trous dans ton visage, Hayden, mais ça...

Elle fit un geste vers mon cou.

— Comment peux-tu passer ton temps avec une fille qui fait ce genre de chose ? Et si elle tombe enceinte, qu'est-ce que tu feras ? Je suis trop jeune pour devenir grand-mère ! Sans parler de l'alcool et de la drogue. N'essaie pas de le nier, Hayden. Je ne suis pas stupide. Je reconnais très bien cette odeur !

J'enfonçai mes mains dans mes poches en luttant pour ne pas m'effondrer et dis d'une voix traînante :

— J'ai jamais pensé que t'étais stupide, m'man.

Mon père me lança un regard assassin.

— Je suis d'accord, Eleanor. Tu as tout à fait le droit d'être en colère contre lui. Cependant, cette conversation sera plus efficace demain matin, quand il aura toute sa tête.

Ma mère sembla s'apercevoir qu'il avait raison. D'un geste gracieux, elle souleva le bord de sa robe de chambre, puis retourna à l'étage. Bêtise, notre chat noir et blanc qui me haïssait, m'adressa un miaulement et la suivit.

Quand la porte de la chambre de mes parents se referma en claquant, mon père se tourna vers moi. Ses bras pendaient mollement le long de ses flancs, mais il plia et déplia ses doigts à plusieurs reprises ; sa déception et son épuisement étaient évidents. À cause de moi, il était exténué. Mon père ne hurla pas. Il ne jura pas. Il ne me jeta pas dehors. Pourtant, j'aurais préféré une bonne punition au petit discours qui suivit.

— Tu devrais bien réfléchir à ce que tu fais de ta vie, fiston. Les décisions que tu prends maintenant auront un impact direct sur ton avenir. Si tu continues, tu vas envoyer ta mère tout droit au cimetière. Après, il n'y aura plus que toi et moi. Et j'ai bien peur qu'aucun de nous deux ne survive à ça.

Moins d'une semaine plus tard, mes parents étaient morts.

— Hayden, pourquoi tu t'es levé aussi tôt ?

Tenley était debout au milieu du salon, les cheveux tout ébouriffés. Elle portait l'un de mes tee-shirts noirs à manches longues avec un short. Nous n'avions toujours pas fait l'amour depuis qu'elle était revenue chez moi.

Ces huit derniers jours, nous nous étions seulement embrassés. Ça me rendait complètement fou. Quand j'avais besoin de me débarrasser de toute cette merde dans ma tête, je mourais d'envie de lui sauter dessus.

— Je regardais juste quelques articles.

— À six heures et demie du matin ? Tu es debout depuis combien de temps ?

— Une heure peut-être ?

Tenley traversa la pièce et se laissa tomber à côté de moi. Elle jeta un œil à mon ordinateur ouvert sur la table basse.

— Ça te dérange si je lis ce truc ?

— Non, vas-y.

J'avais envie de la sentir plus près de moi et je l'assis sur mes genoux pendant qu'elle parcourait l'article. Je me demandai ce qu'elle en penserait. Tenley cliqua sur les quelques liens que j'avais ajoutés à mes favoris. Avec le temps, les articles sur le meurtre de mes parents s'étaient raréfiés.

— Tu les as beaucoup lus ces derniers jours.

— Oui. Mais ça ne me mène nulle part, comme tu peux le voir. Je n'arrête pas de chercher des indices, parce qu'il y a certains trucs qui ne collent pas, tu vois ? Les preuves ont fini par être rejetées, mais les articles n'en parlent même pas.

Tenley glissa mes cheveux derrière mon oreille. J'avais vraiment besoin d'une coupe.

— Ça doit être terrible de penser que l'affaire a été classée aussi vite.

Je pris ses mains dans les miennes et embrassai ses phalanges.

— Je veux des réponses. Je veux comprendre. Il y a des images...

Je secouai la tête pour chasser mes souvenirs.

— Et l'odeur... Je crois que c'était ça le pire. Pendant longtemps, j'ai cru qu'elle allait disparaître, mais je me trompais. Il y a tellement de choses dont je ne me souviens pas bien. Tout le déroulement de la soirée est flou, jusqu'à mon arrivée à la maison. Ensuite, tout est super clair, c'est même carrément de la haute définition.

Tenley eut un sourire triste.

— Je vois très bien ce que tu veux dire concernant les odeurs. J'ai oublié certains moments de l'accident, mais d'autres...

Elle frissonna.

— Ce sont les odeurs qui déclenchent les pires souvenirs.

C'était exactement ça. La mort violente avait une odeur distincte. Son relent flottait toujours dans l'air autour de moi et, malgré le temps qui s'écoulait, je ne parvenais pas à m'en débarrasser.

Au bout d'une minute de silence, alors que nous étions tous les deux plongés dans nos souvenirs merdiques, Tenley m'embrassa sur la tempe.

— Je sais que c'est dur de parler de tout ça, mais est-ce que tu as déjà envisagé... ?

— Si tu veux parler de thérapie, je t'arrête tout de suite. Nate me casse les couilles avec ça depuis des années.

Tenley eut l'air totalement prise au dépourvu.

— Tu n'as jamais parlé de ça avec personne ?

— Je le fais avec toi.

— Je veux parler d'un professionnel.

— À quoi bon ? Je sais déjà pourquoi je suis un raté. J'ai pas besoin de payer cent dollars de l'heure pour qu'on me l'explique.

— Tu n'es pas un raté, Hayden.

Je levai un sourcil, et Tenley soupira.

— Il ne s'agit pas de savoir pourquoi. Il faut surtout que tu trouves le moyen de vivre avec ce que tu as vécu afin que cet épisode ne domine pas ta vie. C'est pour cette raison que j'ai décidé de rejoindre un groupe de thérapie.

— Quoi ? Quand est-ce que tu vas faire ça ?

— Un groupe va commencer à se réunir en janvier sur le campus. Ça fait un an... Il est temps que je bouge.

Je lui caressai les bras.

— Mais tu as déjà réglé tes problèmes. C'est bien dans ce but que tu es retournée à Arden Hills, non ?

— Ce n'était qu'un premier pas ; j'en ai encore beaucoup à faire. La commémoration de l'accident a été très difficile à vivre, mais elle m'a aidée d'une certaine façon, et puis tous ces problèmes de propriété sont résolus. Pour le reste... Je ressens toujours beaucoup de culpabilité. Il va me falloir du temps pour m'en débarrasser.

Je comprenais très bien son sentiment de culpabilité. Le discours de mon père passait en boucle dans ma tête certaines nuits. Si j'avais fait des choix différents, mes parents seraient sans doute toujours en vie. S'ils n'avaient pas eu aussi peur que je sorte en douce, ils seraient restés plus longtemps à leur réception le soir de leur mort. Au lieu de ça, ils étaient rentrés plus tôt et avaient été assassinés dans leur lit. Pendant que j'étais dehors en train de me soûler avec Damen.

Je regardai Tenley avec scepticisme.

— Mais est-ce que tu ne vas pas souffrir en reparlant de tout ça ?

— Sans doute, oui. Mais je ne peux pas garder toutes ces choses en moi et les laisser pourrir.

Je ne fis aucun commentaire. Sept ans après la mort de mes parents, j'étais toujours aussi en colère ; toujours replié sur moi-même ; toujours en train d'essayer de repousser les limites.

— Enfin, bref, ce n'est pas là que je voulais en venir. Je ne sais pas comment fonctionnent les affaires de meurtre comme celle de tes parents, mais est-ce qu'il ne devrait pas y avoir un dossier auquel tu as le droit d'accéder ? Peut-être qu'il y a des archives publiques ?

— C'est possible. Je n'ai jamais fait de recherches.

— La police locale pourrait peut-être te renseigner ?

— Ben voyons. Elle a été tellement efficace à l'époque où c'est arrivé. Tu as rencontré cet abruti de Cross, non ? C'est à cause de lui que tout a foiré.

— Il devait bien y avoir d'autres policiers qui travaillaient sur cette affaire. Ça vaut sans doute le coup de chercher. Tu te sentiras peut-être mieux après.

Elle n'avait pas tort. Je relisais en boucle les mêmes articles et ça ne me menait nulle part ; je ne faisais que brasser les images qui se trouvaient déjà dans ma tête.

— Est-ce qu'on peut clore le sujet ? demandai-je.

— Bien sûr... Je ne voulais pas insister. Tu aimerais qu'on discute d'autre chose ?

Tenley avait passé un bras autour de mes épaules, et ses doigts se promenaient le long de mon cou. C'était agréable. Et même mieux que ça, en fait.

— Je n'ai plus envie de parler.

— D'accord. Tu veux que je te laisse tranquille ? Je peux rentrer chez moi...

— Non. Je n'en ai pas envie non plus.

Je l'attirai contre moi et, comme elle remuait un peu, ses fesses s'installèrent dans le creux entre mes jambes. Ma queue se durcit en sentant se rapprocher la Terre promise. En tout cas, si Tenley le remarqua, elle n'en dit rien.

Au lieu de ça, les doigts de sa main libre commencèrent à suivre les lignes d'encre sur mon bras. Elle suivit les ronces de mon poignet jusqu'au cœur sanglant au creux de mon coude, à l'endroit où les fleurs s'épanouissaient.

Tenley ne tenta rien au-delà de la manche courte de mon tee-shirt. Après notre conversation dans la voiture (où j'avais presque piqué une crise à cause de son départ et lui avais livré le fond de mes pensées), elle ne m'avait pas provoqué. Elle avait l'air très contente de traîner chez moi sans qu'on se lance dans la moindre séance de tripotage.

Même au lit, c'était la sagesse incarnée. Elle portait dix couches de vêtements et évitait toute position risquant de mettre en contact des parties importantes de nos corps. Le matin, quand je me collais à elle et que ma stupide queue en érection se pressait contre le bas de son dos ou se nichait dans la raie de ses fesses (un pur bonheur), Tenley ne bougeait pas. Ça me rendait totalement dingue. Je ne savais plus du tout où se trouvait la limite, et, plus j'attendais, plus j'avais envie de la piétiner. Si Tenley avait fait le moindre geste, j'aurais eu une excuse parfaite pour poursuivre. Ainsi, j'aurais pu retrouver ce lien dont j'avais désespérément besoin, car je ne connaissais aucun autre moyen de l'obtenir.

Je la serrai plus fort contre moi et descendis ma main vers sa cuisse nue. Ensuite, je tentai de provoquer une légère friction en remuant les hanches. Les doigts de Tenley s'immobilisèrent, et sa tête se souleva de ma poitrine.

Je répondis à son regard interrogateur par une moue triste. J'aurais dû demander à Lisa quel était le putain de délai à respecter, car je n'en avais aucune idée.

Les doigts de Tenley se remirent à bouger. Ils remontèrent le long de mon bras, puis sur mon épaule jusqu'à mon cou et effleurèrent ma mâchoire pour finir par longer la courbe de ma lèvre. J'entrouvris la bouche, et Tenley accepta cette invitation en glissant son pouce à l'intérieur. Je le mordis, le suçai et léchai le bord lisse de son ongle tout en savourant la chaleur de sa peau. Tenley finit par retirer son pouce de ma bouche, et ses lèvres se posèrent sur les miennes. La caresse de sa peau était délicieuse. Elle ne cessait de revenir à la charge ; ses baisers s'éternisaient et devenaient de plus en plus profonds.

Tenley se retourna lentement, et je me dis que c'était le moment idéal pour l'arrêter, mais je ne le fis pas. Au lieu de ça, je l'incitai à écarter les jambes et à s'asseoir à califourchon sur mes genoux. La chaleur humide de son sexe n'était plus qu'à quelques centimètres de l'endroit où je l'attendais, mais le tissu empêchait tout contact direct. Mes mains étaient attirées comme un aimant par le cul de Tenley et elles se posèrent dessus immédiatement, agrippant sa chair tendre et souple.

Ma bite était aux anges. Si elle avait eu des mains, elle aurait déchiré mon pantalon de pyjama, fait disparaître le short pathétique de Tenley et aurait plongé tout droit en elle. Mais, au lieu de ça, elle luttait avec impuissance contre le tissu, et je laissai échapper un grognement affligé parce que mes couilles étaient si tendues qu'elles étaient sur le point d'exploser.

Quand ses mains descendirent le long de mon torse jusqu'à l'ourlet de mon tee-shirt, je lui attrapai les poignets par réflexe.

— On n'est pas obligés de faire l'amour, dit-elle. Je pourrais me contenter de te faire du bien. Est-ce que tu veux me laisser faire ?

Ma bouche fonctionnait indépendamment de mon cerveau. Il faut dire que tout le sang de mon corps devait être concentré dans l'appendice douillettement installé entre les cuisses de Tenley.

— Je ne sais pas si... Je veux...

— On est plus des ados, Hayden. On est pas obligés de rester bloqués à la première étape pour toujours. C'est toi qui décides jusqu'où on va. Dis-moi ce que tu veux et je te le donnerai.

Comme si c'était facile.

Nos paumes se rejoignirent. Puis Tenley pressa ses lèvres sur le dos de ma main. Comme je ne disais rien, elle me mordit une phalange et y déposa un baiser mouillé, comme une douce promesse de ce qui suivrait si je laissais tomber mes exigences ineptes.

Tenley guida mes mains vers le haut de ses cuisses et les posa à quelques millimètres du bord de son short. Sa bouche se promena sur ma mâchoire jusqu'à ce qu'elle atteigne mes lèvres. Quand sa langue rencontra la mienne, elle lui donna de petits coups nonchalants, encore et encore, me donnant la fausse impression que nous n'irions pas plus loin. Ses doigts se promenèrent le long de mes avant-bras avec la même langueur, puis se glissèrent sous mon tee-shirt. Je me raidis.

— Je veux juste te voir. Ça fait longtemps que je n'ai pas regardé ton corps.

Exprimée de cette façon, sa demande ne me semblait pas déraisonnable.

Je levai les bras, et Tenley tira mon tee-shirt par-dessus ma tête. Elle le plia soigneusement, puis le posa sur l'accoudoir du canapé. Ensuite, elle mit les mains sur mes épaules, me caressa le torse, le ventre, puis elle fit le chemin inverse. Ses doigts commencèrent à suivre les lignes de mes tatouages. Son exploration était si lente que c'en était pénible, mais je ne me plaignis pas. J'avais justement besoin d'être caressé ; j'en avais été privé pendant si longtemps. Je n'arrivais plus à me rappeler pourquoi il valait mieux prolonger cette souffrance.

Ensuite, les mains de Tenley descendirent plus bas.

Mes doigts se resserrèrent autour de ses cuisses.

Tenley me regarda à travers ses cils.

— Tu ne veux pas que je te touche ? Mais ton sexe est tellement dur…

Ces mots ne firent rien pour arranger les choses.

— Je peux ? Tu as tout le temps envie de moi. Ça doit être une vraie torture. Je pourrais te soulager, tu sais.

Impossible de nier la vérité. Je bandais toujours quand elle était près de moi. J'en avais marre d'avoir mal aux couilles.

Tenley avança sa chatte chaude cachée sous le coton de son short juste sur mon érection. Puis elle décrivit un lent cercle avec ses hanches. Ses lèvres déposèrent des baisers sur mon épaule, puis de mon cou à mon oreille, et elle chuchota :

— Je veux juste te toucher.

Elle dessina le contour de ma queue tendue, et je fus bien incapable de l'arrêter. Je ne pensais plus qu'à une chose : c'était enfin une autre main que la mienne qui allait faire tout le travail. Quel pied !

Je n'avais jamais vu ses ongles aussi longs. Leur bord blanc formait une jolie courbe. Tenley entreprit de dénouer les liens de mon pantalon, et je la regardai faire avec une impatience dévorante. Je n'avais encore jamais été aussi excité par une foutue branlette. Une fois qu'elle eut terminé, sa main se glissa sous ma ceinture élastiquée.

Tenley effleura mon gland et je baissai les yeux vers sa main en gémissant. Elle émit un petit murmure d'approbation en remontant le long de ma queue et caressa les billes de métal. Ensuite, sa main chaude s'enroula autour de ma queue qu'elle libéra de mon pantalon. J'étais tellement près d'exploser que mon gland était presque violet. Son pouce se mit à longer la fente d'avant en arrière, ce qui me fit un effet totalement surréaliste.

— Regarde-toi, murmura-t-elle. Il est temps que je te soulage, non ?

Je ne parvins qu'à émettre un grognement animal.

Sa main libre, posée sur mon torse, rejoignit l'autre. Tenley croisa ses doigts autour de mon sexe, ses pouces posés l'un sur l'autre. Et puis le lent va-et-vient commença. J'arquai les hanches et sentis le coton rêche effleurer mon gland. Son tee-shirt trop grand me gênait ; il fallait que je la voie.

— Lâche-moi une seconde, grognai-je.

— Quoi ?

Tenley resserra son étreinte.

Je tirai sur le bord de son tee-shirt et me penchai en avant pour l'embrasser dans le cou.

— Je veux que tu l'enlèves.

Tenley obéit, et je laissai échapper un grognement étranglé lorsqu'elle cessa de me toucher. Ensuite, elle fit bouger ses hanches, et ma queue se retrouva juste entre le coton de son short et la peau nue à l'intérieur de sa cuisse.

Dès que Tenley eut enlevé son tee-shirt, ses mains retrouvèrent leur emplacement légitime, et quelques mèches de cheveux douces comme du satin se mirent à me chatouiller le torse. Je les repoussai, pris ses seins dans mes mains et caressai ses tétons tout durs à l'aide de mes pouces. Je fus récompensé par un doux soupir.

Une main posée sur mon épaule, elle se hissa sur les genoux et se servit de mon gland pour pousser son short sur le côté. Juste en dessous se trouvait une petite culotte satinée. Une texture bien plus séduisante que le coton. Le visage rouge, Tenley baissa les yeux pour regarder son corps remuer contre le mien, la bille de métal lisse de mon piercing glissant juste sur l'endroit où se trouvait son clitoris.

Tenley continua à bouger à un rythme régulier, puis son corps se raidit, et elle souffla un juron en agitant les hanches. J'étais captivé par le mouvement de son corps au-dessus du mien et par ses seins bondissants. Comme ils étaient au niveau de mes yeux, je me penchai en avant et pris un téton percé dans ma bouche, puis donnai des coups de langue à son *barbell*. Tenley haleta et remua de plus en plus vite en s'accrochant à moi. J'agrippai ses hanches alors que ses mouvements se faisaient plus frénétiques.

Je croisai son regard, et une émotion proche de la stupéfaction passa sur son visage, bientôt remplacé par un air béat presque angoissé.

Elle laissa alors échapper le petit cri le plus sexy que j'avais jamais entendu. Son corps s'arqua en tremblant ; puis Tenley s'affaissa contre moi en haletant dans mon cou. Après l'avoir vue jouir aussi intensément, j'étais au bord du précipice.

Tenley marmonna quelque chose dans mon cou, et ses lèvres vinrent se poser sur ma bouche. Elle venait de jouir, mais m'embrassait comme si elle ressentait toujours un immense désir. Elle se trémoussa sur mes genoux et glissa sur le sol entre mes jambes, ce qui me prit momentanément au dépourvu.

Mon subconscient me fit remarquer que la situation était un peu injuste. Je m'étais contenté de la caresser à travers ses vêtements alors que j'allais bientôt voir ma queue disparaître entre ses belles lèvres charnues. Pourtant, je ne me plaignis pas lorsqu'elle fit glisser mon pantalon sur mes jambes.

Tout en me regardant dans les yeux, Tenley mit une main autour de mon sexe, se pencha en avant, enroula sa langue douce et humide autour de mon gland, puis le prit dans sa bouche. La dernière fois qu'elle l'avait fait, nous étions dans un parking à peine éclairé.

J'avais repassé ces images floues dans ma tête un million de fois, mais rien n'aurait pu me préparer à cette vision : Tenley uniquement vêtue d'un short minuscule, ma queue dans sa bouche. Elle se mit alors à fredonner quelque chose autour de mon sexe et je perdis la tête. Lorsqu'elle remua pour changer de position, mon piercing cliqueta contre ses dents. Tout à coup, sa bouche et sa main se mirent à bouger sur moi, caressant le plus de chair possible.

Ce moment aurait mérité d'entrer dans les annales de l'histoire de la fellation. J'eus soudain envie de prendre une photo de Tenley et de l'utiliser comme fond d'écran sur mon ordinateur, surtout lorsque sa bouche remonta le long de mon sexe en me suçant. Ensuite, les joues de Tenley se creusèrent, et elle me relâcha en émettant un bruit de succion. Elle appuya sa langue juste sur la bille de métal sous mon gland et se mit à le lécher comme si c'était un cornet de crème glacée.

— Tu imagines un peu combien tu as l'air sexy ? demandai-je, la voix rauque.

Tenley eut un petit sourire satisfait, puis referma ses lèvres sur moi. Elle enfonça mon sexe dans sa bouche jusqu'à ce que je sente le fond de sa gorge. J'enroulai ses cheveux autour de mon poing et posai la main derrière sa tête afin de la guider. Sa paume serpenta le long de ma queue, ses lèvres atteignirent mon gland, puis sa langue s'enroula autour de lui et lécha ma fente.

Je serrai les dents.

Comme j'approchais de l'orgasme, je lui empoignai involontairement les cheveux. Tenley me regarda à travers ses cils épais et ronronna lorsque j'accélérai le mouvement de sa tête. Des vibrations se propagèrent tout le long de mon sexe. Lorsqu'elle remonta, elle laissa cette fois un écart entre sa main et sa bouche, dévoilant quelques centimètres de chair luisante et humide.

Je sentis et entendis le cliquètement du métal contre ses dents tandis qu'elle effleurait ma peau sensible et tirait sur mon *barbell*. Je fermai les yeux, car cette vision associée aux sensations risquait de mettre fin à tout ça beaucoup plus vite que je le voulais. Ce fut inutile pourtant. Tous mes muscles se tendirent ; l'orgasme était imminent.

— Je vais jouir, l'avertis-je.

Je m'attendais à ce qu'elle accélère le mouvement, ce que j'aurais fait à sa place, mais Tenley ralentit en luttant contre ma main posée derrière sa tête. J'étais tellement proche, j'étais sur le point de basculer, mais quelque chose me retenait. Je n'avais jamais connu de torture plus agréable.

Tenley fit lentement remonter ses lèvres sur mon sexe, ainsi que sa main. J'avais beaucoup de mal à me retenir de jouir en la regardant, mais les dieux de la fellation ne me le pardonneraient pas si je fermais les yeux à un moment pareil.

Je contemplai donc les mouvements de bouche de Tenley. Soudain, elle s'arrêta complètement.

Pareils à un étau, ses doigts se resserrèrent autour de la base de ma queue, et la paume de son autre main caressa mon gland. Tenley appuya son pouce sur l'extrémité comme si elle bloquait le canon d'un fusil. La pression monta d'un cran alors qu'une sensation incroyable se répandait partout dans mon corps.

— Hayden, dit Tenley de cette voix sensuelle, plaintive et essoufflée que j'adorais.

Ses lèvres allaient et venaient sur mon piercing tandis qu'elle attendait une réponse.

— Ouais, grognai-je, le corps tremblant d'impatience.

Je ne pensais qu'à une chose : mon orgasme.

— Tu aimerais jouir dans ma bouche ? demanda-t-elle avec une politesse pleine d'innocence.

— Oui. S'il te plaît.

Sa bouche se referma sur mon gland, puis son pouce disparut et sa main relâcha ma queue.

Ma tête s'enfonça dans le dossier du canapé au moment où j'explosai. Tenley suçait et avalait, m'offrant un orgasme chaud, violent et frénétique.

Quand j'eus enfin fini de jouir, elle reposa doucement ma queue harassée sur mon ventre. Puis elle se pencha et lui donna un baiser affectueux suivi d'une petite tape, comme si c'était son animal de compagnie. Ce qui était un peu le cas.

— Tu ne te sens pas mieux maintenant ? demanda Tenley en posant sa tête sur ma cuisse avec un sourire plein de fierté.

Je passai tendrement mon pouce sur sa lèvre inférieure enflée.

— C'est le moins qu'on puisse dire. Cette chose que tu as faite à la fin, tu l'as apprise dans un de tes magazines ?

Tenley laissait toujours traîner des magazines féminins sur sa table basse, dont les couvertures étaient pleines de gros titres tels que « Comment le faire jouir toute la nuit ! » Ces revues n'étaient peut-être pas si nulles, après tout.

— Non.

Je me figeai.

— Comment tu as appris à faire ça ?

J'aurais dû m'estimer heureux que ma petite amie me suce et qu'elle soit super douée pour ça, mais non, il fallait que je joue les gros cons jaloux et que je me mette en colère contre elle, évidemment.

— En regardant des pornos, répondit simplement Tenley.

13

Tenley

Bon, d'accord, ce n'était pas totalement vrai. Je n'avais pas appris cette petite astuce en regardant les conneries habituelles qu'on trouve sur Internet, où des femmes sont prises de haut-le-cœur à cause de pénis géants. En tapant « Apadravya et fellation » sur Google, j'avais découvert une série de vidéos instructives qui s'étaient avérées à la fois excitantes et utiles. En fait, j'avais très peur de me casser les dents sur son *barbell.*

— Quel genre de porno ? dit Hayden d'une voix grave en se léchant rapidement les lèvres.

— Tu aimerais bien le savoir, hein ?

Je m'adossai au canapé, à bonne distance du sexe en érection reposant sur le ventre de Hayden. Il était toujours très dur et j'avais du mal à ne pas le regarder. Mon orgasme avait été incroyablement intense, mais il m'en fallait plus.

Plus de proximité, plus de contact, plus de délivrance. Je n'étais pas tout à fait sûre de pouvoir le supporter, cependant. Mon piercing n'était pas encore totalement cicatrisé, et chacun de nous ressentait un désir très fort pour l'autre. Je me levai en prenant appui sur ses cuisses.

— Où tu vas comme ça ? Tu peux pas filer après m'avoir dit une chose pareille.

— Mais si, sans problème, le taquinai-je.

Hayden caressa l'arrière de mes cuisses et glissa ses doigts sous mon short. Puis il m'attira à lui en me serrant les fesses avec malice et leva les yeux vers moi, un sourire insolent aux lèvres, le menton posé juste au-dessus de mon bassin.

Cette position me rappelait le jour où je l'avais attiré dans mon lit pour la première fois. Il avait vraiment fait de son mieux pour me résister.

Hayden déposa un baiser humide juste au-dessus de la ceinture de mon short. Il me semblait qu'une éternité s'était écoulée depuis qu'il avait posé ses lèvres sur moi pour la dernière fois, mais ma chair était déjà douloureuse après toutes ces caresses à travers mes vêtements. Je risquais de mettre plus longtemps à cicatriser s'il recommençait, et ça m'embêtait beaucoup.

Hayden baissa la tête, et le bout de son nez effleura les os de mon bassin.

— Je pourrais te récompenser avec ma bouche si tu m'en disais un peu plus sur les films porno que tu aimes regarder.

Seuls mon short et ma petite culotte l'empêchaient d'aller plus loin. Hayden avait toujours une forte érection. On risquait de se retrouver nus et étendus sur le canapé ou sur le sol en moins de deux.

J'entortillai ses cheveux autour de mon doigt.

— C'est une offre très généreuse, mais je suis censée aller faire mes achats de Noël avec les filles dans la matinée. Si tu commences à me faire des trucs avec cette bouche, je serai en retard à coup sûr.

— Tu es allée faire les magasins il y a deux jours. Tu as vraiment besoin d'y retourner ?

— Il me manque encore quelques petites choses.

J'avais déjà acheté la plupart de mes cadeaux, mais je n'avais encore rien trouvé de significatif pour Hayden. J'avais une idée intéressante, mais j'avais besoin de Lisa pour la mettre en pratique.

— Quel genre de choses ?

— Des choses top secret.

— À quelle heure tu dois les rejoindre ?

Hayden glissa ses mains plus loin sous mon short et me malaxa les fesses.

Je dus m'éclaircir la voix avant de répondre.

— À onze heures.

Il jeta un œil à l'horloge de la cuisine.

— Il est juste un peu plus de huit heures. J'ai amplement le temps de te faire une petite gâterie avant que tu partes.

— C'est sans doute vrai. Mais tu crois vraiment qu'on en restera là si tu promènes sur moi cette langue pleine de talent ? Une fois qu'on aura commencé, on sera incapables de s'arrêter, et je n'ai aucune envie d'être limitée par le temps.

Si Hayden commençait à me lécher et découvrait mon secret, j'étais absolument sûre que son sexe fabuleux prendrait la place de sa langue. Que mon clitoris soit trop sensible ou pas, je serais bien incapable de lui dire non.

Hayden soupira.

— Tu as l'air bien décidée à laisser passer cette occasion.

— Je remets simplement ce projet à plus tard. À mon avis, ce sera encore meilleur. On devrait aller prendre le petit-déjeuner, dis-je pour changer de sujet.

— Je préfère manger ici.

J'ignorai sa remarque.

— Je vais m'habiller.

Hayden s'affala sur le canapé et se mit à bouder. On aurait dit qu'il venait de se faire taper sur les doigts après avoir volé un cookie. Je me dirigeai vers sa chambre en essayant de ne pas culpabiliser. Il valait vraiment mieux attendre encore un peu (je pensais surtout à moi dans cette histoire, mais Hayden m'en serait reconnaissant plus tard).

J'enfilai une robe pull assez chaude et des collants. J'entendis bientôt Hayden longer le couloir d'un pas lourd, puis il apparut dans l'entrée tandis que je faisais glisser ma robe sur mes hanches. Il avait l'air frustré. Et soupçonneux. Il avait eu beau remonter son pantalon, la fermeté de son entrejambe était toujours évidente. Je me concentrai sur mon visage dans le miroir et entrepris de me brosser les cheveux en feignant de ne rien voir.

Hayden traversa la pièce d'un pas nonchalant, s'arrêta à quelques pas derrière moi et tira sur le cordon autour de sa taille. Le pantalon glissa sur ses cuisses. Mes yeux se promenèrent de son torse à ses hanches. Hayden ramassa son pantalon sur le sol, puis flâna vers son placard, le sexe dressé en avant. J'aurais trouvé la scène comique s'il n'avait pas eu ce regard de prédateur.

Comme Hayden me tournait le dos, je regardai son reflet dans le miroir et contemplai les lignes magnifiques de son corps et de ses tatouages.

Les muscles de son dos se contractèrent lorsqu'il laissa tomber son pantalon dans le panier à linge sale. Puis il se mit à chercher quelque chose à se mettre dans sa penderie, et l'enfant mystérieux tatoué sur son dos me regarda de son air méchant. Hayden réapparut quelques minutes plus tard, des vêtements posés sur son bras. J'ouvris ma trousse à maquillage et m'appliquai de l'anticerne en faisant un peu de cinéma.

— Tu me sembles un peu trop sexy pour aller faire les magasins.

Hayden posa ses vêtements sur la commode et me poussa du coude pour pouvoir prendre un boxer dans son tiroir. Ses sous-vêtements étaient soigneusement pliés et triés en fonction de leurs couleurs et de leur style. Il en choisit un noir et referma brutalement le tiroir.

— Tu préférerais que je mette un survêtement ?

— Oui.

Hayden tendit une main vers le tiroir qui se trouvait devant moi, et je sentis son érection se nicher dans le creux de mon dos.

— Il me faut des chaussettes.

Il passa un bras autour de moi et m'attira contre lui pour pouvoir ouvrir le tiroir. Je restai parfaitement immobile tandis que son sexe dur se pressait contre mon dos.

— Franchement, tu trouves que je ne suis pas assez couverte ?

Hayden effleura mes flancs.

— Le problème, c'est que cette robe colle trop à tes courbes.

Il s'écarta, sauta dans son boxer et le remonta rapidement. Mais l'élastique claqua contre son gland, ce qui le fit grimacer. Ensuite, il remit toutes ses affaires en place et entreprit de s'habiller. Il avait visiblement renoncé à me forcer la main. Quand il eut terminé de boutonner son jean, il se dirigea vers la salle de bains et s'enferma à l'intérieur. En claquant la porte. Un robinet se mit à couler.

Quelques secondes plus tard, la porte s'ouvrit brusquement et heurta le mur. Hayden traversa la pièce d'un pas raide, puis s'arrêta devant moi, l'air féroce.

— Pourquoi tu me laisses pas te lécher la chatte ?

Je crus que ma petite culotte allait prendre feu.

— Je ne veux pas être en retard, dis-je en avalant péniblement ma salive.

— N'importe quoi. On a plus de deux heures devant nous. Tu viens de me sucer ; pourquoi je te rendrais pas la pareille ? Tu me caches quelque chose.

Je devinai qu'il était blessé. Il imaginait probablement un tas de scénarios catastrophe. Hayden avait peu à peu retrouvé une certaine confiance en moi ces derniers jours. Il aurait été idiot de la mettre en danger pour quelque chose d'aussi insignifiant qu'un piercing secret.

Je soupirai.

— C'était censé être une surprise.

— Quoi ?

— J'ai un nouveau piercing.

— Hein ? Depuis quand ?

— Lisa me l'a posé le lendemain de mon retour. Il me fait toujours un peu mal.

— C'est quel genre de piercing ? demanda-t-il d'une voix gutturale.

— Un piercing vertical du capuchon, soufflai-je.

Hayden en resta bouche bée. Il cligna plusieurs fois des yeux.

— Je veux le voir.

— Je ne crois pas que ce soit une bonne idée.

Je reculai et heurtai la commode.

Hayden posa une main de chaque côté de mon corps.

— Et pourquoi ça ?

— Parce que, si tu le vois, tu auras envie d'y toucher, et

nous sommes dans ta chambre et le lit est tout près. Ensuite, on se déshabillera et j'aurai envie de toi, mais, comme mon piercing n'est pas encore cicatrisé, nous ne devrions pas faire ça, dis-je à toute vitesse.

— Laisse-moi juste y jeter un coup d'œil.

Ses hanches se pressèrent contre les miennes.

Je posai mes mains sur son torse.

— Plus tard.

— Maintenant.

Il me mordilla la mâchoire.

— Je t'en prie, Hayden. Ma peau est encore très sensible et je ne veux pas prendre de risques. Je te le montrerai ce soir.

Hayden laissa tomber son front sur mon épaule.

— Pourquoi tu me tortures comme ça ?

— C'est difficile pour moi aussi.

Je devais rester ferme, sinon je le regretterais plus tard.

— Je savais bien que vous me racontiez des conneries, toutes les deux, au sujet de ce téton infecté.

Hayden passa une main sur ma hanche, puis la glissa sous ma robe.

— Qu'est-ce que tu fais ? demandai-je, affolée.

— Rien.

Ensuite, sa main se faufila sous mes collants.

— Je n'appelle pas ça « rien ».

Il m'embrassa doucement.

Je retins mon souffle lorsque ses doigts effleurèrent ma peau lisse.

— Hayden, le suppliai-je.

— Tu as dit que je pourrais le voir ce soir. Tu ne m'as pas interdit de le toucher.

Il glissa sa langue entre mes lèvres et la fit aller et venir dans ma bouche, tandis que l'un de ses doigts se glissait en moi.

Il le retira immédiatement lorsque je gémis, puis chercha à tâtons la petite bille de métal.

— Waaaouh, grommela-t-il en caressant ma peau autour de mon piercing.

Au moment où le *barbell* bougea, une décharge électrique

me traversa le corps. J'avais hâte de sentir sa bouche sur moi ; ce contact allait me faire un effet incroyable. Sa main disparut, et Hayden recula.

— Peut-être que je devrais appeler les filles pour reporter notre séance de shopping, dis-je, pleine d'espoir.

— Non. Je crois que tu as raison ; tu me le montreras plus tard. Et pendant que tu te promèneras aujourd'hui...

Hayden porta ses doigts à sa bouche et les lécha.

— Tu pourras penser à ce que je vais te faire ce soir.

— C'est-à-dire ? demandai-je, ridiculement essoufflée.

— Je vais te faire jouir si fort que tu n'auras qu'une hâte : sentir ma bite en toi.

14

Tenley

La tension était toujours palpable entre nous tandis que nous roulions vers le café-restaurant, mais l'avantage, c'est que Hayden devait se concentrer sur la route et faisait un peu moins attention à moi. Ma peau était endolorie, et ses taquineries m'avaient rendue irritable. Je me demandai si c'était ce que ressentaient les mecs quand on les laissait mariner. Hayden avala son petit-déjeuner d'un air distrait, mais j'eus l'impression que cela n'avait rien à voir avec une quelconque frustration sexuelle.

De retour dans la voiture, il tapota nerveusement le volant.

— Est-ce que j'ai le temps de t'emmener quelque part ?

— Bien sûr. Lisa ne passe me prendre que dans une heure.

— D'accord. Super.

La voiture s'enfonça dans un dédale de ruelles et roula jusqu'à Hyde Park. Dans ce quartier, les maisons étaient beaucoup plus grandes, et leurs jardins, plus élaborés. Hayden s'arrêta devant une demeure victorienne à deux étages, agrémentée d'une tourelle et d'un porche surmonté d'un toit circulaire. D'énormes jardinières bordaient les marches du perron. Il y avait des vitraux aux fenêtres, et les volets étaient peints en noir, une couleur qui contrastait agréablement avec celle de la brique. L'ensemble était de toute beauté.

— C'est là que j'ai grandi, dit Hayden en coupant le moteur.

— Cette maison est incroyable.

— Elle l'était à l'époque où j'y habitais. Et je suppose que c'est toujours vrai. Mais je ne l'appréciais pas à sa juste valeur quand j'étais gamin.

Il me prit la main et caressa mes phalanges avec son pouce.

— On a eu beaucoup de mal à la vendre après la mort de mes parents. C'est Nate qui s'en est occupé parce que j'étais trop jeune pour le faire tout seul. Elle a été remise en vente plusieurs fois depuis.

— À cause de ce qui s'y est passé ?

Parfois, les événements laissent planer une ombre. Après la mort de Connor et de sa famille, leur maison avait conservé l'écho de leur présence. Je me demandai si la mort violente des parents de Hayden n'avait pas plutôt laissé derrière elle une sorte de cri.

— On était légalement obligés de révéler le meurtre aux acheteurs potentiels ; c'est ce qui a freiné les choses. L'année dernière, elle a été remise en vente au début de l'automne. C'était une période plutôt favorable. La maison semblait sortie tout droit d'un tableau de Norman Rockwell. Les feuilles des arbres avaient pris des tons jaune et orange, et le jardin était magnifique. Ma mère en était folle.

Hayden s'arrêta, plongé dans ses souvenirs.

J'attendis en silence qu'il poursuive, car il ne racontait certainement pas ce genre de choses à n'importe qui.

— Je suis venu visiter la maison quand elle a été remise en vente. J'étais curieux, tu comprends. La famille qui y habitait avait transformé la chambre de mes parents en bureau. Ce n'était plus pareil, mais j'ai quand même ressenti une certaine angoisse une fois à l'intérieur.

— Je comprends très bien.

Je lui serrai la main.

— Il y avait un coffre-fort encastré dans le mur. Il était caché par l'un des tableaux de ma mère. Le nouveau propriétaire avait fait la même chose, ce qui était sensé, je suppose. Mais je me suis mis à flipper parce qu'il avait accroché la reproduction d'un ange de style médiéval. Ça m'a bouleversé parce que le tableau que ma mère avait suspendu à cet endroit représentait aussi un ange, mais de style plus moderne. Et les couleurs étaient différentes, mais j'ai quand même trouvé ça super glauque...

Hayden se tut un moment et mâcha ses *viperbites* tout en regardant la maison à travers sa vitre.

— J'ai des souvenirs complètement dingues du soir où mes parents ont été assassinés.

Je changeai de position pour lui faire face. Hayden parlait rarement de ses parents ou des événements liés à leur mort.

— Je ne les ai jamais racontés à personne. Comme j'étais totalement défoncé, je ne sais pas si j'ai déformé la réalité.

Hayden joua avec mes doigts en mettant de l'ordre dans ses pensées.

— Au moment où j'ai ouvert la porte de leur chambre, tout est devenu hyper clair, mais, en même temps, on aurait dit que je... quittais mon corps. Parfois, quand on rêve, on a l'impression d'observer les événements à distance de notre corps, tu vois ce que je veux dire ?

Je hochai la tête.

— Tout à fait.

— Eh bien, c'était comme ça. J'avais vu le tableau qui cachait le coffre-fort toute ma vie. Il n'avait aucune valeur financière : ma mère l'avait peint à l'époque où elle étudiait l'art. Elle reproduisait surtout des paysages. Mais celui-ci représentait un ange dans des tons rouges. C'était un tableau... sombre.

— Qu'est-ce que tu veux dire ?

Hayden réfléchit un instant.

— Il était simplement différent. D'habitude, ma mère peignait des choses agréables à regarder. Mais cet ange n'était pas beau. Pas de façon conventionnelle, en tout cas.

— Comme le tatouage sur ton épaule ?

— C'est le premier grand dessin que je me suis fait tatouer après la mort de mes parents. C'est Damen qui s'en est chargé. Mon tatouage n'était pas censé être beau, mais les choses que peignait ma mère, elles, avaient toujours quelque chose d'agréable. Cet ange était magnifique et dérangeant à la fois. Quand j'étais gamin, vers cinq ou six ans, mon père partait souvent en voyage d'affaires, et j'avais l'habitude de débarquer dans la chambre de mes parents au milieu de la nuit. Je poussais ma mère pour qu'elle dorme de l'autre côté du lit. Je prétendais préférer son oreiller à celui de mon père, mais je voulais surtout éviter de me retrouver face à cette peinture parce qu'elle me foutait la trouille.

Hayden détourna le regard.

— Enfin, bref… La première chose que j'ai vue en poussant la porte, c'était ce tableau. Il était sur le sol. Au début, je n'ai pas compris ce qui s'était passé. Ensuite, j'ai vu mes parents. Il y avait tellement de sang.

Il frissonna.

— Même lorsque j'ai compris qu'ils étaient morts, j'ai continué à faire une fixation sur cette stupide peinture.

— Tu étais sous le choc.

— Sans doute. Le sang avait giclé partout sur les murs et le sol. J'avais peur qu'il y en ait aussi sur le tableau, mais, à cause des tons rouges, c'était impossible à voir. Je savais que la police emporterait tout ce qui pourrait constituer des preuves et je ne pouvais pas supporter l'idée de le perdre. Pas parce que je l'aimais, mais à cause de ce qu'il représentait pour ma mère. Pourtant, je n'ai pas réussi à retourner dans la chambre pour aller le chercher.

Hayden cessa de contempler la maison et me regarda, rongé par la culpabilité et la honte. Deux sentiments que je comprenais parfaitement.

— Je me disais que, si je parvenais à raccrocher ce tableau à sa place, tout redeviendrait comme avant. Sauf que je ne parvenais pas à entrer dans cette chambre. J'ai descendu l'escalier, j'ai appelé la police et puis j'ai saccagé tout le salon parce que j'étais terrifié à l'idée de retourner à l'étage. Je voulais à tout prix me convaincre que c'était juste un horrible *bad trip*. Je continuais à espérer que ma mère allait débarquer et me prendre la tête à cause de l'état du salon.

— Tu devais être terrorisé, fis-je d'une voix rauque en imaginant sa souffrance.

— Je sais pas pourquoi tout ça ressurgit maintenant, après

toutes ces années, dit Hayden en contemplant le paysage à travers le pare-brise sans vraiment le voir.

La raison me paraissait claire, pourtant.

— Et le plus dingue dans tout ça, c'est que, sur les photos de la scène de crime, le tableau à l'ange rouge n'était plus là. J'étais pourtant sûr et certain de l'avoir vu par terre. Je m'en souviens très clairement, mais les photos prises par la police ne peuvent pas mentir, pas vrai ?

Hayden m'interrogea du regard. Il ne savait plus s'il pouvait se fier à sa mémoire ; ça me fendait le cœur.

Je ne savais pas quoi dire.

— Tu sais ce qui est arrivé au tableau ?

— J'imagine qu'il se trouve au garde-meuble, de l'autre côté de la ville. C'est là que Nate a rangé tout ce qui n'a pas été mis aux enchères après la vente de la maison.

— On pourrait aller le chercher, si tu veux. Je serais contente de t'y accompagner.

— Après les fêtes peut-être, on verra.

La porte d'entrée s'ouvrit, puis une femme sortit de la maison avec cinq adolescents. Ils descendirent les marches du perron et se dirigèrent vers le monospace noir garé dans l'allée.

— La maison a été rachetée par une fondation et transformée en foyer d'accueil, dit Hayden.

— Tu as trouvé ça dur ?

— Non. J'étais plutôt soulagé, parce qu'à mon avis, cette maison ne devrait plus héberger de familles. C'est comme si elle avait été polluée par ce qui s'est passé.

Hayden frissonna malgré la chaleur à l'intérieur de la voiture.

— Je peux rester assis ici à contempler la façade sans trop souffrir. Mais je n'aurais jamais dû y entrer. Après cette visite, j'ai pété les plombs.

Il enroula une mèche de mes cheveux autour de son doigt et la regarda se dérouler comme un ruban.

— Je n'avais pas couché avec Sienna depuis des mois, mais ce soir-là... je suis allé la voir. C'était tellement con. J'étais en colère contre moi-même à cause de ce qui était arrivé à mes parents et je voulais arrêter de ressentir... tout ça. C'était la pire chose à faire, et c'est la dernière fois que j'ai couché avec elle.

Hayden remit la voiture en marche.

— Je sais pas pourquoi je te raconte ça.

— Je suis contente que tu te sois confié à moi, lui dis-je après avoir attendu qu'on se soit éloignés de la maison.

— Maintenant, tu sais à quel point je suis paumé.

— Nous avons tous deux des problèmes, Hayden. Je comprends mieux ce qui t'est arrivé à présent.

Il y eut un long silence jusqu'à ce que Hayden s'arrête à un feu rouge. À notre droite se trouvait un commissariat.

— C'est là que Cross et son collègue m'ont interrogé.

— Ce moment a dû être horrible.

— Ouais. C'était la merde. Enfin, j'étais sacrément défoncé.

Hayden mit son clignotant et jeta un œil par-dessus son épaule avant de tourner vers le parking. Il se gara, mais ne lâcha pas le volant.

Je posai une main sur sa nuque.

— Est-ce que ça va ?

Il laissa tomber sa tête en avant.

— Je sais pas pourquoi je me suis arrêté ici.

— Tu veux qu'on entre ?

Je caressai les cheveux sur sa nuque et y enfouis mes doigts plusieurs fois dans l'espoir de le calmer. Hayden lâcha le volant, puis posa ses paumes sur ses cuisses.

— J'en sais rien. On n'a pas le temps. Tu sors avec les filles dans une demi-heure.

— Sarah est toujours en retard. On ne partira jamais à l'heure. Je vais leur envoyer un message pour leur dire que je les rejoindrai plus tard.

Hayden venait de faire un grand pas en avant. Je ne voulais pas que cette séance de shopping insignifiante vienne le perturber. Il lui fallut encore une minute ou deux pour éteindre le moteur.

— Est-ce que tu viendras avec moi ? demanda-t-il d'une petite voix.

— Bien sûr.

Je me penchai vers lui et l'embrassai sur la joue.

— Merci.

Hayden ouvrit la portière, contourna la voiture pour m'aider à sortir et m'agrippa la main alors que nous traversions le parking. Il poussa les portes du commissariat, puis s'arrêta brusquement.

— Bon sang, rien n'a changé.

Je scrutai les bureaux à travers les portes vitrées en me demandant à quoi pensait Hayden. Il serra ma main et m'entraîna à l'intérieur. Des gens vêtus de costumes ou d'uniformes traversaient le hall d'entrée d'un pas déterminé et disparaissaient dans différents couloirs. Tous les agents qui passaient devant nous me lançaient de brefs regards curieux, puis leurs yeux se posaient sur Hayden et s'y arrêtaient un moment.

Les gens commençaient à le juger dès qu'ils remarquaient ses bottes à semelles épaisses et son jean usé. Puis, attirés par son visage, leurs regards glissaient sur son manteau d'hiver noir quelconque.

Hayden était ébouriffé. Son ancienne coupe iroquoise avait disparu depuis que ses cheveux avaient repoussé sur les côtés. Ces mèches plus longues auraient pu adoucir son visage, mais, à cause du vent et de l'absence de coupe, elles se dressaient dans tous les sens, totalement incontrôlables. Malheureusement, le piercing sur son visage et son expression hostile ne faisaient qu'accentuer le problème.

L'anneau qui perçait sa langue apparut, puis se promena entre ses lèvres. Ignorant les regards insistants, Hayden me tira par le bras et se dirigea vers l'accueil. La réceptionniste était occupée à répondre à des appels téléphoniques.

Elle leva les yeux vers nous et un doigt pour nous demander de patienter. Hayden était nerveux. Appuyé au comptoir, il regardait de tous les côtés et martelait le meuble de ses phalanges tout en tapotant du pied sur le sol, tandis que la réceptionniste continuait à répondre au téléphone.

Une agente qui passait par là s'arrêta et nous regarda avec curiosité, puis posa ses mains sur ses hanches. Ce devait être la position standard des forces de l'ordre, l'arme toujours à portée de la main. La policière cessa de regarder Hayden et s'adressa à moi.

— Je suis l'agente Miller. Est-ce que je peux faire quelque chose pour vous ?

Elle parlait d'une voix douce, et une légère inquiétude se lisait dans son regard. Je me forçai à sourire, puis posai une main sur le bras de Hayden.

— Il aimerait parler avec quelqu'un d'une affaire classée.

L'agente me demanda si nous avions le numéro de référence du dossier.

— Je ne savais pas qu'il en fallait un, dit Hayden, son expression aussi dure que sa voix.

Le regard de la femme se posa sur lui.

— Les choses sont plus simples quand on a le numéro. Quel était le délit ?

— Un meurtre, répondit faiblement Hayden.

Je le coupai afin de donner quelques explications à l'agente.

— Ses parents ont été assassinés il y a plusieurs années. L'affaire n'a jamais été résolue...

— Je recherche des informations autres que celles que j'ai pu lire dans les journaux. Je pensais... Ah ! j'en sais rien.

Hayden m'agrippa de nouveau la main.

— Je devrais peut-être revenir un autre jour.

— C'est toi qui vois, Hayden. On peut partir, si tu veux.

Je ne l'avais encore jamais vu aussi bouleversé.

L'agente se détendit lorsqu'elle comprit que l'agressivité de Hayden était due à sa nervosité.

— Pensez-vous détenir de nouvelles informations ?

— J'en sais rien. Peut-être… Il y a certains souvenirs...

Hayden s'arrêta au milieu de sa phrase, l'air stupéfait.

L'agent Cross traversa alors le hall d'entrée, réduisant à néant tous nos progrès. Dès qu'il aperçut Hayden, il modifia sa trajectoire et se dirigea vers nous, tel un missile visant sa cible. Prêt à détruire.

— Mademoiselle Page, comment allez-vous ?

Il me tendit la main avec un sourire forcé. Je la lui serrai par obligation.

À côté de moi, Hayden plissa les yeux d'un air irrité. Miller le remarqua aussitôt et se fit soudain soupçonneuse.

— Ravie de vous revoir, mentis-je.

— J'ai entendu dire que vous étiez repartie à Arden Hills pour régler quelques affaires. J'espère que tout va bien.

Mon sourire faiblit.

— Euh, oui. Tout est rentré dans l'ordre.

— Eh bien, ça fait plaisir à entendre.

— Comment le savez-vous ? demanda Hayden d'un ton glacial.

C'était exactement la question que je me posais.

Cross se tourna vers Hayden et sourit avec arrogance.

— Je suis passé à la petite brocante. Comment elle s'appelle déjà ? Serenity ?

Miller ne quittait plus des yeux Hayden, qui fusillait l'agent Cross du regard.

— Qu'est-ce qui vous amène ici, Stryker ? Une autre amende pour mauvais stationnement ? Une accusation pour attentat à la pudeur, peut-être ?

Cross souriait, mais il n'y avait pas le moindre humour dans son ton.

Miller lui lança un regard dubitatif.

— Il est venu chercher des renseignements sur une affaire.

— Ah oui ? Laquelle ?

— Celle du meurtre de mes parents.

Le sourire arrogant de Cross disparut.

— Cette affaire a été classée.

J'intervins aussitôt de peur qu'il provoque Hayden et le mette en colère.

— Hayden espérait avoir accès aux archives publiques. Je ne sais pas très bien comment on fait pour relancer une enquête, mais s'il pouvait simplement voir les dossiers accessibles...

Cross caressa la crosse de son arme.

— Il faudrait de nouvelles preuves pour ça.

Miller fronça les sourcils en regardant Cross.

— Pour rouvrir le dossier, tu veux dire. En général, il vaut mieux commencer par s'entretenir avec l'enquêteur officiel.

Comme je le craignais, Hayden finit par exploser :

— Jamais de la vie ! Je ne parlerai pas au connard qui a fait foirer l'enquête.

Hayden était tellement en colère qu'il n'avait plus conscience des dégâts qu'il risquait de provoquer.

— Ce sale con m'a enfermé dans une pièce pendant trois heures et m'a obligé à regarder des gros plans de la cervelle de mon père étalée partout sur les murs, alors que la personne qui lui a tiré dessus s'en est sortie.

Je posai une main sur son bras.

— Hayden, je sais que tu es bouleversé, mais ça ne sert à rien.

Il repoussa ma main, les poings serrés.

— Je savais que ça arriverait, cracha-t-il.

— Faites un pas en arrière, dit Cross en bombant le torse avec une satisfaction évidente.

Hayden tourna la tête vers lui.

— Pardon ?

— Éloignez-vous de mademoiselle Page.

— Quoi ? Mais pourquoi ?

Les gens nous regardaient ; je vis quelques mains se déplacer inutilement vers des Taser et des pistolets. Hayden était tout sauf violent. Enfin, il est vrai que, dans le cas de Cross, il pouvait faire une exception.

— Tout va bien.

Je me rapprochai de Hayden et m'accrochai à son bras.

Miller observait l'échange en fronçant les sourcils.

— Mademoiselle Page, je vous conseille de reculer, dit l'agent Cross.

— Vous plaisantez ? Vous croyez vraiment que je vais la frapper ? demanda Hayden.

— Vous semblez oublier que je vous ai déjà vu en colère, monsieur Stryker. Et je vous trouve soudain très agité, répondit Cross d'un ton calme.

Miller me regarda, à la fois perplexe et inquiète.

— Agité ? Mais bien sûr que je le suis ! Nous sommes en train de parler de mes parents morts et de la façon dont vous avez bâclé l'enquête. Vous croyez vraiment que je vais agresser ma petite amie parce que je suis en colère contre *votre* incompétence ?

La colère assombrit le visage de Cross.

— Je vais devoir vous demander de quitter les lieux. À moins que vous ne teniez à passer la soirée en cellule ?

— Hayden ne voulait pas dire ça. Je suis vraiment désolée..., intervins-je.

— Tu ne vas quand même pas t'excuser auprès de lui ! s'exclama Hayden avant de braquer son regard haineux sur Cross. Vous êtes qu'un gros naze. Je ne ferais jamais de mal à Tenley... Je tiens beaucoup trop à elle.

Hayden sortit du bâtiment comme un fou.

Miller se tourna vers Cross.

— Tu veux que je le suive ?

— Hayden n'est pas un homme violent. Il ne va rien faire de mal, leur assurai-je, même si chacun s'était manifestement fait sa propre opinion sur lui.

Je me tournai vers l'agent Cross.

— Il lui a fallu beaucoup de courage pour venir ici. Cet endroit a fait ressurgir des souvenirs terribles et douloureux. Il voulait simplement quelques renseignements.

— Il n'aurait pas dû se montrer aussi arrogant.

— Vous interprétez mal les choses. Vous passez votre temps à le juger ; vous croyez que ça ne se voit pas ? Le fait que Hayden n'entre pas dans la norme ne signifie pas que c'est un criminel ou un assassin. Vous devriez le savoir mieux que personne. Les criminels les plus dangereux sont souvent ceux qui paraissent le moins menaçants.

Je lui tournai le dos et me dirigeai vers la porte. Tout le monde me regardait. Mais quand Cross me rappela, je l'ignorai. Pour la première fois de ma vie, je me fichais de ce qu'on pouvait penser de moi. Je me sentais libérée.

Je poussai la porte et traversai le parking ensoleillé afin de rejoindre l'homme qui comptait le plus pour moi.

15

Hayden

Je traversai le parking comme un fou. J'avais envie de retourner voir Cross et de lui exploser la gueule. Mais c'était impossible : on m'arrêterait aussitôt. Je m'étais comporté comme un con à l'intérieur. Tenley devait être morte de honte.

Arrivé à la voiture, je m'appuyai contre la portière et croisai les bras tout en essayant de retrouver mon sang-froid. J'étais beaucoup trop énervé. Cross me faisait toujours cet effet-là. La plupart du temps, je parvenais à refouler ma colère, mais Sienna et lui me rendaient fou. Une ou deux minutes plus tard, Tenley sortit du bâtiment. J'allai à sa rencontre et passai un bras autour de ses épaules dès qu'elle fut près de moi.

— Je suis désolé d'avoir craqué.

Tenley me serra dans ses bras et se blottit contre ma poitrine.

— C'est rien. Cross était agressif, comme d'habitude.

Je l'aidai à monter dans la voiture, puis passai du côté du conducteur.

— Je regrette de m'être emporté.

— La prochaine fois, tu seras mieux préparé. Cette matinée a été forte en émotions et je suis sûre que tu ne t'attendais pas à tomber sur lui. Ça n'a fait qu'empirer les choses. Il passe son temps à te juger.

Tenley tripota la manche de son manteau et tira sur un fil décousu.

— J'ai l'habitude. Mais c'est vrai que ça peut être pénible parfois.

Je laissai retomber ma tête contre le siège.

— Je ne lèverais jamais la main sur toi. Tu le sais, hein ?

Tenley écarquilla les yeux.

— Tu me poses vraiment la question ?

— Je voudrais juste m'en assurer.

— Cross a dit ces choses pour t'énerver.

Tenley me prit la main.

— Tu veux que j'annule ma sortie avec les filles ?

— Tu ferais ça ?

— On a eu une matinée éprouvante.

J'étais à la fois gêné et soulagé que ma petite amie s'inquiète autant pour moi.

— C'est sympa de me le proposer, mais j'ai des rendez-vous tout l'après-midi.

En plus, je risquais de lui sauter dessus, si je restais à la maison avec elle. Lorsque je mis le moteur en marche, son portable sonna dans son sac à main. Tenley fouilla dans ses immenses poches, puis vérifia ses e-mails.

— Oh non !

— Quoi ?

— Le professeur Calder veut me voir demain matin.

— À quelle heure ?

— Dix heures.

— Je viendrai avec toi.

— Si tu veux.

Je m'étais plutôt attendu à ce qu'elle proteste. D'habitude, Tenley tenait à s'occuper de ses affaires toute seule.

— Je pense qu'il couche avec une de ses étudiantes.

Je fis semblant d'être surpris.

— Qu'est-ce qui te fait croire ça ?

— J'ai vu une fille entrer dans son bureau et j'ai entendu des bruits... peu professionnels.

J'avais déjà assisté à la même scène. Ce branleur devait vraiment penser que personne ne s'apercevrait de rien. Ou bien il se croyait totalement au-dessus des lois.

— Je ne resterai certainement pas à t'attendre dans la voiture.

— C'est exactement ce que je voulais t'entendre dire.

Finalement, Tenley ne passa pas la nuit avec moi, car Lisa et Sarah décidèrent de la kidnapper. Je finis donc par glander avec les mecs. En temps normal, ça ne me posait pas de problème, mais la journée avait été éprouvante et j'avais réussi à tenir le coup tout l'après-midi en pensant à cette nuit avec Tenley.

J'eus donc un peu de mal à supporter ce changement de programme. J'aurais pu essayer de la culpabiliser pour obtenir ce que je voulais, mais je devinais qu'elle s'en voulait déjà beaucoup. Tenley m'expliqua qu'elles avaient un petit travail à terminer avant la fin de la semaine.

Elle ne voulut pas me dire ce que c'était, mais promit de se rattraper le lendemain soir. Elle m'offrit même de me raconter comment elle comptait s'y prendre, mais je refusai. Ça ne ferait qu'aggraver la situation. Maintenant, je regrettais un peu de ne pas avoir accepté son offre.

Il fut décidé que la soirée se déroulerait chez Chris. C'était lui qui avait le plus de bières dans son frigo. Je comptais me barrer après quelques verres, car Tenley passerait peut-être chez moi si les filles finissaient plus tôt.

Chris habitait dans un petit immeuble à l'air louche dans un quartier mal famé. Du linoléum à sa cuisinière vert avocat, tout était moche et démodé chez lui. Seuls le canapé, l'immense écran plat fixé au mur et la console de jeux posée sur la table basse avaient l'air neufs. Chris tenait beaucoup à son petit confort et à ses jeux vidéo.

Il aurait dû pouvoir se payer un appart moins délabré avec l'argent qu'il gagnait au salon. Mais une bonne partie de son salaire servait à aider sa famille. Chris était d'une loyauté à toute épreuve. Son père l'avait presque renié à l'époque où nous avions ouvert Inked Armor, mais Chris refusait de laisser sa mère et sa sœur en subir les conséquences. D'après ce qu'on m'avait dit, son père était un vrai raté. Du coup, je ne le chambrais jamais à cause de son appartement pourri.

Après un passage par les toilettes infestées de germes de sa garçonnière, je retournai au salon où Jamie et lui regardaient un porno. Je me laissai tomber sur le canapé et attendis les meilleurs moments : la scène de la pipe, le suçage de tétons ou la pénétration par-derrière. En vain, car il ne s'agissait finalement pas d'un porno : c'était juste un drame historique avec beaucoup de gens à poil.

— Mais qu'est-ce que c'est que ce truc ? demandai-je.

— J'en sais rien. C'est Jamie qui avait envie de regarder ce truc, et, comme y avait des nibards, j'ai accepté, répondit Chris.

Le portable de Jamie se mit à sonner, et il essaya de lire son message, les yeux à moitié sur l'écran, à moitié sur l'appareil.

— Putain de mer...

Il rangea son portable dans sa poche, un immense sourire aux lèvres.

— Qu'est-ce qui se passe ?

— Les filles sont allées faire les boutiques de lingerie, et Lisa vient de m'envoyer la photo d'un truc qu'elle a acheté. Elles sont toutes chez Tenley maintenant.

Jamie remua pour essayer de remettre discrètement ses affaires en place.

— Je ne veux rien savoir, dis-je dans mon verre de bière.

— T'en fais pas, mec, tu verras les trucs que Tenley a achetés tout à l'heure. Sauf si elles décident toutes de dormir chez elle, fit Chris en me donnant une tape sur l'épaule. Mais une petite nuit sans tirer ton coup ne va pas te tuer, tu sais.

Je m'étranglai en avalant une gorgée de bière. Jamie et lui me dévisagèrent sans comprendre.

— En fait, on..., euh..., on a décidé d'y aller doucement depuis son retour, marmonnai-je.

J'avalai une autre gorgée en me concentrant sur les fesses nues qui dansaient sur l'écran.

— Qu'est-ce que ça veut dire exactement ? demanda Jamie.

Je lui lançai un regard énervé. Lisa et lui se disaient tout, et j'étais sûr qu'elle lui avait rapporté notre conversation.

— Ça veut dire ce que ça veut dire.

— Tu ne l'as pas sautée depuis qu'elle est revenue ? Mais ça fait plus d'une semaine !

Cette idée était tellement inconcevable pour Chris que ses yeux lui sortaient de la tête.

— J'ai jamais dit ça.

Inutile de lui raconter que nous avions couché ensemble une seule fois, juste après son retour. Les choses allaient bientôt changer.

Chris me regarda avec incrédulité, mais Jamie se contenta de sourire en me tapotant le dos avec une bienveillance paternelle.

— On a eu plein de problèmes à régler, dis-je pour me défendre.

— Pas de problème, dit Chris en essayant de se montrer solidaire. J'y suis allé doucement avec Sarah au début parce qu'il m'avait fallu presque deux mois pour la convaincre de sortir avec moi. Si je lui avais sauté dessus, elle aurait cru que je voulais seulement coucher avec elle. On s'est mis à poil après notre quatrième rendez-vous seulement.

Pour Chris, un rendez-vous avec une fille se terminait forcément au lit. Dans de rares cas, il lui proposait ensuite une pizza ou un fast-food. Ces sorties au restaurant programmées avec Sarah étaient une grande nouveauté pour lui.

— Est-ce qu'on peut parler d'autre chose ? Tout ce bavardage hautement viril me donne envie d'essayer des robes et de me faire épiler les couilles.

— Bien sûr, mon frère.

Chris se remit à regarder le porno historique.

Je trouvais étonnant qu'il laisse tomber le sujet aussi facilement. D'habitude, il sautait sur la moindre occasion qui se présentait pour me faire sortir de mes gonds. Il adorait aussi nous faire part des plus petits détails de ses prouesses sexuelles.

— Au fait, comment ça se passe entre vous ? Tu passes un temps fou avec elle, mais tu ne nous racontes pas grand-chose.

Chris fit rouler sa bouteille de bière entre ses paumes en réfléchissant à la question.

— Elle est cool, elle a un côté un peu hippie. Du genre super décontractée, tu vois ?

Mes expériences avec Sarah avaient été tout sauf cool.

— J'espère que Lisa a encore acheté des trucs à volants, dit Jamie en regardant l'écran sans le voir.

— Pourquoi, tu envisages de les porter ? le charria Chris.

— Ils me font un joli cul ! lança Jamie en riant.

Impossible de dire s'il était sérieux. En tout cas, j'allais avoir beaucoup de mal à effacer l'image qui s'était formée dans ma tête.

— OK, ça suffit, je rentre chez moi.

Je vidai le reste de ma bière et me levai.

— Ben voyons, répondit Chris tandis que je me dirigeais vers la porte.

— Tu nous diras comment ça s'est passé, dit Jamie en s'enfonçant un peu plus dans le canapé.

— Quoi ? demandai-je.

— Ta visite chez Tee. Reviens nous voir quand les filles t'auront claqué la porte au nez, dit Chris avec un grand sourire.

Je lui répondis par un doigt d'honneur et refermai la porte derrière moi.

J'arrivai peu de temps après devant la porte de Tenley en me demandant si j'aurais mieux fait de l'appeler d'abord. Je n'étais pas retourné chez elle depuis son retour et j'étais un peu nerveux à l'idée d'y entrer. Je me donnai un bon coup de pied au cul mental et conclus que l'effet de surprise pourrait jouer en ma faveur.

Lorsque je frappai à la porte, Lisa l'entrouvrit sans défaire la chaîne de sécurité.

— Eh bien, regardez un peu qui voilà. Ceci est une fête sans saucisses : pas de garçons ici.

— Salut. Moi aussi, je suis ravi de te voir. Va me chercher Tenley, tu seras gentille.

Lisa portait un pantalon de pyjama orné de bonshommes de neige et un tee-shirt.

— Tu n'entreras pas.

— C'est Hayden ? demanda Tenley de l'autre côté de la porte.

— Salut, chaton. Lisa ne veut pas me laisser entrer.

J'entendis des gloussements, puis un froissement de papier. La porte se referma en claquant, puis Lisa la rouvrit largement. Tenley et Sarah étaient assises sur le sol du salon, entourées de rouleaux de papier cadeau, de scotch, de rubans et de nœuds.

Sarah portait aussi un pantalon de pyjama aux couleurs de Noël et un tee-shirt qui devait appartenir à Chris, car il était trois fois trop grand pour elle.

Un cubi de vin rouge était posé sur le bord de la table basse. Des verres à moitié pleins étaient alignés à côté, mais sans dessous de verre pour éviter les traces. Tenley déplia les jambes et se releva, puis traversa la pièce. Lisa dit quelque chose, mais je n'entendais plus rien. Mon érection était brutale et douloureuse.

— Qu'est-ce que tu portes ?

Je me passai une main dans les cheveux en me répétant que Lisa et Sarah étaient toujours dans la pièce. Impossible de lui arracher ses vêtements maintenant.

— J'ai acheté un nouveau pyjama.

— Je vois ça.

Je me voyais déjà lui retirer son haut à bretelles avec les dents. Il était tout décoré de petits cupcakes, et je distinguais le contour de ses *barbells* à travers le coton. Le décolleté et l'ourlet étaient bordés de dentelle. Plus bas, un petit short à cupcakes provocant lui couvrait tout juste les fesses.

J'attirai Tenley dans le couloir, lui effleurai les flancs et enfonçai mes mains dans son short. Lorsque je rencontrai ses fesses nues, je fis glisser mes pouces le long de sa raie. Tenley me récompensa par un doux gémissement.

— On dirait que mon short te plaît, dit-elle avec son fameux sourire tout doux et tout mignon.

Mais, bon sang, elle était à moitié nue !

— C'est pas faux.

« Plaire » était un mot beaucoup trop faible.

Je fermai la porte de son appartement dans l'espoir d'obtenir un peu d'intimité. Puis je me laissai tomber à genoux et embrassai sa chair chaude juste sous son nombril.

— Qu'est-ce que tu fais ? demanda-t-elle avec un rire paniqué.

Je promenai mon nez le long de l'élastique de son short.

— J'ai envie de discuter avec ma chatte.

J'entrouvris les lèvres sur la couture de son short et pressai ma langue contre le tissu. Tenley retint son souffle et agrippa mes cheveux en s'appuyant contre le mur pour se soutenir.

— J'ai hâte de poser ma bouche sur toi.

J'effleurai la couture de mon nez. Ensuite, je baissai la ceinture de son short pour dénuder le haut de sa fente, embrassai son cupcake tatoué et fis descendre ma bouche plus bas, à l'endroit où ressortait sa petite bille de métal. J'avais très envie de baisser son short sur ses cuisses crémeuses et de poser sa jambe sur mon épaule afin de pouvoir lui lécher toute la chatte. Tant pis si on était dans le couloir.

La porte s'ouvrit, et Lisa sortit la tête.

— Tes deux minutes sont... Oh ! merde, Hayden !

— Quoi ?

Je remis le short de Tenley en place en faisant claquer l'élastique, mais restai à genoux.

— Tu es pire qu'un ado ! Maîtrise un peu tes hormones.

Lisa leva une main devant son visage afin de ne pas nous voir.

Tenley se mordit la lèvre pour s'empêcher de sourire.

— Tu trouves ça drôle ? lui demandai-je.

— Pas du tout, dit-elle en secouant la tête avec emphase.

Je me levai et approchai ma bouche de son oreille.

— Tu te souviens de ce que je t'ai dit ce matin ?

— Oui.

— Je me rattraperai demain. Alors, tu ferais mieux de te tenir prête.

Quand je reculai, le visage de Tenley était tout rouge. Parfait. J'allais retrouver une vraie chatte en chaleur demain soir. Et c'était exactement ce que je voulais.

Je passai prendre Tenley pour son rendez-vous avec le Pr Face-de-Cul à neuf heures. Elle avait l'air un peu fatiguée. Le trajet jusqu'à Northwestern se fit en silence, et je ne tentai pas d'établir une conversation. Il me semblait que nous étions tous deux nerveux pour des raisons similaires. J'en avais marre des gens qui semaient la merde dans nos vies, surtout dans celle de Tenley. Je ne laisserais plus personne lui faire du mal.

Je me garai sur le parking le plus proche du bâtiment de son directeur de thèse et coupai le moteur.

— Il faut que je te dise quelque chose, lâcha Tenley.

Vu l'expression de son visage, ce n'était pas une bonne nouvelle. J'essayai de ne pas paniquer.

— D'accord.

— J'ai enregistré leurs ébats sur mon portable.

— Pardon ?

— Le jour où le professeur Calder a couché avec cette étudiante dans son bureau. J'ai tout enregistré.

— Il est au courant ?

— Pas encore. J'ai converti le fichier en MP3 et l'ai sauvegardé sur une clé USB, puis je l'ai envoyé à mon adresse e-mail.

— Petite futée.

Je souris. Tenley me surprenait toujours.

— Tu veux l'écouter ?

— Maintenant ?

Il lui restait vingt minutes avant son rendez-vous ; je pouvais toujours écouter un extrait.

— Pourquoi pas.

Tenley me passa son portable, et une vidéo apparut sur l'écran. Tenley avait filmé la porte et zoomé sur la plaque tandis que de faibles bruits qu'on aurait pu prendre pour ceux d'une conversation se transformaient en gémissements évidents.

Ce genre de truc sexuel peut être excitant à écouter. Mais ces bruits-là ne l'étaient pas. Les gémissements aigus et plaintifs de la fille de l'autre côté de la porte entrecoupés des grognements graves de l'homme étaient à vous faire débander illico. Vint alors l'apothéose du film lorsque la fille cria le nom de Calder. Une voix facilement reconnaissable la réprimanda, et je perçus le bruit d'une forte claque. L'orgasme pitoyable qui suivit ne laissait aucun doute quant à l'identité de la personne qui se trouvait derrière cette porte.

— Ouah !

J'avais un peu peur de me mettre à dégueuler.

— Tu crois que ça suffira ?

— Oh oui ! Largement.

Forte de cette preuve irréfutable, Tenley me persuada de la laisser aller à son rendez-vous sans que je manifeste ma présence. Elle avait son téléphone sur elle et m'avait envoyé son fichier par e-mail. Et puis la vidéo avait aussi été sauvegardée sur une clé USB. Cet enculé abusait de son pouvoir, et je voulais qu'elle le dénonce.

Je restai assis dans le salon de l'étage environ cinq minutes, puis, incapable d'attendre plus longtemps, longeai le couloir jusqu'à sa porte. J'écoutai le murmure de leurs voix. Je n'aimais pas le ton de Face-de-Cul. Soudain, il se mit à parler plus fort.

La porte s'ouvrit violemment, et Tenley sortit en trébuchant, le regard paniqué et les larmes aux yeux. Le col de sa robe était tiré d'un côté, dévoilant la bretelle de son soutien-gorge ainsi que mon tatouage. Le Pr Face-de-Cul avait l'air furieux. Mes yeux se promenèrent plus bas. Il avait une putain d'érection.

Toute la colère et l'agressivité que j'avais contenues jusque-là m'envahirent.

— Attends-moi dans le hall.

J'embrassai Tenley sur le front, passai devant elle, puis fermai la porte du bureau à clé derrière moi.

— Vous n'avez rien à faire ici.

Calder tendit une main mal assurée vers le téléphone posé sur son bureau.

— Je ne ferais pas ça à ta place, dis-je, les dents serrées.

Comme il gardait la main sur le combiné, je traversai la pièce et refermai mes doigts sur son poignet. Je le serrai jusqu'à ce qu'il lâche l'appareil, puis le bousculai vers son fauteuil. Je rôdai autour de lui, presque incapable de résister à l'envie violente de le battre à mort.

— J'aimerais que les choses soient claires.

Je pris une profonde inspiration et poursuivis aussi calmement que possible :

— Ne touche pas à Tenley. Ou tu le regretteras.

Calder s'adossa à son siège avec un rictus. Je fermai le poing et lui donnai un coup dans les couilles, histoire de bien me faire comprendre. Le sale type se plia en deux en toussant et en bafouillant.

Ensuite, je l'attrapai par ses cheveux clairsemés ; la grande mèche rabattue sur son crâne faisait une prise parfaite. Je lui relevai la tête.

— C'est compris ?

Calder avait les yeux exorbités, et ses lèvres remuaient, mais aucun son ne sortait de sa bouche. Finalement, il hocha la tête. Je lâchai ses cheveux, mais le bloquai dans son fauteuil en me penchant sur lui et agitai la clé USB sous son nez.

— Tu sais ce qu'il y a là-dessus ?

— Mademoiselle Page..., commença-t-il d'une voix rauque.

— Oui ou non ?

— Oui.

— Bien. Alors, tu sais déjà que tu es cuit si cette vidéo se met à circuler.

— Vous ne pouvez pas prouver...

— Ce n'était pas une question, gros con ; alors, ferme-la et écoute-moi. Voici ce qui va se passer : tu vas faire en sorte que Tenley obtienne une directrice de thèse spécialiste des comportements déviants. Je sais que plus d'une femme dans cette section serait prête à suivre la thèse d'une nouvelle étudiante ; j'ai déjà vérifié. Ne la recommande pas à un autre homme, sinon je reviens ici et je t'éclate la gueule. Si Tenley me dit que tu l'as regardée, je reviens et je t'éclate la gueule aussi. Et si tu la touches encore, que Dieu m'en soit témoin, je t'arrache la bite et je te la fais manger. Maintenant, je ne sais pas quel est ton problème avec la thèse de Tenley, mais je crois que, si tu la lisais attentivement, tu découvrirais que son texte est incroyablement précis et convaincant. Ses références à Merton, Routledge et Thoreau sont pertinentes et illustrent parfaitement son étude des normes et déviations culturelles, qui se base essentiellement sur le structuro-fonctionnalisme et la théorie du conflit, mais sans s'y limiter. Je pourrais entrer dans les détails, mais je ne crois pas que ce soit nécessaire, puisque tu ne seras plus jamais son directeur de thèse.

Le Pr Face-de-Cul me regardait comme si j'avais deux têtes. Il ouvrait et refermait la bouche comme un demeuré.

— Tu as l'air surpris. Je peux te battre à plates coutures, crétin. Le fait que j'aie choisi de ne pas me fondre dans la masse ne signifie pas que j'ai un intellect inférieur à la moyenne.

Lorsque je saisis un stylo sur son bureau, Calder sursauta et se mit à couiner. Il dut croire que je voulais le trucider. Ça m'aurait amusé, mais je griffonnai plutôt les noms des profs que j'avais trouvés pendant l'absence de Tenley.

— Ça devrait t'aider pour commencer. Tu demanderas à quelqu'un d'appeler Tenley quand une nouvelle directrice de thèse aura été nommée.

— Et la vidéo ? demanda-t-il.

— Quoi, la vidéo ?

— Qu'est-ce que vous allez en faire ?

— En voilà une bonne question ! Si le rectorat entend parler de ton comportement, tu risques de perdre ta titularisation, non ? Sans parler de ta femme.

Je tapotai le cendrier dans lequel il avait négligemment jeté son alliance.

— À moins que ça lui plaise de savoir que tu te tapes tes étudiantes ?

Vu son expression, sa femme n'avait aucune idée de ce qu'il faisait.

Je lui adressai un sourire cruel.

— Pas de panique, c'était une simple question. Je crois que tu ferais mieux de te bouger le cul et de commencer à passer quelques coups de fil. Tu pourrais aussi envisager de garder ta bite dans ton pantalon. Tu n'imagines pas à quelle vitesse les rumeurs se répandent – surtout grâce à YouTube.

Je me relevai et dominai de toute ma hauteur le pauvre type pathétique et pleurnichard.

— Maintenant, si tu veux bien m'excuser, j'ai une petite amie totalement bouleversée à consoler à cause de toi.

Je sortis et envoyai un message à Tenley dès que j'atteignis le bout du couloir. Contrairement à ce que je pensais, elle ne m'attendait pas dans le salon. Elle avait dû être si bouleversée par sa mésaventure qu'elle avait suivi mes instructions et patientait dans le hall d'entrée. Pressé de la rejoindre, j'écrasai plusieurs fois le bouton de l'ascenseur.

Je n'avais pas peur que Calder appelle la sécurité. Il avait trop à perdre. Même lorsqu'il aurait obéi à mes instructions, j'encouragerais Tenley à attirer l'attention de ses supérieurs sur son enregistrement. Il fallait absolument que ce gros con perde son travail.

La porte de l'ascenseur s'ouvrit, et une blonde à l'air familier apparut. C'était elle que j'avais vue sortir du bureau du Pr Connard. Visiblement, elle ne s'attendait pas à croiser quelqu'un d'autre dans le bâtiment.

Une fois remise de son choc, elle promena son regard sur mon visage et me sourit d'un air qui se voulait sexy. Mais cette attitude trahissait surtout son manque d'assurance, ce qui était précisément ce que recherchait Calder.

Je fis un pas de côté pour la laisser passer. Elle jeta un œil par-dessus son épaule alors que je montais dans l'ascenseur. D'une main, j'empêchai la porte de se refermer.

— Je te reconnais, dis-je. C'est Calder ton directeur de thèse ?

Cette question sembla la déconcerter.

— Euh non, c'est mon prof, mais avec un peu de chance, l'année prochaine... Comment... ?

— Les gens savent que tu couches avec lui.

J'eus juste le temps d'apercevoir son regard horrifié avant que la porte se referme.

16

Tenley

Hayden sortit en trombe de l'ascenseur dans le hall principal.

— Foutons le camp tout de suite.

Il m'attrapa par la main, me tira de mon siège et se dirigea vers la porte. Je devais pratiquement courir pour le suivre. Sa mâchoire était serrée, ses yeux, enflammés.

Arrivé à la voiture, il m'aida à monter et passa de l'autre côté sans prononcer un mot. Une fois installé, il glissa la clé dans le contact et alluma le moteur.

— Tu vas bien ? me demanda-t-il.

— À peu près, oui.

— Il a osé te toucher.

— Je lui ai dit que je savais qu'il couchait avec une étudiante et il a menacé de me faire exclure du programme. Il a aussi dit que, si j'en parlais autour de moi, il ferait en sorte que je n'aie plus jamais de directeur de thèse. Alors, je lui ai montré la vidéo sur mon portable et il a essayé de me le prendre.

Hayden prit plusieurs profondes inspirations. Ses mains serraient et relâchaient le volant tandis qu'il regardait à travers le pare-brise. Je ne savais plus quoi penser de tout ça. En tout cas, Hayden était clairement en colère, et je me sentais à bout de nerfs.

— Qu'est-ce qui s'est passé ensuite ?

— J'ai ouvert la porte. Tu étais là.

Hayden se tourna enfin vers moi.

— Rien d'autre ?

— Il a voulu m'attraper par le bras pour prendre mon portable, mais il n'a réussi qu'à tirer sur ma manche.

— Tu auras une nouvelle directrice de thèse au début du prochain semestre.

— Quoi ? Comment c'est possible ? Il faut des mois pour organiser un changement pareil.

— Calder va s'en charger ; il est persuadé que ta vidéo va être transmise au rectorat s'il ne le fait pas.

— Le rectorat doit la voir, de toute façon.

Si Calder s'en était pris à l'autre fille et à moi, ce n'était certainement pas la première fois, et il recommencerait.

— Ouais, mais, d'abord, je veux que cet enculé te trouve une nouvelle directrice de thèse. Ensuite, tu pourras faire tout ce que tu voudras.

Hayden sortit son portable et composa un numéro.

— Salut, Lisa, dit-il d'un ton sec. À quelle heure est mon premier rendez-vous ?... Et le suivant ?... Tu peux reporter celui de midi et me garder ce créneau libre ? Je vais être en retard... Hm-hm... Non... Ouais.

Il raccrocha.

— Tu n'étais pas obligé de déplacer ton premier rendez-vous. Je vais bien.

— Pas moi.

— Calder ne m'a fait aucun mal.

— Il a bien failli. Si je n'avais pas été là, il aurait certainement essayé.

Hayden tendit la main et me toucha la joue. Ses doigts tremblaient ; il essayait de rester maître de ses émotions.

— Mais tu étais là, alors, tout va bien, dis-je dans l'espoir de l'apaiser.

— Je te ramène à la maison.

— Tu n'as pas besoin de faire ça. Tu veux qu'on s'arrête quelque part d'abord ? On pourrait s'acheter quelque chose à manger.

— Je n'ai pas particulièrement faim.

— Tu te sentiras sans doute mieux après.

— Il n'y a qu'une chose à faire pour que je me sente mieux.

Il promena sur moi son regard sombre.

— J'adorerais te baiser sur la banquette arrière, mais je préfère de loin le confort de mon lit, parce que j'ai bien peur de ne pas réussir à me montrer très tendre.

— Je vois, dis-je calmement, même si j'étais tout sauf calme. On ferait mieux de rentrer alors.

— Ce serait préférable.

Hayden passa la première vitesse et se concentra sur la route.

Notre pause sexuelle était enfin terminée.

Hayden faillit franchir le mur du son sur le trajet du retour. La voiture pénétra dans le parking souterrain dans un crissement de pneus, et Hayden se gara soigneusement à sa place. À peine eut-il retiré la clé du contact que je courus vers l'ascenseur. J'avais bien l'intention de profiter de son désir inattendu.

— On dirait que tu es impatiente.

Le torse de Hayden effleura mon dos lorsqu'il appuya sur le bouton de l'ascenseur, qui arriva quelques secondes plus tard. Les portes s'ouvrirent. Pressée, je bondis à l'intérieur. Hayden me suivit sans se presser tout en savourant ma hâte. Tant pis si j'avais l'air désespérée. J'appuyai sur le bouton du premier étage et écrasai celui qui commandait la fermeture des portes jusqu'à ce qu'elles réagissent enfin.

Hayden était appuyé contre la paroi opposée, les doigts agrippés à la rampe. Il semblait lutter de toutes ses forces contre l'envie de me prendre sur le sol.

— Je n'aurais pas dû attendre aussi longtemps.

L'anneau de sa langue glissa le long de sa lèvre inférieure et cliqueta contre ses *viperbites*.

Hayden dut sentir que j'étais sur les nerfs, car un sourire insolent étira ses lèvres, et il s'écarta de la rampe. Il traversa le petit espace en deux grandes enjambées et s'arrêta tout près de moi, mais sans me toucher.

Avec des doigts paresseux, il défit un à un les boutons de mon manteau et en écarta les pans pour dévoiler ma robe. La laine ne collait plus à mes courbes, puisque le Pr Calder avait tiré dessus pendant notre altercation.

L'ascenseur tinta, signalant notre arrivée au deuxième étage. Hayden me fit signe de sortir. Sa paume se posa dans le bas de mon dos afin de me guider le long du couloir. À peine entrée dans son appartement, je me retrouvai écrasée contre le mur. Hayden recouvrit ma bouche de la sienne et il fit glisser mon manteau sur mes épaules.

— T'as pas idée de ce que je vais te faire.

C'était tout autant un avertissement qu'une plainte. Chacun de nous avait un besoin vital de l'autre. C'était aussi simple que ça.

— Ton piercing est suffisamment cicatrisé ?

Une main se glissa entre mes jambes.

— Je t'en prie, dis-moi que ça va.

— Je crois qu'on a attendu assez longtemps.

Je me frottai contre sa paume pour vérifier l'absence de douleur.

Peu intéressé par les préliminaires, Hayden retroussa ma robe sur mes hanches et interrompit notre baiser pour la faire passer par-dessus ma tête.

Elle rejoignit rapidement mon manteau sur le sol. Lorsque Hayden découvrit mon soutien-gorge bleu pâle décoré de petits cupcakes, le souffle lui manqua. Il se mit à suivre sa bordure en dentelle rose vif de ses doigts tremblants, et son sang-froid disparut totalement.

— Tu en as encore beaucoup, des trucs avec des cupcakes ?

— Disons que les filles et moi avons fait du shopping à thème.

J'ouvris la fermeture de son manteau.

— Je suis ravi de l'apprendre.

Hayden m'embrassa de nouveau, lentement, profondément, en me faisant marcher à reculons vers sa chambre. Comme les rideaux à moitié ouverts laissaient passer la lumière, je trouvai facilement le chemin vers son lit. Une fois arrivée près du matelas, je me hissai sur le bord. Hayden ne perdit pas une minute ; il m'enleva mes collants et les jeta sur le sol. Je lui rendis la pareille en tirant son tee-shirt par-dessus sa tête.

— J'adore ces trucs.

Hayden prit mes seins dans ses mains, puis les descendit plus bas afin de caresser le satin et la dentelle qui ornaient mes hanches.

Alors qu'il prenait de nouveau possession de ma bouche, il se mit, en me caressant le dos, à chercher les agrafes de mon soutien-gorge qui rejoignit alors le reste de mes vêtements sur le sol. Les pouces de Hayden effleurèrent mes tétons. Doucement d'abord, puis il les pinça brutalement. Je ne pus retenir un petit cri.

— Pardon. Je suis désolé, murmura-t-il.

Il se laissa tomber à genoux, et j'écartai les jambes. Des mains chaudes remontèrent le long de mes cuisses tandis que Hayden déposait un baiser honteux sur le téton offensé. La tendresse de son geste formait un contraste brutal avec la chaleur et le désir qui émanaient de lui.

Il suça et mordilla ma peau jusqu'à l'autre sein. Le désir faisait bouillonner mon sang. Je ne pouvais plus attendre de le sentir sur moi, en moi ; d'exploser en mille morceaux et de me régénérer entre ses bras.

Quand Hayden libéra mon téton, je reculai pour lui faire de la place sur le lit. Je pouvais voir chacun de ses tatouages, chaque ligne d'encre qui s'enroulait autour de ses muscles bien dessinés cependant qu'il me suivait sur le matelas, l'air sauvage et dangereux.

Au bout d'un moment, Hayden saisit ma cheville pour m'empêcher d'aller plus loin. Avec un sourire lascif, il déposa des baisers tout le long de mon mollet avec une lenteur insoutenable. Lorsqu'elle atteignit sa destination, sa bouche se referma sur le satin de couleur pâle.

La pression chaude et humide de sa langue semblait me promettre un tas de choses excitantes. Je soulevai les hanches, Hayden glissa ses doigts sous le tissu de ma petite culotte, puis tira dessus. Ses cheveux me chatouillèrent la hanche lorsqu'il déposa un baiser sur mon cupcake tatoué.

— Ah ! souffla Hayden. Ce truc est tellement sexy.

Il entrouvrit les lèvres, l'air subjugué, tout en passant le bout de son doigt sur mon *barbell* incurvé. Le piercing glissa lentement, et je laissai échapper un son rauque.

— Dis-moi ce que ça te fait, chaton. Est-ce que c'est bon ? Est-ce que ça valait le coup ? demanda-t-il de cette voix sensuelle qui m'avait tellement manqué.

J'étais hyper tendue. Je me sentais sur le point de jouir alors qu'il m'avait à peine touchée. Hayden caressa l'entrée de mon vagin avec un doigt et appuya sur mon clitoris. Je gémis, incapable de prononcer le moindre mot. Hayden sembla avoir pitié de moi en voyant mon visage. Il glissa deux doigts en moi et les replia. Il se mit ensuite à manipuler mon corps sans la moindre douceur. Sa langue fit une courte apparition, et je resserrai mes jambes en sentant l'orgasme approcher grâce à l'incroyable sensibilité de mon piercing.

La main libre de Hayden descendit le long de ma cuisse pour l'écarter plus largement, tandis qu'il maintenait l'autre à l'aide de son avant-bras. Ensuite, sa langue s'aplatit contre mon clitoris, et il se mit à me lécher ; cliquetis du métal contre le métal. Je m'arquai contre sa bouche en savourant cette double sensation. Je sentis une boule de chaleur se former à l'endroit où la langue et les doigts de Hayden remuaient, puis je m'effondrai en criant son nom.

Hayden me regarda à travers ses cils sombres.

— Tu es magnifique quand tu jouis.

Je me redressai faiblement sur mes bras, et Hayden se releva en même temps. J'embrassai ses lèvres enflammées et humides, et goûtai mes sucs, puis repoussai son torse. Hayden recula, me laissant assez de place pour grimper sur ses genoux. Je pris le temps d'explorer les lignes de ses tatouages. Avec mes doigts au début, et puis avec ma bouche.

Incapable de me contenir plus longtemps, je libérai son membre tendu de son boxer. Ensuite, je l'agrippai fermement, le caressai un peu et me penchai pour lécher le bout de son gland.

Hayden voulut me forcer à me relever, mais, une demi-seconde plus tard, j'engloutis son gland dans ma bouche. Au lieu de me repousser, il m'attira contre lui. Je le suçai longuement.

Il jurait entre ses dents, marmonnant quelque chose au sujet des films porno. Je relâchai ensuite son gland et léchai son membre tout en étalant le mélange de suc et de salive avec ma paume.

— On ne l'a pas fait depuis longtemps, dis-je en m'asseyant à califourchon sur ses cuisses. Je me suis dit que ça faciliterait les choses.

Hayden était tendu quand je me penchai vers lui pour l'embrasser. Lorsqu'il fut suffisamment distrait, j'enroulai ma main autour de son sexe et me levai sur mes genoux. Son gland glissa sur mon clitoris, et son piercing cliqueta faiblement contre mon *barbell*.

— Je veux juste...

Hayden ne parvint pas à finir sa phrase, car je descendis sur lui tout en regardant battre ses paupières et s'entrouvrir ses lèvres. Je balançai les hanches afin de faire entrer chaque bille du piercing l'une après l'autre. Les dents serrées à cause de la sensation de brûlure qui accompagnait cette pénétration conséquente, j'enfouis mon visage dans son cou.

J'avais ressenti la même chose la dernière fois aussi. On aurait dit que, après ces semaines de séparation, mon corps avait oublié comment s'adapter au sien.

Hayden haletait rapidement. Lorsque mes fesses se posèrent sur ses cuisses, je ne pus retenir quelques gémissements aigus.

— Est-ce que ça va ? me demanda-t-il en relâchant mes cuisses.

Ses paumes se posèrent alors sur mon dos et remontèrent vers mes épaules, où elles s'arrêtèrent afin de m'immobiliser.

J'attendis que la sensation de brûlure disparaisse avant de répondre.

— Beaucoup mieux.

Je me balançai légèrement pour tester notre position. J'avais désespérément envie de bouger, mais je ne voulais pas qu'il me lâche.

Hayden resserra son étreinte pour m'empêcher de bouger et poussa de lents soupirs.

Nos corps immobiles restèrent un long moment dans cette position. Lorsqu'il fut prêt, Hayden relâcha mes épaules et embrassa la trace laissée par ses doigts.

Ses paumes vinrent se poser sur le renflement de mes fesses. Je me soulevai légèrement, et une sensation de vide envahit mon bas-ventre. Lorsque je sentis les billes de métal franchir le point le plus sensible, j'inversai le mouvement et enfonçai son sexe en moi.

Hayden prit alors le relais en m'imposant un rythme lent et régulier. L'angle, la position, le rythme qu'il m'imposait (nos lèvres ne faisaient que s'effleurer, impossible de l'embrasser) firent naître en moi un désir violent. Je baissai les yeux vers le point où nos deux corps se rejoignaient afin de le regarder aller et venir en moi. La descente suivante fut brutale et puissante. J'essayai de reprendre mon souffle tout en poussant un gémissement.

— C'est trop bon. T'es trop bonne.

Hayden secoua la tête, puis son corps se raidit.

— Pardon. J'ai pas pu m'en empêcher.

Quand ses tremblements cessèrent, il m'embrassa pour s'excuser.

— Bon, ça, c'est fait...

Hayden remua contre moi, attisant les braises de mon désir.

— Tu es sûr que tu n'as pas besoin de faire une pause ? demandai-je, à bout de souffle.

— Jamais besoin de pause avec toi.

Hayden m'allongea sur le lit tout en maintenant son sexe en moi. Il embrassa le creux entre mes seins, puis s'assit à genoux et enroula mes jambes autour de sa taille. Ensuite, il me donna un léger coup de reins en observant ma réaction.

— C'est bon ?

— Vas-y.

Hayden se souleva sans lâcher mes jambes. Grâce à ce

nouvel angle, il parvint à me pénétrer plus profondément. Je tendis une main derrière moi afin de trouver quelque chose à agripper. Les lattes de la tête de lit feraient l'affaire. Je tendis les bras au-dessus de ma tête, m'y accrochai fermement et arquai le reste de mon corps vers Hayden.

Il bougea avec hésitation au début, mais chacun de nous en voulait plus. Le manque que ressentait Hayden était trop violent. Il s'efforçait de se maîtriser, mais son désir était plus puissant que tout.

Je croisai son regard enflammé.

— Prends-moi.

Il détacha mes jambes de ses hanches et les replia contre mon corps. Ensuite, il se pencha en avant, posa mes chevilles sur ses épaules et pesa de tout son poids sur mon corps. Mes genoux heurtèrent ma poitrine, et j'agrippai ses avant-bras. Le poids de son corps fit naître de nouvelles étincelles de désir en moi. Et puis il commença à bouger.

— C'est ça que tu voulais ? dit Hayden en soulignant chaque mot d'un puissant coup de reins, sa bouche près de mon oreille.

Je répondis par une série de jurons affirmatifs. J'étais bloquée sous son corps tandis qu'il me pilonnait, provoquant en moi des sensations totalement inédites. Incapable de bouger, je n'arrivais pas à trouver un appui. Hayden me dominait entièrement, faisant de mon corps son esclave.

— Bon sang, j'adore te baiser, dit-il entre deux respirations laborieuses, ses hanches claquant sans cesse contre mes cuisses.

C'étaient précisément les mots que j'avais envie d'entendre, mais j'avais peur de ne pas les mériter. J'enfouis mes doigts dans ses cheveux et l'embrassai le long de sa mâchoire. Sa bouche s'ouvrit pour m'accueillir, puis il prit aussi le contrôle de notre baiser.

— Je ne veux plus jamais vivre sans toi, dis-je.

J'aurais tant voulu lui dire ce que je ressentais, mais j'avais peur. Hayden émit un profond gémissement en entendant cette phrase, et je basculai. J'avais à peine atteint l'orgasme qu'il s'agenouilla et passa ma jambe droite sur son autre épaule. Son avant-bras se posa en travers de mes tibias, maintenant mes cuisses contre son torse, peau blanche contre peau tatouée. Lorsqu'il baissa les yeux vers moi, je lus dans son regard tout ce qu'il ne parvenait pas à me dire.

— J'aurai toujours envie de toi, fit Hayden d'une voix rauque.

Il changea de rythme, et ses hanches se mirent à osciller avec une lenteur cruelle. Mon orgasme n'en fut que plus intense. Les vagues d'un plaisir presque insoutenable parcoururent mon corps. Cette délivrance sans fin me fit trembler de la tête aux pieds.

— Mon Dieu ! C'est trop.

Je m'arquai et, obligée de me raccrocher à quelque chose, m'agrippai aux draps. Les mains de Hayden se promenaient sur mes tibias, mes genoux, et mes cuisses avec une sauvagerie merveilleuse. Puis ses doigts agrippèrent mes hanches, et il poursuivit son assaut érotique.

Ensuite, ses mains me relâchèrent, et Hayden ralentit de nouveau le rythme. Mes jambes glissèrent de ses épaules et retombèrent mollement de chaque côté de ses cuisses. Il posa une main entre mes omoplates et pressa son autre paume à plat sur mon ventre. Je sentais ses doigts sur ma chair hypersensible.

Soudain, Hayden me releva sur ses genoux, fit le tour d'un téton avec sa langue, et mon corps sans énergie tressaillit entre ses bras. Il gloussa sombrement, puis déposa des baisers sur mon visage jusqu'à ce que nos bouches se rejoignent.

Ses mouvements étaient tendres et respectueux. Lorsque j'eus repris le contrôle de mon corps, Hayden me rapprocha de lui, les mains sur ma taille, et me fit aller et venir sur lui. Bientôt, ses petits coups de reins s'accélérèrent et se firent plus frénétiques.

Tout comme le soir où nous avions fait l'amour ensemble pour la première fois, il prit mon menton dans sa main et chuchota d'une voix rauque :

— Regarde-moi.

Une certaine vulnérabilité faisait briller ses yeux bleu glacé.

— J'ai..., j'ai besoin..., dit-il en secouant la tête. Tu es à moi.

Et puis son corps se raidit.

C'était comme si j'avais toujours été à lui. Mon cœur lui appartiendrait aussi longtemps qu'il voudrait le garder.

17

Hayden

Je me garai sur le parking de la bijouterie Tiffany. Je n'avais pas acheté de vrai cadeau de Noël pour Tenley, et le temps passait vite. J'avais bien trouvé quelques babioles, mais rien qui exprimait mes sentiments pour elle sans les déclarer ouvertement. Lisa m'avait envoyé dans cette bijouterie pour remédier à ce problème. J'ignorais totalement ce que j'étais censé lui acheter, mais, d'après Lisa, je ne pouvais pas me tromper en lui offrant un bijou de chez Tiffany. J'avais trois quarts d'heure pour me décider avant l'arrivée de mon prochain client.

J'avais mal préparé mon excursion, cependant. Je portais ma tenue de travail : un jean, mon tee-shirt Inked Armor et des bottes usées. Ma veste au moins était convenable puisqu'elle était noire. J'espérais qu'elle m'aiderait à ne pas faire trop tache dans le décor.

Je me moquais bien d'attirer les regards, d'habitude, mais c'était important, cette fois, et je ne voulais pas me planter en choisissant mon cadeau pour Tenley. C'était notre premier Noël ensemble, et je voulais créer de beaux souvenirs.

Des souvenirs capables d'atténuer la douleur de sa perte. Après toutes ces années, j'avais toujours autant de mal à supporter les fêtes et j'espérais qu'avec Tenley à mes côtés, les choses s'amélioreraient.

Je verrouillai les portières de ma voiture et me dirigeai vers l'entrée du magasin. En chemin, je passai devant quelques voitures de luxe : un tas de bagnoles de crétins, une Lexus assez cool et une Audi très classe. J'ouvris la porte de l'élégante boutique, prêt à me faire jeter, mais les clients étaient si nombreux que mon entrée passa presque inaperçue. Une foule d'hommes d'affaires bien habillés semblaient s'être fixé la même mission que moi.

L'une des filles derrière le comptoir regarda de mon côté, m'examina rapidement de la tête aux pieds et sourit. Mais son attention fut ensuite attirée par l'arrivée au comptoir d'un homme au crâne dégarni. Le sourire de la vendeuse s'élargit lorsqu'il lui expliqua ce qu'il cherchait et elle déverrouilla une petite vitrine pour en sortir un plateau de bracelets en diamants. À en juger par sa tenue, ce type était riche comme Crésus.

J'enfonçai mes mains dans mes poches en regrettant de ne pas avoir eu l'idée de me changer. Il m'aurait suffi d'enfiler un pantalon élégant à la place de mon jean pour être mieux considéré. J'essayai de jeter un œil aux différentes vitrines sans attirer les regards. Tout ce que je voulais, c'était acheter un bijou et foutre le camp.

Je m'arrêtai devant un étalage de bagues de fiançailles. J'avais vu celle de Tenley sur des photos. Sa pierre précieuse était géante. Je ne parvenais pas à l'imaginer en train de choisir une chose pareille. Elle avait des goûts plus subtils que ça. Enfin, je n'avais aucune intention de la demander en mariage ; sa première expérience avait été foutrement traumatisante. De toute façon, nous n'avions aucune envie de nous marier. Pas maintenant. Peut-être même jamais.

Je n'avais même pas dit à Tenley que j'étais amoureux d'elle. J'avais failli le lui avouer hier matin, quand on avait enfin couché ensemble. Vous parlez d'une révélation. De toute ma vie, je n'avais jamais connu d'expérience sexuelle plus intense, et il ne s'agissait pas que d'une délivrance physique. Ça allait bien plus loin. Il y avait un lien très spécial entre Tenley et moi, et j'avais envie de le ressentir à nouveau.

Enfin, on avait été stupides d'attendre aussi longtemps. Hier soir, elle avait eu mal partout après nos ébats et on avait pris un bain ensemble pendant une heure. On n'avait pas pu s'empêcher de se tripoter, et j'avais fait un peu n'importe quoi. Je secouai la tête pour chasser de mon esprit l'image de Tenley nue. Ma bite réagissait déjà, et je dus la forcer à se calmer en la menaçant mentalement de l'écrabouiller.

Je jetai un œil à la vitrine suivante et souris en découvrant le cadeau parfait, étincelant dans sa somptueuse petite boîte. J'aperçus du mouvement dans mon champ de vision, puis remarquai que la fille qui m'avait souri se tenait à un mètre de moi.

— Bonjour, je m'appelle Francine. Est-ce que je peux vous aider ?

Son seul nom provoqua en moi un sérieux complexe d'infériorité, ce qui était absurde. Je pouvais me permettre de faire des achats dans une bijouterie telle que Tiffany. Si j'évitais de tels endroits, c'était parce que les autres pensaient automatiquement le contraire à cause de mon apparence.

Je balayai la boutique du regard. Toutes les autres vendeuses (le personnel étant essentiellement féminin) s'occupaient de clients en costume. De son côté, l'homme qui se tenait derrière le comptoir semblait rester en retrait. Sa tenue était différente de celle des vendeuses. Il devait s'agir du patron. Les mains jointes derrière son dos, il regardait Francine attentivement. Quel abruti ! Elle avait dû tirer la paille la plus courte, et on lui avait dit de s'occuper de moi. Je lui souris.

— J'aimerais acheter ce bijou pour ma petite amie.

Je pointai du doigt un petit pendentif en forme de cupcake.

— J'adore les cupcakes, et..., euh..., elle fait les meilleurs cupcakes du monde ; alors, j'imagine que c'est une bonne idée, non ?

Je me disais que, si je continuais à parler, elle se sentirait peut-être plus à l'aise.

Francine m'adressa un sourire sincère.

— Cela me semble parfait. Elle sera certainement très touchée. Aimeriez-vous qu'elle le porte autour du cou ou bien autour du poignet ?

— Euuuuh...

Nerveux, je me passai une main dans les cheveux. J'aimais

particulièrement le cou de Tenley ; je passais mon temps à l'embrasser. La nuit, mes lèvres restaient pressées contre la peau de son cou, et, parfois, je m'amusais à la mordiller. Un collier risquait-il de gêner mes câlins ? Quelle idée ridicule ! Je pourrais le lui enlever s'il m'embêtait.

— Est-ce que je pourrais jeter un œil aux chaînes et aux bracelets avant de me décider ?

— Bien sûr.

La vendeuse déverrouilla la vitrine et prit le pendentif.

— Celui-ci coûte mille cent dollars, dit-elle en baissant la voix. Mais je peux vous en montrer d'autres si vous le souhaitez.

Elle essayait visiblement de m'éviter un moment d'embarras, au cas où je ne pourrais pas me le payer. J'avais du mal à croire qu'une si petite chose puisse coûter aussi cher, mais rien ne m'empêcherait de l'acheter.

— Non, merci, c'est bon.

La vendeuse eut l'air soulagée de ne pas m'avoir vexé. Elle m'emmena vers le comptoir où se trouvaient les bracelets et les chaînes, puis sortit deux plateaux couverts de bijoux. Comme je haussais les épaules, elle m'adressa un sourire compatissant.

— Puis-je vous suggérer une chaîne ? Ce pendentif se porte surtout de cette façon.

— Bonne idée.

Je hochai la tête avec enthousiasme, ravi qu'elle sache ce qu'elle faisait.

— Préféreriez-vous quelque chose de délicat, ou plutôt ce genre-là ?

Elle me tendit une chaîne épaisse.

Moi qui croyais qu'il était simple de choisir un bijou. Apparemment, je me trompais. J'enlevai mon manteau et remontai mes manches, parce que je commençais à transpirer. Le regard de la vendeuse se posa sur mes poignets, puis remonta le long de mes bras. Je faillis baisser mes manches afin de couvrir mes tatouages, mais je me dis que c'était inutile. Pourquoi s'en préoccuper ?

— Ma petite amie est plutôt menue.

J'évaluai la taille de Francine. Elles étaient à peu près aussi grandes l'une que l'autre, mais le corps de Tenley était plus fin et avait plus de formes.

— Elle fait à peu près votre taille. Et elle n'aime pas les trucs tape-à-l'œil.

— Ah ! vous opteriez donc pour la chaîne la plus fine ?

— Oui, ça me semble bien.

Notre choix s'arrêta sur une chaîne en platine si délicate qu'elle semblait impossible à manipuler. Francine enfila le pendentif sur la chaîne et rangea le tout dans un petit coffret noir, qui s'inséra ensuite parfaitement dans la fameuse petite boîte bleue de chez Tiffany & Co. La vendeuse l'enveloppa dans du papier bleu et attacha le tout avec un ruban blanc. Elle déposa ensuite le paquet dans un petit sac à froufrous qu'elle referma avec une nouvelle longueur de ruban blanc.

Cette chose risquait de me coûter une fortune, mais je m'en foutais. L'argent n'était pas un problème depuis la mort de mes parents, et Tenley méritait quelque chose de beau. En plus, j'étais content d'être allé le lui acheter sans l'aide de personne. Seule Lisa m'avait légèrement conseillé. Francine passa derrière la caisse, et je lui tendis ma carte de crédit. Je signai le reçu, puis rangeai le double dans mon portefeuille.

— N'hésitez pas à rapporter le bijou si vous avez le moindre problème, dit-elle en me tendant le petit sac bleu.

— D'accord. Merci.

Je hochai bêtement la tête en me demandant ce qui pourrait bien clocher.

— J'espère juste que ça va lui plaire.

— Je suis certaine qu'elle va l'adorer. Cette jeune femme a beaucoup de chance.

— Ça, je n'en suis pas sûr. Merci pour votre aide en tout cas.

Francine me sourit chaleureusement.

— C'était un plaisir.

C'était une réponse toute faite, mais, curieusement, je crois qu'elle était sincère.

J'arrivai en retard au travail ; ma cliente était déjà là. C'était le genre de chose qui me stressait d'habitude, mais l'ambiance était détendue au salon cet après-midi parce que nous nous apprêtions à fermer pour les fêtes. La cliente qui m'attendait était la dernière avant les vacances.

— C'est sympa d'arriver à l'heure, râla Lisa lorsque je passai la porte.

Son expression changea dès qu'elle vit le sac qui pendait à mon doigt.

— Tu as trouvé quelque chose ! Montre-moi !

— Plus tard. Ma cliente m'attend.

Nous ne recevions que nos clients les plus fidèles aujourd'hui, et Amy en faisait partie. On sentait une certaine excitation dans le salon. Lisa avait tout décoré en bleu pâle, argenté et noir. Des cookies et du cidre chaud étaient posés sur le comptoir, tout comme les cupcakes que Tenley devait avoir déposés plus tôt. Ils étaient couverts d'un glaçage blanc et léger, et de petits sucres argentés. J'en attrapai un en passant et lui arrachai sa caissette.

— Tu en veux un ? demandai-je à Amy en désignant la pile de cupcakes. C'est ma copine qui les a faits. Ils sont excellents.

— J'en ai déjà mangé deux. Je devrais peut-être m'arrêter là.

Elle prit sa tasse de cidre et me suivit dans la pièce privée.

Après avoir décidé avec elle quelle partie du tatouage j'allais colorer, je sortis de la pièce pour qu'elle puisse se déshabiller et enfiler sa blouse. Lisa se jeta presque sur moi. Si j'avais eu un peu de jugeote, j'aurais laissé le petit sac bleu dans la pièce privée. Au lieu de ça, il pendait toujours à mon doigt. Je le lui tendis.

Avec une certaine nervosité, je la regardai ouvrir le sac et sortir la boîte qui portait le nom de Tiffany. Elle commença à défaire le nœud.

— Attends ! Mais qu'est-ce que tu fais ? Je ne serai jamais capable de le réemballer.

Je tentai de lui reprendre le paquet, mais elle leva une main pour m'en empêcher.

— Ne t'en fais pas, je m'en occupe.

Lisa défit l'emballage avec délicatesse, ouvrit la boîte bleue, puis souleva le couvercle noir. Elle contempla un instant la breloque en forme de cupcake qui reposait sur le velours noir.

— C'est idiot, hein ? demandai-je, soudain plus très sûr de mon choix.

— Non, pas du tout. C'est parfait. Elle va l'adorer.

Je me félicitai intérieurement. Un point pour Stryker. Si seulement le reste des fêtes pouvait se dérouler aussi simplement.

Tenley poussa un juron alors que j'hésitais entre une chemise grise et une autre bleu électrique.

— Qu'est-ce qui se passe, chaton ? lui demandai-je, la tête dans la penderie.

— J'ai besoin d'aide. Ma fermeture est coincée.

Je sortis la tête. Tenley se tenait devant le miroir, le cou tendu, et essayait de remonter la fermeture qui était bloquée au niveau de sa taille. Je voyais une grande partie de son tatouage, ainsi que l'ensemble soutien-gorge/petite culotte en dentelle dans lequel elle se promenait depuis les vingt dernières minutes. C'était pour cette raison que j'avais disparu dans le placard. Nous avions déjà fait l'amour deux fois la nuit passée. Tenley m'avait paru en manque et agressive.

Si nous remettions ça ce matin, elle risquait de se retrouver définitivement hors service, et nous allions être en retard à la fête de Noël de Cassie. Enfin, encore plus en retard, car on nous attendait là-bas dans un quart d'heure et nous étions loin d'être prêts.

Je me plaçai derrière elle et poussai quelques mèches rebelles sur son épaule pour ne pas les coincer dans la fermeture. Tenley me laissa faire, et la robe retomba parfaitement sur son corps. J'aperçus l'élastique en dentelle de sa petite culotte et le renflement doux et parfait de ses fesses. Ma bite réagit aussitôt, mais je lui ordonnai mentalement de se calmer.

Ce matin, Tenley était de mauvais poil pour des raisons évidentes. Je me souvenais de ce qu'avaient été les fêtes pour moi les premières années. J'avais tenté d'y survivre à grand renfort de tatouages et de drogue.

— On peut commencer la couleur la semaine prochaine si tu veux, lui suggérai-je en reculant pour décoincer sa fermeture.

— Vraiment ?

— Rien ne nous en empêche. On pourrait travailler des épaules vers le bas.

— C'est une bonne idée. Ton fauteuil me manque.

Je levai les yeux vers son reflet dans le miroir. Ce fauteuil, c'était le premier endroit où nous nous étions vraiment sentis connectés l'un à l'autre, plus fortement que sur un plan physique. Un lien se tissait généralement entre le tatoueur et son client. Mais le nôtre était extrêmement profond.

— À moi aussi.

Je pris soin de ne pas déchirer la dentelle de ses sous-vêtements en remontant sa fermeture. Malgré toutes ses envies de rébellion, Tenley aimait les robes féminines, ce qui me plaisait beaucoup. Elles rendaient les tatouages et les piercings qui se cachaient dessous encore plus sexy. Le rose de sa robe était si pâle qu'il était presque blanc. Cette robe bustier soulignait ses clavicules encore trop proéminentes, mais, tout comme moi, Tenley avait pris un peu de poids depuis son retour. J'espérais que ses courbes s'arrondiraient avec les fêtes grâce à l'avalanche de pâtisseries qu'elle préparait.

Je pressai mes lèvres contre son épaule et, comme je ne pouvais pas m'en empêcher, je continuai à l'embrasser en direction de son cou. Tenley renversa la tête pour m'y inviter. S'appuyant contre mon torse, elle posa une main sur mon épaule, et je déposai des baisers jusqu'au petit creux sous son oreille.

— Tu es magnifique.

— Merci, chuchota-t-elle d'une voix sensuelle.

J'avais du mal à m'arrêter, mais je reculai tout de même pour qu'elle ne sente pas l'énorme érection qui risquait de nous mettre plus en retard que nous l'étions déjà.

Tenley fit la moue.

— Qu'est-ce que tu fais ?

— Je vais m'habiller.

— Ah bon ?

Son regard se promena le long de mon torse nu, puis s'arrêta sous ma ceinture.

— Mais je devrais peut-être résoudre ton problème d'abord.

— Je crois que ça va aller.

Tenley me suivit tout de même vers la penderie, et il me fallut beaucoup plus longtemps que prévu pour m'habiller. Elle tenait vraiment à m'aider en s'occupant du problème qui se cachait derrière ma braguette, mais finit pourtant par abandonner et choisit une chemise et une cravate qui allaient bien avec mon pantalon noir.

Tenley prit son temps pour boutonner ma chemise en commençant par le bas. Mes tatouages disparurent peu à peu sous le tissu. Quand elle eut terminé, elle me proposa de rentrer les pans dans mon pantalon, offre que je déclinai. Elle soupira, prit ma cravate ornée d'une pin-up et la fit glisser sous le col de ma chemise.

— Tu sais nouer une cravate ?

Elle hocha la tête, puis se concentra sur son nœud Windsor en se mordant la lèvre.

— Mon père m'a appris à le faire quand j'avais douze ans. J'étais plus douée que lui. Un jour, il m'a demandé de faire un nœud à chacune de ses cravates ; comme ça, il n'avait plus qu'à les enfiler et à serrer. Connor était tout aussi mauvais que lui...

Tenley secoua la tête.

— Pardon.

Je reçus une décharge électrique en entendant son nom ; elle parlait si rarement de lui. Elle resserra le nœud en tremblant. Comme elle lissait la cravate sur mon torse, je lui attrapai la main et la portai à mes lèvres pour embrasser ses phalanges.

— Je sais que cette journée va être éprouvante pour toi. Tu peux parler de lui dès que tu en as envie. Je n'y vois aucun inconvénient.

Connor ne pouvait pas venir me la reprendre. Mais si Tenley pensait trop à lui, elle risquait de se sentir de plus en plus coupable et de se refermer.

Elle continua à regarder ses pieds.

— Je ne peux pas. Je vais pleurer.

— Pas de problème. J'ai des mouchoirs.

Je l'attirai dans mes bras et elle se blottit contre moi. Son corps svelte tremblait tandis qu'elle luttait contre la vague d'émotions qui menaçait de la submerger. Elle avait été très émotive ces derniers jours.

À plusieurs reprises, je l'avais trouvée debout devant le sapin en train de tripoter des décorations, le visage couvert de larmes. Elle les essuyait rapidement et refusait d'en parler. Mais je savais combien cette journée allait être difficile pour elle. J'avais été à sa place des années plus tôt.

Quand Tenley s'écarta de moi, elle garda les yeux fixés sur le col de ma chemise. Elle ajusta les pointes, puis redressa ma cravate, même si c'était inutile. Son souffle était profond et régulier. Lorsqu'elle me regarda enfin, ses yeux brillaient de larmes refoulées, et elle me sourit faiblement. Tenley allait forcément craquer aujourd'hui. C'était inévitable.

— Tu as l'air tellement...

Elle inclina la tête sur le côté.

— Normal.

— C'est si grave que ça ?

— Pas du tout. J'aime quand tu t'habilles élégamment. C'est sexy.

Du bout des doigts, elle effleura les anneaux qui traversaient ma lèvre inférieure, me caressa le long de la gorge et suivit le contour de mon col.

— Moi, je sais ce qu'il y a là-dessous. Je sais ce que tu caches, alors que les autres l'ignorent.

Tenley se hissa sur la pointe des pieds pour embrasser le coin de ma bouche.

Je la comprenais parfaitement. J'aimais savoir que le dos de Tenley portait mon tatouage et qu'il n'était pas exposé aux yeux de tous. Sa splendide complexité ne serait jamais entièrement visible, et, la plupart du temps, les gens ne pourraient apercevoir que le bout des ailes, même si Tenley portait une robe bustier. Seul le petit anneau délicat de son nez révélait une partie de sa personnalité, mais j'en savais beaucoup plus long que les autres sur elle. Et j'aimais ça.

Je tournai la tête et l'embrassai à pleine bouche. Mes mains descendirent vers sa taille, et j'eus un mal fou à les empêcher de poursuivre jusqu'à ses fesses. Ce n'était pas le moment ; elle était déjà très émotive. Je m'écartai d'elle à contrecœur.

— J'aimerais t'offrir un cadeau avant qu'on parte, dis-je dans l'espoir de lui changer les idées en glissant une mèche rebelle derrière son oreille.

Tenley sourit chaleureusement.

— Moi aussi.

Je la suivis vers le salon. LC donnait des coups de patte à sa souris en se roulant sur le sol. D'autres cadeaux l'attendraient au pied du sapin demain matin, telle sa corbeille à motifs de cupcakes. Tenley ne cessait de s'émerveiller devant cette espèce de couffin pour chat et n'arrivait pas à croire que j'avais pu acheter un truc pareil. On avait bien rigolé quand je la lui avais montrée.

Certains des cadeaux étaient rangés dans une caisse en plastique, car nous devions les emporter chez Cassie. D'autres se trouvaient toujours au pied du sapin.

Je cherchai au fond, où était caché le petit sac. De son côté, Tenley sortit une grande boîte et s'assit sur le canapé après l'avoir posée contre la table basse.

— Tu commences, dis-je en lui tendant le sac au ruban blanc.

Elle écarquilla les yeux.

— Ça vient de chez Tiffany.

Je n'étais pas surpris qu'elle reconnaisse le sac d'un simple coup d'œil. C'était un truc de fille. Tenley chercha à l'intérieur et en sortit la petite boîte bleue. Quand elle l'eut ouverte, elle découvrit le petit boîtier noir. Elle me regarda, souleva le couvercle et retint un petit cri.

— Oh ! Hayden.

— Ça te plaît ? demandai-je, incapable d'interpréter sa réaction.

— C'est vraiment...

Elle hésita.

— … somptueux.

— C'est Noël, non ? Ce pendentif me faisait penser à toi ; alors, j'ai décidé de te l'offrir.

Les larmes qu'elle retenait depuis son réveil se mirent à ruisseler sur ses joues. Ce n'était pas tout à fait la réaction que j'avais espérée.

— Si tu ne l'aimes pas, je peux toujours le rapporter au magasin et te choisir autre chose.

— Non, non. Il est magnifique. C'est trop, mais c'est magnifique.

— Tu es sûre qu'il te plaît ?

— Absolument.

Elle essuya ses larmes du revers de la main.

— Je l'adore, chuchota-t-elle.

D'un geste tendre, elle souleva la chaîne et déposa le petit cupcake dans le creux de sa main.

— Tu veux que je te le mette ?

Je pris le fin collier, puis ouvris le fermoir. Tenley souleva ses cheveux, et je le passai autour de son cou avec précaution. Je ne pus m'empêcher de déposer un baiser sur sa nuque.

Associé à sa robe rose pâle et ses longs cheveux foncés, ce petit cupcake était parfait. Je tripotai le pendentif dans le simple but de sentir la chaleur de sa peau. Je voulais simplement me rapprocher d'elle.

— Je ne le mérite pas.

Tenley toucha la breloque et me regarda à travers ses cils humides. Alors, m'attrapant par la cravate, elle m'attira vers elle et m'embrassa de ses lèvres tremblantes.

— Je ne te mérite pas.

— Ce n'est pas vrai, chuchotai-je.

Je détestais la voir aussi affligée. J'aurais donné n'importe quoi pour effacer cette expression de son visage, mais c'était impossible. Cette journée allait nous faire beaucoup souffrir, tous les deux.

18

Tenley

Je voulais tellement que Hayden sache combien j'aimais son collier. Connor m'avait offert plein de bijoux, mais aucun ne me ressemblait autant que le cupcake qui pendait à mon cou. Et c'était précisément pour cette raison que je m'effondrais.

L'absence de ma famille pendant les fêtes m'était insupportable. Et, comme mes sentiments pour Hayden m'apparaissaient de plus en plus clairement, j'étais une vraie bombe à retardement. L'angoisse m'empêchant totalement de penser, je grimpai simplement sur les genoux de Hayden et collai ma bouche sur la sienne.

Son portable sonna dans sa poche, mais il l'ignora. Cependant, le mien se mit à vibrer quelques secondes plus tard, et Hayden s'écarta de moi en soupirant.

— C'est sans doute Lisa qui veut savoir si on est déjà partis.

— Qu'est-ce qui se passera si je ne réponds pas ?

— Elle t'appellera jusqu'à ce que tu décroches.

Hayden avait raison. Mon portable cessa de vibrer, et le sien se remit à sonner. Il me déposa sur le coussin à côté de lui et fouilla dans sa poche.

— On part dans cinq minutes, dit-il à Lisa sans un bonjour.

Je n'entendis pas sa réponse, mais, vu son froncement de sourcils, Hayden se faisait sans doute remonter les bretelles. Je vérifiai l'heure. Nous aurions déjà dû être chez Cassie. Hayden était rarement en retard pour quoi que ce soit ; c'était moi qui faisais traîner les choses.

Nous avions repris nos vieilles habitudes ces derniers jours. Nous nous isolions, refusions toute invitation à aller prendre un verre, etc. La plupart du temps, nous restions dans son lit. Sans dormir. Nos rapports physiques m'aidaient à ne penser à rien.

— On arrivera quand on arrivera, dit Hayden un peu plus énergiquement. Ouais... Non... D'accord. Je n'oublierai pas la salade... Évidemment, pas en sachet. Je suis vexé. À tout à l'heure.

Il raccrocha avec un soupir agacé.

— On devrait peut-être se mettre en route, hein ?

Je me sentais coupable de les faire attendre.

— Cassie ne servira pas le dîner avant dix-sept heures. On a plein de temps devant nous. Lisa veut simplement qu'on vienne pour qu'elle puisse commencer à servir les cocktails.

— Elle ne peut pas le faire sans nous ?

— Si. C'est juste une emmerdeuse.

Hayden souleva la boîte appuyée contre la table basse et la posa sur ses genoux.

— J'ouvre ça avant qu'on parte.

Il glissa son doigt sous le papier fermé par du scotch sans le déchirer. Avec une certaine impatience, je le regardai soulever le couvercle de la boîte et retirer le rembourrage en mousse. Enfin, il retourna la toile.

Ses yeux se promenèrent sur la photo en noir et blanc de mon buste. Mon corps était légèrement tourné pour rendre visible le renflement de mon sein, mais l'élément le plus important était mon tatouage inachevé. Lisa prendrait une nouvelle photo en couleurs quand Hayden l'aurait terminé.

— C'est toi…

— Ça te plaît ? demandai-je, surprise par sa mine sombre.

— J'aimerais te poser une question, mais je ne veux pas que tu sois contrariée.

Comme je ne disais rien, il poursuivit :

— Qui est l'auteur de cette photo ?

— C'est Lisa qui les a toutes prises.

— Toutes ?

— Il y en a trois.

— Tu es nue sur chaque cliché ?

— Sur deux, seulement.

Hayden se lécha la lèvre inférieure.

— Et quand est-ce que je verrai le reste ?

— Je t'en offrirai une chez Cassie, et la dernière demain matin. Celle que tu recevras chez Cassie sera la plus pudique.

— Est-ce que j'aurai envie d'arracher les yeux des autres s'ils veulent la voir ?

— Non.

— Peut-être que tu devrais me l'offrir ici. Au cas où, s'inquiéta Hayden.

— Ces photos sont sensuelles, pas pornographiques. Comme celles de ta chambre.

Il cessa de contempler la toile imprimée.

— Hm. On dirait que mes vieux cadres vont devoir céder leur place, pas vrai ?

— En effet.

Je baissai la tête avec un sourire triomphant.

Il était presque quinze heures à notre arrivée chez Cassie. J'étais nerveuse, même si j'avais pris des médicaments avant de venir. Hayden m'avait suggéré d'en emporter dans mon sac à main, au cas où.

Les médicaments m'abrutissaient. J'étais restée silencieuse pendant tout le trajet, jouant sans cesse avec mon pendentif. Hayden avança dans l'allée et se gara à côté de la Coccinelle de Lisa. Je détachai ma ceinture en prenant une profonde inspiration.

Alors que je m'apprêtais à ouvrir ma portière, Hayden posa la main sur mon bras.

— Si ça devient trop difficile, dis-le-moi et on rentre.

— Je ne vais pas te priver de ta famille un jour de fête, Hayden. Ça ira.

— C'est aussi la tienne.

Comme je secouais la tête, il dit :

— Peut-être pas au sens habituel du terme, mais ils comprennent tous que c'est dur pour toi. Personne ne s'attend à ce que tu tiennes bon toute la journée, d'accord ?

Je hochai la tête, submergée par l'émotion. Ces personnes formaient bel et bien une famille. Lisa, Chris et Jamie étaient aussi importants pour Cassie que Hayden. Ils étaient comme des enfants de substitution pour elle.

— Je sais pas ce que je ferais sans toi, dis-je en me penchant au-dessus du levier de vitesse pour l'embrasser.

— Aucune importance. Parce que j'ai bien l'intention de ne pas te quitter.

Hayden parlait avec une telle conviction ; on aurait dit que rien d'autre n'était possible. Je ne voyais vraiment pas comment j'aurais pu survivre à la période des fêtes sans lui. J'en étais arrivée à trouver mon retour à Arden Hills totalement injustifié. Quelques larmes coulèrent sur mes joues. Je les essuyai, mais d'autres suivirent aussitôt.

— Je suis tellement désolée de t'avoir quitté.

— Quoi ? demanda Hayden, confus.

— Je n'aurais pas dû retourner à Arden Hills sans m'expliquer. Je n'aurais pas dû te faire ça. Je suis tellement, tellement désolée. Je voulais rester ici. Je voulais rester auprès de toi, mais je croyais que c'était impossible. Je regrette que les choses se soient passées comme ça.

J'étais encore sur le point de craquer.

— Hé !

Hayden prit mon visage entre ses mains et me força à le regarder.

— Du calme, chaton. Ça va. Tout va bien maintenant. Tu es revenue auprès de moi et c'est tout ce qui compte.

De ses pouces, il essuya les larmes sous mes yeux.

— On va surmonter ça ensemble. Toi et moi. Souviens-toi que tu as survécu à des choses bien plus graves. Quoi qu'il se passe dans ta tête maintenant, le pire est derrière toi.

— Parfois, j'ai l'impression de ne pas te mériter, chuchota-t-elle.

— Je le comprends. Et j'aimerais pouvoir te convaincre du contraire. Ta famille n'aurait pas voulu que tu restes seule, pas vrai ? Elle aurait voulu que de nouvelles personnes t'aiment et prennent soin de toi. Je ne sais pas si ta famille m'aurait apprécié, mais j'aimerais veiller sur toi si tu le permets.

Jamais je ne parviendrais à comprendre pourquoi il avait fallu que je perde autant de proches pour le rencontrer.

— Je ne sais pas ce qui me serait arrivé si on ne s'était pas trouvés.

— Eh bien, tu n'auras jamais besoin de le savoir.

Hayden m'embrassa longuement. Je sus à cet instant qu'il n'y aurait jamais d'autres personnes comme lui dans ma vie. Il était le seul à pouvoir me rassurer de cette façon.

Hayden s'écarta de moi et me regarda avec une certaine détermination.

— Je voudrais te dire quelque chose d'important.

Du coin de l'œil, j'aperçus la porte d'entrée qui s'ouvrait. J'essayai de l'ignorer, mais la voix tonitruante de Chris retentit dans l'allée, et, malgré le grondement du moteur, sa remarque vulgaire parvint jusqu'à nous.

Hayden soupira.

— Allez, vas-y, gâche mon occasion.

— Si tu fermes les yeux, tu peux faire comme s'il n'était pas là.

— Oui, mais je l'entends ; alors, ça ne sert à rien.

— Je croyais que tu avais quelque chose d'important à me dire.

— Ça peut attendre. On devrait entrer.

Hayden déposa un chaste baiser sur le coin de ma bouche et éteignit le moteur.

Le ventre noué, je m'approchai du groupe qui nous attendait sur le pas de la porte. Cassie se faufila au premier rang, passa un bras autour de mes épaules et me fit entrer dans le vestibule.

— Je suis tellement contente que tu sois venue.

— Ça me fait plaisir aussi.

Les conversations reprirent tandis que Hayden m'aidait à enlever mon manteau. Il retourna ensuite à la voiture pour aller chercher les cadeaux et la nourriture. Le vestibule était un grand espace ouvert au décor moderne. Devant moi, un escalier menait au premier étage, et à ma droite se trouvait un salon avec une cheminée où brûlait un feu de bois.

L'excitation de chacun me bouleversait, et je m'excusai pour aller aux toilettes. Une fois à l'intérieur, je verrouillai la porte et ouvris le robinet tout en cherchant mon flacon de médicaments dans mon sac. Je le fis rouler entre mes paumes. Je n'avais pas tellement envie d'en prendre plus, mais ce calme artificiel valait mieux qu'une crise d'angoisse.

Je fermai les yeux et me concentrai sur ma respiration. Finalement, les battements rapides de mon cœur ralentirent. J'avais réussi à éviter cette crise, mais je ne voulais pas prendre le risque de craquer encore une fois.

Je fis tomber quelques pilules du flacon et les fourrai dans la poche de ma robe, au cas où je n'arriverais pas à mettre la main sur mon sac plus tard.

Lorsque je sortis, Hayden, appuyé au mur, les bras croisés, m'attendait dans le couloir. Il vint à ma rencontre et caressa mes bras nus. Je ne voulais pas qu'il sache combien je luttais. Il prendrait ça pour une défaite personnelle, même si c'était insensé.

— Tout va bien ? demanda-t-il en passant ses mains dans mes cheveux pour les étaler sur mes épaules.

— J'avais juste besoin d'un moment pour reprendre mes esprits.

Il posa un doigt sous mon menton et me renversa la tête pour m'embrasser tendrement.

— Je pourrais te faire visiter la maison avant qu'ils recommencent à te harceler, si tu veux.

— Bonne idée.

Hayden me prit par la main et m'emmena loin des rires qui fusaient dans le salon. Il régnait une ambiance très psy dans le bureau de Nate. Au fond de la pièce se trouvait un bureau massif en bois de cerisier, auquel étaient assorties les étagères le long des murs. Au centre de la pièce, deux fauteuils à l'air confortable et leurs repose-pieds étaient posés sur un tapis épais. À côté de chaque fauteuil, on avait installé une petite table et son dessous de verre.

— Nate travaille chez lui ?

— De temps en temps. Ses patients entrent par cette porte.

Hayden pointa du doigt une porte nichée entre deux étagères à l'autre bout de la pièce.

— Il s'occupe aussi de certains patients hospitalisés. Il a un poste important à l'hôpital.

— C'est un homme occupé.

— Oui. Il ressemble beaucoup à mon père de ce point de vue là.

Vu sa façon de le dire, ce n'était pas un compliment.

— Nate est un peu accro à son travail. C'est pour ça que Cassie a ouvert Serendipity. Elle n'avait pas envie de se tourner les pouces en l'attendant.

Je m'étais justement posé la question. Cassie conduisait une Mercedes et portait toujours des vêtements coûteux. Elle avait un look presque trop chic pour Serendipity, comme une bague en argent poli au milieu du cuivre terni.

— Cassie n'a pas besoin de travailler ?

Hayden secoua la tête.

— Non. Nate a bien assez de capitaux pour subvenir à leurs besoins. La boutique leur coûte probablement de l'argent, mais Cassie adore sa brocante, et c'est tout ce qui compte pour Nate. Cassie est comme moi : elle déteste ne rien faire. Si elle devait rester assise toute la journée dans cette maison, elle deviendrait dingue.

— Quel âge a-t-elle ?

— Dans les trente-cinq ans. Ma mère était beaucoup plus âgée que Cassie ; elle avait bien quinze ans de plus qu'elle. Pourtant, elles étaient proches. Je voyais Cassie très souvent quand j'étais gamin. C'était presque comme si j'avais une grande sœur, sauf qu'elle ne m'embêtait pas, ce que je trouvais plutôt cool à l'époque. Elle a même vécu un peu chez nous pendant mon enfance.

— C'est vrai ?

La vie de Hayden n'avait pas été très différente de la mienne.

Il avait eu des parents aimants, une famille solide, même si, d'après lui, son père était assez absent.

— Ouais, je la suivais comme son ombre. Je crois que c'est en partie la raison pour laquelle elle m'a recueilli après la mort de mes parents. Elle a voulu leur rendre la pareille, en quelque sorte.

Il me prit par la main.

— Viens, je vais te montrer le reste de la maison.

Je n'insistai pas pour qu'il m'en dise plus, car il me racontait certainement ces parties de sa vie pour me distraire. Je visitai ainsi plusieurs autres pièces au rez-de-chaussée.

L'équipement de la salle de gym semblait servir souvent, et il y avait évidemment une table de billard et une cible à fléchettes dans la salle de jeux.

J'empruntai avec Hayden l'escalier situé à l'arrière de la maison qui menait au premier étage. Les cinq chambres étaient décorées selon différents thèmes modernes. L'une d'elles était en cours de rénovation. On avait recouvert les meubles de toiles de protection et rassemblé les pots de peinture au centre de la pièce.

— C'était ma chambre.

Hayden ouvrit la porte la plus proche de l'escalier.

— Enfin, elle a été redécorée depuis.

J'entrai et contemplai les lignes élégantes de la pièce. Les couleurs crème, noir et framboise évoquaient un mélange d'énergies féminine et masculine.

— Cassie avait peint la pièce en bleu foncé pour moi. Enfin, c'était un peu inutile, parce que je ne suis pas resté très longtemps.

— Tu as vécu combien de temps ici ? demandai-je en passant la main sur la couette rose framboise.

Cette couleur se mariait magnifiquement avec le noir du cadre de lit.

La pièce avait beau être différente, elle devait faire ressurgir des souvenirs douloureux. Hayden n'avait sans doute pas pu apprécier l'amour et l'affection de Cassie et Nate à leur juste valeur à cause du traumatisme qu'il avait subi.

— Deux ou trois mois seulement. J'avais un comportement trop autodestructeur pour pouvoir rester avec eux. Nate voulait me sauver à tout prix. Il souhaitait que je parle à quelqu'un, mais je refusais. Cassie lui a dit de ne pas insister. J'étais un gamin difficile à vivre. J'aurais foutu leur mariage en l'air si j'étais resté.

— Pourquoi tu dis ça ?

Hayden haussa les épaules.

— Cassie et Nate étaient mariés depuis peu quand mes parents sont morts. Elle a été très ébranlée par cette perte, et j'étais trop perturbé. Je ne suivais pas les règles. Je sortais tout le temps en douce la nuit ; je rentrais totalement défoncé parce que je n'arrivais pas à supporter ce qui m'était arrivé. Cassie ne savait pas comment s'y prendre avec moi. On était aussi perdus l'un que l'autre. Je voyais bien quel calvaire je leur faisais vivre. Mes propres parents s'étaient retrouvés dans la merde à cause de mes conneries. Alors, je me suis dit que ce serait mieux pour tout le monde si je dégageais.

— C'était une attitude plutôt altruiste pour une personne aussi jeune et ayant subi un tel traumatisme.

Hayden secoua la tête.

— Je suis parti parce que je m'en sortais pas.

— Je comprends ton point de vue. Mais tu étais juste un ado.

Hayden mettait un point d'honneur à éviter aux gens de souffrir, même s'il fallait pour ça qu'il s'éloigne d'eux. Je comprenais qu'il veuille rester avec moi, car, même si nous étions devenus très proches, des murs étaient toujours dressés entre nous. Ils étaient plus fins qu'avant, mais bel et bien présents.

— Avant, je me demandais souvent à quoi aurait ressemblé ma vie si mes parents n'étaient pas morts, dit-il. À quel point elle aurait été différente. Mais je n'y pense plus beaucoup maintenant.

— Qu'est-ce qui a changé ?

— Je t'ai rencontrée. Et je me suis dit que toute cette merde m'était tombée dessus pour une bonne raison, tu comprends ? Si je n'avais pas vécu tout ça, j'aurais été incapable de comprendre ce qui t'est arrivé, et ces sentiments que nous partageons.

Il traça le contour de ma mâchoire du bout du doigt.

— Rien n'aurait été pareil.

Hayden avait raison. Sans nos passés respectifs, notre relation aurait été très différente.

19

Tenley

Tout le monde était dans la cuisine lorsque je redescendis avec Hayden. On me servit immédiatement un verre de vin. De son côté, Hayden prit une bière, et Nate lui lança un tablier. Hayden l'enfila en râlant.

— Voilà ce qui arrive quand on est en retard, mon frère, dit Chris en lissant le devant de son tablier, sur lequel étaient imprimés les abdos bien dessinés d'un corps masculin tatoué.

Celui de Nate imitait un smoking, celui de Jamie, le costume d'un cow-boy. Hayden n'avait pas eu autant de chance : il portait un tablier à fleurs roses et blanches bordé de petits volants. Je gloussai tandis qu'il tentait de nouer les liens. Vu sa forte carrure, ils étaient bien trop courts.

Hayden attrapa un fouet et le pointa vers moi.

— Qu'est-ce qui te fait rire ? Je m'en tirerai très bien, même habillé comme ça.

Je levai les mains.

— Mais je n'ai rien dit. Je te trouve très mignon.

Hayden donna un coup de fouet sur sa paume.

— Je te ferai payer très cher cette remarque.

Je jouai avec la chaîne autour de mon cou en souriant. Si le reste de la journée se passait ainsi, Noël serait peut-être supportable après tout.

Les dîners de Noël chez Cassie étaient assez différents de ceux que j'avais connus à Arden Hills. Dans mes souvenirs, les femmes s'affairaient en cuisine tandis que les hommes buvaient un verre dans leurs fauteuils. Chez Connor, un cuisinier professionnel était chargé de préparer le repas pendant que toute la famille se rassemblait dans le grand salon pour déguster de bons vins et des alcools chers.

Ici, c'étaient les hommes qui prenaient les choses en main. Enfin, presque tous. D'après Sarah, Chris n'était même pas capable de réchauffer correctement un plat surgelé.

On l'avait autorisé à écraser les pommes de terre pour en faire une purée, mais Hayden rôdait autour de lui sans cesser de lui donner des instructions.

J'étais fascinée par cette organisation qui semblait si familière à Hayden. Il avait vécu seul ces sept dernières années et, n'étant pas très fan de plats à emporter, il avait appris à cuisiner. Si on oubliait son amour pour les cupcakes, la bière et le scotch, ses habitudes alimentaires étaient très saines, ce qui pouvait le rendre assez rabat-joie quand on faisait les courses ensemble.

Sarah laissa échapper un long sifflement et fit un geste vers mon cou.

— Est-ce que c'est nouveau ?

Je baissai les yeux vers le pendentif entre mes doigts.

— Hayden m'a offert ce petit cadeau en avance.

Je n'arrêtais pas d'y toucher depuis qu'il était autour de mon cou. C'était comme un talisman. À part Hayden, mon petit cupcake était le seul à pouvoir m'aider à supporter cette journée.

— Waouh ! Bien joué, Hayden, dit Sarah.

— Je crois comprendre pourquoi vous étiez en retard, tous les deux. Vous étiez occupés à vous envoyer en l'air, dit Chris en donnant un coup de poing dans l'épaule de Hayden.

— Aïe !

Hayden lui rendit son coup de poing.

— Ce n'était pas du tout le but.

— Arrêtez, vous deux. Pas de catch dans la cuisine cette année, dit Nate en pointant le manche de sa scie à pain vers Hayden et Chris.

— Du catch ? demandai-je.

— L'année dernière, Chris et Hayden se sont soûlés un peu trop tôt. Et il y a eu une dispute au sujet des pommes de terre. On a bien galéré pour tout nettoyer après, m'expliqua Jamie.

— Ces deux-là étaient tellement bourrés qu'ils se sont retrouvés la tête dans les toilettes avant même que le dîner soit servi, fit Lisa en leur lançant un regard énervé.

— C'est la pire gueule de bois que j'aie jamais eue.

Chris se remit à écraser ses pommes de terre.

— Et vous les avez laissés s'en tirer comme ça ? demandai-je à Cassie.

— Je n'étais pas là quand c'est arrivé. Lisa et moi avions dû courir acheter des canneberges fraîches à la dernière minute. Chris en avait apporté une boîte, mais Hayden refusait de les servir.

Cassie sourit à Hayden.

— Qui peut bien bouffer de la sauce préparée avec des canneberges en boîte ? demanda-t-il comme si c'était une pure aberration.

Je levai la main.

— Moi, j'aime bien ça.

— Pas étonnant, t'es capable de manger du pop-corn et des Smarties pour le dîner, rétorqua-t-il.

— Tu devrais essayer. Je ne connais rien de plus fabuleux qu'un Smarties fondant sur ma langue.

— Elle a raison, dit Sarah. C'est un délice.

Hayden leva les yeux au ciel et se remit à mélanger sa sauce aux canneberges. Qu'il avait lui-même préparée de A à Z, bien entendu.

— Et qu'est-ce qui s'est passé quand vous êtes rentrées ? demanda Sarah.

— Hayden et Chris étaient en plein combat de catch, répondit Cassie.

— Quant à Nate et Jamie, ils étaient occupés à parier sur le gagnant, dit Lisa en riant.

— J'aurais pu gagner beaucoup d'argent si Hayden avait gagné, parce que c'était clairement l'outsider, dit Jamie.

— Tu rigoles ! s'exclama Hayden. Chris était bien plus bourré que moi.

— Oui, mais toi, tu es tout maigrichon, espèce d'enfoiré. Moi, au moins, j'ai des muscles, le provoqua Chris en gonflant ses gros biceps.

— Est-ce que je devrais m'inquiéter ? demandai-je à Cassie qui les regardait avec un sourire amusé.

— Non. C'est comme ça tous les ans, dit-elle.

— Maigrichon, mon cul, ouais.

Hayden jeta sa cuillère en bois sur le plan de travail et alla se planter devant Chris.

— Tu t'es vu ? T'es un vrai monstre. Tu faisais sans doute la taille d'un ado à ta naissance.

Ils avaient l'air franchement dangereux quand ils se fusillaient ainsi du regard, le menton levé pour défier l'autre. Jamie rit bruyamment.

Chris réprima un sourire, et Hayden enfonça un doigt dans son torse.

— Je ne suis pas maigrichon. Pas vrai, chaton ?

— Bien sûr que non.

Maigrichon ? Avec tous ces muscles bien dessinés ?

— Je trouve que tu as un corps parfait, dis-je, presque essoufflée.

Hayden sourit d'un air suffisant et se pencha au-dessus du plan de travail pour planter un baiser sur mes lèvres.

— C'est réciproque, ma belle.

Malgré son tablier ridicule, il retourna à son poste devant la cuisinière en se pavanant.

Tout le monde dévisageait Hayden avec une expression proche de l'incrédulité. J'avais la nette impression que personne ne l'avait jamais vu comme ça avant.

Cassie passa un bras autour de mes épaules.

— On est tous très contents que tu sois là, Tenley.

— Moi aussi, répondis-je en me blottissant contre elle. J'ai beaucoup de chance d'avoir rencontré Hayden.

— Il a beaucoup de chance, lui aussi.

Pendant que les hommes préparaient le dîner, je restai assise à bavarder avec Cassie, Lisa et Sarah autour de l'îlot de la cuisine. Je faisais de mon mieux pour profiter de l'instant présent. Le badinage des garçons était distrayant, et le vin qui coulait à flots m'aidait aussi à ne pas ruminer. Lisa remplit mon verre si souvent que j'étais bien incapable de dire combien j'en avais déjà bu.

Quand le dîner fut prêt, la nourriture fut transférée dans des plats de service et déposée sur la table de la salle à manger. Hayden s'assit à ma droite et garda son bras sur le dossier de ma chaise pendant tout le dîner.

De temps en temps, il se penchait pour m'embrasser sur la tempe, jouer avec une mèche de mes cheveux ou me dire combien il était content que je sois avec lui.

Quand tout le monde eut terminé le plat de résistance, on débarrassa la table pour y déposer les assiettes à dessert. Rassasié, chacun se détendit sur sa chaise en savourant le souvenir de la dinde succulente qu'il venait de manger.

Tous les convives sirotaient un verre d'alcool, sauf Hayden qui était passé à l'eau gazeuse. La conversation était enjouée, et, si je restais silencieuse, ce n'était pas parce que je ressassais le passé. J'adorais écouter discuter la famille dont je faisais maintenant partie.

Au bout d'un moment, Hayden et Jamie se mirent à réclamer le dessert. J'allai le chercher tandis que Cassie servait les cafés.

— Qu'est-ce qui se passe ? Je croyais que tu avais apporté des cupcakes, dit Hayden alors que je posais le plat sur la table.

— Mais ce sont des cupcakes.

— C'est vrai ? Tu les as bien cachés !

Il examina le gâteau en couronne. Le glaçage léger à la crème au beurre était dissimulé sous des feuilles de chocolat blanc et des fraises fraîchement coupées que j'avais ajoutées pour la couleur.

— C'est tellement beau que j'ose à peine y toucher, dit Cassie.

— Je commence si tu veux, dit Hayden avant de prendre le premier cupcake.

Sans attendre que chacun soit servi, il retira la caissette et enfourna la moitié du gâteau. Hayden ne perdait ses bonnes manières à table que lorsqu'on lui mettait des cupcakes sous le nez.

— C'est de la génoise ? demanda-t-il entre deux bouchées.

— Je me suis dit que ce serait plus léger. Est-ce que c'est bon ?

Il répondit par un grognement affirmatif et en prit un deuxième. J'enlevai la caissette de mon cupcake et commençai à le manger par petits bouts : les fraises d'abord, suivies des feuilles en chocolat blanc, et enfin le gâteau couvert de glaçage. Hayden m'attira vers lui jusqu'à ce que je sois presque assise sur ses genoux. Il tendit la main et attrapa un troisième cupcake.

— Pas besoin de te rendre malade. J'en ai d'autres chez moi.

— C'est bon à savoir.

Il glissa quelques mèches de cheveux derrière mon oreille et chuchota :

— Quand je te regarde manger un cupcake, ça me fait plus d'effet qu'un porno.

— Vraiment ?

Je le regardai en battant des paupières, puis suçai le glaçage sur mes doigts.

La main de Hayden disparut sous la nappe, et il remua sur sa chaise. Son nez effleura ma joue.

— Beaucoup plus. Infiniment plus.

— Tu es à table, Stryker, pas dans ta chambre. Garde tes mains là où je peux les voir, dit Jamie.

Tout le monde se mit à ricaner, et je me sentis rougir. La main de Hayden réapparut, le majeur dressé pour répondre à Jamie. Il n'essaya plus de me tripoter après ça, cependant.

— Quelqu'un a des idées pour le Nouvel An ? demanda Lisa. C'est le bon moment pour en discuter.

Hayden avait vaguement abordé le sujet un jour, mais n'en avait pas reparlé depuis. Pour moi, c'était surtout une fête de plus sans ma famille.

— Je me disais qu'on pourrait se contenter d'une petite soirée tranquille cette année.

Il frotta son pouce sur mon épaule nue.

— Pourquoi pas ? dit Lisa. Tu nous invites ?

— Je n'ai qu'une chambre d'amis, grogna Hayden.

— Ça suffit amplement. Chris et Sarah n'auront qu'à traverser la rue pour rentrer chez eux, fit remarquer Jamie.

— Laissez tomber. On prend tous l'avion direction Las Vegas, l'interrompit Chris.

Sarah leva les yeux au ciel.

— Il n'y a que toi pour suggérer un truc pareil.

— Il a eu des idées bien pires, dit Lisa. Peut-être qu'on pourrait se marier là-bas, Jamie et moi, pendant qu'on y est ! Ça m'éviterait d'avoir à organiser un grand mariage ici.

Chacun rit avec bonne humeur.

Je sentis le bras de Hayden se resserrer autour de mes épaules. Ses lèvres remuèrent contre ma tempe, mais je ne compris pas ce qu'il me disait. Mon esprit était bloqué, comme un disque rayé. Une sirène hurlait dans ma tête, noyant le bruit de la conversation autour de moi.

D'une main tremblante, je portai mon verre de vin à mes lèvres et l'inclinai. Le liquide frais avait un goût de vinaigre sur ma langue. Plus la panique m'envahissait, plus le monde me semblait flou. Je savais que c'était idiot. Chaque jour, des gens prenaient l'avion et atteignaient leur destination sans le moindre problème.

— Tenley ?

La main de Hayden se posa sur ma nuque, et ses doigts me massèrent tendrement.

— Est-ce que ça va ?

Sa voix me paraissait si lointaine, comme s'il me parlait sous l'eau.

— Excusez-moi un instant, dis-je en reculant ma chaise, le souffle court. Je dois aller aux toilettes.

Je voulais surtout que Hayden me laisse partir avant que je craque et gâche la soirée. Je posai ma serviette sur la table et me dirigeai vers les toilettes les plus proches, puis m'y enfermai avant que mes jambes se dérobent. Je me laissai tomber sur le sol et m'efforçai de me calmer. J'aurais voulu remonter le temps. Réagir normalement en entendant Chris parler de ce voyage improvisé à Las Vegas. Me montrer enthousiaste. Mais c'était impossible. Mon angoisse était telle que je n'arrivais plus à respirer.

Je fermai les yeux et saisis mon pendentif. J'aurais tant voulu qu'il m'aide à rester forte. Les souvenirs ressurgirent malgré tout, très nets et violents. Je visualisai le visage explosé et le corps brisé de Connor. Comme toujours. Et voilà que, juste un an après l'accident, je fêtais Noël avec un autre homme. Un homme que j'aimais infiniment plus que lui. J'avais l'impression de lui faire du tort, en quelque sorte.

Je hoquetai et attrapai le bord des toilettes juste avant que remonte tout mon dîner. Les yeux pleins de larmes, j'attendis que cessent mes haut-le-cœur. Quand ce fut enfin terminé, je me relevai en m'agrippant au placard sous le lavabo. Je passai mes mains sous l'eau froide et pressai mes paumes contre mon cou. Il fallait que je reprenne mes esprits. Je ne voulais pas que Hayden me voie dans cet état.

Mon estomac ayant fini de se révolter, je fouillai la poche de ma robe en me demandant si j'aurais la force de passer le reste de la soirée sans médicaments. Il me semblait évident que je ne pouvais pas prendre le risque de faire une autre crise d'angoisse. Soudain, la poignée de la porte tourna, et je faillis lâcher mes pilules dans le lavabo.

— Tenley ? Je peux entrer ? demanda Hayden d'une voix inquiète à travers la porte.

— Une seconde.

Je posai les pilules sur ma langue, recueillis un peu d'eau dans le creux de ma main et avalai le tout.

Dès que je déverrouillai la porte, Hayden entra dans les toilettes et la referma derrière lui. Il me prit dans ses bras.

— Je suis vraiment désolé. Lisa a dit ces choses sans réfléchir.

— Ça va. J'avais juste besoin d'être seule une minute.

Je soupirai contre son torse et savourai son contact apaisant.

— Une minute ?

Hayden dessinait de lents cercles sur mon dos, parvenant presque à me calmer.

— Tu as passé près de vingt minutes là-dedans. J'ai frappé plusieurs fois, mais, comme tu ne répondais pas, je me suis dit que tu avais besoin d'être seule. Après, j'ai commencé à m'inquiéter.

Je ne pensais être restée dans les toilettes qu'un court instant.

— Je suis vraiment désolée. Je ne m'attendais pas à ça. La simple idée de monter dans un avion...

Ma gorge se serra.

— Ça va. N'y pense pas. Tout va bien.

Hayden posa ses mains sur ma taille, me souleva aisément et me déposa sur le meuble du lavabo.

Une fois assise, je m'aperçus que je n'aurais jamais tenu debout sans lui. Mon corps tremblait toujours.

— Je ne serai plus jamais capable de prendre l'avion.

— Ça ne fait qu'un an. Tu ne peux pas en être sûre.

Hayden fit glisser ses paumes le long de mes bras et prit mes mains dans les siennes.

— Tu ne comprends pas, dis-je en secouant la tête.

Les mots restaient bloqués dans ma gorge.

— Chris plaisantait, tu sais. Et Lisa n'a pas la moindre intention de se marier la semaine prochaine. De toute façon, si on va à Vegas un jour, on pourra toujours prendre la voiture et rouler tranquillement jusque là-bas.

J'attendais patiemment que les médicaments fassent effet. Plaisanterie ou pas, cette situation était terriblement difficile à vivre.

— Tenley ?

Hantée par mes peurs, j'enroulai sa cravate autour de ma main et contemplai la pin-up qui glissait sur mon poing.

— Et si Lisa voulait vraiment se marier là-bas ?

— Aucun risque. Pas maintenant en tout cas. Elle est tout à fait capable d'envisager un mariage à Las Vegas, mais ça ne se fera pas tout de suite.

Y aller en voiture semblait une bonne solution, mais tous

les autres prendraient quand même l'avion. Et si on découvrait en arrivant à Las Vegas que l'avion n'avait jamais atteint sa destination ?

— Parle-moi, Tenley.

Je levai les yeux et le suppliai silencieusement de me comprendre.

— Je ne peux pas revivre ça. Et si je perdais toutes ces personnes ? J'en mourrais.

— Je sais. C'est pour ça qu'on prendra la voiture.

— Mais tous les autres voudront prendre l'avion !

Je serrai plus fort la main de Hayden afin de maîtriser mes tremblements.

— Je ne peux pas leur demander de faire une croix sur leurs projets à cause de ma phobie de l'avion. J'ignore totalement si je surmonterai un jour cette peur.

Je frissonnai.

— Je n'ai perdu connaissance que lorsque l'avion s'est écrasé.

— Tu... quoi ? Je ne comprends pas.

— Quand je suis revenue à moi, l'avion était en feu. J'ai trouvé Connor alors que j'essayais de m'enfuir. Il était mort. La moitié de sa tête était broyée. C'est le dernier souvenir que j'ai de lui – et il hante toujours mes cauchemars. Maintenant, vous me demandez de revivre ce scénario. Dis-moi un peu comment je pourrais envisager une chose pareille !

Hayden pâlit brusquement. Je ne lui avais toujours pas expliqué certains détails parce que c'était trop douloureux d'en parler.

— Je suis vraiment désolé. Si seulement je pouvais te faire oublier tout ça.

Vidée de toute énergie, je m'affaissai contre lui, entre ses bras protecteurs. Je passai les miens autour de son cou et mes jambes autour de sa taille, recherchant désespérément une proximité, un lien. Il me tint contre lui un long moment, et j'absorbai son calme apaisant comme une éponge.

Son menton était posé sur le sommet de ma tête. Je sentais le mouvement de sa pomme d'Adam, celui de sa poitrine, les battements réguliers de son cœur. Je pressai mes lèvres contre son cou, puis Hayden baissa la tête et m'embrassa. Comme la peur provoquait en moi une sensation de manque, j'entrouvris les lèvres pour l'inviter à prolonger ce baiser.

Un léger coup à la porte rompit soudain le charme, et j'entendis la voix inquiète de Lisa de l'autre côté de la porte.

— Tenley ? Hayden ?

Hayden pressa son front contre le mien.

— Une minute ! lui cria-t-il. Je te ramène bientôt à la maison, me dit-il ensuite tout bas.

— Tu veux bien ? J'ai besoin de toi ce soir.

Il déposa un dernier baiser sur mes lèvres et m'aida à descendre du meuble. Lorsque j'eus retrouvé mes esprits, il ouvrit la porte.

Lisa s'élança vers moi.

— Je suis vraiment désolée. Je me suis laissé distraire par l'ambiance et je n'ai pas réfléchi.

Je la serrai fort dans mes bras et sentis tout le poids de sa tristesse. C'était exaspérant de ne pas pouvoir savourer sa spontanéité.

— Tu n'as pas à t'excuser. J'ai réagi de manière excessive.

Hayden me prit par la main et m'emmena dans la salle à manger. La table avait été débarrassée, tout était en ordre. Je le suivis dans le salon, où tout le monde s'était rassemblé. Par chance, personne ne nous posa de questions. Hayden s'assit dans un énorme fauteuil et m'attira sur ses genoux.

20

Tenley

— Tu es prête à partir ? chuchota Hayden une fois l'échange des cadeaux terminé.

— Oui, allons-y, dis-je en vidant ma tasse de thé.

J'évoluais au milieu d'un agréable brouillard maintenant que les médicaments faisaient effet. Une fois à la maison, j'allais enfin pouvoir me perdre dans ses bras. Hayden déposa un long baiser sur mon épaule, puis me mordilla. L'idée de me retrouver seule avec lui était infiniment séduisante.

— Bon, je crois qu'on va vous laisser.

— Vous ne restez pas pour la nuit ? demanda Cassie, visiblement déçue.

— LC est tout seul à la maison, dit Hayden en posant les mains sur ma taille alors que je me levais.

La pièce se mit à tanguer. Je me sentais presque en état d'apesanteur.

Hayden rangea tous les cadeaux dans la caisse en plastique que nous avions apportée. Il m'aida à enfiler mon manteau, puis je m'assis sur le banc pour mettre mes chaussures, car je tenais à peine sur mes jambes. L'esprit ailleurs, j'embrassai tout le monde avant de sortir. Hayden me conduisit jusqu'à la voiture et déverrouilla la portière.

— Je suis désolé que la journée ait été aussi pénible.

Ces mots sortirent de sa bouche par bouffées blanches et fantomatiques, puis disparurent dans l'air froid.

— Tu étais avec moi. Ça m'a beaucoup facilité les choses.

J'attrapai les revers de sa veste et le rapprochai de moi.

Son corps se colla contre le mien, puis ses lèvres s'entrouvrirent, et Hayden reprit notre baiser là où nous l'avions laissé quand Lisa nous avait interrompus dans les toilettes. Il posa ses mains sur mes hanches, et je sentis son érection pressante contre mon ventre.

— Il vaudrait mieux que je te ramène à la maison.

— Oui, dépêchons-nous, dis-je en cherchant la poignée de la portière.

Hayden m'aida à m'installer dans la voiture glaciale. Il fit le tour de la voiture à grandes enjambées en réajustant l'entrejambe de son pantalon. Ses intentions étaient aussi claires que les miennes. Les cadeaux furent jetés sans cérémonie sur la banquette arrière.

— J'aurais dû mettre le chauffage avant que tu montes, dit-il en allumant le moteur.

— Ne t'en fais pas, la voiture se réchauffe vite.

Je ramenai mes jambes contre moi et frottai le fin nylon de mes bas. Hayden passa la première vitesse et fit ronfler le moteur. Incapable de garder mes mains loin de lui, je posai ma paume sur son genou. Il me regarda faire sans rien dire, et je fis remonter ma main le long de sa cuisse. Les muscles de sa jambe se tendirent.

Hayden retint sa respiration lorsque j'effleurai son érection.

— Qu'est-ce que tu fais ?

— Je te touche.

Je tendis la main vers sa ceinture, fis glisser la bande de cuir à travers la boucle et ouvris le bouton de son pantalon.

— Je ne suis pas sûr que ce soit une bonne idée.

— Tu ne peux pas faire plusieurs choses à la fois ?

— Ça dépend.

Je glissai ma main dans son pantalon et touchai les billes de métal chaudes sur son gland. Hayden serra le volant plus fort.

— Eh bien, murmura-t-il avant de me regarder. On aurait dû partir plus tôt.

Il mit son clignotant et tourna plusieurs fois, nous emmenant dans les profondeurs d'un quartier que je ne connaissais pas. Pendant ce temps-là, je libérai son sexe de son pantalon et continuai à le caresser.

— Attends, dit Hayden en tournant brusquement le volant, les dents serrées.

La voiture ralentit, descendit une petite allée et s'arrêta. Une porte de garage s'ouvrit en ronronnant bruyamment. Hayden tentait de reprendre son souffle.

— Où sommes-nous ?

— C'est la maison que je suis en train de rénover avec Nate.

— Quelqu'un habite ici ?

— Pas pour le moment, non.

Hayden fit pénétrer la voiture dans le garage, puis la porte se referma derrière nous.

Ensuite, il coupa le moteur, et les phares s'éteignirent, nous plongeant dans l'obscurité. Nous nous mîmes à nous tripoter à l'aveuglette dans ce noir d'encre, puis nos lèvres se rejoignirent. Sa langue s'enfonça dans ma bouche, et je détachai rapidement ma ceinture pour pouvoir me rapprocher de lui. Bras et jambes emmêlés, nous tirions d'un côté et poussions de l'autre dans l'espoir de combler l'espace entre nous.

J'étais appuyée contre la portière du côté passager, les jambes écartées, une main sur la boîte à gants, l'autre agrippant l'appui-tête. Hayden rôdait au-dessus de moi, presque allongé sur la boîte de vitesses dans une position inconfortable qui ne semblait même pas le déranger. Sa main serpenta le long de ma cuisse en cherchant à passer sous ma robe et atteignit la bordure en dentelle de mes bas. Hayden s'immobilisa. Sa main claqua contre le plafond de la voiture, et la lumière s'alluma. Je clignai des yeux, éblouie par la soudaine luminosité.

— Mais comment j'ai pu rater ça ?

— Je les ai enfilés juste avant qu'on parte, pendant que tu rassemblais nos cadeaux.

— Espèce de petite sournoise.

Hayden passa son doigt sous la jarretelle rose et remonta tout le long jusqu'au satin qui couvrait mon entrejambe. Sa phalange effleura mon clitoris. Je m'arquai sous ses doigts et me cognai contre la vitre en renversant la tête.

— Ça va ?

La main entre mes jambes, Hayden regarda rapidement mon corps d'un air hésitant, puis leva les yeux vers moi.

— On ne devrait peut-être pas faire ça ici. Je n'ai pas la clé pour entrer dans la maison. Je devrais te ramener chez moi.

La journée avait été très éprouvante et je voulais que Hayden m'aide à l'oublier.

— Je n'ai pas envie d'attendre qu'on soit rentrés. Je veux que tu me baises maintenant.

Après un moment d'hésitation, il tira sur le levier de mon siège, et je tombai en arrière. La boîte de cadeaux derrière moi bascula, déversant son contenu sur le sol.

Hayden tendit la main pour essayer de la relever.

— Non, laisse.

Je saisis son menton entre mes doigts. J'avais un besoin de plus en plus fort de le sentir en moi. Hayden suça ma lèvre inférieure et essaya de s'allonger sur moi, mais il n'arrivait pas à placer ses jambes entre le siège et le tableau de bord. Lorsqu'il se cogna la tête au plafond, il grogna.

— Il n'y a pas assez de place, se plaignit-il en remontant le bas de ma robe jusqu'à ma taille.

— Peut-être qu'on devrait faire ça sur le capot.

Il s'immobilisa.

— Pardon ?

— Regarde toute la place qu'on aura.

Je fis un geste vers la large étendue de métal noir qui s'offrait à nous. Je n'avais pas oublié le jour où, avant mon départ pour Arden Hills, il m'avait suggéré cet endroit.

— Je plaisantais l'autre fois, fit-il d'une voix rauque.

— Oh que non !

Hayden sortit de la voiture en un clin d'œil et ouvrit brusquement ma portière. Son visage était dans l'ombre malgré la lumière du plafonnier, ce qui rendait son sourire presque sinistre tandis qu'il restait appuyé à la portière.

— Sors de la voiture, chaton.

21

Hayden

Le regard enflammé, Tenley me sourit d'un air satisfait. Un instant, je me demandai tout de même si c'était une bonne idée, mais Tenley baissa mon boxer et se pencha en avant. Ma queue était commodément placée juste en face de sa tête.

Elle passa sa langue sur la fente.

— Oh ! T'as vraiment pas idée...

— Pas idée de quoi ?

Elle recommença.

— De ce que ça fait. Je t'ai vue te promener toute la journée dans cette robe, l'air toute douce et innocente. Ensuite, tu commences à me toucher, puis je tombe sur cette jarretelle et maintenant tu me fais ça. Comment je pourrais te résister ?

— Personne ne te le demande.

Tenley enveloppa ses lèvres autour de ma queue. Je trouvais très agréable le contraste entre la chaleur humide de sa bouche et l'air froid dans le garage. La température n'était pas aussi glaciale qu'à l'extérieur, mais je me gelais tout de même les couilles. Tenley laissa échapper un soupir sensuel tandis que sa langue s'enroulait autour de mon gland, et je dus m'agripper à la portière. En regardant sa bouche se déplacer sur moi, je pris conscience que nous faisions une connerie monumentale. Certes, c'était une idée de Tenley, mais cette journée avait été forte en émotions, et son équilibre paraissait fragile. En plus, elle avait pris des médicaments.

Si j'avais été un petit ami raisonnable, j'aurais mis fin à tout ça et je l'aurais ramenée chez elle. Mais je n'étais pas ce genre de petit ami. Au lieu de tout arrêter, je décidai de faire l'unique chose susceptible d'atténuer sa souffrance, même si l'endroit manquait de romantisme.

Du bout des doigts, j'appuyai sur l'articulation de sa mâchoire pour qu'elle me relâche.

— J'ai besoin de ta bouche, là-haut.

Tenley m'obéit volontiers, et ses bras s'enroulèrent autour de mon cou. Je me penchai pour l'embrasser. Ma langue jouant avec la sienne, je l'attirai hors de la voiture et refermai la portière. La lumière du plafonnier éclairait faiblement le capot.

Tenley tenta de s'enrouler autour de moi en laissant échapper des petits gémissements aigus. J'agrippai ses cuisses et la déposai sur le capot de la voiture. Le tissu fluide de sa robe créait une barrière entre nous. Je le remontai le long de ses jambes jusqu'à ce que ses jarretelles sexy apparaissent enfin.

Tenley poussa un soupir de soulagement faisant écho au mien. À présent, seul le satin léger de sa petite culotte me bloquait l'entrée. J'avais envie de la toucher partout. Je voulais la voir nue, étendue sur le capot devant moi, mais il faisait trop froid. Elle devrait garder sa robe jusqu'à ce qu'on soit rentrés à la maison.

Je balançai les hanches, afin de provoquer la friction que nous attendions tous les deux. Tenley dénoua ma cravate et ouvrit les premiers boutons de ma chemise. Mais elle était trop fébrile pour pouvoir aller jusqu'au bout. Elle décida de laisser tomber et chercha plutôt l'extrémité du tissu, puis passa sa paume dessous pour la poser sur mon cœur.

— Je ne peux pas te perdre. J'ai tellement besoin de toi que j'en souffre, dit-elle d'une voix aiguë.

— C'est la même chose pour moi.

Depuis son retour, je ne cessais de faire le même rêve et de me réveiller en cherchant son corps chaud dans mon lit. Chaque fois que je la trouvais, la constance de sa présence m'apaisait. Ce soir, c'était pareil. Nous cherchions tous les deux un moyen de nous ancrer dans le présent.

Ma main remonta le long de sa jambe, effleurant son bas, sa bordure en dentelle, puis l'étendue sexy de sa peau nue. Je glissai un doigt sous la jarretelle, le promenai jusqu'à sa petite culotte et le passai sous l'élastique.

— S'il te plaît, Hayden, murmura-t-elle.

D'un geste fluide, je glissai deux doigts en elle. La tête de Tenley se renversa, et ses jambes retombèrent le long de mes hanches. Elle se souleva sur ses bras, les contours de son visage délicat faiblement éclairés par la lumière du plafonnier. Derrière son désir se cachait un immense désespoir, et je ne comprenais que trop bien ce sentiment. Je remuai mes deux doigts en elle et en ajoutai un autre. Tenley souleva ses hanches, le corps arqué. Elle leva une jambe et posa son talon sur ma cuisse, mais il glissa.

— Pose-le sur la voiture.

Sa jambe trembla, et un frémissement parcourut son corps. Elle était plus proche de l'orgasme que je le pensais.

— Mais la peinture..., haleta-t-elle tandis que j'agitais mes doigts de plus en plus vite en elle tout en frottant son clitoris avec ma paume.

— On s'en fout.

Tenley saisit ma cravate d'une main et, de l'autre, attrapa sa chaussure à talon, qui tomba sur le sol en faisant un bruit sourd. La deuxième la suivit tout de suite après.

Tenley posa un pied sur le capot, mais ses bas en nylon la faisaient sans cesse glisser. Elle leva une jambe et posa son talon sur mon épaule.

Je m'appuyai contre la voiture alors même que son autre talon se calait dans le creux de mon bras. J'avais devant moi un mélange de sensualité et d'innocence, de tons crème et rose pâle étalés sur le métal noir.

Les dents de Tenley étaient serrées, les muscles de sa mâchoire, tendus. Je recourbai mes doigts, et elle battit des paupières tout en agrippant plus fort ma cravate. Comme le tissu me serrait douloureusement le cou, je me penchai vers elle.

— Je veux que tu jouisses.

Il fallait qu'elle prenne son pied pour que je puisse ensuite prendre le mien.

Mais Tenley secoua la tête et gémit :

— Je ne peux pas. Je suis tout près… Oh ! mon Dieu...

— Je te baiserai seulement quand tu auras joui, l'avertis-je sans être vraiment sûr de pouvoir mettre à exécution cette menace idiote.

Les yeux de Tenley s'ouvrirent brusquement. Ses lèvres n'étaient qu'à quelques millimètres des miennes. Les sentiments qu'exprimait son regard presque absent étaient d'une violente intensité.

J'approchai ma bouche de son oreille.

— Je t'en prie, chaton, j'ai besoin de te voir jouir.

Tenley relâcha ma cravate, et je faillis perdre l'équilibre. Sa paume froide vint se poser sur ma nuque. Elle inclina la tête pour m'offrir sa gorge. Je me penchai et l'embrassai dans le cou en effleurant sa peau de mes dents.

— Recommence, s'il te plaît, fit-elle d'un ton peiné. Plus fort, ajouta-t-elle lorsque mes dents se pressèrent sur sa peau soyeuse.

Soudain, le corps de Tenley se cabra.

J'obéis, car elle était vraiment sur le point de jouir. Elle poussa un cri, et sa voix résonna dans le garage tandis qu'un violent orgasme secouait son corps. Puis elle retomba mollement ; le pied appuyé sur mon épaule glissa dans le creux de mon bras.

— Est-ce que ça va ? demandai-je en approchant ma bouche de la sienne.

Je commençai par l'embrasser lentement, mais l'intensité de notre baiser augmenta alors que Tenley retrouvait ses esprits.

Tremblant d'impatience, je saisis ma queue à pleine main, poussai sa petite culotte et passai mon gland sur sa fente. Quelque chose enflamma l'intérieur de mon corps, comme un météore traversant l'espace. Ce soir, j'aurais dû lui faire l'amour de façon douce et lente. Mais il m'était impossible de résister à l'envie de posséder son corps, car elle ne m'avait pas encore donné ce qui m'importait le plus.

— J'ai besoin...

Mes coups de reins étaient plus puissants que je l'aurais voulu, et Tenley laissa échapper un petit cri choqué. Je l'embrassai pour m'excuser.

— Je suis désolé.

— Ça va, chuchota-t-elle, son nez effleurant le mien. J'adore te sentir en moi.

Je voulais lui dire que je l'aimais. Je voulais qu'elle m'avoue ses sentiments. Tous ces mots que je n'arrivais pas à prononcer m'étouffaient. Je n'aurais jamais imaginé souffrir de nouveau à ce point. Je posai ma main derrière sa tête sans cesser de remuer en elle, prenant plus d'élan à chaque coup de reins. Ensuite, j'appuyai un genou sur le capot, mon autre cuisse pressée contre la roue de la voiture. Le métal réagit aussitôt, et l'acier se creusa sous mon genou, mais je ne m'arrêtai pas. Je le sentais venir ; mon bas-ventre se contracta, et je capitulai, laissant mon orgasme m'envahir brutalement.

— J'adore te pénétrer.

Sa bouche s'ouvrit tandis qu'elle jouissait aussi, le corps parcouru de frissons et de tremblements. Deux larmes glissèrent sur ses tempes et disparurent dans ses cheveux. Je m'immobilisai lorsque d'autres montèrent au coin de ses yeux.

J'essuyai ses larmes, mais d'autres suivirent aussitôt.

— Chaton ? Je t'ai fait mal ?

Je commençai à me retirer, mais ses jambes se resserrèrent autour de ma taille. Tenley joignit ses mains derrière mon dos et m'attira en elle.

— Reste en moi, s'il te plaît. Ne t'en va pas.

Je conservai ainsi la même position jusqu'à ce que le froid commence à se faire sentir. Lorsque Tenley frissonna, je me retirai et ramenai sa robe sur elle. Je rangeai ma queue molle dans mon pantalon, puis aidai Tenley à se redresser sur le capot.

Son maquillage avait coulé sous ses yeux. Ses joues étaient rouges, ses cheveux, emmêlés. Je fis de mon mieux pour arranger les choses, mais elle était toujours dans un drôle d'état lorsque je lui ouvris la portière côté passager. La lumière du plafonnier se mit alors à briller plus fort, soulignant les dégâts que j'avais infligés à ma voiture. En plus du creux de mon genou, on distinguait nettement plusieurs éraflures sur la peinture.

— Bon sang, Hayden, le capot ! s'exclama Tenley, les yeux écarquillés.

Je l'aidai à s'installer sur son siège et attachai sa ceinture.

— C'est pas grand-chose. Ce sera assez facile à réparer.

Je refermai sa portière et composai le code ouvrant la porte du garage avant de monter dans la voiture et de reculer dans l'allée. J'allai vérifier que l'alarme était en marche, puis repassai derrière le volant. Tenley avait ramené ses jambes sous elle ; elle faisait glisser son pendentif sur ses lèvres.

— Qu'est-ce qui se passe, chaton ? Tout va bien ? Tu as mal quelque part ?

Elle tendit une main et la passa dans mes cheveux.

— Je ne sais pas si j'aurais survécu à cette journée sans toi, dit-elle calmement.

— Tu aurais certainement trouvé un moyen.

— Je n'en suis pas sûre. Peut-être.

Je commençais à prendre conscience de ce que je venais de faire. J'aurais dû lui demander d'arrêter quand elle avait commencé à me toucher dans la voiture. Ou bien j'aurais pu me garer, la faire jouir et la ramener chez moi pour finir le travail. Tenley méritait mieux qu'un orgasme rapide dans un garage glacial.

— Hayden ?

— Je devrais te ramener à la maison. Tu as l'air fatiguée.

Je m'apprêtais à passer la première vitesse, mais Tenley posa une main sur la mienne pour m'en empêcher.

— Tu es fâché contre moi ? Est-ce que j'ai dit quelque chose qui t'a contrarié ?

Je ne savais pas comment m'exprimer sans lui faire encore plus de mal. Elle risquait de ne pas comprendre pourquoi je me sentais aussi con.

— Tu n'as rien dit, ni rien fait de mal. J'aurais dû m'arrêter avant.

— À cause de l'état de la voiture ?

— Quoi ? Non. On s'en fout de la voiture. C'est juste du métal et un moteur.

— Mais elle appartenait à ton père...

— Il ne s'agit pas de la voiture, Tenley.

J'embrassai le bout de ses doigts. Ils étaient froids. Je remarquai des salissures sur les manches de son manteau ivoire. Elle l'avait gardé pendant tout ce temps.

— De quoi s'agit-il alors ?

Tenley défit sa ceinture et se pencha au-dessus de la boîte de vitesses comme si elle voulait grimper sur mes genoux. Je ne l'aurais pas empêchée si elle en avait eu l'intention. C'est alors que je compris quel était le vrai problème.

Ça n'avait pas grand-chose à voir avec l'endroit, la voiture ou l'état instable de Tenley. En fait, cette partie de jambes en l'air n'avait absolument pas apaisé la souffrance de Tenley ni la mienne. Notre manque était encore plus fort qu'avant. Ce qui n'était pas totalement illogique, car la gratification n'avait été que physique. Nous avions tous les deux besoin d'autre chose. C'était l'aspect affectif qui nous manquait.

— Rentrons à la maison.

Je glissai ses cheveux derrière son oreille.

— Hayden, je...

Il régnait une nouvelle tension dans la voiture ; trop de non-dits planaient dans l'air. J'attendis que Tenley finisse sa phrase, mais elle sembla se dégonfler. Elle m'embrassa et se laissa retomber sur son siège. Le clic de sa ceinture retentit comme un coup de fusil dans le silence.

— D'accord. Rentrons à la maison.

22

Hayden

Nous n'étions qu'à quelques rues de chez nous lorsqu'il fallut que je m'arrête à un contrôle d'alcoolémie. En temps normal, ça n'aurait posé aucun problème. Les deux verres que j'avais bus dans l'après-midi avaient disparu de mon organisme depuis longtemps. L'effet de l'alcool avait été atténué par le temps, la nourriture et ma récente activité physique. Cependant, j'étais d'humeur merdique. Le fait de baiser dans un lieu semi-public ne m'avait jamais dérangé avant, mais je me sentais nul d'avoir fait l'amour avec Tenley alors qu'elle allait aussi mal. Et c'était encore pire quand je voyais dans quel état je l'avais mise.

Elle était pelotonnée sur son siège, les jambes repliées sous elle. Elle avait étalé sa robe sur ses mollets et ses pieds pour se réchauffer et incliné son siège, si bien qu'elle était allongée sur son flanc, face à moi. Ses paupières étaient closes, sa bouche, détendue, son souffle, lent et profond. Elle s'était endormie. J'aurais dû trouver son sommeil rassurant, mais il signifiait surtout que je l'avais épuisée.

Quand la voiture s'arrêta, Tenley se redressa en clignant des yeux.

Elle jeta un œil à travers le pare-brise et aperçut les gyrophares allumés des voitures de police qui bordaient la rue.

— Qu'est-ce qui se passe ? Il y a eu un accident ?

— Ils font passer des tests d'alcoolémie aux conducteurs.

— Ah.

Tenley redressa le dossier de son siège, mais elle avait toujours l'air aussi tendue. Elle se frotta les yeux avec la manche de son manteau, tachant de mascara le tissu de couleur claire. Incapable de rester tranquille, elle essaya d'effacer la trace sur sa manche. Mais elle finit par laisser tomber et contempla la rue à travers sa vitre, tandis que la file de voitures avançait. Elle était de plus en plus nerveuse à mesure qu'on se rapprochait des gyrophares.

Je tendis le bras vers elle, enfouis ma main dans ses cheveux, puis posai ma paume sur sa nuque.

— Tu ferais peut-être mieux de prendre un mouchoir dans la boîte à gants. Ton mascara a un peu coulé.

En réalité, son état était franchement catastrophique. Elle ressemblait au personnage d'un film de Tim Burton. C'était un peu préoccupant, étant donné qu'on s'apprêtait à discuter avec des flics, mais je ne voulais pas la stresser encore plus. Tenley se mit alors à chercher le petit paquet de mouchoirs en papier que je conservais dans la boîte à gants... et en retira une boîte de préservatifs. Putain de bordel de merde.

Nous n'avions utilisé des préservatifs que les premières fois où nous avions couché ensemble, avant d'aborder le sujet gênant des maladies, de nos anciens partenaires et toute cette merde. Gênant pour moi en tout cas, vu mes conneries passées. J'avais évité de lui fournir trop de détails à ce moment-là, mais elle m'avait fait entièrement confiance. J'avais compris après cette seule conversation à quel point son expérience était limitée.

— Ils sont sans doute périmés, dis-je.

Je mourais d'envie de les jeter par la fenêtre. La soirée était déjà assez merdique comme ça ; pas besoin d'en rajouter avec des explications pourries.

Tenley plissa les yeux et déchiffra la petite date imprimée sur l'emballage.

— Il te reste six mois pour les utiliser.

Elle me jeta le paquet à la figure. Il rebondit sur mon épaule et tomba entre mon siège et la boîte de vitesses.

— J'avais oublié qu'ils étaient là.

— Et je risque de trouver d'autres trucs si je continue à chercher ? me demanda-t-elle sèchement.

— Comme quoi ?

Surpris par son ton, je la regardai du coin de l'œil farfouiller dans la boîte à gants, les lèvres serrées.

— Oh ! je n'en sais rien. Les numéros de téléphone de tes nombreuses partenaires ? Ton répertoire secret ? Des petites culottes que tu conserverais comme trophées, peut-être.

— Tu plaisantes, hein ?

— Pas de répertoire ? Ah ! mais non, pardon, tu ne te tapais jamais deux fois la même fille. Enfin, à part Sienna, c'est ça ? Comme je suis bête ! J'avais oublié.

Tenley me parlait sèchement, ce qui ne lui ressemblait pas du tout. Ce n'était pas une fille mesquine et elle ne se servait jamais de mon passé pour me blesser.

— Tu es en colère contre moi ?

— Pourquoi le serais-je ?

Elle finit par mettre la main sur le paquet de mouchoirs. Mais, lorsqu'elle essaya d'en sortir un, elle tira trop fort et le déchira en deux.

— J'en sais rien, dis-je, franchement dérouté. On dirait que tu es énervée, mais je ne vois pas très bien ce que j'ai fait. J'ai acheté ces préservatifs il y a des mois, bien avant de te rencontrer. Je suis sérieux quand je te dis que je les avais oubliés. Et je suis pas assez dingue pour garder des trophées tels que des sous-vêtements.

— C'est rassurant.

Tenley s'essuya les yeux. Son mouchoir était tout taché de noir.

— Mais, enfin, qu'est-ce qui se passe ? Qu'est-ce qui te prend ?

— C'est rien. La journée a été longue. Je suis fatiguée.

Ses épaules s'affaissèrent, et elle se tamponna les yeux. Elle essayait de me cacher ses larmes. Ce n'était pas cette simple histoire de préservatifs qui la bouleversait.

— Qu'est-ce que tu ne me dis pas ? demandai-je en faisant encore avancer la voiture de quelques mètres.

Il ne restait que trois ou quatre voitures devant moi maintenant, et j'avais peur qu'une véritable dispute finisse par éclater entre nous.

Ce n'était franchement pas le moment, étant donné sa fragilité et mon propre sentiment de culpabilité. Je risquais de péter les plombs si les flics commençaient à me chercher. J'étais tout à fait conscient de l'impression négative que je donnerais si Tenley finissait par fondre en larmes. Vu la tête qu'elle faisait, les flics allaient aussitôt conclure qu'elle était victime de maltraitances, psychologiques ou autres.

— Je suis désolée. Je n'aurais pas dû te parler sèchement. Cette journée a été vraiment éprouvante.

— Tu n'as pas à t'excuser. Je sais que tu en as bavé aujourd'hui. J'aimerais uniquement savoir pourquoi tu es aussi bouleversée afin de pouvoir t'aider.

Je lui massai la nuque. Mais, comme ses épaules se tendirent, j'arrêtai. Tenley resta silencieuse un long moment, et je crus qu'elle n'allait pas me répondre.

Mais elle finit par chuchoter d'une petite voix honteuse :

— J'ai trouvé une boîte de préservatifs dans la voiture de Connor quand je la nettoyais la semaine dernière.

J'aurais préféré ne pas entendre son prénom dans ces circonstances. On aurait dit que des araignées rampaient soudain partout sur moi.

— Dans sa nazemobile ?

Une nouvelle voiture passa le barrage de police.

Tenley hocha la tête.

Je trouvais difficile de parler de Connor dans ce contexte, mais je voulais bien essayer d'oublier mon manque de confiance en moi si elle décidait enfin de se confier. J'avais désespérément besoin de comprendre ce qui lui arrivait.

— Je suis désolé. Je ne vois pas quel est le problème, répondis-je, perdu.

D'après les photos que j'avais pu voir de lui, Connor était du genre boy-scout. Je comprenais assez bien qu'il ait voulu se tenir prêt. Si Tenley et moi avions toujours eu besoin d'utiliser des préservatifs, mes poches en auraient été pleines.

— Il en manquait quatre.

— Peut-être qu'il les gardait dans son portefeuille ?

Il avait eu raison de prendre les devants, mais prévoir quatre capotes pour une seule nuit me paraissait un peu exagéré.

Enfin, il est vrai que le premier soir où j'étais allé chez Tenley, j'en avais apporté trois alors que j'étais censé éviter de coucher avec elle.

— J'ai recours à l'injection contraceptive depuis des années, dit-elle. J'ai commencé presque aussitôt que Connor et moi nous sommes mis à sortir ensemble parce qu'il détestait mettre des préservatifs, et je ne voulais prendre aucun risque. Il n'avait absolument pas besoin d'en acheter.

Sidéré, je compris enfin là où elle voulait en venir. Je repensai aux albums photo que j'avais feuilletés et à cette période pendant laquelle Connor n'y apparaissait plus. Il y avait sans doute une explication à cette absence, mais je ne la connaissais pas. Les doutes et le manque d'assurance de Tenley venaient-ils de là ?

— Il devait avoir une bonne raison.

— Mais je ne saurai jamais laquelle, pas vrai ?

Tenley se recroquevilla sur le siège.

Vu sa façon de se replier sur elle-même, elle avait déjà imaginé le pire scénario possible. C'était une découverte atroce, un an après la mort de Connor. Et, comme Tenley ne pouvait être sûre de rien, le doute persisterait, entachant sa mémoire. J'avais beau me sentir menacé par Connor, il était inutile de le diaboliser.

Il valait mieux que Tenley conserve une image positive de lui. Car, si elle s'imaginait qu'il avait couché avec d'autres filles, elle en arriverait à une conclusion terrible : toutes ces morts auraient pu être évitées si elle avait su la vérité.

— Peut-être que ces préservatifs appartenaient à un de ses potes ? Chris en semait partout à une époque. Un jour, Jamie s'est retrouvé dans un sacré merdier à cause de lui, quand Lisa a découvert une boîte coincée sous le siège de sa Coccinelle.

— Peut-être, répondit Tenley.

À l'évidence, elle n'y croyait pas.

J'avançai de nouveau. Il ne restait plus qu'une voiture devant nous.

— Je n'ai couché avec personne d'autre pendant que tu étais partie, dis-je dans l'espoir de la convaincre que je ne lui ferais jamais une chose pareille.

Je comprenais beaucoup mieux son comportement des derniers jours à présent, surtout sa colère face à Sienna.

— Je le sais.

Tenley s'essuya les yeux avec un mouchoir propre. Elle avait de nouveau les joues pleines de mascara.

— Je ne pouvais pas imaginer toucher une autre fille que toi.

Je passai ma main dans son dos, tout le long de sa colonne vertébrale.

— Et c'est toujours le cas.

La voiture devant nous franchit le barrage. J'avançai, énervé à l'idée de devoir laisser en plan une conversation aussi importante. Dans la lumière de mes phares, j'aperçus l'agent qui faisait passer le test d'alcoolémie aux conducteurs et je faillis arracher le volant de la voiture.

— Le fils de pute.

Moi qui croyais que cette soirée ne pouvait pas être pire...

23

Hayden

Je baissai ma vitre et attendis. Cross allait me provoquer. Il était particulièrement doué pour ça.

— Monsieur Stryker. Quelle bonne surprise ! Permis de conduire et papiers de la voiture, s'il vous plaît, dit Cross d'un ton glacial.

Je tendis une main vers la boîte à gants et l'ouvris. Tenley ayant déplacé mes affaires en cherchant des mouchoirs, mes papiers n'étaient pas là où je les rangeais d'habitude. Lorsqu'elle se pencha pour m'aider, la lumière du plafonnier éclaira son visage. Elle avait tellement pleuré que sa peau était couverte de petites taches rouges ; ses yeux étaient injectés de sang, et ses pupilles, dilatées. Son mascara avait coulé sur ses joues, formant des traînées noires. Sur le côté de son cou, on voyait une légère marque rouge laissée par mes dents.

Cross posa son avant-bras sur l'encadrement de la portière et examina l'intérieur de la voiture, tandis que je mettais enfin la main sur mes papiers. Je refermai la boîte à gants et éteignis la lumière.

— Mademoiselle Page ?

— Bonsoir, monsieur l'agent.

Tenley lui fit un petit signe de la main.

Cross alluma sa lampe de poche et examina mes papiers tandis que je cherchais mon portefeuille dans la poche arrière de mon pantalon. Il ne s'y trouvait pas, bien sûr, car j'avais troqué mon jean habituel contre un pantalon plus classe. Je dus chercher ma veste sur la banquette arrière au milieu des cadeaux éparpillés. Cross éclaira la banquette de sa lampe, et je finis par trouver mon manteau. Je lui tendis mon permis de conduire, mais il était trop occupé à regarder Tenley pour s'en apercevoir.

— Comment allez-vous, ce soir ? demanda-t-il en l'observant avec une insistance insupportable.

— Bien, répondit-elle en lui souriant faiblement.

— Vous êtes sûre ? Vous n'avez pas l'air dans votre assiette.

Le faisceau de sa lampe se promena sur sa robe froissée, puis sur ses jambes. Les bas de Tenley avaient filé et elle ne portait pas de chaussures. Putain. On les avait oubliées dans le garage.

— Mon permis, dis-je en levant l'étui devant son visage.

Cross y jeta un rapide coup d'œil avant de poser son regard froid sur moi.

— D'où venez-vous et où allez-vous ?

— Nous avons dîné chez ma tante et nous rentrons à la maison, répondis-je, bien décidé à en finir aussi vite que possible.

Je ne voulais pas qu'il puisse examiner Tenley de plus près.

— Avez-vous consommé de l'alcool ce soir ?

Cross continuait à éclairer l'intérieur de la voiture. Tenley grimaça lorsque le faisceau s'approcha trop près de son visage.

— J'ai bu deux scotchs avec des glaçons entre quinze et dix-sept heures.

Il était inutile de mentir. L'alcool avait disparu de mon organisme depuis longtemps.

Cross éclaira alors le capot et s'arrêta sur le creux et les égratignures toutes fraîches. Il se pencha en avant pour les regarder de plus près et posa de nouveau son regard calculateur sur moi.

— Vous avez eu un accident ?

— Non.

— Vous êtes au courant que votre capot est cabossé et éraflé ?

— Oui.

— Elle a dû recevoir un sacré choc, votre carrosserie. Sauriez-vous par hasard comment c'est arrivé ?

— Oui.

Cross attendait visiblement que je lui en dise plus, mais je me tus.

— Garez-vous sur le côté et coupez le moteur, monsieur Stryker.

— Pourquoi ?

— Parce que je vous le demande.

Je suivis ses instructions en soupirant. Je m'étais déjà énervé plusieurs fois contre lui ces derniers temps ; si je recommençais, j'aurais droit aux menottes. Je n'avais pas de casier judiciaire ; alors, autant obéir à ses ordres et éviter de mettre ce connard KO.

Je me garai le long du trottoir et coupai le moteur. Cross tourna autour de la voiture pour recenser les dégâts. La veste de Tenley avait une boucle dans le dos, et mes coups de reins successifs avaient éraflé la peinture jusqu'au métal. Cross se dirigea ensuite du côté de Tenley et s'approcha tout près du capot avec sa lampe. Il frotta l'une des éraflures avec son doigt, et sa peau se colora de noir.

— Miller ! cria-t-il en repassant de mon côté. Tu peux venir ici, s'il te plaît ?

La policière que nous avions rencontrée au commissariat le rejoignit à grands pas. Tous deux se mirent à discuter avec animation, les sourcils froncés. Leur conversation était cependant inaudible.

— Qu'est-ce qu'ils font ? me demanda Tenley à voix basse.

— Cross essaie sans doute de trouver le moyen de m'arrêter à cause du capot endommagé.

— Mais il n'en a pas le droit, non ?

Tenley écrasa le paquet de mouchoirs dans sa main.

J'en profitai pour le lui prendre et entrepris d'essuyer les taches sous ses yeux. Sans grand succès.

— Non, chaton. Aucune loi n'interdit aux gens de conduire une voiture cabossée.

— J'aimerais tellement rentrer à la maison.

— Je sais. Moi aussi. Ça ne devrait pas être long.

Dans mon champ de vision, Cross retroussa ses manches et se dirigea vers ma portière tandis que Miller s'approchait du côté passager.

— Sortez de la voiture, monsieur Stryker.

— Je n'ai pas bu un verre depuis des heures.

— Sortez de la voiture. Immédiatement.

Je compris au ton dur de Cross qu'il était inutile de protester.

— Hayden ?

Tenley s'agrippa à mon avant-bras.

— Qu'est-ce qui se passe ?

Je lui serrai la main et me penchai vers elle pour déposer un baiser sur ses lèvres tremblantes.

— Ça va, chaton. J'en ai juste pour une minute. Ils veulent sans doute vérifier mon taux d'alcool.

Je doutais pourtant que ce soit la seule intention de Cross.

— Je ne vous le répéterai pas, Stryker, me dit-il sèchement.

Je détachai ma ceinture et sortis dans l'air froid de la nuit. La température avait encore baissé, et des flocons blancs commençaient à tomber.

Tenley s'apprêtait à ouvrir sa portière, mais Cross l'arrêta.

— Restez à l'intérieur, mademoiselle Page.

Il se tourna vers moi.

— Posez les mains sur la voiture et écartez les jambes.

— Vous plaisantez !

De l'autre côté de la voiture, Miller me lança un regard menaçant.

— Résistez encore une fois et je vous arrête.

— C'est n'importe quoi, dis-je avant de m'exécuter.

J'attirais déjà quelques regards : les autres flics qui inspectaient les voitures s'étaient arrêtés pour observer mon échange avec Cross. Miller frappa à la vitre de Tenley, qui la baissa aussitôt. L'agente se pencha vers elle, l'air inquiet, une main posée sur sa portière. Trop loin de Tenley pour entendre ses réponses, je ne percevais que son ton nerveux.

Je voyais très bien ce que s'imaginait Miller. Malgré le petit diamant dans son nez, Tenley avait l'air d'une fille totalement normale. Et la tenue qu'elle portait ce soir renforçait cette image. Beaucoup de gens devaient se demander comment une fille comme elle pouvait traîner avec un mec comme moi.

Cross entreprit de me fouiller, cherchant en vain des armes et des substances illicites.

— Venez avec moi, je vous prie.

— Et Tenley ?

— Ma collègue va rester avec elle.

Inutile de poser d'autres questions, car je n'obtiendrais plus aucune réponse. Cross me fit souffler dans le ballon, puis me demanda de recommencer juste pour m'énerver.

Il me conduisit ensuite vers une voiture de patrouille et ouvrit la portière arrière.

— Montez.

— Pour quoi faire ?

— Vous allez souffler dans l'éthylomètre.

— Et je dois monter dans une voiture de police pour ça ?

— Vous jouez avec mes nerfs, mon garçon. Montez. Je ne le répéterai pas.

Je me laissai tomber sur le siège et repliai mes jambes pour les insérer dans l'espace réduit. Cross referma la portière, et je me sentis soudain claustrophobe. Affolé, je repensai aussitôt à la nuit où mes parents avaient été assassinés, sept ans plus tôt. Je ne m'étais plus jamais retrouvé sur la banquette arrière d'une voiture de police depuis. Ensuite, j'avais subi ce fameux interrogatoire. Il m'était brusquement impossible de dissocier cette situation de l'autre, et le tourbillon de mes souvenirs grossit, m'entraînant vers un passé que je m'efforçais de garder enfoui. Je ne pourrais jamais sortir de là sans que Cross m'y autorise. Logiquement, rien ne pouvait m'arriver, mais je me sentais tout de même sur le point d'étouffer.

Il y avait une vitre pare-balles derrière le siège du conducteur et un épais grillage noir du côté passager. Cross s'assit devant la vitre pare-balles et prit tout son temps pour mettre l'appareil en marche. Il passa le tube à travers un trou dans le grillage, et je dus me pencher jusqu'à ce que mon nez heurte la cloison pour pouvoir souffler dans le petit embout.

L'appareil indiqua un taux d'alcool nul.

— Recommencez.

— Mais vous voyez bien le résultat !

— Obéissez.

Je soufflai dans l'embout en secouant la tête. Une fois encore, le taux était nul.

— Satisfait ? Est-ce que je peux ramener ma petite amie chez elle maintenant ?

Sans chaussures et les bras serrés autour d'elle, Tenley se tenait à côté de la Camaro. Le vent soufflait dans ses cheveux. Elle jetait sans cesse des coups d'œil par-dessus son épaule comme pour surveiller la voiture qui me servait de prison. Tenley sursauta lorsque Miller posa une main sur son épaule. Elle se mit alors à lui poser des questions en désignant ses pieds, puis fronça les sourcils en l'écoutant. L'excuse de Tenley ne devait pas être très plausible.

Miller l'aida à remonter dans la Camaro, mais laissa la portière ouverte et s'accroupit face à elle, le visage sombre. Elle lui demanda de souffler dans l'éthylomètre une première fois, puis une deuxième.

Cross se détendit sur son siège et me dévisagea dans le rétroviseur.

— Tu veux bien me dire ce qui est arrivé à ta voiture ?

— Vous ne pouvez pas arrêter quelqu'un parce qu'il conduit une voiture cabossée, il me semble.

— J'en ai tout à fait le droit si vous avez pris la fuite après un accident.

— Je vous l'ai déjà dit : nous n'avons pas eu d'accident.

Cross me sourit avec mépris.

— Pourtant, il me paraît évident que ta voiture a subi un choc récemment. Est-ce que je me trompe ?

Je restai silencieux.

— À quelle heure vous êtes partis de chez ta tante ce soir ?

— Vers vingt et une heures trente.

— Et il est plus de vingt-trois heures.

— Nous avons fait un arrêt sur le chemin du retour.

Je remuai sur la banquette trop dure.

— Tiens donc. Et c'est à ce moment-là que la voiture a été endommagée ?

Je soupirai.

— À quoi ça sert tout ça ?

Cross examina ses doigts épais.

— La plupart des gens prendraient le plus grand soin d'une voiture comme celle-là. La dernière fois que je l'ai vue, elle était impeccable. Maintenant, on dirait que quelqu'un s'est envoyé en l'air sur le capot.

Comme je ne répondais pas, il tenta une approche différente :

— Je trouve que Tenley n'a pas l'air très en forme en ce moment.

— Ces dernières semaines ont été éprouvantes pour elle. Elle a perdu toute sa famille, et c'est la période des fêtes, non ?

Je lui lançai un regard condescendant.

Cross me répondit d'un air haineux :

— Elle devrait peut-être se trouver un type qui veillerait mieux sur elle.

— Mais je le fais très bien.

— Permets-moi d'en douter, vu son état actuel.

— Vous devriez faire gaffe.

— Sinon ?

— Allez vous faire foutre, crachai-je.

Cross se retourna vers moi avec un sourire méprisant.

— Vas-y, Stryker. Menace-moi. Je me ferai un plaisir de te ramener au commissariat, histoire de te faire passer l'envie de rigoler.

— Quoi ? Je ramène ma petite amie chez elle après un dîner en famille. Je ne vois pas ce qu'il y a de mal à ça.

— Qu'est-ce que vous pouvez bien foutre à tes dîners de famille pour la mettre dans un état pareil ?

— La journée a été forte en émotions.

— Et tu as voulu lui remonter le moral en la sautant sur le capot de ta voiture ?

— Ce n'est pas...

Cross frappa violemment la cloison, qui se mit à vibrer.

— Ferme ta gueule, petit con. Tu crois que je ne sais pas

ce qui s'est passé ? Tu crois que je suis aveugle ? Ta copine a l'air d'une épave. Tu veux juste qu'elle finisse au fond du trou comme toi ?

— Vous ne savez rien de ma relation avec Tenley.

— Ta relation ? C'est comme ça que tu définirais les mauvais traitements que tu lui fais subir ?

Une bombe à l'acide explosa dans mon cerveau, brûlante, destructrice.

— Vous n'êtes qu'un enculé, vous le savez, ça ?

Cross me répondit par une moue désapprobatrice.

— Franchement, si ta mère t'entendait... Ah ! mais non, pardon, c'est impossible.

Laissant exploser ma colère, je lui hurlai les pires obscénités. Mais je compris rapidement qu'il faisait exprès de me provoquer et je m'arrêtai.

Lorsque j'eus retrouvé mon sang-froid, Cross sourit.

— C'est fini ? Parce que, si tu continues, je risque de devoir t'emmener. On a déjà connu ça, toi et moi, pas vrai ? Je ne suis pas sûr que tu apprécies un nouveau séjour au commissariat.

— Je vous emmerde. Vous ne pouvez pas me garder.

— Je crois que, cette fois, je te mettrai en cellule de détention provisoire avec tous les autres ratés de ton genre en attendant que quelqu'un vienne te sortir de là. Ensuite, je ramènerai Tenley chez elle comme un bon Samaritain. Qu'est-ce que t'en dis ?

Je me mordis la langue de toutes mes forces pour m'empêcher de lui répondre. Cross me provoquerait jusqu'à ce qu'il ait une raison valable de me mettre dans une cellule. Au moins pour le reste de la nuit. Mais jamais je ne laisserais Tenley monter dans sa voiture. Cross avait l'air prêt à tout pour me faire vivre un enfer.

— Tu as enfin décidé de fermer ta gueule ?

Il ouvrit sa portière et sortit en me laissant enfermé à l'intérieur.

Je frappai à la vitre en lui criant après. Ses menaces étaient vaines ; il n'avait aucune preuve de ce qu'il avançait. Cross voulait me faire peur et il avait réussi. Terrifié par mon incapacité à protéger Tenley, je le regardai se diriger vers la voiture où elle était assise. La portière était toujours ouverte ; elle devait geler.

Cross s'appuya contre la voiture, me bloquant la vue.

Mais Tenley bondit aussitôt de son siège, jeta des coups d'œil autour de Cross, puis désigna la voiture dans laquelle j'étais enfermé avec des gestes affolés. Miller posa une main sur son épaule et se pencha vers elle ; Tenley parut se calmer. Elle fusilla Cross du regard en s'essuyant les joues tandis que Miller l'aidait à se réinstaller dans la voiture. Cross s'appuya alors à sa portière, l'air faussement préoccupé, alors que Miller se dirigeait vers moi.

Cross et son collègue avaient fait la même chose dans la salle d'interrogatoire après les meurtres. L'un d'eux quittait la pièce pour aller chercher du café ou faire une pause. Pendant ce temps-là, l'autre changeait de tactique pour voir si ma version des faits allait changer.

Miller s'assit derrière le volant et se retourna pour pouvoir me regarder en face.

— Décidément, on ne se croise jamais au bon moment, vous et moi.

— En effet.

Je m'enfonçai dans le siège et fermai les yeux en laissant retomber ma tête en arrière. Si je devais me justifier encore une fois, je risquais de craquer.

— Les premières impressions sont souvent les bonnes.

J'entrouvris une paupière.

— Dans ce cas, j'imagine que je suis foutu !

Le coin de sa bouche trembla, mais elle resta sérieuse.

— Prenons l'exemple de votre petite amie. La première fois que je l'ai rencontrée, elle semblait avoir la tête sur les épaules. Mais ce soir, pas vraiment.

— Elle a eu une dure journée.

— Vous voulez me dire pourquoi ?

— Vous venez de passer un quart d'heure avec elle. Elle a bien dû vous l'expliquer.

— En effet. Mais j'aimerais entendre votre version.

Je me massai le front en soupirant. Je ressentais une douleur aiguë entre les yeux, signe que j'allais finir la soirée avec une migraine.

— Elle a eu un accident il y a un an. Toute sa famille est morte. Tous ceux qu'elle aimait ont disparu. Elle a du mal à supporter la période des fêtes.

— Ce doit être dur.

— Cette journée a été éprouvante pour elle, comme je vous l'ai déjà expliqué.

— Pour vous, je voulais dire.

Je fronçai les sourcils.

— Ça craint. Je ne peux rien faire pour l'empêcher de souffrir.

— Vous pourriez commencer par essayer de vous maîtriser. C'est la deuxième fois que vous vous en prenez à un policier dans un lieu public. Ce qui donne une image plutôt négative de vous, il faut bien le dire.

— Je perds rarement mon sang-froid pourtant, et je ne me défoule jamais sur Tenley.

— Mais comment pourrais-je en être sûre ? Comment savoir si votre petite amie ne me raconte pas des bobards pour vous protéger ?

Je jetai un œil à travers le pare-brise. Tenley était toujours pelotonnée dans la voiture, les pieds dehors. Agenouillé face à elle, Cross la regardait. Tenley se pencha en avant ; elle avait l'air de vouloir le provoquer. Dans d'autres circonstances, elle aurait fait profil bas. Si elle était prête à défier un policier, c'était uniquement à cause de moi. Et cette idée me perturbait.

— Vous savez, je me suis renseignée sur votre passé après notre première rencontre, et sur celui de votre petite amie aussi.

Miller savait donc tout de l'accident avant même de m'interroger. Mon dossier ne contenait sans doute pas grand-chose de plus que les quelques interrogatoires auxquels j'avais été soumis après le meurtre de mes parents. Les premiers avaient même dû être effacés, puisque j'étais mineur.

— Vous avez eu une amende pour excès de vitesse il y a un mois, mais, à part ça, votre casier est vierge.

— Vous êtes surprise ?

Miller sortit de la voiture et ouvrit ma portière. Le martèlement dans ma tête s'estompa, et ma gorge se détendit un peu une fois que je fus à l'air libre.

— De votre attitude ? Un peu, oui. Mais ensuite, j'ai continué mes recherches parce que j'étais sûre qu'il y avait autre chose. La façon dont vous vous êtes comporté au commissariat ne me semblait pas logique. Vous savez ce que j'ai trouvé ?

— Aucune idée.

— Rien. Pas d'interdit bancaire. Vous avez décidé d'investir dans l'immobilier dans un très bon quartier. Vous êtes propriétaire de votre appartement et de votre salon de tatouage. Vous réglez toujours vos factures en temps et en heure, et vous faites plusieurs dons par an. Surprenant pour un jeune homme comme vous, vous ne trouvez pas ?

— C'est-à-dire ?

— Vous donnez sans cesse l'impression de faire un bras d'honneur à la société et de n'agir que dans votre intérêt.

— Mon seul problème, c'est Cross.

— Oui, c'est ce que j'ai cru comprendre. Je me suis même demandé quel était le problème, jusqu'à ce qu'il me dise qu'il avait été chargé de l'enquête après le meurtre de vos parents.

— Son collègue et lui sont arrivés les premiers sur le lieu du meurtre. Comme ils ont cru que je les avais tués, ils m'ont arrêté. Ensuite, Cross m'a interrogé.

— Je devine que ça s'est mal passé.

— En effet.

J'enfonçai mes mains dans mes poches et me balançai sur mes talons.

— Vous voulez m'en dire plus ?

— Il n'y a pas grand-chose à ajouter. J'ai découvert les cadavres de mes parents, j'ai appelé la police et j'ai fini dans une salle d'interrogatoire. On m'y a laissé un bon bout de temps avant de m'autoriser à appeler quelqu'un.

Je ne savais pas très bien quels détails elle voulait, ou si je me sentais vraiment prêt à lui en fournir. J'ignorais totalement quels rapports elle entretenait avec Cross.

— Tout ce que je sais, c'est que les preuves ont été jugées irrecevables parce que quelqu'un les avait mal relevées. Je ne connais pas tous les détails de l'affaire ; c'est pour ça que je suis allé au commissariat l'autre jour.

— Pourquoi vous ont-ils désigné comme suspect ?

— Parce que c'était pratique ? Comment le saurais-je ? J'avais dix-sept ans. Je suis rentré chez moi et j'ai retrouvé mes parents morts. J'ai appelé la police et j'ai pété les plombs parce qu'ils avaient été assassinés.

Si elle avait lu le dossier, Miller devait savoir que j'avais saccagé le salon. Il était donc inutile de le préciser.

Miller me regarda d'un air songeur.

— J'ai examiné ce qu'il restait des preuves. Il n'y a pas grand-chose. J'ai quelques doutes, moi aussi, mais, sans élément nouveau, on aura du mal à faire rouvrir le dossier.

Je repensai aux rêves incessants que je faisais ces derniers temps.

— Et si je pensais avoir trouvé quelque chose ? Qui je devrais aller voir ?

— Un nouvel indice ?

— C'est possible.

— En principe, vous devriez vous adresser à la personne qui s'est occupée de l'affaire, si elle n'a pas été mutée ailleurs. Mais ça risque de mal se passer d'un côté comme de l'autre. Vous pouvez donc me contacter, mais à condition que vous vous maîtrisiez. Je ne veux pas avoir affaire à un fou furieux.

— Tant que je ne croise pas Cross, je peux me maîtriser.

Miller posa ses mains sur ses hanches.

— Ça ne suffit pas. Nous travaillons dans le même commissariat. Parfois, même, nous travaillons ensemble. Vous ne pouvez pas sauter à la gorge de Cross chaque fois que vous le croisez.

— Il a bâclé l'enquête sur le meurtre de mes parents.

— C'est ce que vous dites, mais vous n'étiez qu'un gosse. Vous avez avoué vous-même ne pas connaître tous les détails, et, d'après ce que j'ai lu, vous n'étiez pas tout à fait sobre ce soir-là. Votre mémoire est sans doute un peu sélective.

— Mais ça n'a rien à voir avec les preuves. C'est Cross qui s'est chargé de les relever et de les enregistrer. Il est donc forcément responsable, non ?

— Attention aux conclusions trop rapides. Je comprends que ces événements aient été traumatisants pour vous. J'ai vu les photos de la scène de crime, mais je ne pourrai pas vous aider si vous n'arrivez pas à vous maîtriser.

— Je vais faire de mon mieux.

— Vous avez intérêt.

Miller fit un pas vers Tenley et Cross, puis se retourna.

— Puis-je vous faire une suggestion ?

— Allez-y.

— Tous ces piercings sur votre visage font de vous une cible idéale.

— Vous voulez dire que je devrais m'en débarrasser ?

— C'est à vous de voir. Mais sachez que, si vous arriviez au commissariat habillé comme ce soir sans tous ces piercings, la réaction des gens serait certainement très différente.

— Je vais y penser.

24

Tenley

Cette conversation avec Hayden et notre entretien avec la police me dégrisèrent d'un coup. Hayden n'avait pas bu, mais Cross refusait de laisser tomber à cause de mon état et de celui de la voiture.

Malgré l'effet anesthésiant des médicaments, le petit jeu de Cross, qui prétendait s'inquiéter pour mon bien-être, ne m'avait pas échappé. Cette journée avait été longue et difficile, et son comportement n'arrangeait rien. Son hostilité non dissimulée envers Hayden ne faisait qu'accentuer mon angoisse.

Depuis dix minutes, Cross me cuisinait au sujet du creux dans le capot, de l'absence de mes chaussures et de l'état de ma veste. Miller avait eu le mérite de m'interroger sur d'autres choses au moins, même si ses questions étaient lourdes de sens.

Les détails qu'elle souhaitait obtenir concernaient plus Hayden que moi, finalement. Elle m'avait interrogée sur ses parents, son travail, ses collègues, et sur les endroits où il passait son temps libre. Il était facile de répondre à ces questions parce que je pouvais lui dire la vérité.

Tous ces détails donnaient une meilleure image de Hayden. Il passait tout son temps libre avec moi et, quand nous n'étions pas ensemble, il fréquentait seulement quelques personnes bien précises.

Je regardai la voiture de police garée à une dizaine de mètres plus loin. Par chance, Hayden n'était plus enfermé à l'intérieur. Après l'avoir rejoint, Miller n'avait pas tardé à le laisser sortir.

Hayden était debout, les bras croisés, et il avait déjà l'air plus détendu qu'en sortant de la voiture.

Je resserrai mon manteau autour de moi en regrettant que nous ne soyons pas restés chez Cassie. LC aurait pu passer cette nuit tout seul. Si je n'avais pas craqué, nous aurions pu rester pelotonnés dans notre immense fauteuil au lieu de nous retrouver en tête-à-tête avec deux policiers.

L'agent Cross continuait à me sermonner, et mon visage était rouge de colère et d'humiliation. Il n'avait pas plus de trente ans, mais ses froncements de sourcils incessants lui donnaient l'air d'un vieux con moralisateur.

— Je vous l'ai déjà dit : nous n'avons rien heurté sur le trajet du retour, m'agaçai-je. Vous m'avez posé la même question de vingt façons différentes. La réponse ne changera pas pour autant.

Cross se pencha vers moi ; son corps large me bloquait presque entièrement la vue. Il tendit une main et la posa sur l'appui-tête. Je me sentais presque coincée sur mon siège. Cross baissa la voix.

— Que penseraient vos parents de votre petit ami s'ils étaient toujours en vie ?

Je me dérobai.

— C'est totalement hors de propos et ça ne vous regarde pas.

— Je vais vous dire ce que j'en pense. Je crois qu'ils seraient déçus. Surtout s'ils apprenaient ce qu'il vous fait. Et sur le capot de sa voiture, en plus. On dirait que vous n'avez pas une grande estime de vous, je me trompe ?

— Je ne vois pas du tout de quoi vous parlez, dis-je sans pouvoir empêcher ma voix de trembler.

— Ah bon ? Comme vous êtes incapable de me regarder dans les yeux, ça m'a tout l'air d'un mensonge, ma jolie. Vous devriez peut-être faire un peu plus attention à vos fréquentations. Elles ne donnent pas une très bonne image de vous.

— Je crois qu'on ferait mieux d'en rester là.

— Si vous le dites.

Cross se leva en m'adressant un sourire tout sauf amical.

— Une dernière chose. Vous n'avez pas l'intention d'encourager Stryker à faire rouvrir le dossier de ses parents, j'espère ?

— Pourquoi ? Il arriverait peut-être enfin à comprendre ce qui s'est passé, rétorquai-je.

— Ce n'est pas toujours une bonne chose, vous savez. Réfléchissez-y. Ce gamin traînait avec des personnes infréquentables. Si vous voulez l'aider, vous feriez mieux de le convaincre de laisser tomber. On ne sait jamais quel genre de squelette il pourrait déterrer.

— Qu'est-ce que je suis censée comprendre ?

— Vous débarquez dans la vie de Stryker et, soudain, il cherche à se racheter une conduite. Vous croyez que c'est une coïncidence ? Il était avec un dealer notoire le soir où ses parents ont été assassinés. Je vous laisse tirer vos propres conclusions.

Je le dévisageai avec une incrédulité non dissimulée. C'était une nouvelle information, et je n'étais pas sûre de devoir la croire.

— Vous avez l'air horriblement choquée, mademoiselle Page. Savez-vous au moins avec qui vous passez tout votre temps ? Ou quelles conneries Stryker a faites ?

Je n'eus pas l'occasion de lui poser plus de questions. Cross s'écarta de la portière en voyant Hayden s'approcher.

— Un dernier mot avant que vous partiez, Stryker.

Hayden fit comme s'il n'avait rien entendu. Il s'agenouilla devant moi et me caressa les bras. Puis il laissa tomber la clé dans ma main et referma mes doigts dessus.

— Bon sang, tu es gelée.

Hayden lança un regard irrité à Cross, puis déposa un léger baiser sur mes lèvres.

— Fais démarrer la voiture, chaton.

Tandis que je rentrais mes jambes à l'intérieur, Hayden remonta la vitre et referma la portière. Je glissai la clé dans le contact, et le moteur se mit à ronronner. Je ramenai mes jambes contre ma poitrine pour me réchauffer. J'avais été si choquée lorsque Cross avait fait monter Hayden dans sa voiture que je n'avais pas remarqué à quel point il faisait froid. Mais je grelottais maintenant. Je tentai de remuer mes orteils gelés.

Après avoir échangé quelques propos acerbes avec Cross, Hayden fit le tour de la voiture et monta à l'intérieur. L'air furieux, il passa la première vitesse et appuya sur l'accélérateur.

— Je t'en prie, dis-moi que tu vas bien, dit-il d'un ton triste.

— Oui, répondis-je, même si je n'en étais pas entièrement sûre.

Il me regarda comme s'il n'y croyait pas tout à fait non plus.

— Qu'est-ce qu'il t'a dit ?

— Il n'a pas arrêté de me demander ce qui était arrivé au capot.

— Tu le lui as dit ?

Les doigts de Hayden se resserrèrent autour du volant.

— Je n'ai pas eu besoin de le faire. Il avait déjà l'air de le savoir, dis-je en gardant un ton neutre.

Je ne me fiais pas à son calme.

— Ne t'en fais pas, Hayden. Tout va bien. On s'en est sortis.

— Non. Au contraire.

La voiture s'arrêta à un feu, et je sentis son regard sur moi. Quand je ne lui disais pas toute la vérité, Hayden le devinait toujours.

— Qu'est-ce qu'il a dit d'autre ?

Je ne répondis pas tout de suite, de peur d'aggraver la situation.

— Qu'est-ce qu'il a dit, Tenley ? Il a bien dû te raconter quelque chose. Cet enculé ne peut pas s'empêcher de me rabaisser dès qu'il en a l'occasion.

— Il m'a dit que tu étais avec un dealer le soir où tes parents sont morts.

— Mais pourquoi il avait besoin de te raconter ça, putain ?

Cette soirée était décidément catastrophique pour lui et moi.

— Je n'en sais rien, et je n'en crois pas un mot.

— Il a raison pourtant, dit faiblement Hayden.

J'étais stupéfaite.

— J'étais avec ce mec, Damen, qui avait un salon de tatouage et dealait à côté. Plus tard, j'ai pris conscience de l'ampleur de son business parallèle quand je suis allé travailler pour lui. C'est lui qui m'a fait prendre goût à la coke et qui m'a présenté Sienna.

— Oh ! Hayden. Je suis vraiment désolée.

Il y avait tellement d'épisodes douloureux dans son passé. Pas étonnant qu'il n'ait aucune envie d'en parler.

— Ne le sois pas. C'est moi qui ai fait de mauvais choix.

— Ce n'était pas ta faute, dis-je.

Mais je savais que Hayden se reprocherait toujours ce qui était arrivé sept ans plus tôt.

L'ambiance resta tendue tout le long du trajet. Je lui demandai plusieurs fois si ça allait, mais il ne me répondit pas.

Plus tard, Hayden se gara dans le parking souterrain et coupa le moteur. Au lieu de sortir de la voiture, il resta assis le regard fixé devant lui, les mains sur le volant.

Je touchai son avant-bras.

— On y va ?

Hayden hocha la tête, puis se frotta le visage. Ses épaules se recourbèrent, et il posa son front sur le volant. Je posai une main sur son dos. Ses muscles se tendaient sous mes doigts chaque fois qu'il prenait une profonde inspiration. Hayden était en train de craquer. Un bruit étranglé s'échappa de sa gorge, comme un sanglot étouffé.

— Hayden ? Tout va bien maintenant. On est arrivés à la maison.

Je détachai ma ceinture, puis la sienne. Ce qui s'était passé dans cette voiture de police l'avait vraiment secoué.

Je retirai la clé du contact, sortis de la voiture et allai ouvrir sa portière. Lorsque je lui caressai les cheveux, Hayden ne bougea pas. Il murmura simplement quelque chose que je ne compris pas. Je m'accroupis à côté de lui, ignorant le ciment froid sous mes pieds. Hayden se remit alors à parler. Il répétait sans cesse la même phrase.

— Oh ! Hayden. Non.

J'effleurai sa joue de mon nez.

Il releva la tête. Ses yeux étaient rouges et injectés de sang, mais sans larmes.

— Je suis tellement paumé, chuchota-t-il. Je suis un vrai raté.

— Non, mon chéri, c'est faux.

Je posai ma paume sur sa joue.

— Mais si. Regarde un peu ce que je t'ai fait ce soir. Tu as vu dans quel état tu es ?

Hayden passa un pouce sous mon œil, puis sur ma lèvre, effleurant l'endroit endolori où s'étaient enfoncés ses *viperbites*.

— Tu es magnifique, et moi, je te détruis.

— Mais pas du tout. Qu'est-ce qui te fait croire ça ?

— Si seulement j'étais pas aussi paumé, poursuivit-il comme si je n'avais rien dit.

J'étais troublée par son regard vide. Je l'avais déjà vu contrarié ou en colère, mais jamais dans cet état. Je ne savais pas comment faire face à sa soudaine fragilité. D'habitude, c'était lui qui m'aidait à garder la tête froide.

— Et si on allait donner à manger à LC ? On a dû lui manquer aujourd'hui.

Il fallait que je le fasse sortir de cette voiture, et c'est la seule chose que je trouvai pour interrompre sa descente aux enfers. Hayden se comportait comme un père pour LC.

— Oui. D'accord.

Il hocha la tête machinalement et sortit de la voiture.

Les cadeaux pouvaient bien rester sur la banquette arrière jusqu'à demain. Je verrouillai les portières et emmenai Hayden vers l'ascenseur. Pendant que nous attendions, il me serra contre lui, puis enfouit son visage dans mes cheveux. Quand les portes s'ouvrirent, je l'attirai à l'intérieur et appuyai sur le bouton du deuxième étage. J'étais si inquiète pour Hayden que je ne ressentis pas la moindre angoisse une fois enfermée à l'intérieur. Arrivée devant sa porte, je tournai la clé dans la serrure et le fis entrer. Quand je me retournai pour verrouiller la porte, Hayden sembla reprendre un peu ses esprits.

— J'ai bousillé ton manteau, dit-il d'une voix rauque.

— Quoi ? dis-je en le regardant par-dessus mon épaule.

Son visage pâle paraissait si mélancolique.

— Ton manteau. Il est foutu.

Hayden m'aida à l'enlever et le passa sur son bras. Le tissu crème était tout taché, et la boucle au milieu du dos était couverte de poudre noire, ce qui expliquait les éraflures sur le capot. Je le lui pris des mains et le suspendis dans le placard.

— Une fois nettoyé à sec, il sera comme neuf.

LC arriva en bondissant dans le couloir en poussant des miaulements excités. Lorsqu'il heurta sa cheville, Hayden le prit dans ses bras. Le chaton frotta son museau contre son menton. Hayden s'éloigna dans le couloir sans avoir enlevé ses chaussures.

Il remplit machinalement l'écuelle de LC, puis s'arrêta au milieu de la cuisine et regarda ses pieds avec perplexité. Je le ramenai alors dans l'entrée et m'agenouillai devant lui. Comme je tapotais sa jambe, Hayden leva les pieds l'un après l'autre, puis je lui enlevai ses chaussures et les rangeai.

— Et si je faisais couler un bain ?

Il lui fallut un moment pour me répondre.

— Pour moi ?

— Pour nous deux.

— D'accord. J'ai aucune envie d'être seul pour le moment.

— Ça tombe bien parce que je ne vais nulle part.

Je pris Hayden par la main, et il me suivit dans le couloir, ses doigts serrés autour des miens. Une fois dans la salle de bains, il s'assit sur le bord de la baignoire en attendant qu'elle se remplisse. Je cherchai des sels de bain dans ses placards, mais il n'en avait pas. J'entrepris alors de dénouer sa cravate et de la faire passer par-dessus sa tête tandis qu'il regardait fixement mon visage. Ensuite, je déboutonnai sa chemise en laissant les boutons de manchette pour la fin. Il s'agissait de petits crânes en argent.

— C'est Cassie qui me les a offerts il y a quelques années pour mon anniversaire, dit-il en les faisant rouler entre ses doigts.

Mon cœur fit un bond.

— Je ne sais même pas quel jour tu es né.

— Ne t'en fais pas, tu n'as rien raté en repartant à Arden Hills. Je suis né à la fin du mois de mai.

— Tant mieux, dis-je doucement en faisant glisser sa chemise sur ses épaules.

Comment pouvions-nous être aussi proches et ignorer une chose pareille ? C'était une question qu'on posait généralement à l'autre lors du premier rendez-vous. Lorsqu'il fut totalement nu, je passai les mains dans mon dos et ouvris la fermeture de ma robe, laquelle tomba sur le sol.

Hayden inspira profondément et passa ses bras autour de ma taille pour m'attirer entre ses jambes. Il tourna son visage sur le côté, puis posa sa joue sur mon ventre et me serra fort contre lui.

— Si seulement on avait attendu d'être chez moi.

— On y est maintenant. Tu peux me prendre si tu en as envie.

Je sentais son érection contre ma cuisse, mais Hayden secoua la tête.

— J'ai simplement besoin d'être près de toi pour le moment.

— C'est réciproque, Hayden.

Avec mes paumes, je dessinai de lents cercles apaisants sur ses épaules. Il leva les yeux vers moi. Son regard n'exprimait plus du désir, mais quelque chose de plus profond.

— C'est tellement joli, dit-il en détachant mes jarretelles et en faisant glisser un bas le long de ma jambe.

Hayden embrassa ma hanche et s'occupa de mon autre bas.

Il y avait une telle sensualité dans le fait de se déshabiller l'un l'autre. J'avais tellement envie de me perdre en lui après cette longue journée pénible. Mais Hayden attendait autre chose de moi. Je le sentais dans sa façon tranquille et respectueuse de me toucher, de m'enlever chacun de mes sous-vêtements.

— J'aime bien quand tu portes cette couleur. C'est encore mieux que le noir.

— Ah oui ? Pourquoi ?

Il tira sur une jarretelle, un petit sourire au coin des lèvres.

— Parce que c'est exactement comme ça que je te vois : féminine, délicate et jolie.

Je m'apprêtais à lui demander ce qu'il voyait d'autre en moi, lorsqu'il passa soudain les mains dans mon dos et dégrafa mon soutien-gorge. Hayden promena alors ses yeux sur mon corps avec une expression plus proche de l'adoration que du désir sexuel, et ses doigts se mirent à errer entre mes seins. Au bout d'un moment, il posa ses mains sur mes hanches et baissa les yeux. Il avala sa salive, puis s'humecta les lèvres.

— Tu me préfères comme ça ?

Je contemplai la pile de sous-vêtements en dentelle et satin crème, si différents du reste de ma lingerie.

— Nue ? Toujours.

Avec un sourire malicieux, Hayden plongea une jambe dans la baignoire et tendit la main pour fermer le robinet. Il entra dans l'eau et me fit une place entre ses jambes. Je m'assis sur le bord de la baignoire et trempai un orteil dans l'eau afin de vérifier sa température. La chaleur du bain était réconfortante, car mes pieds étaient encore à moitié gelés.

Hayden enroula ses bras autour de ma taille, m'entraîna dans l'eau, puis s'adossa contre le bord. Lorsque je m'installai contre son torse, immergée jusqu'aux épaules, le niveau de l'eau monta dangereusement, mais Hayden ne parut pas s'en soucier.

Mes cheveux s'étalèrent sur la surface. Ils devenaient de plus en plus foncés à mesure qu'ils pénétraient dans l'eau. Hayden les rassembla sur mon épaule, puis ses lèvres se posèrent sur ma peau, se promenèrent de ma clavicule à mon cou et s'arrêtèrent dans le petit creux sous mon oreille.

— Je t'ai laissé une marque, chuchota-t-il en effleurant de ses lèvres ma peau sensible.

— Ça va. Elle aura disparu dans quelques jours, dis-je, inquiète de son ton plein de remords.

— Je t'en ai laissé beaucoup, en fait.

Hayden posa son menton sur mon épaule.

— Peu importe. Elles s'en iront bien un jour.

— Celles qui se trouvent sur ta peau, en tout cas.

Son bras se resserra autour de ma taille.

— J'aurais aimé que les choses se passent différemment ce soir.

— Je suis désolée d'avoir craqué chez Cassie.

— Tu n'as pas à t'excuser, chaton. Et je ne te parle pas de ça. J'aimerais surtout que tu ne te sentes pas obligée de faire des choses qui te mettent mal à l'aise.

— Comme faire l'amour sur le capot de ta voiture ?

Je me retournai pour pouvoir observer son visage.

— Mais c'était mon idée.

— C'est moi qui en ai parlé le premier.

— Je n'aurais rien dit si je n'en avais pas eu envie. J'avais besoin de me rapprocher de toi. C'est moi qui ai fait le premier pas.

— Je ne suis pas tout à fait d'accord. Tu cèdes toujours facilement aux autres, surtout à moi.

— Vraiment ? Alors, dis-moi, qui t'a attiré dans sa chambre le premier soir ?

— Mais je t'avais embrassée avant. C'est moi qui ai fait le premier pas, protesta-t-il.

Notre attirance réciproque m'avait rendue presque dingue pendant la séance de tatouage. La vibration de l'aiguille était un véritable aphrodisiaque.

— Et la faille qui nous a permis de contourner ta règle ridicule ? C'est moi qui l'ai trouvée. Je savais exactement ce que je faisais en t'attirant dans ma chambre. Je te voulais. C'est toujours moi qui t'ai provoqué, pas l'inverse.

Sans doute plongé dans ses souvenirs, Hayden sourit légèrement, puis il reprit une expression sérieuse en suivant du doigt le contour de l'aile qui se recourbait sur mon épaule.

— Je ne parle pas seulement de sexe, Tenley. C'est plus général.

Lorsque je me retournai pour mieux le voir, la baignoire déborda un peu.

— Tu ne fais quand même pas allusion à mon tatouage ? Parce que je me rappelle très bien être venue te voir pour ça. Non l'inverse.

— Non. Je ne parlais pas de ça. Enfin, j'aimerais quand même te rappeler que je t'ai suggéré de passer au salon plus d'une fois, et c'est moi qui t'ai convaincue de commencer par te faire tatouer un cupcake.

Sa main caressa ma hanche, tout près du tatouage en question.

— J'aurais fini par t'apporter mon dessin de toute façon, même si tu n'avais pas insisté. Et ce premier tatouage était le seul moyen d'atteindre mon but. Ça valait le coup de céder au chantage.

Hayden passa ses doigts dans les miens.

— Je peux te demander quelque chose ?

— Bien sûr, dis-je, un peu inquiète en remarquant son air sérieux.

— Qu'est-ce qui se passerait si Trey revenait ?

Cette question étrange me désarçonna.

— Il ne le fera pas.

— Comment tu le sais ?

— Je me suis débarrassée des choses qu'il voulait.

— Et s'il revenait quand même ? Comment je peux être sûr que tu ne repartiras plus jamais ? Tu n'en avais pas envie la première fois, mais tu l'as suivi.

C'était donc ce sujet qu'il cherchait désespérément à aborder. Je croyais l'avoir définitivement rassuré, mais le stress de ce soir avait fait ressurgir ses peurs. Ce que Hayden ne comprenait pas, c'est que j'avais simplement fait ce qu'on attendait de moi en me fiançant avec Connor, alors que, si je sortais avec lui, c'était uniquement par choix.

— Je ne prendrais plus la même décision si c'était à refaire. J'étais dans un état d'esprit différent à ce moment-là. Je ne savais pas quoi penser de mes sentiments pour toi. J'étais rongée par la culpabilité et je n'arrivais pas à m'en débarrasser.

Les bras de Hayden se resserrèrent autour de moi.

— Je ne veux plus que tu me quittes. Je ne peux plus vivre sans toi.

L'expression de son visage me fendait le cœur.

— Hayden, je suis comblée depuis que je t'ai rencontré. Je ne veux vivre qu'auprès de toi.

25

Hayden

Il était plus de midi lorsque j'ouvris les yeux le lendemain. Tenley mettait toujours du temps à se réveiller, et il lui en fallait encore plus pour se sortir du lit. Au bout d'un moment, elle tenta tout de même de s'asseoir, mais elle gémit aussitôt en grimaçant, puis se laissa retomber sur le matelas. Roulant sur le ventre, elle enfonça son visage dans un oreiller.

— Tu as mal où ?

Le capot de ma voiture n'était pas l'endroit le plus confortable au monde pour s'envoyer en l'air.

— Dans le bas du dos, marmonna-t-elle sous le voile de ses cheveux.

Je rejetai la couette et me penchai sur elle. Je vérifiai si elle avait des bleus, puis la massai avec mes pouces le long de sa colonne vertébrale. Quand j'atteignis son coccyx, Tenley grogna.

— Ici ? demandai-je en appuyant un plus peu à cet endroit.

— Hm. Et j'ai des courbatures dans les hanches.

Elle souffla sur ses cheveux.

— Attends, je vais arranger ça.

Je recommençai à la masser, et Tenley laissa échapper de petits murmures d'approbation dès que je touchai un endroit particulièrement douloureux. LC sauta sur le lit et se mit à nous renifler, heurtant ma jambe de son museau. Parfois, nous devions l'enfermer dans le salon quand nous voulions faire l'amour, parce qu'autrement, il s'asseyait à l'autre bout du lit et passait son temps à miauler. C'était super énervant, il devenait impossible de se concentrer. Surtout si Tenley se mettait à rire.

LC grimpa sur le dos de Tenley et, tout content de m'aider, commença à lui pétrir la peau. Il se mit ensuite à donner de petits coups de tête à ma main et s'affala juste à l'endroit où je massais Tenley.

Elle jeta un coup d'œil par-dessus son épaule.

— On dirait bien que ce chaton est jaloux.

— Il ne manque pourtant pas d'affection.

Je soulevai LC avant qu'il sorte ses griffes et m'allongeai à côté de Tenley en installant le chaton sur mon torse. Il enfouit aussitôt son museau dans mon cou et frotta le sommet de sa tête contre mon menton en ronronnant de plaisir.

— Tu as moins mal au dos maintenant ?

— Oui. Je prendrai quelques antalgiques si je recommence à avoir mal plus tard.

Tenley referma les yeux. J'avais d'autres questions à lui poser (sur la fréquence de ses prises de médicaments, sur ce que Cross et Miller lui avaient dit hier soir, sur l'idée aussi idiote que géniale de Chris pour le Nouvel An), mais ça pouvait attendre.

— Tenley ?

— Hmm ?

Je lui embrassai le bout du nez.

— Tu veux ouvrir le reste de tes cadeaux ?

Elle ouvrit les yeux.

— Oh ! mon Dieu ! Bien sûr !

Elle roula vers le bord du lit, bondit sur ses pieds, puis s'effondra sur le sol. Je me penchai vers elle sans très bien comprendre ce qui s'était passé. Ses mains apparurent sur le bord du matelas, puis je me retrouvai nez à nez avec elle quand elle tenta de se relever.

— Booooon, fit Tenley. Je crois que je n'ai pas totalement récupéré après notre petite gymnastique d'hier soir.

Je sortis les jambes du lit et passai mes mains sous ses bras. Elle m'assura en marmonnant que tout allait bien, mais c'était difficile à croire, car elle titubait comme un poulain et devait s'appuyer sur mes épaules pour tenir debout.

— Il va falloir qu'on essaie d'autres positions, dis-je à ses nibards qui étaient pile en face de mon visage.

— Tout de suite ? chuchota-t-elle d'une voix sensuelle.

Je levai les yeux. Son regard était fixé sur ma stupide bite, qui n'arrivait vraiment pas à respecter le programme.

— Euh, non, chaton. On va devoir faire une petite pause jusqu'à ce que tu aies moins de mal à tenir debout.

Tenley se mit à bouder, mais je n'allais certainement pas céder. Il était déjà plus de midi, et c'était notre premier Noël ensemble. Je voulais qu'on ouvre nos cadeaux en buvant du café et en mangeant les cupcakes que j'avais trouvés cachés dans le frigo hier soir.

Lorsque Tenley n'eut plus besoin de moi pour la soutenir, je sortis du lit et cherchai un pantalon de pyjama décoré de pères Noël.

Tenley n'avait apporté chez moi que quelques vêtements dans un sac de voyage et n'avait plus grand-chose à se mettre. Comme j'avais vidé une partie de ma penderie pour lui faire de la place, elle y avait suspendu ses affaires, mais n'avait rien de très confortable à enfiler. Je lui prêtai un boxer et mon sweat-shirt STRYKER, puis elle couvrit enfin sa peau nue et sexy, ce qui me permit de me concentrer plus facilement.

Une fois que le café fut prêt (celui de Tenley était imbuvable, car elle y ajoutait toujours une tonne de crème et de sucre), ce fut le moment d'échanger nos cadeaux. C'était la première fois depuis sept ans que je me réjouissais de fêter Noël. Je tendis un premier cadeau à Tenley. Elle retira le nœud à rayures rouges et blanches, puis le colla sur sa tête avec un sourire insolent. Elle enleva ensuite les rubans du paquet, et LC en profita pour jouer avec. Les yeux brillants d'impatience, elle coupa avec son ongle l'adhésif qui scellait la boîte.

— C'est toi qui as fait le paquet ?

— Oui.

Elle s'arrêta pour m'embrasser.

— Tu sais que tu es assez incroyable ? C'est du vrai travail de pro. Tu pourrais en faire ton deuxième métier.

— Je commence dès demain.

En souriant, je la regardai essayer de détacher le papier sans le déchirer. Mais elle finit par laisser tomber et tira brutalement dessus. J'avais fait de gros efforts pour que les cadeaux soient jolis. Chaque paquet était décoré d'un nœud, de rubans et de toutes sortes de fanfreluches. Même les plus petits. Vu l'enthousiasme de Tenley, j'avais eu raison de me donner cette peine.

Tenley lança le papier déchiré dans la corbeille à papier que j'avais posée à côté de la table basse. Puis elle ouvrit la boîte et souleva le papier de soie, dans lequel était enveloppé un sweat à capuche noir. Tenley suivit du doigt les contours du cupcake à tête de mort, qui était brodé en blanc sur le côté gauche du sweat-shirt. Elle se mit ensuite à déchiffrer les mots inscrits tout autour, dont la police rappelait celle d'un tatouage.

— Attends, c'est écrit...

Elle sortit le sweat de la boîte pour l'examiner de plus près.

— Il ne faut pas prendre ça au sérieux, évidemment.

Enfin, presque. Un peu quand même.

— Comme j'aime bien ton look quand tu portes le mien et que tu me le piques tout le temps, je me suis dit que c'était une bonne idée. Et puis celui-ci est à ta taille, au moins.

Et voilà, je recommençais à me justifier.

— Ah ! Donc : PROPRIÉTÉ DE HAYDEN STRYKER... C'est une blague ?

— Tu devrais jeter un œil au dos, répondis-je.

Je préférais éviter de répondre à sa question, parce qu'en fait, c'était très sérieux.

Tenley retourna le sweat-shirt et découvrit le nom STRYKER brodé en lettres rouges à bordures dorées. Pour être honnête, je n'aimais pas seulement son look quand elle portait mon sweat. J'adorais aussi voir mon nom inscrit sur son dos et sa poitrine. Chose inavouable, je rêvais même de tatouer mon nom quelque part sur son corps. Le pli à l'intérieur de sa cuisse me semblait l'endroit parfait. Comme ça, je verrais son tatouage chaque fois que je la lécherais.

Jusqu'à maintenant, je n'avais jamais compris pourquoi les gens voulaient se faire tatouer le nom de quelqu'un sur le corps. C'était impossible à effacer. Le laser lui-même était un moyen douloureux et pas toujours efficace de supprimer les erreurs. Les tatouages commémoratifs me paraissaient plus sensés, cependant. J'en avais même offert à un à Cassie, mais on s'était disputés pendant des semaines au sujet de son emplacement avant que je cède.

J'éprouvais un certain respect pour les mecs qui me demandaient d'inscrire le nom de leur gamin sur leur dos, leur poitrine ou leur biceps. Je me disais que c'était une façon pour eux de consolider leur lien avec leur enfant.

Mais me faire tatouer le nom d'une femme sur le corps m'avait toujours semblé ridicule. Quand Jamie s'était fait tatouer LISA (sur le bas-ventre, rien que ça), j'avais trouvé ça totalement crétin. Mais maintenant, plus vraiment.

Aucune des autres filles avec qui j'avais couché ne m'avait paru importante. Tout était différent avec Tenley. Avant son départ, j'avais envisagé de me faire tatouer une version d'elle en pin-up sur les côtes. J'en avais toujours envie, mais pour des raisons moins dramatiques. Je voulais aussi trouver un emplacement beaucoup plus visible. Tout ça expliquait un peu pourquoi j'avais envie de voir mon nom sur elle.

Tenley traça du doigt le « S » de STRYKER.

— Je me suis dit que tu aimerais peut-être le porter à la fac. Tu sais, quand tu as des cours ou des trucs comme ça.

De cette façon, les mecs avec qui elle travaillait n'auraient pas besoin de se demander si nous étions toujours ensemble.

— Des trucs comme des travaux de groupe ?

— Ouais, voilà.

Je faisais de mon mieux pour paraître désinvolte.

— Donc, l'inscription sur le devant, c'est plus un avertissement qu'une blague ?

Je lui adressai un sourire penaud.

— C'est mieux que les suçons, non ?

Je passai mon pouce sur la légère marque rose dans son cou qu'il lui restait de la nuit dernière. Quelques petites traces à peine visibles sur sa lèvre inférieure révélaient aussi ce que je lui avais fait subir.

— C'est trop mignon, fit-elle d'une voix traînante.

— Tu ne l'aimes pas ?

— Non.

Mon estomac se noua étrangement.

— Je l'adore. Il est parfait. Je le préfère de loin à tes suçons.

Tenley se pencha vers moi pour m'embrasser.

— Mais je t'autorise à sucer des endroits moins voyants et plus sensibles que mon cou.

— C'est vrai ?

Je lui mordillai la lèvre inférieure.

— Hm.

— On pourrait peut-être explorer ces endroits minutieusement tout à l'heure, lui suggérai-je.

— Peut-être.

Tenley s'extirpa de mes bras, puis flâna vers le sapin. Elle se mit à quatre pattes, chercha un peu autour d'elle, les fesses en l'air, et réapparut les mains pleines de cadeaux. Chacun de nous passa l'heure suivante à ouvrir ses paquets et à lancer un peu partout la nouvelle souris de LC. Le dernier paquet que j'ouvris renfermait la troisième photo que Lisa avait prise de Tenley. Elle y apparaissait moins dénudée que sur la première, mais elle était plus provocante. Elle était photographiée de profil, ses traits cachés dans l'ombre, les doigts sur ses lèvres. Elle portait une fine chemise à bretelles décorée de cupcakes à travers laquelle apparaissait son petit téton bien ferme.

Le détail important, c'est que Tenley ne portait ni petite culotte ni porte-jarretelles. Ses bas à bordure en dentelle n'en étaient que plus sexy. Comme son buste était légèrement tourné, la lumière tombait directement sur son cupcake tatoué, mais la fente parfaite entre ses cuisses restait dans l'ombre.

Je voulus embrasser Tenley pour la remercier. Mais les choses dégénérèrent rapidement, et je ne parvins même pas à l'emmener jusqu'à la chambre. Je me débrouillai tout de même pour trouver une nouvelle position, moins fatigante pour ses hanches. À seize heures, nous avions fini d'ouvrir nos cadeaux, pris notre douche et mangé, et nous glandions sur le canapé. Mon portable avait déjà sonné une demi-douzaine de fois, tout comme celui de Tenley, mais nous avions décidé d'ignorer ces appels. Je ne voulais pas discuter avec Lisa tant que Tenley et moi n'avions pas parlé de nos projets pour le Nouvel An.

Nous étions en train de regarder un film d'action quand Tenley se mit à soupirer et à remuer en frottant ses jambes l'une contre l'autre.

— J'ai besoin de bouger.

— Et si on sortait ? On pourrait aller se promener, prendre un peu l'air.

Tenley bondit du canapé et se dirigea vers la chambre en emportant son sweat-shirt. Je ne bougeai pas, car notre sortie était compromise si je la voyais nue. Il fallait vraiment qu'on fasse autre chose que baiser, même si ça nous permettait d'éviter les sujets difficiles. J'entrepris de disposer les cadeaux sous le sapin en attendant qu'elle soit prête.

Tenley revint quelques minutes plus tard, les cheveux attachés en queue de cheval. Elle portait son sweat-shirt STRYKER et un jean violet si moulant qu'il semblait peint sur elle.

— Ça te plaît ?

Elle se mit à tourner sur elle-même.

— Carrément.

Bouche bée, je hochai la tête en me demandant pour quelle raison idiote j'avais eu envie d'aller me promener.

— Tu comptes sortir comme ça ? me demanda-t-elle.

Je me passai une main sur le torse.

— Tu trouves que c'est une mauvaise idée ?

Mon tee-shirt blanc était si fin qu'on voyait mes tatouages et les anneaux sur mes tétons.

— Fais comme tu veux, mais il me semble que, si tu bandes, ce sera un peu difficile à cacher.

Tenley fit un geste vers mon pantalon de pyjama.

Je baissai les yeux. Ma queue était déjà à moitié dressée.

— Pigé.

Je me changeai rapidement. Lorsque je retournai dans le salon, Tenley était allongée sur le sol et, perché sur ses genoux, LC tapait dans une clochette attachée au bout d'une ficelle.

— J'ai une idée, dit Tenley.

— Je t'écoute.

— Tu m'as dit que tu voulais travailler sur la couleur de mon tatouage cette semaine, non ? Et si on commençait maintenant ? me demanda-t-elle, pleine d'espoir et un peu nerveuse.

— Tu es sûre de pouvoir supporter une séance aujourd'hui ?

— Je crois.

Tenley posa LC sur le sol et s'appuya sur la table basse pour se relever.

— La journée d'hier a été pénible pour nous deux, et j'ai besoin d'une sorte de..., d'exutoire. Je crois qu'une séance de tatouage me ferait du bien.

Je réfléchis aux différentes possibilités. Si je commençais par ses épaules, ce serait moins douloureux et on pourrait s'arrêter à n'importe quel moment. Je ne serais pas obligé de travailler les finitions, et personne ne nous interromprait puisque le salon serait vide. Cette séance pouvait avoir un effet cathartique. Ou bien réveiller des souvenirs éprouvants. En fait, c'était difficile à dire.

— Je sais pas...

— S'il te plaît. Je te jure que je te préviendrai si j'ai mal. Descendons au salon un moment. Si j'ai le moindre doute, on ira se promener, c'est promis.

Comme elle semblait sincère, je cédai. Il fallait bien tâter le terrain, de toute façon.

— On peut essayer.

— C'est vrai ?

Tenley se jeta à mon cou avec un enthousiasme contagieux. Je n'avais pas travaillé sur elle depuis son départ pour Arden Hills. Cette séance nous ferait peut-être du bien à tous les deux.

— Mais si j'estime qu'il faut s'arrêter, tu promets de m'écouter ?

— Bien sûr. Et, dès que ça ne va pas, je te le dis.

Tenley m'embrassa, puis introduisit sa langue dans ma bouche pour l'enrouler autour de la mienne. Je me demandai si le désir insatiable que nous éprouvions l'un pour l'autre disparaîtrait un jour. Il fallait espérer que non.

26

Hayden

Une fois arrivée au salon, Tenley flâna dans la salle privée en inspectant les flacons d'encre et les corbeilles de fournitures étiquetées pendant que je me préparais. Je prenais tout mon temps, car il était important que chacun de nous se réhabitue à cet environnement et à l'idée de ce que nous nous apprêtions à faire.

Lorsque j'eus terminé, je sortis son dossier. Je l'avais conservé dans cette pièce après son départ, afin de pouvoir retravailler les couleurs jusqu'à ce que le résultat soit satisfaisant. Je sortis les versions les plus récentes de mon dessin et les dispersai sur le plan de travail. La tonalité du dessin avait changé au fil du temps et des révisions. Le dessin original, qui avait éveillé mon intérêt pour Tenley et ses talents artistiques, avait considérablement évolué.

Les noirs, bleus foncés et violets, ainsi que l'éclat des flammes, avaient été atténués, adoucis par un arc de lumière dorée. Le changement de couleur se concentrait surtout sur ses épaules. On aurait dit que le soleil brillait sur les ailes, qu'il les ramenait à la vie. Les plumes noircies et abîmées s'envolaient, et de nouvelles commençaient à repousser.

— J'ai fait quelques changements.

Je pivotai sur mon siège, croyant qu'elle se trouvait de l'autre côté de la pièce.

Mais Tenley se tenait juste derrière moi.

— Je vois ça.

— On peut reprendre l'original si tu préfères, mais j'avais envie de te laisser le choix.

Tenley posa ses mains sur mes épaules et se pencha pour regarder les différents dessins étalés sur la table. Elle les examina de gauche à droite, de l'original au plus récent.

— Tu as changé beaucoup de choses.

— C'est parce que beaucoup de choses ont changé depuis que j'ai commencé à te tatouer.

Tenley glissa ses doigts dans mes cheveux et me gratta lentement la nuque.

— Tu as tout à fait raison. J'aime ces dessins-là. Ils sont très beaux, dit-elle en désignant les derniers.

— Alors, ce sont eux que tu choisis ?

Comme elle hochait la tête, je rangeai les autres. Ensuite, je l'attirai sur mes genoux. Je consacrai encore vingt bonnes minutes à passer en revue les meilleurs détails avec elle avant qu'elle se décide pour de bon.

Tenley choisit finalement mon avant-dernière version, qui était aussi ma préférée. J'adorais le fait qu'on soit sur la même longueur d'onde pour beaucoup de choses.

Je montai le chauffage dans la salle privée. Tenley entreprit d'enlever son haut pendant que je choisissais l'encre et assemblais la machine à tatouer. Lorsqu'elle se fut déshabillée et que j'eus tout préparé, elle se laissa tomber dans le fauteuil sans tenter de cacher sa nudité.

— Tu es sûre et certaine de pouvoir supporter une séance aujourd'hui ? demandai-je en la regardant dans les yeux.

— Oui. Si c'est trop difficile, je te promets que je te le dirai.

— Je compte sur toi.

En voyant son large sourire, je me sentis un peu moins angoissé à l'idée de lui faire subir une séance de tatouage un jour aussi pénible pour elle. J'avais voulu faire exactement la même chose lors de mon premier Noël sans ma famille. Au lieu de ça, je m'étais pris une cuite qui avait bien failli me tuer. À ce moment-là, j'avais déjà été présenté à Chris, et il avait ensuite essayé de me contacter pendant des jours. Il m'avait foutu une raclée quand j'étais enfin venu travailler trois jours plus tard. Notre amitié avait donc officiellement commencé par un œil au beurre noir et quelques côtes fêlées.

C'était la dernière fois qu'on m'avait permis de rester seul pendant les fêtes. Abstraction faite du Thanksgiving qui venait de passer.

Tenley s'étira dans mon fauteuil, et ses cheveux glissèrent sur le côté. Ils étaient si longs qu'ils touchaient presque le sol.

— Je commence par tes épaules. Je compte travailler deux ou trois heures au maximum, mais ça dépend surtout de toi.

— Ça me semble raisonnable.

J'allumai la chaîne hi-fi, me lavai les mains et enfilai une paire de gants. Ensuite, je préparai le dos de Tenley en le nettoyant avec un spray antiseptique. Et puis le bourdonnement de la machine à tatouer emplit la pièce.

Dès que l'aiguille toucha sa peau, Tenley se détendit. Elle ferma les yeux, un petit sourire au coin des lèvres. Je travaillai en silence les premières minutes. Tenley avait sans doute besoin d'un peu de temps pour s'habituer à la sensation de l'aiguille.

— Comment ça va jusque-là ?

— Plutôt bien.

— Ça risque d'être plus désagréable que lorsque je traçais le contour. Si tu as besoin de faire une pause, dis-le-moi.

Je commençai volontairement par la partie abîmée de son épaule. Même si ces cicatrices étaient bien plus légères que celles de ses hanches, sa peau était toujours sensible. Si je me débarrassais de la partie la plus gênante dès le début de la séance, le reste serait plus facile à supporter.

Au bout de quelques minutes de silence, Tenley me posa la question à laquelle je m'attendais.

— Tu veux bien me raconter ce qui s'est passé hier soir ?

— Avec Cross ?

Je trempai l'aiguille dans un flacon d'encre jaune et la reposai sur sa peau.

— Et Miller.

— Cross a été aussi con que d'habitude. Je sais pas quel est son problème, mais il adore me casser les couilles.

Je passai une compresse propre et humide sur sa peau.

— Je sais bien que j'étais un petit merdeux, mais il a l'air de me détester à mort.

— Je me demande pourquoi, répondit Tenley.

Je me posais la même question.

Je réfléchis un instant en silence. À part mon attitude, je ne voyais pas ce qui pouvait le gêner autant chez moi.

— Franchement, je n'en ai aucune idée.

— Et Miller ? La conversation a eu l'air de mieux se passer avec elle.

— Elle a examiné le dossier de mes parents. Mais, comme elle nous l'a déjà dit, il faut de nouvelles preuves pour rouvrir l'enquête.

— Et ce tableau dont tu m'as parlé ?

— Faut voir. Il a peut-être fini au garde-meuble.

Je restai concentré sur son tatouage, passant du jaune au gris pour y ajouter un peu de profondeur.

— On pourrait passer là-bas cette semaine quand tu auras un moment de libre.

— Le tableau ne s'y trouve peut-être même pas, répondis-je.

C'était ce qui m'inquiétait le plus.

— Ça ne coûte rien d'aller y jeter un œil, cependant. À moins que tu n'en aies pas envie.

Tenley ne voulait pas me forcer la main.

— Ce n'est pas ça. En fait, j'y suis déjà passé.

J'avais essayé d'entrer plusieurs fois dans le local, mais, découragé, j'avais toujours fini par m'asseoir contre la porte. La seule fois où j'avais réussi à en franchir le seuil, je m'étais ensuite shooté pendant un mois et j'avais failli perdre bien plus que mon travail chez Art Addicts.

Tenley me lança un regard interrogateur.

— C'est juste que...

J'éteignis la machine à tatouer et la posai sur le plan de travail. Je voulais trouver un moyen de le lui avouer sans passer pour une énorme fiotte.

— Je me suis toujours dit que l'assassin de mes parents allait finir par se faire prendre. Même quand les flics ont classé l'affaire, j'ai continué à me raccrocher à cet espoir. Si le tableau est introuvable ou si j'ai transformé les choses dans mes souvenirs, il ne me restera plus rien. Je serai de retour à la case départ. Et je me demande comment je pourrai supporter l'idée de ne pas pouvoir obtenir de réponse.

Tenley se redressa et croisa les bras en collant ses genoux contre les miens.

— Mais si tu pouvais découvrir la vérité, ce serait forcément mieux, non ? Même si la réponse n'est pas celle que tu attends ?

Je comprenais où elle voulait en venir. Tenley n'obtiendrait jamais les réponses à certaines des questions qu'elle se posait. Mais moi, j'avais le choix. Il fallait que je prenne les choses en main pour pouvoir enfin tourner la page, quel que soit le résultat de l'enquête.

— D'accord. On pourrait y aller cette semaine.

— Dès que tu seras prêt.

Si une autre fille que Tenley m'avait regardé ainsi, je me serais senti franchement émasculé. Mais Tenley avait une façon inimitable de me réconforter.

— Et si on faisait une pause ? lui suggérai-je.

J'avais atteint son omoplate ; il valait mieux changer de côté. De cette façon, Tenley ne se sentirait pas obligée de rester des heures dans mon fauteuil, et chaque aile aurait la même proportion de couleur.

— D'accord.

J'enlevai mes gants et allai chercher des bouteilles d'eau dans la réserve. À mon retour, Tenley se tenait devant le miroir à trois faces, les mains sur les hanches, et admirait l'encre fraîche.

À l'endroit où j'avais travaillé, sa peau était rose foncé, irritée par l'aiguille, mais le résultat était magnifique. Les nuances de jaune vif et de jaune pâle, associées au blanc et au gris clair, donnaient l'impression que les ailes chatoyaient.

Lorsque je contemplai mon tatouage sur son dos en même temps que ces foutus *barbells* perçant ses jolis petits tétons, j'eus un mal fou à rester maître de moi-même.

— Tu es prêt ? me demanda-t-elle.

— On devrait peut-être terminer cette séance, d'abord.

Mon cerveau était clairement parti en vacances ; je parlais sans réfléchir.

— Que... ?

Tenley sembla perplexe, puis elle baissa les yeux vers ma braguette. Elle me sourit avec coquetterie et se dirigea d'un pas nonchalant jusqu'au fauteuil.

— Décidément, tu ne penses qu'à ça.

Tenley s'installa dans le fauteuil, puis se retourna. Je devinai que sa hanche la gênait à sa façon de bouger, mais elle ne boitait pas. J'attendis qu'elle soit confortablement installée avant d'enfiler une nouvelle paire de gants.

— Je peux te poser une question ?

Je fis rouler mon fauteuil du côté de son épaule gauche et allumai la machine à tatouer.

— Bien sûr, répondit-elle avec une légère appréhension.

— Tu as souvent besoin de prendre des analgésiques ?

— À cause de ma hanche, tu veux dire ?

— Est-ce que tu as mal ailleurs ?

Il ne m'était pas venu à l'esprit qu'elle puisse avoir d'autres problèmes. J'aurais dû y penser.

— J'ai des maux de tête, parfois. Au début, j'en avais presque tous les jours, mais ils se font plutôt rares maintenant.

— Est-ce que ce sont des migraines ?

L'aiguille entra en contact avec sa peau, puis l'encre se répandit sous la surface, donnant presque aussitôt du relief au contour.

— J'imagine. C'était comme si quelqu'un me donnait des coups de couteau dans la tête. Mes migraines débarquaient toujours sans prévenir. J'étais en train de faire un truc et, deux secondes plus tard, je m'effondrais. C'était effrayant.

— Est-ce que les médecins ont découvert ce qui les provoquait ?

— Ils n'ont jamais rien trouvé de concret ; il s'agissait surtout d'hypothèses. Je crois qu'elles étaient plutôt liées à mon traumatisme. Ma vue se brouillait, et j'avais de vagues flashs de ce qui s'était passé. Je souffrais tellement que je n'arrivais pas à mémoriser ces images – ce qui valait sans doute mieux. Au bout de quelques mois, mes maux de tête ont commencé à se raréfier, et j'ai pu me rappeler à peu près tout ce qui s'était passé.

Tenley ferma les yeux et inspira profondément.

— Pardon, ça ne répond pas à ta question. Maintenant, j'ai seulement mal à la hanche de temps en temps.

— Pas de problème. Je suis content que tu me racontes ces choses, si ça te fait du bien.

Je l'embrassai sur la tempe.

— C'est plus facile d'en parler maintenant, dit-elle doucement.

— Depuis ton retour d'Arden Hills, tu veux dire ?

Quelques secondes de silence s'écoulèrent, et j'eus peur d'être allé trop loin.

— Avant de repartir là-bas, je faisais tout mon possible pour séparer ma vie ici de mon passé. Mais ce n'est plus le cas maintenant.

— Tant mieux.

— Oui, c'est plus simple.

Tenley resta silencieuse un instant.

— Enfin, bref, tu m'interrogeais au sujet de ma hanche.

— Elle te fait moins mal qu'avant ?

— En général. Le froid semble raviver la douleur, mais, heureusement, je n'ai plus besoin de prendre des médicaments forts.

Tenley inspira profondément avant de poursuivre.

— Les médecins me donnaient de la morphine au début. J'étais dans un tel brouillard que je ne faisais plus la différence entre mes rêves et la réalité. Je ne parvenais pas à comprendre pourquoi Trey était le seul de mes proches à venir me voir. Et c'était certainement mieux comme ça.

Je reposai la machine à tatouer.

— Tu veux dire que tu ignorais que tout le monde était mort ?

Tenley remua un peu pour se tourner vers moi, le regard vague.

— Au début, oui.

— Au bout de combien de temps tu l'as appris ?

— Une semaine – peut-être deux. Mes souvenirs de cette époque ne sont pas très clairs. Comme je perdais et reprenais connaissance sans arrêt, je ne peux être sûre de rien. C'est Trey qui me l'a annoncé, évidemment. Je me suis littéralement effondrée. C'était... horrible. Au fond de moi, je savais que mes cauchemars avaient un lien avec la réalité, mais je ne voulais pas y croire.

Je ne parvenais pas à m'imaginer avec des attelles partout, les os brisés et des brûlures au troisième degré, apprenant à mon réveil que toutes les personnes que j'aimais étaient mortes. Le simple fait d'y penser me donnait la chair de poule.

— Enfin, bref...

Tenley s'éclaircit la voix :

— Je ne sais pas si l'état de ma hanche peut encore s'améliorer, mais ça va beaucoup mieux qu'avant.

— Que disent les médecins ?

— D'après eux, l'opération a été un succès. Je suis restée des semaines au lit avant qu'on m'autorise à me lever. Mais, en général, je n'ai pas de mal à marcher et je peux faire un tas de mouvements. Du moins, pour le moment. Il y a eu beaucoup de dégâts. Les médecins disent que j'aurai besoin d'une prothèse un jour.

— C'est pas terrible.

Je n'avais aucune envie de la revoir souffrir.

— Enfin, ce n'est pas pour tout de suite, me rassura-t-elle.

Je me demandai si nous serions toujours ensemble à ce moment-là. Je ne pouvais pas imaginer ma vie sans elle, mais je n'avais pas non plus imaginé perdre mes parents de cette façon. Je pouvais concevoir qu'on meure d'une crise cardiaque, dans un accident de voiture ou même dans un accident d'avion totalement invraisemblable, mais qu'on meure assassiné...

C'était la peur de perdre d'autres proches qui m'avait poussé à mettre une certaine distance entre les personnes auxquelles je tenais le plus et moi.

C'était aussi pour cette raison que j'avais résisté contre mon attirance pour Tenley au début. Je sentais que notre relation ne se limiterait pas au sexe et j'avais raison. Elle avait découvert les fissures de mon armure et l'avait fait voler en éclats. Je comptais bien faire subir le même sort à la sienne.

27

Tenley

Certes, passer Noël au salon de tatouage n'avait rien de conventionnel, mais c'était précisément ce dont j'avais besoin. Le bourdonnement apaisant de la machine et la piqûre de l'aiguille rendaient moins pénible cette discussion avec Hayden.

— Tu crois qu'on pourrait aller au garde-meuble demain ? me demanda-t-il en passant une nouvelle compresse humide sur ma peau.

— Bien sûr.

Je ne m'attendais pas à ce qu'il veuille y aller aussi rapidement.

— Je ne suis pas retourné là-bas depuis que j'ai emménagé dans mon appartement. J'avais envie de rapporter quelques meubles de mes parents, mais je n'ai pas pu. Ça me rappelait trop ce que j'avais perdu.

— Tu y es allé seul ?

— Ouais. Mais tu seras avec moi cette fois ; alors, ce ne sera peut-être pas aussi dur.

J'espérais qu'il avait raison.

De fil en aiguille, on se remit à parler de notre soirée chez Cassie, et Hayden aborda prudemment le sujet du Nouvel An. Lisa l'avait appelé trois fois aujourd'hui. Au début, elle avait parlé d'une soirée à Times Square. Ensuite, elle avait suggéré qu'on reste à Chicago. Hayden lui avait répondu qu'ils en discuteraient demain. J'avais une préférence pour Chicago, mais je pourrais supporter un voyage en voiture si tout le monde prenait la route.

— Qu'est-ce que vous faites d'habitude le jour de Noël ? demandai-je.

Du coin de l'œil, je le vis hausser les épaules.

— Pas grand-chose. Parfois, on passe la nuit chez Cassie et on mange un brunch dans la matinée. En gros, on glande et on se bourre la gueule. Généralement, je suis trop torché pour rentrer en voiture et j'y reste une nuit de plus.

Je commençais à comprendre. En passant Noël ensemble chez Cassie, les personnes qui tenaient à Hayden pouvaient le surveiller plus facilement.

— On aurait pu y retourner aujourd'hui. C'est toujours faisable d'ailleurs, si tu en as envie.

Je ne voulais pas l'éloigner de sa nouvelle famille.

— Non. C'est un peu égoïste, mais je te veux pour moi tout seul aujourd'hui. En plus, si on décide d'aller passer le Nouvel An quelque part avec tous les autres, on n'aura plus une minute à nous.

— Il faut qu'on emmène ta voiture chez le carrossier.

Je culpabilisais à cause des dégâts sur son capot.

— Je connais un mec qui me la réparera sans problème.

— Ça veut dire qu'on devra prendre ma voiture si on ne passe pas le Nouvel An à Chicago.

Hayden fit une grimace.

— Je suppose. J'aime encore mieux conduire ta voiture que la nazemobile.

— Je vais vendre la BMW, répondis-je en regardant son pied qui tapait par terre.

— Je peux t'aider si tu veux, dit-il aussitôt.

Il avait l'air aussi pressé que moi de la faire disparaître.

— Avec plaisir.

J'en avais marre de régler mes problèmes toute seule.

— On s'en occupera la semaine prochaine.

— Le plus tôt sera le mieux.

Hayden leva l'aiguille et essuya mon épaule avec une compresse humide.

— Tu veux la vendre à cause de ce que tu as trouvé à l'intérieur ?

— En partie.

Maintenant, chaque fois que je regardais la BMW, je repensais à ce que Trey m'avait dit quand j'étais à Arden Hills. Il avait peut-être menti par dépit, mais je ne connaîtrais jamais la vérité et je ne voulais plus voir cette voiture.

— Pour quelle autre raison tu veux la vendre ?

— Je crois que tu ne l'aimes pas beaucoup.

Hayden détestait la BMW de Connor, et pas seulement parce que c'était une voiture de petit branleur prétentieux, d'après ses termes.

— Tu n'es pas obligée de t'en débarrasser parce que je ne l'aime pas.

— Connor et moi avons fait une pause à la fin de ma dernière année de fac, lâchai-je.

Le bourdonnement de la machine cessa.

— Vous avez rompu ?

Hayden semblait pris de court.

— Pendant un moment.

C'était une chose dont je n'avais jamais parlé ; ni avec mes copines ni avec ma mère. C'était moi qui avais suggéré cette pause, et j'avais fait comme si ce n'était pas grand-chose. En réalité, cet épisode avait été douloureux. J'avais détesté cette séparation. Parce que j'avais peur de l'inconnu, surtout.

— Tu es sortie avec d'autres mecs ? me demanda Hayden d'un ton légèrement tranchant.

— Un peu. J'avais surtout besoin d'air. À l'époque, Connor avait renoncé à rentrer pour le week-end à Arden Hills parce qu'il était surchargé de travail et ça le rendait odieux. Ses études étaient exigeantes et les miennes aussi. Je ne pouvais pas me laisser distraire. Ce stress supplémentaire a commencé à affecter mes notes, et, comme j'avais absolument besoin d'une bourse pour mon master à Northwestern, je lui ai suggéré qu'on fasse une pause.

— Il était d'accord ?

Par chance, Hayden remit la machine à tatouer en marche. Je préférais qu'il se concentre sur autre chose que mon visage.

— Non, pas du tout. On a eu une énorme dispute. Il m'a raccroché au nez et je ne l'ai pas rappelé. Je me disais qu'une fois calmé, il comprendrait la logique de mon raisonnement.

Connor n'avait pas du tout compris, cependant.

— Mais vous avez fini par trouver une solution ?

— En fin de compte, oui. Quand Connor se mettait en colère, il était têtu et impossible à raisonner. Je savais qu'il m'appellerait quand il serait prêt.

— Il lui a fallu combien de temps ?

— Un mois.

Ce qui m'avait semblé une éternité, à l'époque ; maintenant, ce n'était qu'un épisode de cette ancienne vie dont je me sentais totalement déconnectée. Je m'étais entièrement consacrée à mes études et mes amis pendant cette période, bien déterminée que j'étais à ne pas laisser le silence de Connor m'obnubiler. Malheureusement, ça n'avait pas très bien fonctionné.

— Vous avez recommencé à sortir ensemble ensuite ? demanda Hayden.

— Non. Un autre mois s'est écoulé avant que ça arrive.

— Je deviendrais complètement dingue sans toi pendant tout ce temps.

Je repensai à ces semaines que j'avais passées sans Hayden à Arden Hills. Cette séparation avait été incroyablement douloureuse. La soudaine absence de Connor dans ma vie avait été difficile à vivre, mais j'étais habituée à une certaine distance entre nous puisqu'il étudiait à Cornell depuis qu'on avait commencé à sortir ensemble. C'était sa colère et ma peur que j'avais eu le plus de mal à supporter.

— Je me disais qu'on réglerait le problème quand on serait prêts, tous les deux. J'étais tellement naïve. Il ne m'est jamais venu à l'esprit qu'il couchait avec un tas de filles pendant ce temps-là.

Hayden eut l'air atterré.

— C'est ce qu'il t'a dit ?

— Non. C'est Trey qui me l'a raconté.

Hayden éteignit la machine et la posa sur le plateau. Il enleva ensuite ses gants.

— Tu n'es pas obligé de t'arrêter.

Je m'aperçus que ma voix tremblait. Je ne voulais pas pleurer à cause de Connor, mais j'avais tellement voulu me convaincre de son honnêteté que la déception était trop forte.

— Tenley, tu ne dois pas croire à tout ce que dit ce connard.

— Il a peut-être raison, pourtant. Quand Connor a fini par m'appeler, les choses n'étaient plus pareilles entre nous. Il avait très peur que je salisse ma réputation en couchant à droite et à gauche. Je n'arrivais pas à comprendre pourquoi ça le rendait aussi parano, mais tout est clair maintenant, puisque c'est exactement ce qu'il faisait.

— Ce ne sont que des hypothèses. Trey a certainement voulu te faire avaler ça pour maintenir son emprise sur toi.

— Peut-être.

Je ne pourrais jamais en être sûre, cependant.

— J'ai hésité à ressortir avec Connor jusqu'à ce qu'il se présente à ma remise de diplôme. Quelques jours après, il m'a emmenée passer le week-end à Minneapolis et m'a demandée en mariage. Ensuite, tout est allé tellement vite. On a organisé notre mariage en moins de six mois.

— Raison de plus pour douter des affirmations de Trey. Pourquoi t'aurait-il demandée en mariage s'il avait eu envie de se taper d'autres filles ?

— Pour faire comprendre à tout le monde que je lui appartenais ?

Hayden soupira et m'aida à me redresser. J'avais beau être à moitié nue, ses yeux ne quittaient pas les miens.

— Je sais bien à quel point c'est facile d'imaginer les pires scénarios, mais ne te torture pas pour rien.

— Je ne connaîtrai jamais la vérité, chuchotai-je.

— Il ne t'est jamais venu à l'idée que Trey avait pu cacher lui-même ces préservatifs dans la voiture de son frère ? Il en est tout à fait capable.

— C'est possible, dis-je avec hésitation. Mais si Trey m'a dit la vérité, ça veut dire que j'ai vécu un mensonge pendant tout ce temps ? Je n'arrête pas de penser que, si les choses s'étaient passées autrement, ma famille serait peut-être toujours en vie aujourd'hui. Je serais quand même venue étudier à Chicago. Peut-être même que je t'aurais rencontré.

— Il y a des millions de possibilités. Tu pourrais passer le reste de ta vie à y réfléchir. C'est ce que je fais depuis sept ans et ça ne me fait aucun bien. Il faut que tu laisses tomber, Tenley.

— Je ne sais pas comment faire.

Hayden posa sa paume sur ma joue. Sa compassion m'allait droit au cœur.

— Je sais que ce n'est pas facile. Mais on ne peut pas ressusciter les morts et leur demander de nous raconter la vérité.

Hayden avait raison. Même si j'apprenais ce que Connor avait réellement fait, ça ne changerait rien au passé. Il n'y avait qu'une chose à faire : laisser tomber.

Et je n'avais plus besoin d'obtenir de réponses à mes questions, car l'homme que j'aimais et que je voulais était assis juste en face de moi. Hayden était à la fois mon présent et mon avenir.

Le lendemain matin, je me plaçai devant le miroir de la salle de bains, les épaules nues, afin de contempler mon tatouage fraîchement nettoyé.

— Si tu continues, tu vas attraper un torticolis.

Hayden me rejoignit devant la glace, une serviette lâche autour des hanches. Des gouttes d'eau brillaient sur son torse, et ses cheveux étaient plaqués en arrière. Quand il ne les avait pas dans les yeux, il ressemblait à une icône des années 1950.

— Je peux pas m'empêcher de le regarder. Il est magnifique.

Les couleurs du haut des ailes étaient incroyables. Le tatouage était encore un peu rouge sur les bords, mais les parties colorées avaient pris un relief extraordinaire.

Hayden embrassa mon épaule, juste à côté du bout de l'aile.

— Je suis content que ça te plaise.

— J'adore. J'ai hâte de me réinstaller dans ton fauteuil pour une nouvelle séance.

— Moi aussi, j'ai hâte.

Hayden mordilla l'endroit qu'il venait d'embrasser, puis recula.

Pour une fois, je n'avais pas craqué après la séance d'hier. Ce tatouage n'était plus une punition que je m'infligeais. Au contraire, ces quelques heures au salon m'avaient permis de réparer les dégâts que j'avais provoqués en repartant pour Arden Hills. Dans l'intimité de la salle privée, je m'étais sentie plus proche de lui. Nous avions tous deux besoin de recréer un lien, surtout après les événements des derniers jours.

Aujourd'hui, Hayden était anxieux à cause de notre excursion au garde-meuble, et j'étais nerveuse pour lui. Je voulais qu'il retrouve le fameux tableau afin qu'il obtienne les réponses dont il avait besoin. Très préoccupé, Hayden avait mal dormi la nuit dernière. Je m'étais réveillée plusieurs fois enveloppée dans ses bras, sa main posée sur mon sternum.

Hayden ouvrit le placard au-dessus du lavabo et sortit son matériel de rasage. D'abord, le coupe-choux, puis le blaireau et le petit bol dans lequel il fabriquait sa mousse à raser.

Je ramenai ma robe de chambre sur mes épaules et ressentis une légère brûlure lorsque le satin lavande glissa sur mon tatouage encore frais. Après avoir noué ma ceinture, je me hissai sur le meuble à côté du lavabo et croisai les jambes. Je me réjouissais de regarder Hayden se raser, surtout s'il le faisait à l'ancienne. C'était tellement sexy.

— Je croyais que tu avais un rasoir électrique ? Ce serait plus pratique, non ?

J'avais trouvé son rasoir dans le placard sous le lavabo, un jour où je cherchais des produits ménagers.

Hayden me regarda avec des yeux ronds.

— Je vais me couper les cheveux, pas me raser. Si j'utilisais ce truc, ta peau sensible ne supporterait jamais le contact de mes joues.

— Tu te sers donc d'un rasoir électrique pour mon bien.

— Pour le mien aussi, en fait.

Hayden se pencha au-dessus du lavabo et aspergea ses cheveux d'eau. Il passa ses mains mouillées dans sa chevelure afin de dégager son front, mais elle était maintenant si longue qu'elle retombait sans cesse devant ses yeux.

— En parlant de ça, tu sais manier une paire de ciseaux ? demanda-t-il.

— Je me débrouille. Je coupais assez souvent les cheveux de mon père.

— Ah oui ?

— Il avait une coupe militaire. Ce n'était pas un défi considérable.

En clair : un centimètre sur le dessus, rasé sur les côtés.

— D'habitude, je demande à Lisa de me couper les cheveux, mais on n'a pas eu le temps ces derniers jours. Tu veux essayer ?

— Et si je rate ta coupe ?

— Je me raserai la tête. Ça finira par repousser.

— Je n'en sais trop rien.

J'adorais ses cheveux. Je m'en voudrais terriblement s'il était obligé de les raser.

Hayden s'appuya contre le bord du lavabo en faisant tourner les ciseaux autour de son doigt.

— Si on trouve quelque chose au garde-meuble, il faudra que je l'apporte aux flics.

Il leva les yeux vers moi. Son angoisse était perceptible.

— Je ne veux pas aller au commissariat avec cette tête. Je me suis déjà comporté comme un con là-bas ; j'ai besoin de mettre toutes les chances de mon côté.

— Tu fais ça à cause de Cross ?

— Non. C'est Miller qui me l'a suggéré. Elle a raison. Ce serait plus facile si j'avais l'air moins... moi.

— Dommage, j'adore ton look.

Ce n'était qu'un détail physique, mais je n'avais pas du tout envie qu'il change.

— Ouais, mais tu n'es pas une flic bourrée de préjugés.

Je comprenais où il voulait en venir. Il émanait de Hayden un sentiment de danger, ce qui maintenait la plupart des gens à bonne distance. Je faisais partie des rares privilégiés à le connaître vraiment.

— Voyons ce que je peux faire. Je vais avoir du mal à

reproduire la coiffure que tu avais quand on s'est rencontrés, dis-je lorsqu'il s'assit sur le bord de la baignoire.

— Pas de problème. Je veux juste avoir l'air normal.

Hayden me tendit les ciseaux.

— Je vais faire de mon mieux.

Je repoussai ses cheveux de son visage.

— Mais que les choses soient claires : ton nouveau look ne changera rien à mes sentiments pour toi.

Je l'embrassai et me mis au travail.

Finalement, je ne me débrouillai pas trop mal ; j'avais décidé de laisser une certaine longueur sur le dessus pour que Lisa puisse arranger sa coupe une autre fois. Lorsque j'eus terminé, j'enfouis mes doigts dans les cheveux courts sur sa nuque.

— C'est parfait, dit Hayden en tournant la tête de chaque côté.

— Heureusement que tu as le visage percé, sinon tu aurais l'air d'un homme très distingué, plaisantai-je.

— À ce propos...

J'aurais dû m'attendre à ce qui allait suivre, mais je n'avais rien vu venir. Ou peut-être que je ne l'avais pas voulu. Pourquoi prendre la peine de se couper les cheveux s'il conservait sur son visage les preuves les plus flagrantes de sa différence ?

— Qu'est-ce que tu vas enlever ?

Du bout des doigts, j'effleurai les anneaux de sa lèvre.

— Ceux-là pour commencer, et puis mon piercing au sourcil.

— Tu veux le faire tout de suite ?

— Pourquoi attendre ?

— Est-ce que tu les remettras après ?

— Je ne suis pas sûr que ce soit utile. Il faudra bien que j'enlève mes piercings un jour. J'ai pas envie de faire partie de ces crétins de quarante ans qui cherchent désespérément à en paraître vingt.

— Et ton industriel ?

Je touchai le cartilage de son oreille.

Hayden sourit.

— Je garde tout ce qui perce mes oreilles.

— Et plus bas ?

Je caressai son torse.

— Je ne toucherai à rien.

Je poussai un soupir de soulagement.

— Très bien. Alors, tu peux enlever les piercings de ton visage.

— Je ne savais pas que j'avais besoin de ton autorisation, me taquina-t-il.

— Je me disais que tu hésiterais peut-être moins si je te la donnais.

Les lèvres de Hayden s'étirèrent. Je posai mes mains sur sa nuque et l'attirai vers moi après avoir décidé de commencer par ses *viperbites*. Je me rappelai la sensation du métal dur et froid s'enfonçant dans ma lèvre la première fois que nous nous étions embrassés. C'était si nouveau, si attirant.

En quête de contact, voire de distraction, Hayden passa un bras autour de ma taille pour me rapprocher de lui.

Je profitai de son état de manque, qui faisait écho au mien, pour entrouvrir les lèvres. Hayden réagit immédiatement : sa langue pénétra dans ma bouche, et son autre main s'enfouit dans mes cheveux humides. Il laissa échapper un grognement grave et impatient en me soulevant, puis me déposa sur le bord du meuble. Ses mains se posèrent sur mes cuisses et les écartèrent pour qu'il puisse se placer entre elles. Je ne portais rien sous ma robe de chambre. Hayden avait toujours sa serviette autour de la taille.

— Il faudrait vraiment que j'arrive à m'empêcher de te toucher.

Il s'agrippa au bord du meuble.

À part chez Cassie et au salon de tatouage hier, nous avions passé la majeure partie du temps tout nus ces derniers jours, testant les moindres recoins de son appartement. L'essentiel était de ne pas avoir l'occasion de rester assis à ruminer.

— Ce n'est pas grave.

Je passai une main dans son dos et sentis ses muscles se tendre.

— Tu peux me prendre aussi souvent que tu le souhaites.

Hayden appuya son front contre le mien. Ses épaules se

soulevaient et retombaient tandis qu'il essayait de reprendre son souffle.

— Ce n'est pas qu'une question de désir. C'est ce *besoin* que j'éprouve sans cesse. Quoi que je fasse, quelle que soit notre proximité, il me dévore de l'intérieur.

— Je sais ce que tu ressens.

J'éprouvais le même besoin urgent de le sentir en moi. Je n'étais jamais rassasiée. Toujours en manque de son affection ; Hayden était le seul à pouvoir combler ce désir insatiable.

— Je n'en suis pas si sûr. Ce sentiment...

Il avala sa salive.

— Ce sentiment me fout la trouille. J'ai encore tous ces problèmes à régler, et, tout ce que je veux, c'est que tu sois à moi.

— Mais je suis à toi, dis-je, touchée par son désarroi.

— Pas tout entière.

Ses lèvres effleurèrent les miennes.

— Il me manque la partie de toi la plus importante.

Et voilà. Le sentiment que j'avais très peur d'exprimer posait finalement problème. Ce désir sans fin que nous ressentions l'un pour l'autre était la conséquence de paroles non dites. Je ne pouvais pas obtenir ce que j'attendais de lui puisque je retenais ce qu'il attendait de ma part. C'était en train de devenir une vraie torture pour nous deux.

La serviette autour de sa taille tomba sur le sol. Hayden détacha la ceinture de ma robe de chambre, les pans s'écartèrent, et il fit glisser le tissu sur mes épaules. Ensuite, il m'attira vers lui jusqu'à ce que je sois assise au bord du meuble.

D'une main, je m'accrochai à son cou et passai mes jambes autour de sa taille afin de garder l'équilibre. Hayden regardait quelque chose fixement au-dessus de mon épaule. Une main remonta le long de mon dos et s'arrêta à quelques centimètres des couleurs encore fraîches de mon tatouage.

— J'ai envie de toi tout entière, chuchota-t-il.

— Hayden...

— Je suis désolé. Je devrais pas insister. Il faut que j'arrête.

J'avais ressenti un immense vide pendant très longtemps.

Jusqu'à ce que je le rencontre. Voilà donc à quoi ressemblait l'amour : c'était le besoin irrésistible de quelqu'un qui effaçait tout le reste.

— Hayden, regarde-moi.

Maintenant, plus que jamais, il avait besoin de la seule chose que je pouvais lui donner sans réserve.

— Je suis à toi tout entière. Je n'appartiens qu'à toi.

Hayden secoua la tête.

— Non, c'est faux. Mais je me contenterai de ce que tu me donnes.

Je savais qu'il faisait allusion à mon cœur. Pourtant, il était à lui depuis le début.

— Je t'aime, Hayden.

28

Hayden

Je clignai des yeux, presque sûr d'avoir rêvé.

— Pardon, qu'est-ce que tu as dit ?

Décidément, je perdais vraiment la boule. Étant donné mon manque de sommeil et mon angoisse à l'idée d'aller au garde-meuble, c'était compréhensible.

— Je suis amoureuse de toi, répéta Tenley.

— Tu en es sûre ?

— Absolument.

Douces et apaisantes, ses mains se posèrent sur mon visage. Il n'y avait décidément que Tenley pour pouvoir me faire oublier en un instant cette matinée de merde. Elle avait trouvé les mots qu'il fallait.

— Vraiment ?

Du bout des doigts, elle me caressa de la tempe au menton. Ses lèvres suivirent ensuite le même chemin jusqu'à ce qu'elles atteignent ma bouche.

— Je t'aime.

Toutes mes émotions refoulées finirent par me submerger.

— Je t'aime tellement ! m'écriai-je avant de l'embrasser comme un fou. Je l'ai su le soir où tu es partie. Il a fallu que tu partes pour que je comprenne combien j'avais besoin de toi. Quand tu es revenue, je n'étais pas sûr de pouvoir te le dire, mais ça me tuait de garder ces mots pour moi. Je gâche tout.

Tenley me caressa les épaules, les bras, puis ses mains remontèrent le long de mes biceps. Je n'arrivais plus à me concentrer sur ce que je disais. C'était un peu embêtant après une telle déclaration.

— Je t'aime, chuchota-t-elle en saisissant ma lèvre inférieure entre ses dents.

Tenley se déplaça légèrement, et ma queue se glissa entre ses jambes. Tout était parfaitement aligné.

— On devrait faire ça sur le lit, dis-je.

— Ici, c'est parfait.

Tenley resserra ses jambes autour de ma taille, histoire de me maintenir contre elle. Difficile de protester, vu la situation. J'essayai tout de même.

— Le lit me paraît pourtant plus approprié.

— On s'en fout.

Son étreinte se resserra, et mon piercing franchit le seuil de son vagin.

— Je t'aime comme un fou, tu sais ?

Les mots sortirent de ma bouche comme un grognement.

— Oui, je le sais.

Tenley ramena ses cheveux sur son épaule, et, dans le miroir, les couleurs encore fraîches de son tatouage m'apparurent dans toute leur splendeur.

— Maintenant, montre-le-moi.

J'éprouvais un besoin irrésistible de la pénétrer. J'avais souvent rêvé de la prendre dans cette position, car je pourrais admirer mon tatouage sur son corps et son visage en même temps. J'avais beau préférer le confort de mon lit, cette vue était incroyable.

Notre étreinte frénétique prit soudain une tournure beaucoup plus agréable. Nos lèvres s'effleuraient à chacun de mes coups de reins, dans un va-et-vient tendre et maîtrisé. Tenley passa un pouce sur mon sourcil, puis sur mes *viperbites*. Sa bouche s'y posa peu après.

— Je pourrai remettre mes piercings plus tard, si tu veux, dis-je.

— Je t'aimerai toujours autant, Hayden, avec ou sans.

C'étaient exactement les mots que j'avais besoin d'entendre.

Tenley jouit alors en me regardant dans les yeux, et je compris à son expression qu'elle disait vrai. Je ne m'étais jamais senti aussi proche d'elle. Je voulais garder ce sentiment en moi pour toujours.

Après ma deuxième douche, Tenley parvint finalement à me convaincre de m'habiller. Je n'avais pas franchement envie de gâcher ce début de journée fantastique en allant au garde-meuble ; il me semblait tellement plus raisonnable de rester nu. Mais j'avais retardé ce moment trop longtemps.

J'enfilai un pantalon noir pendant que Tenley me choisissait une chemise et une cravate. Lorsqu'elle vint les suspendre dans la salle de bains, je terminais de me raser, puisqu'elle m'avait détourné de ma tâche un peu plus tôt. Vint ensuite le moment de retirer mes piercings.

— Tu ne vas pas enlever celui de ta langue, non ? me demanda Tenley.

Elle me regardait faire, assise sur le meuble du lavabo.

— Je le garde, bien sûr ! Comment je pourrais me passer des petits cris que tu pousses quand je te lèche ?

Tenley sourit en rougissant.

— Tant mieux.

J'enlevai l'anneau de mon sourcil, mais il allait me falloir des pinces et un coup de main de Tenley pour retirer mes *viperbites*. Je m'assis sur le bord de la baignoire, et Tenley commença à dévisser les petites billes de métal de chaque anneau avec précaution. Ensuite, elle retira les piercings de ma lèvre et les déposa dans ma paume. Je touchai l'endroit où ma peau était percée : l'absence des anneaux me faisait un drôle d'effet.

Tenley se pencha vers moi et embrassa les petits trous dans ma peau.

— Ne t'en fais pas, tu es toujours beau comme un dieu, Hayden.

Je ris pour cacher ma gêne. C'était bel et bien une chose qui m'inquiétait. Si Tenley avait été attirée par moi, c'était en partie à cause de ma différence. Sans mes piercings, j'avais l'air totalement normal. Heureusement, il restait mes tatouages.

Tenley me tendit la chemise qu'elle avait choisie et attendit que j'aie enfilé les manches pour commencer à fermer les boutons. Quand elle eut terminé, elle noua ma cravate et recula d'un pas.

— Regarde-toi.

Je me dirigeai vers le miroir de la salle de bains en ayant très peur d'avoir l'air d'un con. C'était un changement de look carrément extrême. Mon penchant pour les piercings et les tatouages pouvait passer totalement inaperçu si mon industriel et mes anti-hélix restaient cachés sous mes cheveux.

— Tu es toujours la même personne, dit Tenley en passant un bras autour de ma taille, la joue posée sur mon biceps. Ton look n'aura jamais le moindre impact sur ta personnalité.

C'est Tenley qui conduisit jusqu'au garde-meuble, car j'étais trop nerveux. Je n'y étais pas allé depuis plusieurs années, et ça faisait encore plus longtemps que je n'y étais pas entré. L'endroit était exactement comme dans mes souvenirs : glauque à mort. On aurait dit le décor d'un film d'épouvante : des rangées et des rangées de portes de garage numérotées se succédaient sans qu'on en voie le bout.

En suivant mes instructions, Tenley finit par trouver le local que Nate avait loué quand Cassie et lui avaient vidé la maison. Elle laissa tourner le moteur le temps que je trouve le courage nécessaire pour sortir de la voiture.

Au bout de quelques minutes, elle me serra la main.

— On n'est pas obligés d'y aller, tu sais.

— Ça va. J'ai juste besoin d'une minute.

J'en étais toujours au même point dix minutes plus tard, mais Tenley me laissait tranquille. Elle me tenait la main en attendant qu'il me pousse des couilles. Quand j'ouvris enfin la portière de la voiture, elle éteignit le moteur et me suivit. J'utilisai la clé que Nate m'avait donnée, puis composai le code. Le mécanisme de verrouillage s'ouvrit avec un bruit sec, semblable à un coup de feu. Je me répétai intérieurement que tout était absolument sans danger. Personne ne nous préparait une embuscade. Lorsque je soulevai la porte, l'éclairage automatique se mit en marche.

Malgré mon estomac vide, j'étais à deux doigts de vomir. Je me mordillai machinalement la lèvre, mais mes anneaux de métal n'étaient plus là. Je fis glisser l'anneau de ma langue entre mes lèvres à la place et retrouvai un peu mon calme. La main de Tenley dessinait des cercles dans mon dos, ce qui m'apaisait aussi.

Rien n'avait changé depuis ma dernière visite. L'endroit était plein de cartons et de meubles anciens soigneusement enveloppés dans du plastique ou dans des couvertures de protection. Je devinais ce qui se trouvait sous chacune d'elles en fonction des formes. Les dix-sept premières années de ma vie étaient stockées dans ce local, et j'avais passé presque toute une décennie à essayer de les oublier. Mais ça n'avait pas marché.

— Cassie s'est mieux débrouillée pour ranger cet endroit que le sous-sol de Serendipity. Elle y a passé des heures, lui expliquai-je afin de rompre le silence.

— Elle s'est sans doute fait aider.

— Non, elle ne laissait personne toucher à quoi que ce soit. Elle est allée à la maison tous les jours pendant des semaines pour ranger nos affaires dans des cartons et les apporter ici.

— Une façon comme une autre de faire son deuil, j'imagine.

Tenley se blottit contre mon flanc ; c'est ce contact qui m'empêcha de craquer.

— Elle s'en est mieux tirée que moi, en tout cas.

Avec le temps, tout m'apparaissait plus clairement. Maintenant, je comprenais combien Cassie avait dû souffrir en perdant sa sœur parce qu'en un sens, elle m'avait perdu aussi. Pas pour toujours, mais ma crise avait duré un bon moment. Nous avions toujours été proches, même au début de ma putain de crise d'adolescence.

Cassie était alors la seule personne que je pouvais aller voir lorsque j'avais fait des conneries et qu'il fallait que je trouve un moyen de les réparer. Mais, plus tard, je m'étais senti tellement coupable de la mort de mes parents que je l'avais rejetée, comme tous les autres.

Je poussai un profond soupir et entrai dans le local. Même si tout était bien rangé, je trouvais cet endroit flippant : tous ces trucs dans les cartons n'avaient plus de vie, plus d'utilité. Je m'avançai vers un bureau en bois de cerisier sculpté et passai ma main sur la surface recouverte de plastique.

— Ce meuble était dans le bureau de ma mère. Elle gardait toujours une liasse de billets de vingt dans le fond de ce tiroir. Mais je n'y touchais jamais.

— Ce devait être dur de résister pour un adolescent.

Je haussai les épaules.

— Elle m'accordait toute sa confiance, même si je ne la méritais pas la plupart du temps. Je ne voulais pas tricher avec elle. Elle me manque beaucoup.

— Vous étiez proches ?

Je hochai la tête.

— Elle me passait trop de conneries, mais elle me comprenait mieux que mon père. On se ressemblait beaucoup, ma mère et moi.

Ça faisait longtemps que je n'avais pas laissé les émotions liées à la perte de mes parents m'envahir. J'avais très vite revêtu une armure affective après leur meurtre. Il m'était alors beaucoup plus facile de refouler mes sentiments que de les assumer.

Tenley resta dans un coin pendant que je me faufilais entre les meubles et les cartons en passant mes doigts sur toutes les choses dont je me souvenais. Tout était recouvert d'une épaisse couche de poussière. C'était franchement déplaisant. Je m'arrêtai devant une lampe faite de couverts en argent tordus.

— Elle est très cool, dit Tenley derrière moi.

— Je l'ai fabriquée avec ma mère quand j'étais gamin. J'étais super content parce que j'avais le droit de me servir d'un chalumeau. Mon père était furieux que ma mère l'ait posée dans le salon. Il disait que cette lampe n'allait pas du tout avec nos meubles anciens. Maman avait toujours un tas d'idées cool qui bousculaient les conventions. Papa était différent ; il cherchait surtout à s'élever dans l'échelle sociale. Maman, elle, s'en foutait complètement. La plupart du temps, elle se moquait de ce que pensaient les gens, et ça me plaisait beaucoup. Enfin, elle n'a pas vraiment sauté de joie quand je suis rentré avec un piercing au sourcil le jour de mes dix-sept ans, mais pas parce que ça la dérangeait. C'était la réaction de mon père qu'elle craignait.

— Vous vous entendiez bien, ton père et toi ?

— Tant que j'obéissais aux règles, ce qui arrivait rarement. On se disputait beaucoup. Comme il passait son temps en voyage d'affaires, je me retrouvais souvent seul avec ma mère. Et Cassie, quand elle vivait chez nous. Maman était laxiste, et j'en profitais. À son retour, papa essayait de taper du poing sur la table s'il apprenait que j'avais fait une connerie. Mais ce n'était pas très efficace.

— Tu te comportais comme n'importe quel ado, non ?

— Oui, sans doute. Mais j'ai fait quelques conneries vraiment horribles. J'ai commencé à traîner dans le salon de Damen quand j'étais en première. Je le trouvais tellement cool à l'époque ! Je rentrais tout le temps à la maison bourré, défoncé, avec des suçons partout. C'est à ce moment-là que les choses ont commencé à se dégrader. Je n'aurais pas dû sortir avec Damen et ses potes toxicos le soir où mes parents sont morts.

Je m'arrêtai devant une pile de cartons longs et étroits, qui devaient renfermer des œuvres d'art. Je parcourus les descriptions griffonnées sur le devant de chacun. Je me souvenais de chaque œuvre rien qu'au titre.

— Tu te rappelles quand je t'ai dit hier que tu ne pouvais pas passer ton temps à réfléchir aux possibilités ? Que tu devais laisser tomber ?

— Tu avais raison. Mais ce n'est pas facile, dit doucement Tenley.

Elle passa un bras autour de ma taille, et je baissai les yeux vers elle. Il n'y avait pas de pitié dans son regard, juste une grande compréhension.

— Eh bien, c'était totalement hypocrite de ma part. J'y pense encore parfois – à ce qui se serait passé si j'étais simplement resté à la maison comme j'étais censé le faire ce soir-là. Si je n'avais pas commencé à traîner avec Damen, je n'aurais pas été privé de sorties, je n'aurais pas mis mon père en colère, je ne me serais pas défoncé... Les choses auraient sans doute été différentes.

— Toutes ces possibilités sont tellement difficiles à supporter.

Je me retournai vers les cartons et continuai à chercher, toujours plongé dans mes souvenirs. Le même sentiment de culpabilité me rongeait… Peut-être n'arriverais-je jamais à m'en débarrasser. Grâce à cette expérience, je découvrais la capacité de résilience de Tenley.

Un an après son accident, elle avait repris le cours de sa vie et avait trouvé le moyen d'avancer sans s'autodétruire. Il m'avait fallu sept fois plus de temps pour faire la même chose et j'y travaillais encore. Les chemins que nous avions pris pour atteindre le même but étaient très différents.

— Merde. Je crois qu'il est là.

Je m'arrêtai, le doigt sur un carton au milieu de la pile.

Quelqu'un y avait écrit ANGE D'ELEANOR en grandes lettres capitales. Si le contenu correspondait bien à l'inscription, c'était le tableau dont je n'arrêtais pas de rêver. Celui qui avait marqué mon enfance, et la première chose que j'avais vue en ouvrant la porte de mes parents le soir de leur meurtre.

J'ignorais ce que j'espérais trouver. Je tirai doucement sur la boîte et enlevai le ruban adhésif qui la fermait. Les bords du carton s'ouvrirent. C'était le bon tableau. Je le devinai au coin éraflé du cadre acajou.

— Je ne devrais peut-être pas y toucher.

Ma voix se brisa.

— Il ne faut pas que je laisse des empreintes. Au cas où... Tu vois ?

— J'en sais rien. Peut-être qu'on devrait appeler Miller.

— Et s'il n'y a rien ? J'ai sans doute transformé des choses dans ma tête…, dis-je, envahi par une peur irrationnelle.

Ma vue commençait à se brouiller.

— Chuuut. Ça va.

Les mains gantées de Tenley se posèrent sur mon visage.

— Si on appelle Miller, elle nous dira quoi faire.

— Tu pourrais commencer par y jeter un œil puisque tu portes des gants. Je ne voudrais pas l'appeler pour rien.

— D'accord. Qu'est-ce que je dois chercher ?

— Je ne sais pas trop. On devrait peut-être laisser tomber.

— Ça ne coûte rien d'y jeter un œil, tu sais, dit-elle pour me rassurer.

Tenley sortit le tableau de sa boîte avec précaution. Sous la lumière criarde des néons, les détails de la peinture apparaissaient très clairement. Dès que je vis l'ange, de nouveaux souvenirs m'assaillirent. C'était un tableau tellement étrange. Je n'avais jamais demandé à ma mère ce qui l'avait poussée à utiliser de telles couleurs. Avec le recul, je la comprenais beaucoup mieux maintenant. Ce qui me surprenait, en revanche, c'était que mon père lui ait permis de l'accrocher dans leur chambre. Ce tableau était à la fois terrifiant et sublime, et c'est sans doute ce qui faisait son charme. Différents tons de rouge avaient été utilisés pour peindre l'ange. Ce qui me faisait flipper, en fait, c'était la façon dont les ailes semblaient couler sur la toile, comme si leurs plumes saignaient.

Je m'aperçus que ce tableau était étrangement proche de la version originale du tatouage de Tenley. Mais, comme j'avais remplacé presque tout le rouge par du doré et de l'argenté, le dessin de ses ailes évoquait plus la vie que la mort.

Tenley se pencha pour examiner la peinture. Ses doigts gantés de cuir se mirent à planer au-dessus de la surface sans jamais la toucher.

D'où j'étais, je distinguais nettement des taches bordeaux parsemées sur la toile et le cadre. Des taches qui n'avaient rien à voir avec des coups de pinceau.

— J'avais raison – c'est sûr. Le tableau était bien sur le sol quand j'ai découvert mes parents.

Les jambes flageolantes, je m'appuyai contre le mur au cas où elles me lâcheraient pour de bon.

— On devrait appeler Miller.

Tant de questions restaient sans réponses. Il me paraissait insensé que ce tableau n'ait pas fait partie des preuves. Peut-être que l'affaire n'aurait pas été classée si les flics l'avaient emporté. Ce n'était pas le moment de me perdre en spéculations, mais je pensai avoir deviné quel connard avait encore merdé. La question maintenant était de savoir pourquoi.

— Tu vois toutes ces taches ? Et si c'était du sang ? demandai-je.

— Possible. Mais le seul moyen de le savoir, c'est d'appeler Miller.

— C'est vrai. Ouais. D'accord.

Je cherchai mon portable dans ma poche. Mes mains tremblaient tellement que je n'arrivais pas à taper mon code.

— Tu veux un coup de main ? demanda Tenley.

Je lui passai mon portable, et elle appuya sur les touches. Le numéro de Miller était déjà enregistré dans ma liste de contacts. Lorsque Tenley le trouva, elle appuya sur la touche d'appel, mais je ne suivis pas leur conversation.

Quelques instants plus tard, Tenley me rendit mon portable.

— Elle arrive. Et si on l'attendait dans la voiture ?

Tenley me prit par la main.

— Et le tableau… Je ne veux plus que tu le touches.

Aussi irrationnel que ça puisse paraître, j'avais peur qu'il lui porte malheur comme il m'avait porté malheur avant.

— Il est très bien là où il est. Miller sera là dans quelques minutes ; elle va s'en occuper.

Tenley me parlait sur le même ton doux et calme qu'elle employait avec LC.

— C'est vrai. Oui.

Je frissonnai.

— Il fait sacrément froid ici.

Je la laissai m'emmener vers la voiture et ouvrir la portière. Tenley s'assit derrière le volant, puis alluma le moteur. Tandis que je regardais la buée disparaître sur le pare-brise, je m'aperçus que j'étais en état de choc. Je n'arrêtais pas de repenser au soir où j'avais découvert les cadavres de mes parents : la montée des marches, l'odeur de sang et de chair, la vision atroce, et le tableau sur le sol.

Mon portable sonna dans ma poche, mais je ne pensai même pas à répondre. Celui de Tenley se mit à vibrer dès que le mien se tut. C'était Lisa. Elle voulait sans doute parler du Nouvel An, ce qui était bien la dernière de mes préoccupations vu la situation.

Je regardai les lèvres de Tenley bouger. Elles formaient des mots que je n'entendais pas. Tout en parlant, Tenley passait ses doigts dans mes cheveux. Son attention resta concentrée sur moi pendant toute la durée de l'appel. Elle raccrocha au bout de quelques minutes ou de quelques heures. Je n'en avais sincèrement aucune idée.

— Qu'est-ce que je t'aime, putain !

Ma voix était éraillée. On aurait dit que je m'étais gargarisé avec du gravier.

— Je t'aime aussi, dit-elle avec un sourire triste.

Ma vue se brouilla de nouveau, et je me frottai les yeux. Mes paumes étaient humides. Je les contemplai sans comprendre ce qui se passait. Ma peau était bizarre, ma poitrine, serrée.

— Ça va, mon chéri. Je suis là, avec toi. Je sais que c'est dur.

Tenley enjamba la boîte de vitesses et grimpa sur mes genoux.

Prenant soin de ne pas toucher l'encre fraîche, j'enfouis mon visage dans ses cheveux et essayai de surmonter ma peur. Tenley me chuchota des mots doux jusqu'à ce que je retrouve à peu près mon sang-froid.

Une voiture de patrouille tourna au coin de l'allée et s'avança sur l'étroite bande d'asphalte. Tenley se glissa sur son siège alors que le véhicule s'arrêtait à quelques mètres de nous. J'ouvris ma portière et vis Miller sortir de sa voiture en compagnie d'un flic que je ne reconnaissais pas.

Tenley me rejoignit, puis me prit la main, tandis que Miller et son collègue s'avançaient vers nous. La policière fit les présentations, mais je n'écoutai rien. Tenley se chargea des explications, puis les emmena voir le tableau.

Miller et son collègue enfilèrent des gants en caoutchouc avant de l'examiner.

— Est-ce que l'un de vous y a touché ? demanda Miller.

— Je l'ai sorti du carton, mais je portais des gants, répondit Tenley.

Miller hocha la tête et se retourna vers le tableau. Son collègue et elle commencèrent à inspecter l'œuvre.

— Tu vois ça ? demanda Miller.

Je les regardai hocher la tête et discuter en murmurant.

— Ce tableau me faisait flipper à mort quand j'étais gamin.

Quand l'autre agent se retourna pour me regarder, je m'expliquai.

— Je crois que c'était à cause de cette couleur. Elle ne me semblait pas adaptée au sujet.

Le flic m'adressa un drôle de regard.

— Vous êtes prof de dessin ou quelque chose comme ça ?

Je cessai de regarder l'ange.

— Non, tatoueur.

Son regard se promena de mes pieds à mon visage.

— Ah ? J'aurais jamais deviné.

— J'embarque ce tableau, dit Miller. On doit le déposer au laboratoire.

Tenley me fit remonter dans la voiture. Je regardai Miller passer des coups de téléphone en faisant les cent pas et discuter avec son collègue. Le tableau retourna dans son carton. Tenley remit la clé du garde-meuble à Miller, qui verrouilla la porte et revint vers notre voiture. Je me contentai de la dévisager lorsqu'elle frappa à ma vitre. Elle ouvrit ma portière et s'accroupit.

— Est-ce que ça va ?

— Ouais.

— Vous avez bien fait de m'appeler.

— Hm-hm.

— Tenley va vous emmener au commissariat. Nous avons quelques questions à vous poser.

— D'accord.

— Tenez bon.

Miller referma la portière, puis discuta un moment avec Tenley. Vu le nombre de fois où elles regardèrent de mon côté, je devinai sans mal de quoi elles parlaient.

À notre arrivée au commissariat, Miller nous attendait à l'entrée. Elle nous fit traverser rapidement le hall. Je n'eus droit à aucun regard suspicieux cette fois. Les gens levaient brièvement les yeux vers nous, puis reprenaient leurs occupations. L'une des réceptionnistes nous adressa même un sourire.

En arrivant dans le couloir, je m'immobilisai. J'étais déjà venu ici, et les souvenirs que j'avais de cet endroit n'étaient pas agréables.

— Où allons-nous ?

— Dans mon bureau.

Comme je ne bougeais pas, les traits de Miller s'adoucirent.

— Il ne s'agit pas d'un interrogatoire, Hayden.

Je pris une profonde inspiration, serrai fort la main de Tenley et les suivis dans le couloir. Des néons à la lumière tremblotante bourdonnaient au-dessus de nos têtes. L'atmosphère était sinistre.

Malgré les mots rassurants de Miller, mon impression de dissociation s'amplifiait à mesure que nous avancions. En dépit de tous mes efforts, j'étais aspiré par le passé.

On nous conduisit dans un petit bureau où étaient installés un vieux fauteuil en similicuir et un bureau tout aussi délabré. Dès qu'on me proposa de m'asseoir, je me laissai tomber sur l'une des deux chaises en plastique posées en face du fauteuil. J'avais la tête qui tournait. Tenley s'assit à côté de moi, et je rapprochai aussitôt ma chaise de la sienne. Le métal crissa atrocement sur le linoléum.

— Désolé, marmonnai-je lorsque tout le monde tressaillit.

Mon genou battait la mesure. J'enlevai rapidement mon manteau et l'installai sur le dossier. Je tirai sur le col de ma chemise. J'avais l'impression d'avoir une corde autour du cou à cause de ma cravate. La pièce était exiguë, et il y avait un bazar monstre sur le bureau.

Ce désordre me stressait encore plus. Il faisait trop chaud ; j'avais l'impression de ne pas pouvoir inspirer assez d'oxygène. J'avais envie de remonter mes manches, mais tout le monde comprendrait alors que j'avais voulu paraître civilisé en revêtant une chemise et une cravate.

— Est-ce que Hayden pourrait avoir un verre d'eau ? demanda Tenley.

— Bien sûr. Duggan ?

Miller regarda l'autre agent.

Duggan répondit d'un signe de tête et sortit. Je me sentais un peu moins claustrophobe maintenant qu'il y avait une personne de moins dans la pièce, mais mon angoisse était toujours bien présente. Tenley avait beau me caresser le dos, j'étais toujours aussi stressé. Duggan revint avec une bouteille d'eau. Je la vidai et eus aussitôt envie de gerber.

Puis les questions commencèrent, ce qui ne fit rien pour calmer ma nausée. Je décrivis à Miller et Duggan le fameux soir où mes parents avaient été assassinés, depuis le moment où ils étaient sortis de la maison jusqu'au moment où j'étais rentré. Plus j'avançais dans l'histoire, plus les détails devenaient clairs dans ma tête. Je leur dis que Damen était passé me prendre ; je leur parlai des gamins qui étaient avec nous, des filles dont j'avais appris plus tard qu'elles étaient danseuses au Dollhouse.

— Il y avait un mec avec nous… Je n'arrive pas à me rappeler son nom.

Je me massai les tempes. J'avais du mal à réfléchir avec ce début de mal de tête.

— Brand ou Brett ? Je ne l'avais vu qu'une fois avant. Je crois qu'il avait à peu près le même âge que moi. Mais est-ce que c'est vraiment important ?

Je levai les yeux vers Miller, qui enregistrait tout ce que je disais.

— Le moindre détail peut nous aider, même s'il ne vous paraît pas primordial.

— Bon. Ce gamin, je suis à peu près sûr qu'il s'appelait Brett. Enfin, bref, je ne lui parlais pas parce que c'était un loser. Il était vraiment trop chiant. Je me souviens qu'il faisait beaucoup de bruit, comme s'il voulait à tout prix s'intégrer dans le groupe. Il ne quittait pas Damen d'une semelle les deux fois où je l'ai vu. Je me suis dit que c'était un pauvre type parce qu'il n'arrêtait pas de me regarder. J'étais avec une fille...

Je jetai un œil à Tenley, désolé de devoir raconter ça devant elle.

Comme elle me souriait avec bienveillance, je poursuivis :

— J'étais déjà dans un sale état à ce moment-là, parce que Damen avait sorti un gros paquet d'herbe. En plus, j'avais descendu pas mal de bières. Ce soir-là, ce Brett et Damen ont passé leur temps à comploter dans leur coin. Ensuite, Damen lui a fait signe de dégager. Il s'est vraiment énervé à un moment, et puis le gamin est parti. Je l'ai jamais revu après ça.

— Et ce Damen, vous l'avez recroisé ? demanda Miller.

— Oui. Quelques mois après la mort de mes parents, je suis devenu son apprenti. J'ai travaillé pour lui pendant près de trois ans. Il gère ce salon de tatouage sordide, Art Addicts. Je suis sûr qu'il a été interrogé sur toute cette affaire puisqu'il avait passé la soirée avec moi.

— Vous connaissez le nom de famille de ce Damen ? demanda Duggan.

— Martin. Son nom est Martin.

Miller et Duggan échangèrent un regard.

— Qu'est-ce qui se passe ? Vous le connaissez ?

— C'est un nom qui nous est assez familier, dit Duggan. Pouvez-vous m'en dire un peu plus sur votre relation avec lui ?

Je fixai mes chaussures. L'une d'elles était éraflée au niveau des orteils.

— Il a été mon employeur et mon dealer pendant un certain nombre d'années. Et puis j'ai fini par reprendre ma vie en main et je me suis désintéressé de ses activités.

Je levai les yeux vers Miller.

— J'ai fait des choix regrettables quand j'étais gamin, surtout après la mort de mes parents.

— J'ai regardé les photos de la scène de crime. Vous avez vu des choses plutôt atroces.

— Le tableau que vous avez emporté n'était sur aucune des photos, vous savez ? Je me souviens que ça m'a surpris à l'époque. Je sais que j'étais mal en point à ce moment-là et que mes idées n'étaient pas claires, mais c'est un détail que je n'ai jamais pu oublier. Quand je suis entré dans la chambre de mes parents...

Les images dans ma tête étaient si réelles que mon estomac se noua.

— Ce tableau était par terre. Je me rappelle avoir pensé que, si mon père l'avait vu là, il aurait pété les plombs. Mais, sur les photos, il n'y avait rien du tout.

— Vous en êtes sûr ? demanda Miller en feuilletant le dossier sur son bureau.

— Absolument.

Je n'avais pas cessé de dire à Cross que quelque chose clochait quand il m'avait interrogé, mais il avait fait comme si je perdais la tête.

Miller passa un coup de téléphone. Quelques personnes nous rejoignirent dans son bureau. On me posa d'autres questions, mais la situation n'avait rien à voir avec celle que j'avais vécue le soir du meurtre des parents ou lors de ma dernière visite au commissariat. Cross n'était pas là pour me provoquer, et personne ne me traitait comme un délinquant. C'était l'une des expériences les plus surréalistes de ma vie d'adulte.

Lorsque les questions cessèrent, j'étais lessivé.

Miller dit qu'elle nous appellerait quand le tableau serait sorti du labo. Comme nous ne pouvions rien faire d'autre, Tenley me proposa de rentrer à la maison. Une fois encore, c'est elle qui conduisit. Sur le trajet du retour, mon portable se mit à sonner dans ma poche, mais il me fallut trop de temps pour le sortir et je ratai l'appel. Je m'aperçus alors que j'en avais reçu quatorze : plusieurs de Lisa et Jamie, quelques-uns de Chris et un de Sarah. Tous les autres venaient de Cassie. Comme je n'avais pas l'énergie de les rappeler, j'éteignis mon portable. Je laissai tomber ma tête contre le siège et fermai les yeux pour essayer de me détendre. Mais, tout ce que je voyais, c'était ce foutu tableau et tout ce sang.

— Qu'est-ce que je peux faire pour toi ? demanda Tenley en s'arrêtant sur sa place de parking derrière Serendipity.

Je ne savais pas du tout quoi lui répondre. Je regardai à travers le pare-brise. La neige recommençait à tomber. De petits flocons se collaient sur la vitre, puis fondaient en coulant comme des larmes de cristal.

— Je devrais demander une place pour ta voiture dans mon parking souterrain. J'ai le droit d'en louer deux.

— Tu n'es pas obligé de faire ça.

Tenley n'insista pas pour obtenir la réponse à sa question.

— Tu n'habites même plus chez toi. Mon parking est chauffé. Tu n'aurais plus besoin de dégivrer ton pare-brise quand il fait froid.

— Ce serait pratique. Et si on montait chez toi ? Je pourrais te préparer un sandwich. Tu n'as rien mangé de la journée.

Elle ne m'avait pas dit non, mais ce n'était pas non plus un oui retentissant. Je n'étais sans doute pas en mesure de prendre des décisions raisonnables avec tout ce stress, mais j'avais eu envie de tester Tenley en lui proposant cette place de parking. Je voulais qu'elle passe sa vie auprès de moi, et c'était un moyen d'atteindre mon objectif. Si elle garait sa voiture dans mon parking, autant qu'elle emménage aussi dans mon appart.

Je gardai pourtant ces pensées pour moi. Je savais que, si elle me répondait autre chose que oui, je serais incapable de supporter cette forme de rejet.

29

Tenley

Je saisis mon portable dès qu'il se mit à sonner sur la couette. C'était Cassie. Pour la vingtième fois en quatre jours.

— Salut, chuchotai-je.

— Est-ce que je te dérange ?

Je roulai hors du lit.

— Attends.

L'eau coulait, mais ça ne signifiait pas nécessairement que Hayden était toujours sous la douche. Avant de marcher sur la pointe des pieds jusqu'à la salle de bains, je passai une main sur la couette et lissai les plis. C'était inutile. Hayden risquait de refaire le lit une fois qu'il aurait fini de prendre sa douche. Il saurait tout de suite que je m'y étais allongée pour l'attendre.

Hayden allait plutôt mal. Dès l'instant où il avait remis le tableau à Miller, les choses s'étaient aggravées. Elle avait appelé hier pour nous dire que plusieurs empreintes avaient été identifiées et que Duggan et elle avaient quelques pistes intéressantes. La présence de gouttes de sang sur le tableau avait été également confirmée. On avait demandé à Hayden de fournir un échantillon de son sang pour vérifier si les gouttes appartenaient à ses parents, mais nous n'avions pas encore eu le résultat. J'avais cru que les progrès de l'enquête lui feraient du bien. Mais il se passait exactement le contraire.

Je cachai le portable dans ma poche arrière et jetai un œil à l'intérieur de la salle de bains. Je ne voulais pas que Hayden sache que je parlais encore avec Cassie. Il commençait à se demander pourquoi elle m'appelait autant. Je lui avais expliqué qu'elle était inquiète pour lui, ce qui n'était pas un mensonge. Nous l'étions tous. Lisa et Chris m'appelaient presque aussi souvent, mais personne ne pouvait rien faire pour l'aider.

L'eau de la douche coulait sur le dos de Hayden. Ses bras pendaient le long de son corps, et sa tête était penchée en avant. En général, il restait sous la douche jusqu'à ce que l'eau soit froide, parfois plus longtemps encore. J'avais dû le forcer plus d'une fois à sortir de la cabine ces derniers jours. Il avait les lèvres bleues à force de rester sous l'eau glacée. Lorsqu'il avait terminé, il nettoyait la salle de bains. Sans cesse. C'était un vrai maniaque depuis que nous étions revenus du commissariat : il était obsédé par le nettoyage et le rangement.

Rien ne lui semblait jamais parfait. Les draps n'étaient pas assez bien tirés, les oreillers, pas assez bien alignés, et les chaussures étaient mal rangées dans le placard de l'entrée. Hier, il était resté assis par terre pendant une bonne demi-heure, replaçant sans cesse les chaussures jusqu'à ce qu'il y ait exactement deux centimètres entre chaque paire et que les talons soient parfaitement alignés. Ses manies avaient pris une proportion inquiétante. J'avais du mal à admettre la gravité de la situation, car je craignais ce qui allait suivre.

— Hayden ?

Il redressa brusquement la tête et ouvrit la porte de la cabine. L'eau coulait sur son dos et sur son torse. Je ne pus m'empêcher de suivre du regard le chemin que suivaient les gouttes. Hayden posa une main sur son entrejambe pour se couvrir. Il n'avait pas eu d'érection depuis le matin où nous étions allés au garde-meuble. Je remarquai son regard épuisé et anxieux. Ses yeux étaient cernés et injectés de sang.

— Est-ce que tout va bien ? me demanda-t-il d'une voix rauque.

— Oui. Je vais juste me chercher une boisson dans la cuisine. J'en ai pour une minute ou deux.

Au bout d'un long silence, il répondit :

— D'accord.

Je ne pouvais pas quitter une pièce sans le lui dire. Si je n'étais pas là quand il sortait de la douche, il perdait les pédales. C'était arrivé hier.

— Il est sous la douche, dis-je à Cassie, une fois dans le couloir.

— Encore ? Ça fait combien aujourd'hui ?

— C'est la troisième.

Hayden prenait plus de quatre douches par jour. Je ne savais pas quoi faire.

— C'est préoccupant, dit Cassie.

— Il va de plus en plus mal.

— On dirait que tu es au bord des larmes.

Je posai une main sur mon portable le temps de m'éclaircir la voix.

— Ça va. Je suis simplement inquiète.

Cassie soupira.

— Tenley, ça me rappelle exactement ce qui s'est passé quand ses parents sont morts. J'ai bien peur qu'il s'enfonce si nous n'intervenons pas.

Je n'avais aucune envie d'entendre ces mots, mais elle avait sans doute raison. Je me laissai tomber sur le canapé.

— Je ne sais pas quoi faire.

— On en a discuté, Nate et moi. Il a appelé l'une de ses collaboratrices et elle a accepté de lui rendre service. Hayden a rendez-vous cet après-midi. C'est un peu tard pour vous prévenir, mais, si tu veux, on peut passer et le convaincre d'y aller.

— À quelle heure est son rendez-vous ?

— À seize heures.

— Si tôt que ça ?

Il me restait moins de trois heures pour le persuader.

— Tu crois que tu vas pouvoir tenir comme ça beaucoup plus longtemps ?

Son ton était doux mais ferme.

Je balayai le salon du regard. Il était impeccable. J'étais terrifiée à l'idée de toucher le moindre objet parce que Hayden le remarquait aussitôt. Son besoin d'ordre était épuisant. Mais je comprenais la raison de son comportement. Le chaos régnant dans sa vie et son esprit, il pouvait maîtriser son environnement.

— Laisse-moi essayer de le convaincre d'abord. Je ne veux pas qu'il se sente pris au piège.

— D'accord. Mais, si tu ne me rappelles pas d'ici une heure, je viendrai avec Nate.

Je notai les coordonnées du médecin et rangeai le papier dans ma poche avant de raccrocher. Je ne savais pas très bien comment j'allais aborder le sujet, mais Hayden avait besoin d'aide, et ce n'était plus dans mes cordes.

LC bondit sur le canapé, puis donna de petits coups de tête à ma main. À cause des sautes d'humeur de Hayden, il avait sursauté aussi souvent que moi ces derniers jours.

Absorbé par une tâche, Hayden explosait soudain de colère parce qu'il n'arrivait pas à faire ce qu'il voulait. Je pris LC dans mes bras et enfouis mon nez dans sa fourrure en écoutant ronronner son moteur.

— Tenley ?

Je compris à sa voix de ténor et à son pas lourd dans le couloir que Hayden était de nouveau angoissé.

— Je suis dans le salon ! criai-je.

— Je croyais que tu étais juste allée chercher une boisson...

Hayden s'arrêta net en entrant dans la pièce.

Il n'avait enfilé qu'un boxer. Sa poitrine et ses épaules étaient couvertes de gouttelettes d'eau. Soudain plus énervé qu'inquiet, Hayden plongea ses mains dans sa chevelure hirsute et tira dessus.

— Cet appart est une porcherie. Y a du bordel partout ! aboya-t-il en me fusillant du regard.

J'avais juste posé mon portable et un stylo sur la table basse. Rien d'autre n'avait été déplacé. Mais, vu les critères stricts de Hayden, ces deux objets à eux seuls provoquaient du désordre.

— Je vais ranger...

— C'est bon, je m'en charge.

Hayden saisit le stylo, puis le rangea dans un tiroir en le faisant claquer. Je glissai mon portable dans ma poche et attendis sans bouger. Il posa les mains sur ses hanches tout en cherchant les objets qui auraient pu être déplacés dans la pièce. Ses épaules ne se détendirent pas un instant.

— Où est ton verre ?

— J'ai été distraite par LC.

C'était en partie vrai. Si je lui disais que je l'avais rangé dans le lave-vaisselle, il irait vérifier et comprendrait que j'avais menti. Il braqua soudain son regard sur LC qui me poussait de son museau. Sa paranoïa était douloureuse à voir. Cassie avait raison.

— Et si tu allais t'habiller pendant que je te prépare quelque chose à manger ? dis-je aimablement.

Si je faisais preuve de gentillesse, il m'écouterait peut-être plus facilement quand j'aborderais le sujet délicat de sa consultation.

— Je n'ai pas faim.

— Mais tu n'as rien mangé aujourd'hui.

— Parce que j'ai pas faim, me répondit-il sèchement.

Son haussement de ton fit sursauter LC. Le chaton bondit de mes genoux et s'enfuit dans le couloir, sans doute pour aller se réfugier sous le lit. Je regrettais de ne pas pouvoir le rejoindre.

— Eh bien, moi, si.

Je me dirigeai vers le frigo en restant à bonne distance de lui.

Je rassemblai les ingrédients nécessaires à la préparation d'un sandwich et les déposai sur le plan de travail. Il risquait de faire une crise cardiaque en me regardant faire, mais j'avais besoin de m'occuper le temps de trouver un moyen d'aborder le sujet. Hayden recommença à se passer les mains dans les cheveux en me regardant. Par chance, il ne pouvait pas les arracher parce qu'ils étaient trop courts.

Je sortis quatre tranches de pain du sachet. J'allais lui préparer quelque chose, même s'il n'avait pas l'intention de manger.

— Tu devrais me laisser faire.

Hayden s'avança vers moi, prêt à prendre la relève.

— C'est bon, ça va.

— C'est ma cuisine.

Je m'apprêtais à lui répondre que je pouvais toujours rentrer chez moi me préparer à manger, mais je parvins à me retenir. Il péterait les plombs s'il m'imaginait à plus de trente mètres de lui.

— Je crois que je sais faire les sandwichs.

— Mais tu vas tout salir.

— Je nettoierai.

Hayden poussa un grognement moqueur.

Je laissai tomber le jambon cru sur la planche à découper et me tournai vers lui.

— Hayden, je t'aime, et je sais que tu es difficile à satisfaire, mais c'en est trop. Est-ce que tu te rends compte de ce que tu fais ?

— C'est quand même pas ma faute si tu n'arrives pas à retenir où se rangent les choses.

— Pardon ?

— Tu sais bien que tu n'es pas une fille très ordonnée.

On aurait dit que c'était un crime.

Je commençais à perdre mon sang-froid.

— Mais bon sang, Hayden, à côté de toi, Martha Stewart elle-même est une souillon ! Je peux tolérer ton obsession pour le rangement. La plupart du temps, je la trouve même plutôt agréable. Mais je ne peux même plus me faire un sandwich sans que maintenant tu sois derrière mon dos !

Hayden cligna des yeux, surpris que j'élève soudain la voix.

— Je ne suis quand même pas un monstre.

Je serrai les poings pour empêcher mes mains de s'agiter dans tous les sens.

— Depuis deux jours, tu es toujours derrière moi pour réparer mes soi-disant bêtises. Franchement, ça me donne des complexes.

Hayden parut s'adoucir légèrement. Les bras croisés, il s'appuya au plan de travail et baissa les yeux vers le sol en mordillant sa lèvre percée.

— Je ne peux pas passer mon temps à marcher sur des œufs, Hayden. Tu es sans cesse sur les nerfs, dis-je doucement.

Comme il traversait la cuisine d'un pas raide, je levai les mains pour le maintenir à distance, mais il s'avança vers moi jusqu'à ce que son torse soit plaqué contre mes paumes. Il caressa mes cheveux sur mon épaule, et ses doigts effleurèrent ma clavicule.

— Je ne voulais pas t'emmerder comme ça. Je suis désolé de me comporter comme un abruti.

— Tu subis un grand stress en ce moment.

— J'aimerais te présenter mes excuses.

— Excuses acceptées. Cette semaine a été éprouvante pour toi.

Je ne savais pas très bien si je devais me fier à ce soudain changement d'humeur.

— Je pourrais essayer de me rattraper.

Je sentis ses mains glisser vers les poches de mon jean. Il sortit mon portable et le posa sur le plan de travail pour pouvoir m'attraper les fesses à pleines mains.

Son hostilité avait disparu. Il avait l'air terriblement en manque. À l'évidence, Hayden réagissait mieux à la frustration qu'au maternage.

— Ce n'est pas en couchant ensemble qu'on arrangera les choses, dis-je.

— Mais je me sentirai certainement mieux.

Je tirai sur ses avant-bras. Si je voulais avoir une chance de terminer cette conversation, il fallait absolument qu'il retire ses mains des parties sensibles de mon corps.

— D'abord, j'aimerais qu'on parle.

— On fera ça après.

Ses mains redescendirent vers l'arrière de mon jean.

— Mais tu ne fais qu'éluder les problèmes.

— Je sais. Et tu ne vas rien faire pour m'en empêcher.

Je sentis ses lèvres s'entrouvrir dans mon cou, puis il se mit à me lécher et me mordiller. Je fermai les yeux et me délectai de cette sensation l'espace d'un instant.

— Il faut que tu parles à quelqu'un, dis-je, surprise que ma voix soit aussi calme étant donné le vagabondage de sa bouche et de ses mains.

— Je te parlerai quand j'aurai fini de me servir de ma langue sur toi.

— Je veux parler d'un professionnel.

Hayden me lâcha et cessa de m'embrasser. Cette fois, j'avais réussi à attirer son attention.

— Je peux me démerder tout seul, cracha-t-il.

— Hayden, je t'aime plus que tout au monde, et je sais que l'enquête fait ressurgir des choses que tu préférerais ne pas affronter, mais j'ai l'impression d'être une cible pour toi en ce moment, pas un soutien. Tu n'es plus toi-même, et ça me fait peur.

J'avais tenté de faire comme si tout allait bien, mais ce n'était plus possible.

— Je devrai partir d'ici si les choses ne changent pas.

— Tu ne peux pas... Qu'est-ce que tu veux dire ?

— Cette situation est invivable ; j'ose à peine respirer.

La panique enflamma son regard.

— Tu es prête à me quitter ?

— Non, Hayden. Mais je ne peux pas rester ici si tu te comportes comme ça. Ce n'est bon ni pour toi ni pour moi.

— Tu vas retourner vivre dans ton appartement ?

— Si ça continue, je vais devoir le faire.

Ma poitrine se serra. Il fallait à tout prix que Hayden comprenne ce qu'il était en train de nous faire.

Il réfléchit en se mordillant la lèvre.

— Je ne veux pas ruiner notre relation. Je viens seulement de te retrouver !

— Alors, tu vas aller consulter quelqu'un ?

Je passai mes mains sur sa poitrine et le caressai en remontant vers ses épaules.

— Et si ça ne me plaît pas ?

S'il acceptait de voir un psy, Hayden allait devoir s'asseoir face à un parfait inconnu et lui parler de son passé et de ses faiblesses. Ça risquait de ne pas lui plaire, en effet. Mais, si je parvenais à l'y emmener une seule fois, je n'hésiterais pas à user de mes charmes pour tenter de le convaincre d'y retourner.

— Si ça ne te plaît pas, tu ne seras pas obligé de continuer.

Je ne précisai pas qu'on pourrait toujours chercher d'autres solutions. J'y réfléchirais plus tard, si nécessaire.

Hayden soupira.

— Très bien.

— Tu vas y aller ?

— Ouais. Je ne m'engage que pour une séance. On verra ce qui se passera ensuite.

— C'est tout ce que je te demande. Je vais appeler Nate pour lui dire que tu vas à ton rendez-vous.

— Attends. Quoi ?

Son expression se durcit.

J'eus soudain l'impression que la pièce se rétrécissait. Hayden était beaucoup trop près de moi.

— Nate avait fixé un rendez-vous provisoire. Il pensait avoir trouvé quelqu'un qui pourrait te plaire.

— Tu as discuté de ça avec Nate ?

— Non, avec Cassie. C'est elle qui en a parlé à Nate. Il a fixé ce rendez-vous, et, pour les raisons que nous venons d'évoquer, j'ai accepté de t'en parler.

Je m'attendais à le voir exploser de colère. L'espace d'un instant, j'eus même peur qu'il la décharge sur moi. Hayden me fusilla du regard, les dents serrées et les narines dilatées.

Je sentais qu'il paniquait. J'étais sûre qu'il cherchait un moyen de se sortir de là. Pour des raisons évidentes, l'idée d'affronter son passé le terrifiait.

— S'il te plaît, Hayden. Je t'aime. J'ai envie de rester, mais on ne peut pas vivre comme ça.

Je posai une main sur sa poitrine.

Sans un mot, Hayden baissa les yeux vers ma paume posée sur son cœur. J'allais la retirer, lorsque sa main vint couvrir la mienne.

— À quelle heure est le rendez-vous ?

— À seize heures.

De nouveau, il ne dit rien. Ses doigts s'enroulèrent autour des miens et les serrèrent. Puis il répondit enfin :

— D'accord. Je vais y aller.

30

Hayden

Je détestais l'idée de consulter un psy. C'était comme passer une heure sous un microscope. Je prévins tout de suite cette femme que je ne reviendrais pas. Elle fixa tout de même un autre rendez-vous quatre jours plus tard.

Ensuite, elle me dit que j'avais beaucoup de chance d'être entouré de personnes qui tenaient autant à moi. Je rangeai à contrecœur sa carte dans ma poche. Je pourrais toujours la rappeler plus tard pour annuler ce rendez-vous.

Je quittai sa petite maison au charme désuet située entre deux magasins kitsch et traversai la rue en direction du café où Tenley buvait un thé avec Cassie.

Elles étaient assises à une table dans un coin au fond. Trop absorbées par leur conversation, elles ne remarquèrent pas mon entrée. Tenley était assise devant une part de gâteau à moitié mangée et une pile de serviettes déchirées.

Une fille vêtue d'un chemisier rose pâle et d'un pantalon noir s'approcha de moi. Elle se tenait beaucoup trop près. D'habitude, les gens laissaient une certaine distance entre eux et moi.

— Bonjour ! Une table pour une personne ?

Elle me dévisagea d'un air étrange.

— Waouh ! Je n'avais encore jamais vu des yeux de cette couleur. Ils sont vraiment super bleus !

— Euh..., merci. Je suis venu retrouver ma tante...

— C'est trop mignon !

— Et ma petite amie. Elles sont déjà là.

Je désignai leur table d'un geste.

Le sourire de la serveuse disparut, mais elle continua à me dévisager. C'était trop bizarre.

Je la contournai et me dirigeai vers Tenley et Cassie. Cassie se leva dès qu'elle me vit. Je me demandai pourquoi elle avait l'air aussi stupéfaite, puis je me rappelai que seuls Tenley et les flics m'avaient vu depuis que j'avais enlevé mes piercings. Elle me serra chaleureusement dans ses bras et chuchota un « merci » à mon oreille. Je ne voyais pas très bien pourquoi elle me remerciait, mais je la serrai contre moi.

Je pris une chaise à une table inoccupée et la posai à côté de celle de Tenley. Elle avait l'air de flipper à mort. J'espérais qu'elle avait commandé un déca, sinon j'allais devoir supporter une pile électrique le reste de la journée. Avant que Tenley ait pu me poser la moindre question sur mon rendez-vous, une serveuse bondit vers moi et se mit aussi à me fixer bizarrement. Je commandai un café noir et demandai une fourchette supplémentaire pour pouvoir terminer le gâteau de Tenley.

— Tout s'est bien passé ?

Tenley n'osait pas me toucher. Au lieu de ça, elle avait joint les mains sur ses genoux et essayait de les garder immobiles.

J'avais donc été un vrai monstre depuis notre passage au commissariat. Je décidai soudain de ne pas annuler mon prochain rendez-vous. Même si c'était soûlant de parler des situations de merde que j'avais vécues et des conneries que j'avais faites, je ne pouvais pas demander à Tenley de supporter cette situation plus longtemps.

— Oui.

Je me penchai et l'embrassai sur la tempe.

— J'ai un autre rendez-vous dans quelques jours.

Tenley sembla surprise de cet aveu.

— C'est vrai ?

Ses yeux s'embuèrent de larmes.

— Hé ! Ça va, chaton. On va s'en sortir.

Je passai mon pouce sur sa lèvre inférieure.

— Bon, je crois que je vais y aller, dit Cassie en se levant de sa chaise.

— Tu n'es pas obligée de partir, dis-je, vaguement déçu.

— Nate rentre tôt ce soir.

Cassie échangea un regard avec Tenley, et ses joues rougirent. Je préférais ne pas savoir pourquoi. Cassie enfila son manteau, et Tenley se leva pour la serrer dans ses bras. Cassie chuchota quelque chose que je n'entendis pas, puis caressa les cheveux de Tenley. C'était un geste affectueux et maternel.

— Je t'appelle demain pour te tenir au courant, lui assura Tenley.

— Aucune obligation.

Cassie l'embrassa sur la joue et partit. Je ne m'étais pas aperçu qu'elles étaient aussi proches.

— Qu'est-ce qui se passe ? demandai-je à Tenley tandis qu'elle se rasseyait.

— On est invités à dîner demain.

— Tu veux y aller ?

— Ça pourrait être sympa.

Je m'étais pas mal isolé ces derniers jours ; ça ne pourrait pas me faire de mal de sortir quelques heures demain soir. En plus, il fallait que je remercie Nate.

L'arrivée de mon café interrompit notre conversation. Je dévorai le reste du gâteau de Tenley, puis vidai ma tasse. J'en commandai un autre et un dessert supplémentaire, même si je ne mangeais que les pâtisseries de Tenley d'habitude.

Tenley me parla de sa nouvelle directrice de thèse et des projets qu'elle avait faits avec Lisa et Sarah pour la semaine prochaine. Elle évita soigneusement de me parler de mon rendez-vous, mais sa pile de serviettes déchirées doubla de volume. Quelque chose la rendait toujours nerveuse ; j'ignorais totalement ce que c'était.

— Je crois que je suis rassasié, dis-je après avoir vidé ma troisième tasse de café et terminé le gâteau au chocolat.

Mon appétit était revenu, mais je ne rêvais pas que de nourriture. J'avais aussi une sacrée érection. Ma queue s'était réveillée lorsque Tenley s'était énervée à cause de mon comportement à la con.

— Tu es sûr que tu ne veux rien d'autre ?

— Non. Je suis prêt à rentrer.

Je pliai ma serviette en papier, la posai au centre de l'assiette et appelai la serveuse.

Une fois l'addition réglée, je suivis Tenley vers sa voiture. Je n'avais toujours pas laissé la mienne chez le carrossier. J'allais pourtant devoir me bouger. Tenley et moi n'étions pas beaucoup sortis depuis l'incident du capot, mais j'en avais déjà marre de me promener dans une voiture de gonzesse.

Tenley était nerveuse sur le trajet du retour. Elle se passait les mains sur les cuisses, et son pied tambourinait le sol.

— Ça va ? lui demandai-je en m'arrêtant à un feu rouge.

— Hm-hm.

— Tu veux bien répéter ? Et j'aimerais que tu me dises la vérité cette fois.

Je me penchai et l'embrassai sur la joue pour lui montrer que je ne recommençais pas à me comporter comme un abruti. Je voulais juste savoir quel était son problème.

Elle ne devait pas s'y attendre parce qu'elle sursauta en sentant mes lèvres sur sa joue.

— Pardon. Trop de caféine.

Je m'écartai d'elle et laissai tomber. Tenley me parlerait quand elle serait prête. Je serais un vrai hypocrite si j'insistais, car je n'étais pas non plus prêt à lui raconter ma séance. Il y avait beaucoup de choses dont je ne parlerais jamais à Tenley. Ce n'était pas par manque de confiance en elle, mais parce qu'elle n'avait pas besoin de savoir ces trucs-là.

J'avais une putain de trouille qu'il lui arrive quelque chose, par exemple. Apparemment, c'était un symptôme de ma névrose post-traumatique. En tout cas, j'allais maintenant apprendre à gérer ça sans lui hurler après parce qu'elle avait mal replacé la télécommande sur la table basse. Comme je l'avais fait hier.

Une fois à la maison, Tenley disparut dans la salle de bains. En attendant qu'elle sorte de sa cachette, j'en profitai pour jeter un œil aux comptes d'Inked Armor sur mon ordinateur portable. C'était le boulot de Lisa, mais je revérifiais toujours tout.

Quand je regardai la date dans le coin en bas de l'écran, je n'en crus pas mes yeux. On était déjà le 30 décembre. Lisa avait décidé de se charger de l'organisation du réveillon après le fiasco du dîner de Noël, mais ça m'était complètement sorti de la tête. C'était sans doute pour cette raison qu'on était invités chez Cassie.

Tenley en avait probablement marre d'être coincée à la maison avec moi. Même si cette séance chez la psy avait été pénible, elle m'avait fait comprendre beaucoup de choses. J'étais un vrai abruti quand j'étais trop stressé. « On peut se permettre de jouer les connards taciturnes à dix-huit ans, mais plus à vingt-cinq », me dis-je.

Je refermai l'ordinateur et me dirigeai vers la chambre. La porte de la salle de bains était toujours fermée. Je frappai.

— Tenley ?

— Une minute.

Je fis les cent pas dans la pièce en repensant à ma séance. J'avais parlé à la psy de Tenley et du meurtre de mes parents. Elle m'avait poussé à analyser la façon dont j'avais vécu ces événements et m'avait fait remarquer qu'en évitant de les affronter, je mettais ma relation avec Tenley en danger. Maintenant que j'avais un peu de recul, je comprenais quel enfer je lui avais fait vivre ces derniers jours.

La porte de la salle de bains s'ouvrit, et je me retournai, prêt à lui présenter toutes mes excuses. Mais je ne parvins à prononcer que :

— Oh ! putain.

Tenley avait attaché ses cheveux en queue de cheval et portait uniquement des boucliers sur ses tétons et des chaussures à talons. L'ensemble ayant évidemment pour thème les cupcakes. Mon érection instantanée faillit bien déchirer mon jean.

Les joues rouges, Tenley baissa les yeux vers sa poitrine.

— Je me suis acheté de nouveaux bijoux.

Je m'éclaircis la voix. À deux reprises.

— C'est ce que je vois.

— Et de nouvelles chaussures.

— C'est ce que je vois aussi.

Tenley leva les yeux et me regarda. Elle oscillait toujours entre suavité et érotisme.

Je dus la contempler un bon moment, car elle finit par baisser les yeux et se tordre les mains.

— Je suis désolée. Nos rapports étaient tellement tendus ces derniers jours... J'ai cru que tu avais envie de moi tout à l'heure... Enfin, peu importe.

Tenley me tourna le dos et fit un pas vers la salle de bains. J'avais soudain une vue imprenable sur mon tatouage et ses fesses.

— Holà ! Mais qu'est-ce que tu fais ?

Tenley me regarda brièvement par-dessus son épaule.

— Je vais me changer.

— Oh non ! Je ne crois pas.

Je l'attrapai par le poignet et l'attirai vers moi.

Je posai ensuite une main derrière sa tête et l'embrassai – tendrement. Je m'étais montré trop agressif ces derniers temps et je voulais éviter de me comporter de la même façon dans la chambre. Je rêvais de lenteur, de tranquillité et de proximité, car j'avais passé mon temps à la rejeter. J'étais tellement absorbé par mes tourments que je ne m'étais même pas aperçu de sa souffrance.

— Tu m'as manqué, chuchota Tenley en glissant ses mains sous mon tee-shirt avant de le tirer par-dessus ma tête.

— Toi aussi, tu m'as manqué.

J'enroulai un bras autour de sa taille et portai Tenley jusqu'au lit.

Elle s'assit sur le bord du matelas, puis défit le bouton de mon pantalon de ses mains tremblantes. La fermeture s'ouvrit, et mon pantalon tomba sur le sol. Je fis un pas de côté pour l'enlever tandis que Tenley effleurait ma queue du bout de ses doigts.

— Je n'étais pas sûre...

Quand elle leva les yeux vers moi, je lus une grande vulnérabilité dans son regard.

— Je ferais n'importe quoi pour toi.

— Je le sais.

Ça faisait seulement quatre jours que nous n'avions rien fait, mais des siècles semblaient s'être écoulés depuis que je l'avais tenue dans mes bras pour la dernière fois.

— Je n'ai qu'une envie : te faire l'amour.

Et c'est ce que je fis.

Les choses allaient mieux. Je ne me faisais aucune illusion : mes problèmes n'étaient pas réglés. Ma maniaquerie à la con ne risquait pas de disparaître du jour au lendemain, mais je reconnaissais au moins que c'était un problème. Et je ne considérais plus comme une attaque personnelle le rangement aléatoire de Tenley.

Il était quinze heures, c'était le jour du réveillon, et nous nous préparions à aller chez Cassie. Toute l'équipe d'Inked Armor avait été invitée. Sarah aussi, mais elle devait travailler. Chris m'avait semblé sur les nerfs quand on s'était parlé au téléphone. Sarah n'avait pas travaillé une seule fois cette semaine, mais le Dollhouse avait besoin d'elle ce soir. Tenley et moi lui avions donc proposé de venir avec nous.

— Il faut que tu t'habilles.

Je remontai la fermeture du sac marin que j'avais préparé au cas où on dormirait là-bas. J'aimais bien penser que nos affaires étaient soigneusement mélangées à l'intérieur. De façon bien organisée, évidemment.

Tenley se pavanait en sous-vêtements à froufrous et faisait semblant de choisir la tenue qu'elle allait porter chez Cassie. Seules deux robes étaient suspendues dans la partie de la penderie que je lui avais libérée ; alors, le choix ne devait pas être si difficile.

— Laquelle ?

Tenley se retourna en tenant les deux robes, l'une noire, l'autre bleu pâle. Elle portait toujours ses boucliers de tétons en forme de cupcakes. Ils me rendaient complètement dingue.

— Il va falloir que tu arrêtes de m'exciter si tu ne veux pas faire attendre Chris. Il arrive dans dix minutes.

Tenley m'ignora.

— Si tu choisis la noire, je pourrai remettre mes chaussures à cupcakes.

— Je préfère la bleue.

J'étais capable de tout si elle remettait ces chaussures.

— Tu es sûr ?

— Absolument.

Cinq minutes plus tard, Tenley réapparut dans sa robe noire, ses chaussures à cupcakes aux pieds. Je faillis lui sauter dessus, mais Chris sonna juste à ce moment-là. Je filai dans l'ascenseur avec le sac marin, et Tenley me suivit avec une boîte de cupcakes qu'elle avait préparés dans la matinée.

Chris nous attendait dans le hall d'entrée. Il faisait une de ces têtes. On aurait dit que quelqu'un avait pissé sur ses chaussures. Il écarquilla les yeux dès qu'il me vit, oubliant instantanément sa mauvaise humeur.

— Putain de merde, H !

Je haussai les épaules.

— Tenley m'a coupé les cheveux.

— J'ai remarqué, merci. Mais je faisais plutôt allusion à ça.

Chris agita une main autour de son visage. Lui n'avait pas beaucoup de piercings au-dessus du torse, juste un anneau au sourcil et un tunnel à chaque lobe.

— Ce n'est pas grand-chose, répondis-je.

— Si tu le dis…

Il continua à me regarder tandis que nous nous dirigions vers le parking souterrain, mais ne dit rien d'autre. La voiture de Tenley était maintenant garée en face de la mienne. Chris déclara qu'il montait devant en se dirigeant vers la Camaro, mais s'arrêta net lorsqu'il vit l'état du capot.

— Qu'est-ce qui est arrivé à ta caisse ?

— Ce ne sont que des éraflures. Je vais la faire réparer.

Tenley avait appelé le carrossier plus tôt dans la semaine, quand je n'étais pas en état de le faire moi-même.

Chris posa les mains sur le capot et se pencha en avant.

— Elles sont profondes. On dirait que quelqu'un a essayé de gratter la peinture… Et le capot est cabossé...

Comme il devenait évident que je ne lui expliquerais rien, Chris se tourna vers Tenley. Le visage rouge écarlate, elle tripotait sa boîte de cupcakes. Le regard perplexe de Chris revint se poser sur moi. Je secouai la tête, mais il ne tint pas compte de mon avertissement.

— Tee ?

— Hm ?

Tenley regarda Chris.

— Qu'est-ce qui est arrivé à la voiture de H ?

Elle me lança un regard, espérant quelques instructions. Comme je restais impassible, elle leva les yeux au ciel.

— C'est la boucle au dos de ma veste qui a éraflé la peinture. Et c'est le genou de Hayden qui s'est enfoncé dans le capot.

Il lui fallut quelques secondes pour comprendre.

— Pourquoi tu aurais... ? Oh non ! Dis donc, Tee, quelle petite dévergondée !

— On prend ma voiture.

Tenley pivota sur ses talons et se dirigea à grandes enjambées vers sa Prius en lui adressant un doigt d'honneur pardessus son épaule. Ou peut-être m'était-il destiné.

— Tu es sûre ? Vous avez déjà bousillé la Camaro, s'esclaffa Chris. En tout cas, je pourrai toujours demander à Jamie et Lisa de me ramener.

Je lui envoyai un coup de poing dans le flanc.

— Aïe ! Pardon !

Tenley s'assit derrière le volant et fit claquer sa portière. Le moteur de la voiture s'alluma en émettant un petit gémissement de chochotte.

— Merci, Ducon.

— Je ne peux pas croire que tu m'en aies pas parlé. C'est arrivé quand ?

— Je ne te dirai rien.

— Je pourrai toujours demander à Tee.

— Si tu fais ça, je te balance mon pied dans les couilles, le menaçai-je.

Chris me suivit jusqu'à la voiture. Comme il se dirigeait vers le siège avant, je le poussai.

— Tu montes derrière.

Je me glissai à côté de Tenley et verrouillai la portière avant que Chris me fasse sortir de force. Il monta à l'arrière en râlant. Son grand corps occupait presque tout l'espace. Sans un mot, Tenley passa la première vitesse.

— Qu'est-ce qu'elle fait là, ta voiture ? Tu n'as pas peur de te prendre une amende ? lui demanda Chris.

— Comme j'avais droit à deux places, j'ai fait enregistrer sa voiture, répondis-je.

— Fais gaffe, Tee : bientôt, tu vas emménager avec ce maniaque.

Tenley toussa nerveusement.

Parfois, Chris ne savait pas fermer sa grande gueule.

Le trajet jusque chez Cassie fut deux fois plus long que d'habitude, car Tenley était une conductrice prudente.

Lisa nous ouvrit la porte. Lorsque je fus à l'intérieur, elle posa ses mains sur mon visage et sur mes cheveux.

— Cassie disait que tu avais changé de tête, mais, dis donc, c'est du beau boulot, Tenley !

— Je ne pouvais quand même pas le laisser raser sa mignonne petite tête.

— Ma quoi ?

Je la regardai bouche bée. J'appréciais déjà moyennement qu'elle prononce ces mots quand nous étions seuls, mais ça faisait deux fois qu'elle le faisait devant d'autres personnes.

Tenley me sourit d'un air suffisant.

— Tu as enlevé d'autres piercings ? demanda Lisa en me tournant la tête sur le côté pour vérifier mes oreilles.

— Non ! s'écria presque Tenley.

Jamie éclata de rire.

— Tu as mis ton veto ?

— Exactement. Je ne pouvais quand même pas le laisser se débarrasser des trucs les plus importants ! répondit Tenley.

Tout en bavardant avec légèreté, notre petit groupe se dirigea vers la cuisine pour participer à la préparation du dîner. C'était Cassie le chef ce soir, et Nate n'avait pas le droit de dépasser l'îlot de la cuisine quand elle était aux fourneaux.

Tenley enfila le tablier à fleurs en m'adressant un clin d'œil et commença à préparer un accompagnement. J'étais prêt à intervenir si nécessaire, mais elle n'eut besoin d'aucune aide. Ses pâtisseries étaient fabuleuses, mais, vu le contenu de sa cuisine, je m'étais dit qu'elle ne savait pas cuisiner. Eh bien, je me trompais.

Comme les filles étaient occupées, Nate m'emmena dans son bureau sous prétexte de parler de la propriété que nous allions rénover au printemps (celle où j'avais emmené Tenley la veille de Noël).

Je le suivis et m'assis dans le fauteuil en face du sien. Je m'attendais à ce qu'il m'interroge sur mon rendez-vous avec la psy, mais il sortit un dossier contenant des documents et des feuilles de calculs.

— Tu ne veux pas savoir comment s'est passée ma séance ?

Nate s'adossa à son fauteuil.

— Je n'avais pas l'intention de te le demander. Tu y es allé, tu es ici aujourd'hui et Tenley aussi, c'est bon signe. Je ne vais pas te poser des questions auxquelles tu n'as pas envie de répondre.

Je ne m'attendais pas du tout à ça.

— J'ai un autre rendez-vous.

— Tant mieux. Beatrice t'a donc plu ?

En entendant ce prénom vieillot, j'avais failli faire demi-tour avant même de la rencontrer. J'imaginais une femme de soixante-dix ans qui tirerait toutes sortes de conclusions en apercevant l'état de mes bras. En fait, c'était une quadragénaire grande et mince, aux goûts vestimentaires éclectiques. Mes tatouages l'avaient laissée de marbre.

— Oui, elle est pas mal.

Je frottai mes paumes sur mes cuisses. Elles étaient moites.

— Merci d'avoir fait ça pour moi. Je sais que tu tenais à ce que je voie un psy.

— J'ai seulement pris le rendez-vous. C'est toi qui as fait le plus dur.

— Je ne crois pas que j'y serais allé sans Tenley.

— Elle a une grande influence sur toi.

— Je suis amoureux d'elle.

Non, mais quel con ! Je pouvais pas me contenter de le remercier ?

Nate sourit.

— Elle ressent la même chose pour toi, c'est évident.

— Ouais. Pour le moment, en tout cas.

— Hm, je ne comprends pas très bien ce que tu veux dire.

La seule chose dont je n'avais pas réussi à parler avec la psy me hantait aujourd'hui. C'était une peur qui me paralysait depuis longtemps. J'attrapai la balle antistress sur son bureau, histoire de m'occuper les mains.

— Miller m'a appelé l'autre jour. Elle pense qu'ils sont sur une piste.

Nate me laissa changer de sujet.

— C'est une bonne nouvelle ?

— Je suppose. Ça peut aussi n'aboutir à rien.

Je préférais ne pas me faire d'illusions.

— L'attente doit être pénible.

— D'un côté, je n'ai plus envie de savoir.

Nate hocha la tête.

— Tu as vécu longtemps dans l'ignorance. Je suis sûr que l'idée d'obtenir justice est aussi pénible que de rester dans le doute.

— C'est pas ça. Enfin, si, en partie, j'imagine.

Je le regardai, et cette chose que je n'avais voulu dire à personne sortit enfin :

— Et si je découvrais que c'était ma faute ? Si mes parents étaient morts à cause de moi ?

C'était ce que je redoutais le plus.

Nate s'adossa à son fauteuil et joignit le bout des doigts en réfléchissant.

— Hayden, je vais te dire quelque chose, mais je t'en prie, ne te vexe pas. Tes parents ont pris des décisions contestables en ce qui te concernait. Ils n'étaient pas aveugles. Ils savaient très bien ce que tu faisais quand tu sortais avec tes copains. Tu n'essayais même pas de le cacher...

— Qu'est-ce que je dois en conclure ?

— Que tu demandais à tes parents de te remarquer. Ils t'aimaient, bien sûr ; ne va pas t'imaginer le contraire. Mais ils ont fait le choix de sortir un soir où tu étais puni en sachant très bien que tu ferais le mur. Ils n'ont rien fait pour t'empêcher de prendre ces décisions. Tu étais un gamin et tu faisais exactement ce que font les gamins quand on ne leur impose pas assez de limites. Tu n'es pas responsable de leur mort, quelle que soit l'issue de l'enquête.

— Mais je...

Je baissai les yeux. Ma main serrait la balle si fort qu'elle semblait sur le point d'exploser. Il me fallut une minute pour digérer ce que disait Nate.

— Je n'avais pas envisagé les choses de cette façon.

— Bien sûr que non. Ton point de vue est celui d'un homme de vingt-cinq ans qui n'a jamais surmonté ce qui s'était passé, non celui du gamin que tu étais à ce moment-là.

— Et c'est pour ça que je dois voir cette psy.

Ce que disait Nate était vrai. Beatrice m'avait expliqué quelque chose de semblable, mais, comme je ne la connaissais que depuis une heure, j'avais pris sa remarque à la légère. Les mots de Nate, eux, me convainquirent immédiatement.

— Je peux te demander quelque chose ? reprit Nate en posant ses coudes sur son bureau.

— Bien sûr.

— Tu sembles croire que les sentiments que Tenley éprouve pour toi sont éphémères. J'aimerais te donner mon avis, mais tu es libre de m'envoyer balader à tout moment.

— D'accord.

— Tenley a subi un traumatisme sans précédent, mais elle y a survécu et en est même sortie grandie. Je me trompe ?

— Non.

— Est-ce que son expérience a affaibli tes sentiments pour elle ?

— Absolument pas.

— Alors, si quelqu'un peut comprendre ce que tu ressens, c'est bien elle. Elle est le plus beau paradoxe qui puisse exister. Tu as trouvé une jeune femme incroyablement forte et résiliente qui te voit exactement comme tu es, et c'est réciproque. Nous n'avons aucun moyen de prédire l'avenir, mais ce que je peux te dire en tant que simple observateur, c'est que votre relation n'est pas de celles qu'on laisse tomber facilement.

— Alors, je devrais arrêter de m'en faire pour les choses que je ne peux pas maîtriser ?

— Tu peux essayer. Ce n'est pas forcément simple.

— Je suis justement en train de le découvrir.

Nate semblait toujours savoir quand je préférais clore le sujet. Il ouvrit le dossier contenant le budget prévisionnel des réparations de la maison et le fit glisser vers moi.

— Qu'est-ce que tu dirais si je te proposais de financer ce projet moi-même ? me hasardai-je.

— Je te demanderais pourquoi.

— Tenley vit chez moi maintenant. On n'a pas assez de place pour installer toutes ses affaires.

Enfin, je ne rêvais pas pour autant de voir débarquer ses meubles dans mon appartement. Son lit, à la rigueur. Je l'aimais bien, mais il filerait tout droit dans la chambre d'amis. Le mien était immense ; on y trouvait plein d'endroits où prendre appui quand on faisait des trucs ensemble.

— Tu vas pouvoir dégager les fonds nécessaires ?

— Je crois. J'ai déjà commencé à étudier le dossier.

— Tu en as parlé avec Tenley ?

— Pas encore.

Nate me lança un regard interrogateur.

— Tu peux peut-être commencer par trouver les fonds. On en reparlera une fois que ce sera fait.

Après avoir calculé quelle somme d'argent j'allais devoir fournir, Nate rangea ses papiers dans un dossier.

— Oh ! une dernière chose.

Il déposa un sac en papier sur le bureau.

— Qu'est-ce que c'est ?

— Je les ai trouvées dans le garage.

Je jetai un coup d'œil à l'intérieur du sac. C'était bien ce que je pensais : les chaussures de Tenley.

— Je... Euh...

— Cassie s'est dit qu'il valait mieux que je te les donne.

— Merci. Si Tenley apprend que quelqu'un les a trouvées, elle sera...

Morte de honte. Je sentis mon visage se réchauffer.

— Je suis content que tu aies voulu montrer à Tenley le chantier sur lequel tu travailles.

Je compris à son sourire qu'il savait exactement ce qui s'était passé dans le garage.

— J'aimerais quand même te dire, pour la prochaine fois, que, si tu appuies sur l'interrupteur à côté de la porte, le chauffage au sol se met en marche. Sinon, vous pouvez très bien entrer et visiter le reste de la maison ensemble.

Non, mais quel salaud !

31

Tenley

Nous étions sur le point d'appeler les garçons pour passer à table lorsque la sonnette retentit.

— C'est bizarre. Je n'attends personne d'autre, dit Cassie en regardant l'heure.

Il était presque dix-neuf heures.

— Je vais voir qui c'est, dis-je en lançant les maniques sur le plan de travail.

Vêtue de leggings et d'un sweat si grand qu'il ne pouvait qu'appartenir à Chris, Sarah attendait patiemment sous le porche.

— Je croyais que tu devais travailler ce soir !

Je fis un pas de côté pour la laisser entrer se mettre au chaud. Je remarquai alors qu'elle portait des talons aiguilles et des faux cils, mais pas de manteau.

— En effet.

— C'est qui ? cria Cassie depuis la cuisine.

— C'est moi ! répondit Sarah.

En entendant sa voix, Chris sortit de la salle de jeux.

— Je me disais bien que je t'avais entendue ! Viens là que je t'embrasse, lèvres de miel.

Chris faillit me faire tomber en voulant attraper Sarah. Il lui fit un énorme câlin. Avec ses talons, Sarah était presque aussi grande que lui, et Chris était tout sauf petit. Je détournai les yeux quand ils commencèrent à s'embrasser pour de bon. Hayden et moi étions sans doute aussi ridicules. En tout cas, je voyais très bien pourquoi Chris la surnommait « lèvres de miel ».

— Comment tu as réussi à prendre ta soirée ? demanda Chris quand il reprit enfin un peu d'air.

Cassie et Lisa étaient sorties de la cuisine pour saluer Sarah, et Jamie émergea de la salle de jeux, une queue de billard à la main.

— Désolée pour la tenue, dit Sarah en lissant son sweat-shirt.

— T'inquiète, on s'en fout. Ils t'ont donné ta soirée ?

— Euh..., pas tout à fait, répondit-elle avec hésitation.

Sarah s'appuya sur son épaule pour retirer ses chaussures.

— Tu as démissionné ? Je t'en prie, dis-moi que tu l'as fait.

Chris prit ses mains dans les siennes et les parsema de baisers en l'attirant dans le salon. Il entreprit de réarranger les coussins autour d'elle tandis qu'elle s'asseyait.

— En quelque sorte.

— Comment ça ? demanda Chris en lui caressant les cheveux.

— Je n'ai pas démissionné de façon officielle. Je suis allée au Dollhouse dans l'intention de le faire, parce que tu avais finalement raison : Sienna a commencé à me proposer des moyens de gagner... de plus gros pourboires.

— Tu déconnes ?

Le visage de Chris prit une teinte rouge inquiétante.

— Ne t'en fais pas. J'ai refusé net. C'est pour ça qu'elle me donne moins de travail. Enfin, bref, tu connais ce type louche, Damen ? Celui pour qui tu travaillais ?

— Damen ?

Cette fois, le visage de Chris vira au pourpre.

— Ouais. Toutes les filles l'appellent le Vautour.

Sarah frissonna.

— Il t'a offert des doses ? la coupa Chris.

Sarah hocha la tête.

— Souvent. Je les ai acceptées une seule fois, et c'était il y a longtemps. J'ai compris assez vite comment Sienna et lui utilisaient les autres filles.

Sarah regarda autour d'elle, comme si elle hésitait à nous

en dire plus. Nate était sorti du bureau, suivi de Hayden qui s'était placé derrière mon fauteuil. Je me demandai ce qu'il avait entendu. Il se pencha et embrassa le sommet de ma tête. Les yeux de Sarah s'arrêtèrent sur Cassie, puis sur moi.

— Personne ne te juge ici, dit doucement Chris.

— D'accord.

Sarah se pencha vers lui et l'embrassa rapidement.

— En fait, les choses m'ont semblé bizarres quand je suis entrée dans le club. Max n'était pas à la porte, et Jay, qui est un peu le garde du corps attitré de Sienna, ne se trouvait pas non plus à son poste. Personne ne surveillait la porte de son bureau, ce qui n'arrive jamais. Bon sang, je dois vous paraître complètement dingue.

Sarah fit une pause, le temps de reprendre son souffle, et poursuivit son histoire.

— Je suis entrée dans le bureau de Sienna en me répétant que j'allais lui remettre ma démission et vider mon casier. Sauf que ce Damen et elle étaient là en train de discuter. Damen était littéralement collé à elle. Au début, j'ai cru qu'ils étaient sur le point de..., enfin, vous voyez...

Il y eut quelques toux gênées, et quelqu'un fit semblant d'avoir un haut-le-cœur derrière mon dos. Sarah secoua la tête en faisant la grimace. Je préférais ne pas penser aux choses qu'elle avait dû voir dans le passé.

— Mais ce n'était pas le cas. Je n'avais jamais vu Sienna aussi flippée. Enfin, elle pète régulièrement les plombs pour une raison ou pour une autre, mais, cette fois, c'était différent. Elle était encore plus hystérique que d'habitude. J'ai entendu Damen parler de la police et je me suis dit qu'ils allaient peut-être se faire pincer. Comme je ne voulais surtout pas rester coincée là-bas, je suis venue directement ici. D'où ma tenue.

— Tu pourrais porter un sac à patates, tu serais toujours aussi magnifique.

Tandis que Chris et Sarah roucoulaient, je me tournai vers Hayden.

— Tu crois que Miller a interrogé Damen ?

J'avais immédiatement reconnu son nom.

Hayden semblait pensif.

— Elle m'a dit qu'elle explorait quelques pistes. C'est possible. Très probable même.

Il s'assit sur l'accoudoir de mon fauteuil. Je me poussai pour qu'il puisse se glisser à côté de moi.

Chris cessa soudain de tripoter Sarah.

— Tu crois que Damen pourrait être impliqué dans le meurtre de tes parents ?

— J'en sais rien.

Hayden se frotta le front.

— J'étais avec lui le soir où ils ont été assassinés. La police l'a déjà interrogé à l'époque.

— Peut-être que Miller voulait revérifier certaines choses, suggérai-je.

— Ouais. Ça me paraît logique, convint Hayden. Je devrais peut-être l'appeler...

— Ce serait sans doute mieux. Comme ça, tu sauras s'il y a un lien.

Je ne voulais pas que cette histoire lui gâche la soirée, mais, s'il n'appelait pas Miller, il allait sans cesse y penser.

Hayden sortit son portable et appela la policière. Comme elle ne répondait pas, il lui laissa un message.

— Elle te rappellera s'il y a du nouveau, le rassurai-je.

— Je sais.

Hayden m'embrassa l'épaule.

Cassie rompit le silence gêné qui s'était installé dans la pièce en annonçant que le dîner était prêt. C'était une diversion plus que bienvenue, car l'arrivée de Sarah avait soulevé un tas de questions. Au fil du repas, la conversation prit un ton plus léger. Après le plat de résistance, chacun aida à débarrasser la table et alla s'installer dans le salon. Le dessert pouvait attendre un peu.

Un bras passé autour de mes épaules, Hayden sirotait son scotch en silence, tandis que j'écoutais le récit des précédents réveillons. Je devinai rapidement que beaucoup de détails étaient censurés, mais j'ignorais si c'était pour mon bien ou celui de Cassie et Nate.

— Au fait, Tenley, j'ai entendu dire que tu étais passée voir la maison que Nate et Hayden sont en train de rénover. Qu'en as-tu pensé ? me demanda Cassie.

Je faillis m'étrangler en avalant une gorgée de vin.

— Je..., euh..., le garage est très spacieux.

— Hm, c'est vrai qu'il est bien conçu avec ce chauffage au sol. Et la chambre principale ? Une fois redécorée, elle sera extraordinaire.

— On n'est pas allés jusque-là, intervint Hayden.

Du coin de l'œil, je le vis lancer un regard irrité à Cassie. Tout le monde observait leur échange avec intérêt. Cassie avait beau être la tante de Hayden, ils se comportaient plutôt comme un frère et une sœur. Elle adorait le mettre dans l'embarras dès que c'était possible et me taquinait aussi par la même occasion.

— Ah ? C'est dommage. Cette chambre est charmante et très spacieuse. Presque autant que la nôtre, pas vrai, Nate ? En tout cas, on peut certainement y mettre un très grand lit. Je crois que c'est ce qui a tout de suite intéressé Hayden : la chambre principale et le jardin de derrière. Il y a une piscine et un jacuzzi ! Qu'est-ce que vous avez vu exactement ?

— Cassie.

Nate lui donna un coup de coude.

— Oui, mon chéri ?

Les joues rouges, Hayden regardait fixement son verre et réprimait un sourire.

Nate chuchota quelque chose à l'oreille de Cassie, mais Chris, qui était à côté de lui, n'en perdit pas une miette.

— Oh ! mec ! C'est à ce moment-là que tu as endommagé ta voiture ? Tu déchires, Tee !

Morte de honte, je me cachai derrière mes cheveux.

— Qu'est-ce qui est arrivé à ta voiture, Hayden ? C'est pour ça que tu conduis cette bagnole hybride ? demanda Jamie.

— Chris dramatise pour rien. C'est juste une égratignure.

— Une énorme égratignure et un capot cabossé, rectifia Chris.

Hayden pointa un doigt vers lui.

— Tu n'étais pas censé la fermer, toi ?

— Qu'est-ce qui s'est passé ? me demanda Lisa.

Sarah se pencha, et Chris lui chuchota quelque chose à l'oreille. Ses yeux s'écarquillèrent.

— Tu déconnes ?

— Quoi ? entendit-on de tous les côtés de la pièce.

Chacun avait les yeux braqués sur Chris.

— Si tu parles, t'es un homme mort, l'avertit Hayden.

— Au fait, je voulais te demander : tu as bien récupéré tes chaussures ? me demanda Cassie avec un sourire innocent.

— Qu'est-ce que tes chaussures ont à voir là-dedans ? s'étonna Jamie.

Je me blottis contre Hayden et avalai une grande gorgée de vin.

— Bon sang, marmonna Hayden. Tu crains, Cassie. Sérieux.

— C'étaient de jolies chaussures. Je ne voulais pas que Tenley pense qu'elles avaient disparu.

— Tu me le paieras, Cassie, fit Hayden.

— Laisse tomber, mon petit bonhomme. Tu ne fais pas le poids, le taquina Cassie.

— Tu perds rien pour attendre.

— Qui est prêt pour le dessert ? demandai-je.

Mais tout le monde m'ignora, et je vidai mon verre.

— Vous savez, il y a une place de libre dans notre garage. Puisque vous prévoyez de passer la nuit ici, tu peux toujours garer ta voiture à l'intérieur, Tenley, dit Cassie avec un sourire malicieux.

Chris ricana.

Hayden secoua la tête.

— Tu l'auras voulu, Cassie.

Il se tourna vers Nate, qui paraissait horrifié. Nate secoua très légèrement la tête en regardant Cassie et Hayden tour à tour.

— Nate, tu as toujours besoin d'un coup de main pour installer cette balançoire dans votre chambre ? Je crois que j'ai les bons boulons cette fois.

Hayden sourit de satisfaction en voyant la tête de Cassie.

— Pourquoi Nate voudrait une balançoire ?... Oh !

Je regardai les joues de Cassie s'empourprer et le visage de Nate blêmir.

Cassie donna une claque sur le bras de Nate.

— Tu as demandé de l'aide à *Hayden* ?

— Il était censé la boucler. En plus, c'est bien la seule personne dans mon entourage qui sache comment installer ce genre de truc.

Je dévisageai bêtement Hayden.

— C'est le même principe que pour assembler du matériel d'escalade, chaton, m'expliqua-t-il.

Mon verre vide à la main, je bondis de mon fauteuil. Je ne voulais pas en entendre plus.

— Je vais me resservir.

— Moi aussi ! fit Lisa en me suivant.

Le lendemain matin, tout le monde fit la grasse matinée. La journée commença donc très lentement.

Hayden m'aurait bien gardée au lit jusqu'au soir, afin de voir combien de fois je parviendrais à jouir en silence, mais Chris cogna à notre porte vers midi.

— Le brunch sera prêt dans dix minutes ! cria-t-il.

Hayden avait presque réussi à me persuader que j'avais besoin d'un autre round.

— On arrive, grogna Hayden.

Un rire traversa la porte, puis Chris longea le couloir et fit subir le même sort à Lisa et Jamie.

— Je suppose qu'on va devoir attendre d'être à la maison, dit Hayden avec irritation en roulant loin de moi.

Un an plus tôt, je n'aurais jamais imaginé tous ces nouveaux changements dans ma vie. Je n'aurais pas non plus cru à la possibilité de rencontrer quelqu'un comme Hayden. Notre petit groupe passa ensuite l'après-midi affalé devant la télé dans le salon de Cassie, chacun essayant de se remettre de sa légère gueule de bois. Lorsque la nuit commença à tomber, Hayden décida qu'il était temps de partir.

Nous n'étions qu'à deux rues de chez lui quand j'aperçus au loin un flash de lumière rouge et bleu. Il semblait y avoir plusieurs gyrophares ; ce devait être un accident.

À mon grand soulagement, Hayden décida d'emprunter une petite rue latérale. Je n'avais pas du tout envie qu'on nous gâche cette bonne journée.

— Comme je sais pas ce qui se passe, dit Hayden, je préfère prendre l'entrée à l'arrière du parking.

Il tourna à droite, mais ralentit soudain et puis s'arrêta. La rue devant nous était fermée par une voiture de police, dont les gyrophares allumés nous demandaient silencieusement de faire demi-tour.

— Mais qu'est-ce que c'est que ce bordel ? grogna Hayden avant de faire marche arrière.

Il fit le tour du pâté de maisons ; toutes les rues menant à son appartement étaient bloquées. Quand il essaya de passer par la ruelle qui longeait Serendipity, ce fut la même chose.

À deux rues d'Inked Armor, Hayden se gara sur le trottoir, bloqué par un barrage de voitures de police situé à une quinzaine de mètres. Il prit son portable.

— Zut. J'ai raté un paquet d'appels.

Pour éviter d'être distrait, il l'avait laissé dans un coin hier soir, peu après avoir appelé Miller. Il ne l'avait pas regardé depuis. Hayden écouta ses messages en activant la fonction haut-parleur. Ils étaient tous de Miller, sauf un. Dans le premier, elle lui expliquait tranquillement que Duggan et elle creusaient quelques pistes et qu'elle l'appellerait dès qu'il y aurait du nouveau. Dans le deuxième, elle demandait à Hayden où il se trouvait. Dans le dernier, Miller était beaucoup moins calme et priait Hayden de la rappeler dès que possible. Elle lui avait laissé ce message quelques heures plus tôt. Le dernier appel venait de Sienna. Hayden s'apprêtait à l'effacer lorsqu'on entendit soudain sa voix aiguë et hystérique.

« Hayden ? Putain de répondeur. Écoute, chéri, je n'étais pas au courant. Quoi que te dise Damen, *je ne savais rien*. C'est tellement dingue. Je suis désolée, je n'ai jamais voulu te faire de sales coups. Cet abruti veut me faire tomber aussi. Je sais que j'ai été une vraie garce avec toi ces dernières années, mais je te promets que, si j'avais su, j'aurais..., j'en sais rien. Je suis désolée. »

À la fin du message, Sienna pleurait.

Hayden le réécouta.

— Est-ce qu'elle veut dire que... ?

Il était terriblement silencieux.

— Il faut que tu rappelles Miller.

— Tu crois ?

— J'en sais rien...

— Parce que, si je comprends bien, ce fils de pute de Damen a quelque chose à voir avec le meurtre de mes parents.

Hayden semblait se sentir terriblement trahi.

— Ce n'est pas ta faute.

— Je sais. J'avais dix-sept ans. Je n'étais qu'un gamin, dit-il d'une voix blanche.

Il éteignit le moteur et détacha sa ceinture. L'air froid s'engouffra dans la voiture quand il ouvrit sa portière et sortit dans la nuit sombre.

— Je ne crois pas que ce soit une bonne idée, dis-je.

Mais Hayden m'ignora et, le portable à l'oreille, descendit la rue à grandes enjambées vers le barrage de police. Je dus courir derrière lui pour ne pas me laisser semer.

— Je suis dans ma rue. Tout est bloqué par la police.

Après une courte pause, Hayden reprit :

— Je le vois presque d'ici.

Sur le trottoir, la police maintenait à distance la foule qui s'était rassemblée. Je suivis le regard de Hayden et jetai un œil derrière les policiers. Plissant les yeux à cause de la lumière des gyrophares, je vis quelque chose étinceler sur le trottoir.

Les vitrines d'Inked Armor avaient disparu, et il ne restait que de grands trous noirs. À quelques pas de là, un policier en uniforme forçait un homme à se relever. La lumière du lampadaire éclaira ses traits tandis qu'on le traînait vers une voiture de police banalisée.

— Merde, souffla Hayden. Je connais ce mec.

32

Hayden

Pour la quatrième fois en moins de deux semaines, je me retrouvais au commissariat. Miller nous y avait emmenés dans sa voiture parce que je n'étais pas en état de conduire. Cette histoire devenait de plus en plus dingue.

Tenley était avec moi quand je reconnus Damen et Brett lors de deux séances d'identification. Brett était exactement comme dans mes souvenirs, juste un peu plus vieux et défait. Il était petit et perdait déjà ses cheveux.

Son visage était grêlé, ses dents, pourries. « Voilà ce qui arrive quand on ne maîtrise plus sa consommation de méthamphétamine », pensai-je. Ce genre de dépendance pouvait aussi rendre une personne assez dingue pour cambrioler une maison avec une arme volée et chargée sans vérifier si les habitants étaient chez eux.

Damen était dans un état tout aussi pathétique, mais il était impossible de le plaindre. Brett avait peut-être appuyé sur la gâchette, mais c'était Damen le véritable instigateur du massacre. Il lui avait fourni la drogue, suggéré ce cambriolage et offert une arme. Mais la partie qui me soûlait le plus, c'était que j'avais travaillé des années pour lui sans rien savoir. C'était le summum de la trahison.

Assis dans le bureau de Miller, je me demandai brièvement ce qui était arrivé à Sienna. Elle ne pourrait s'en prendre qu'à elle-même si Damen mouchardait. C'était une criminelle : elle avait passé des années à encourager ses danseuses à se droguer jusqu'à ce qu'elles soient obligées de racoler. Le plus dingue, c'est qu'elle avait vécu la même chose. Sienna savait ce que c'était de ne pas avoir le choix ; pourtant, elle passait son temps à entuber les gens qui lui faisaient confiance.

Duggan, le collègue de Miller, était assis sur le bord du bureau. Il était calme et maître de lui, mais Miller avait l'air tout aussi nerveuse que moi.

— Je vais vous chercher du café ? me demanda Duggan en buvant une gorgée dans sa tasse crasseuse.

— De l'eau, ça ira, merci.

Ma gorge était tellement sèche que j'avais du mal à déglutir. J'étais à deux doigts de faire une crise d'angoisse. Si je tenais bon, c'était uniquement grâce à Tenley. Elle avait voulu appeler Cassie et Nate pendant le trajet vers le commissariat, mais je lui avais demandé d'attendre. Je ne voulais pas avoir l'impression de revivre ma première soirée ici. Je n'arrêtais pas de jeter des coups d'œil par-dessus mon épaule, certain que Cross allait débarquer pour m'interroger à nouveau. Il s'avéra en fait que je n'avais aucune raison de m'inquiéter.

— Cross a été placé en garde à vue, dit Miller en alignant les stylos sur son bureau.

Je la dévisageai.

— Je voulais vous le dire plus tôt. Je sais combien toute cette histoire a été éprouvante pour vous...

— Mais pourquoi ? demandai-je quand la connexion entre mon cerveau et ma bouche fut enfin rétablie.

— Brett Wilson est le demi-frère de Cross. Pour résumer, il a falsifié les preuves du meurtre pour le protéger.

— Le fils de pute.

— C'est exactement ce que je me suis dit, fit Duggan.

Miller le fit taire du regard.

Je me massai les tempes. Les battements sourds de mon mal de tête avaient fait place à de véritables coups de marteau. Je comprenais tout et rien à la fois.

— Et quelle est la version complète de l'histoire ? demandai-je sans savoir si je pouvais vraiment en supporter beaucoup plus.

Je m'étais attendu à éprouver du soulagement en découvrant la vérité, mais je me retrouvais seulement avec une liste de questions encore plus longue qu'avant.

— Brett était un gamin à problèmes. Il a fait des bêtises quand il était jeune, mais, comme Cross était dans la police, ça lui laissait une certaine marge de manœuvre. Brett a eu dix-huit ans deux semaines avant le double homicide.

— Juste avant d'assassiner mes parents, vous voulez dire ?

Tenley glissa sa main sous la mienne. Je la serrai.

— Vous êtes sûr de vouloir poursuivre ?

Comme je hochais la tête, Miller continua :

— Brett a prétendu avoir passé deux appels ce soir-là. Le premier à Damen, le second à son frère. À peu près au même moment, quelqu'un a appelé la police. Cross a été le premier à arriver sur la scène de crime. D'après ce que nous avons compris, il a mal classé les preuves ou les a falsifiées. La plupart sont devenues irrecevables ; les différents rapports ne correspondaient pas. À l'époque, on a cru que le collègue de Cross était responsable, mais nous savons maintenant que Cross avait tout orchestré pour qu'on l'accuse. Il n'y a qu'une chose dont il n'a pas réussi à se débarrasser : le tableau. Il a été déclaré volé. Nous croyons que Cross l'avait caché dans l'intention de revenir le chercher plus tard. Mais ce n'est pas arrivé. Les rapports du labo confirment que les empreintes de Brett et les siennes se trouvent bien dessus.

Il fallut une bonne minute pour que toutes les pièces du puzzle se mettent en place dans ma tête.

— Mais Cross n'a pas pu poursuivre Damen, c'est ça ?

— Non, il se serait impliqué lui-même autrement, dit Duggan.

— Est-ce qu'ils vont aller en prison ? demandai-je.

— Il va y avoir un procès, répondit Miller.

— Est-ce que je devrai témoigner ?

— Ce serait très utile, en effet.

Je n'avais aucune envie de tout revivre – mais je ne voulais pas qu'un de ces types écope d'une peine moins lourde à cause de moi.

Fin février, l'affaire passa devant les tribunaux. Les choses bougeaient beaucoup plus vite que je l'aurais imaginé. C'était à la fois réconfortant et angoissant.

Tenley réajusta ma cravate et lissa les revers de ma veste.

— Je crois que nous sommes prêts.

Je la serrai fort dans mes bras.

— Quoi que tu entendes aujourd'hui, rappelle-toi que toutes ces choses sont arrivées il y a longtemps.

— Et toi, n'oublie pas que l'issue de ce procès ne changera rien entre nous. Je serai toujours là, à essayer de ne pas laisser traîner mes petites culottes un peu partout.

Je souris contre son épaule.

— Je t'aime.

— Je t'aime aussi. N'en doute jamais.

Tenley me prit la main et ouvrit la porte de la salle du tribunal.

J'aurais pu rester assis pendant tout le procès à écouter Brett, Damen et Cross donner chacun leur version de l'histoire, mais ça n'aurait rien changé à l'issue. La seule chose que je voulais à ce stade, c'était obtenir justice, autrement dit l'incarcération de ces trois hommes. Si j'avais accepté d'endurer ce procès, c'était uniquement pour cette raison.

L'angoisse m'assaillit lorsqu'on nous escorta jusqu'à l'avant de la salle. Je reconnus beaucoup de visages : d'anciennes danseuses du Dollhouse qui avaient changé de vie, d'autres qui n'y étaient jamais parvenues. Quelques employés de Damen se trouvaient également là. Ils étaient assis tous ensemble, unis par leur désir d'obtenir justice, eux aussi.

Sienna était assise au deuxième rang de l'autre côté de la salle. Difficile de la rater dans sa combinaison orange. Elle avait l'air terriblement fragile et petite. La cicatrice sur son visage était plus visible sans maquillage. Elle espérait sans doute qu'ainsi les gens la plaindraient. Elle m'adressa un regard plein de regret quand je passai devant elle. Damen l'avait fait tomber de son piédestal. Elle avait non seulement été assignée à comparaître dans cette affaire, mais on l'accusait aussi d'un tas d'autres choses. Elle aurait beau plaider coupable, elle prendrait tout de même une peine de prison ferme. Je la plaignais presque. Elle avait tenu à moi à une époque, à sa façon totalement tordue. Mais Sienna n'avait jamais été la femme dont j'avais besoin.

Je fus la seule personne à venir témoigner à la barre. J'avais eu un aperçu des questions qu'on allait me poser, mais il fut tout de même douloureux d'y répondre. Dès que je prenais la parole, je me concentrais sur la première rangée, celle où se trouvait ma famille. Cassie, Nate, Chris, Jamie, Lisa et Sarah étaient tous venus m'assurer de leur solidarité et de leur soutien. Tenley était assise au milieu du groupe. Si j'avais accepté de supporter tout ça, c'était uniquement pour elle – parce que, grâce à Tenley, j'avais envie d'avancer dans la vie.

Je ne retournai pas dans la salle du tribunal après avoir témoigné. C'était inutile. Le procès dura des semaines, mais le jury rendit son jugement très rapidement. Chaque accusé écopa d'une peine de prison ferme.

33

Tenley

Hayden leva les yeux de son travail quand j'entrai dans le salon.

— J'en ai pour quelques minutes. On a presque fini, Nate et moi.

— C'est vrai ?

Je me penchai au-dessus du comptoir où se trouvait Lisa, laissai tomber mon sac à main sur le sol et la serrai contre moi.

— Il faut que tu y jettes un œil, dit Lisa. Cassie va devenir dingue quand elle va voir ça.

Lorsque je fis un pas vers lui, Nate leva une main pour m'arrêter, mais Hayden lui donna une tape.

— Je colore son visage, espèce d'abruti. Ne bouge pas.

— Mais tu ne travailles même pas sur ce bras.

— C'est pareil. Si tu bouges un seul muscle, tout le reste de ton corps remue.

Sans quitter son dessin des yeux, Hayden pointa un doigt vers moi.

— Toi, tu restes où tu es jusqu'à ce que j'aie fini.

Je reculai d'un pas.

— Désolée, Cupcake.

Hayden leva la tête et me lança un regard noir.

Chris, qui tatouait un autre client, s'arrêta net.

— Est-ce que j'ai bien entendu ? Tee vient de t'appeler « Cupcake » ?

Lisa étouffa un rire. Je passai derrière le comptoir et me cachai derrière elle.

— Je croyais qu'on était d'accord pour que ça reste entre nous, dit Hayden.

— Ça m'a échappé.

En quelque sorte.

— Fais attention à toi. Tout à l'heure, il n'y aura plus personne pour te protéger quand je me vengerai.

Hayden se remit à tatouer le bras de Nate.

— Des promesses, toujours des promesses.

Je le voyais sourire, même s'il penchait la tête. Ses cheveux avaient repoussé depuis la fin du procès. Ils lui retombaient presque devant la figure, comme la première fois que je l'avais rencontré.

Comme j'aimais bien quand il les portait un peu plus longs, il n'avait pas redemandé à Lisa de les lui couper.

Hayden prit son temps pour achever son tatouage. Quand il eut reposé la machine, il passa plus de temps que nécessaire à l'examiner.

— Très bien. C'est fini. J'y jetterai un œil dans une semaine ou deux, au cas où il faudrait y retoucher, mais on peut s'arrêter là pour le moment.

La satisfaction de Hayden était évidente.

Nate se releva de son fauteuil. Il ne portait qu'un fin débardeur, car sa chemise et sa cravate étaient soigneusement suspendues à un crochet près du poste de travail de Hayden. La première chose que je remarquai – par mégarde –, ce fut la forme d'un anneau de métal sur son sein gauche.

— Est-ce que c'est... ?

— Un anneau au téton ? finit Lisa. Je le lui ai posé pour l'anniversaire de Cassie, il y a quelques années.

— Ils sont assez bizarres, ces deux-là, non ?

— Et encore, tu ne sais pas tout.

Son sourire en disait long.

Je levai une main pour l'arrêter. Je n'avais aucune envie d'entendre parler des autres piercings de Nate.

— C'est très bien comme ça.

Nate et Hayden étaient allés vérifier le résultat dans le miroir à trois faces.

— C'est quand, ta prochaine séance ?

Lisa tira sur le col large de mon tee-shirt, afin de jeter un œil à mon tatouage presque terminé.

— Je n'en ai aucune idée.

Je m'étais assise dans le fauteuil de Hayden quatre fois au cours des huit dernières semaines. Plus que deux séances et ce serait fini. Hayden prenait son temps parce qu'il fallait que la couleur soit parfaite, et il refusait toujours de me tatouer plus de deux heures d'affilée.

J'avais l'impression qu'il faisait volontairement durer les choses. C'était dans la salle privée que Hayden se sentait le plus à l'aise pour me raconter ce qui se passait pendant ses rendez-vous avec Beatrice. Je n'étais pas pressée de perdre ces précieux moments avec lui et je me demandais d'ailleurs comment on allait pouvoir recréer ce lien une fois qu'il aurait terminé.

Lisa cliqua sur le planning de Hayden.

— Qu'est-ce que tu dirais de vendredi soir ? Il a bloqué un créneau de deux heures, mais je ne vois pas pourquoi.

— Ce sera deux semaines après ma dernière séance… C'est parfait. Il n'a aucune raison de refuser.

Enfin, il était très doué pour se trouver des excuses quand il le voulait.

Lisa inscrivit mon nom sur le planning.

— C'est bon, les filles. Hayden m'autorise à vous le montrer ! cria Nate.

Il tendit le bras pour nous offrir une vue parfaite de son tatouage. Cette version pin-up de Cassie était à la fois sobre et sexy. La ressemblance était incroyable.

— C'est magnifique. Cassie va adorer, dit Lisa.

Nate nous sourit d'un air satisfait.

— Je compte bien là-dessus. C'était soûlant de garder un pansement dessus pour qu'elle ne le voie pas. La semaine dernière, elle a essayé plusieurs fois d'y jeter un œil au milieu de la nuit.

— Quelle horreur ! dit Hayden d'un ton pince-sans-rire. Bon, il faut qu'on le couvre maintenant. Pas de frottement pendant au moins quelques jours, Nate. J'ai pas envie de passer deux heures à le retoucher.

— Je dirai à Cassie d'y aller doucement.

— Merde, Nate, te crois surtout pas obligé d'entrer dans les détails.

— Alors, tu as fait visiter la maison à Tenley ou bien est-ce que tu as seulement un faible pour le garage ? le provoqua Nate.

Hayden se retourna, prêt à répliquer. Mais il s'arrêta en voyant la couleur de mon visage.

Nate se laissa retomber dans le fauteuil.

— Au fait, *si* tu songes à y emmener Tenley, je crois que ce serait pas mal ce soir ou demain.

Hayden leva un sourcil, mais sans regarder Nate.

— Ah ouais ?

— Ouais.

Nate hocha la tête en regardant Hayden lisser le film plastique sur son tatouage et le fixer avec du sparadrap.

Visiblement, il se passait quelque chose, mais aucun d'eux n'était prêt à en parler tant que Lisa et moi rôdions autour d'eux. J'étais contente que Nate et Hayden se soient rapprochés ces derniers mois, mais je n'aimais pas être exclue de leurs conversations.

— Alors, dit Nate en enfilant une manche avec précaution, quand est-ce que Jamie va commencer à te tatouer ta pin-up ?

— Euh..., je..., euh, nous n'en avons pas parlé, bégaya Hayden.

Lisa toussa pour couvrir un juron.

— Une pin-up ? demandai-je.

— Oh ! merde, fit doucement Nate.

— Est-ce que quelqu'un pourrait m'expliquer ?

Je croisai les bras et attendis.

C'est Lisa qui répondit :

— Hayden a envie de se faire tatouer autre chose depuis un moment. Il a un dessin en tête, mais Jamie et lui cherchent le bon emplacement. Ils n'ont pas encore commencé.

— Pourquoi je ne l'ai pas vu ? demandai-je.

C'était la deuxième fois que j'avais l'impression d'avoir raté un épisode depuis mon entrée dans le salon. Même Lisa était au courant de ce futur tatouage.

Hayden se balança sur ses talons.

— Je voulais qu'il soit parfait avant de te le montrer.

— Et c'est bon maintenant ?

— Pas tout à fait, mais j'ai une copie à la maison. Tu pourras y jeter un œil plus tard.

— D'accord.

Je décidai de me calmer. Vu la façon dont Lisa se tortillait une mèche de cheveux et Nate s'intéressait un peu exagérément à sa cravate, ce n'était pas un petit tatouage sans importance.

Nate voulut payer Hayden, qui refusa son argent. Il était plus de vingt et une heures quand Hayden termina de nettoyer son poste de travail. Son premier client du lendemain ayant besoin d'une salle privée, il m'y emmena le temps de la préparer. Je m'assis dans le fauteuil de tatouage et jouai avec son levier pendant que Hayden rassemblait l'encre et les différents instruments dont il aurait besoin pendant la séance.

— Bon, je me disais...

Il se laissa tomber sur le tabouret à côté de moi.

— … que tu aimerais peut-être aller voir la maison ce soir ?

— J'aurai le droit de la visiter, cette fois ?

Cassie n'arrêtait pas de plaisanter à ce sujet.

— C'est ce que j'avais prévu.

Il se frotta la lèvre inférieure pour essayer de dissimuler son sourire.

— J'aimerais bien.

— Enfin, si tu as envie de passer un petit moment dans le garage, je n'y vois aucun inconvénient.

— Évidemment.

Je l'attrapai par la chemise, le rapprochai de moi et lui mordillai la lèvre.

— Je sais que tu me caches quelque chose.

Il passa une jambe par-dessus les miennes et se plaça à califourchon sur mes genoux, face à moi.

— Ton intelligence te perdra. Tu n'aimes donc pas les surprises ?

— Tout le monde est au courant sauf moi, et ça m'agace. Je suis censée être ta copine.

— Mais tu l'es.

Hayden s'assit sur mes cuisses en prenant appui sur les accoudoirs. Puis il pencha la tête et effleura des dents ma clavicule. Je sentais son érection contre mon ventre. Mais, comme il était assis sur mes cuisses, je ne pouvais que me tortiller.

— T'as déjà baisé ici ?

J'utilisai volontairement un mot obscène. J'avais découvert que ça excitait Hayden parce que je le faisais rarement.

— Non.

Il changea de position et m'écarta les jambes à l'aide de son genou.

— Jamais ?

Chaque fois que je m'installais dans son fauteuil, j'avais envie de retirer tous mes vêtements et de le sentir en moi.

Hayden secoua la tête en s'installant entre mes cuisses.

— Et tu serais prêt à me baiser ici ?

Il arrêta de m'embrasser et leva la tête pour me regarder droit dans les yeux.

— Je ne te baise pas, Tenley. Je couche avec toi. Parfois même, je te fais l'amour. Mais nous ne baisons pas.

Je le dévisageai avec scepticisme. C'était totalement faux. Très souvent, nous avions tellement envie de l'autre que nous étions incapables d'y aller doucement. Et ça ne me dérangeait pas le moins du monde.

Sur le point de protester, je me ravisai. Si je commençais à lui expliquer qu'il pouvait me baiser et m'aimer en même temps, le débat risquait d'être long. Et j'avais très envie de lui. Hayden était tellement fatigué ces derniers temps qu'il s'effondrait sur le canapé en rentrant du travail. De mon côté, je devais me concentrer sur mes cours et ma thèse. Nous n'avions pas fait l'amour depuis des jours.

— Bon. Tu veux bien qu'on couche ensemble ici ?

— Maintenant ? fit-il d'une voix étranglée.

— On pourrait fermer la porte à clé.

— Non.

Ses mains se resserrèrent sur les accoudoirs.

— Chris, Jamie et Lisa sont dans la pièce d'à côté.

— Et si on était seuls, tu accepterais ?

Je fis descendre mes mains le long de son dos et les glissai sous la ceinture de son jean. Il ne portait pas de sous-vêtements.

Son front retomba contre mon épaule.

— Tenley. Pourquoi tu veux faire ça maintenant ?

Le son de sa voix était étouffé par mes cheveux.

— Parce que tu es réveillé et lucide, et que tu ne risques pas de t'endormir sur moi. On n'a rien fait depuis des jours. Tu me manques.

Hayden leva la tête et fronça les sourcils.

— Combien de jours ?

— Trop, dis-je en m'efforçant de masquer ma frustration.

Mes ongles s'enfoncèrent dans ses fesses, et je sentis ses muscles se contracter sous mes doigts. Il n'y avait pas que le sexe qui me manquait, cependant.

Je rêvais de sentir son corps contre le mien, d'être serrée dans ses bras, dévorée par le désir. Je voulais retrouver ce lien physique et affectif qui se créait entre nous quand il était en moi. J'en avais terriblement besoin.

Je vis alors Hayden remonter le temps dans sa tête, essayant de se rappeler quand nous avions couché ensemble pour la dernière fois. Il eut soudain l'air désolé.

— Laisse-moi d'abord te montrer la maison ; ensuite, je me ferai pardonner ma négligence.

Avec un sourire malicieux, il desserra mes jambes autour de sa taille et se souleva du fauteuil. Puis il me tendit la main pour m'aider à me relever et m'attira à lui.

— Sache, en tout cas, que j'ai eu envie de te prendre dans ce fauteuil dès le jour où je t'ai tatoué ce cupcake. Alors, tiens-toi prête, parce que je le ferai dès que j'en aurai l'occasion.

Lorsque la voiture s'arrêta devant la maison, je remarquai plusieurs traces de pneus dans la neige.

— On dirait que quelqu'un est venu ici récemment, observai-je.

— On a décidé de commencer les rénovations plus tôt que prévu.

Hayden appuya sur un bouton situé près du pare-brise, et la porte du garage s'ouvrit. Lorsqu'il eut garé la voiture à l'intérieur, je descendis.

— Il fait bon ici, dis-je.

— Il y a un système de chauffage au sol. Ce que j'ignorais la dernière fois.

Hayden m'adressa un sourire penaud, puis se dirigea vers un escalier qui menait à une porte. Me prenant par la main, il m'emmena dans la maison et appuya sur un interrupteur dans le couloir récemment repeint. D'autres lumières s'allumèrent lorsqu'il arriva devant une autre porte qui s'ouvrait sur une grande pièce ouverte.

J'examinai la cuisine dernier cri.

— Je croyais que cette maison avait besoin d'être retapée.

— C'était le cas.

— Ça vous a demandé beaucoup de travail ?

J'enlevai mes chaussures pour ne pas abîmer le parquet.

— Pas mal.

Je jetai un coup d'œil à son visage. Hayden se mordait la lèvre, même si ses *viperbites* avaient disparu. Cela signifiait qu'il était anxieux ou en manque de sexe.

— Viens.

Il me tira par la main.

— J'ai d'autres choses à te montrer.

Je m'efforçai de ne pas lui poser la question qui me brûlait les lèvres : pourquoi ne m'avait-il pas dit que les travaux avaient commencé « plus tôt que prévu » ? Le rez-de-chaussée était un espace ouvert aux tons neutres, avec une hauteur de plafond de trois mètres.

Au-delà de la cuisine s'étendait une salle à manger élégante ornée d'un lustre ouvragé. Le salon aux murs pâles et aux lignes épurées me parut immense. L'ensemble me rappelait l'appartement de Hayden, sauf que ce rez-de-chaussée faisait à lui tout seul le triple de sa surface et était décoré de jolis éléments architecturaux.

Une fois la visite du rez-de-chaussée terminée, Hayden m'emmena à l'étage. Il me montra les quatre chambres, gardant la plus grande pour la fin. Elle avait un plafond voûté, d'immenses baies vitrées, et même une alcôve-bibliothèque.

— C'est incroyable.

Je fis le tour de la pièce. Comme dans le reste de la maison, la couleur des murs était neutre. Elle était d'un gris pâle.

— Quand est-ce que vous avez commencé ?

— Mi-janvier.

Je me retournai.

— Tu me caches ça depuis deux mois ?

— Nate a suggéré qu'on rénove d'abord l'intérieur, pour qu'on puisse s'occuper du jardin et des peintures extérieures au printemps. J'avais besoin de me distraire pendant le procès. Et je voulais te faire la surprise.

— Pourquoi ?

— C'est moi qui ai payé toutes les rénovations. J'ai envie de racheter la part de Nate.

— Je croyais que vous vouliez la revendre ?

Hayden était tellement nerveux ; son regard ne savait pas où se poser.

— C'était l'idée de départ.

— Pourquoi vous avez changé d'avis ?

— La maison ne te plaît pas ?

Il avait l'air presque blessé. J'étais de plus en plus perdue.

— Bien sûr que si. Elle est magnifique. J'ai simplement du mal à comprendre pourquoi vous avez changé d'avis et pourquoi je ne l'apprends que maintenant.

Hayden leva les yeux vers le magnifique médaillon du plafond.

— J'aime l'agencement de la maison, et surtout cette pièce. Mais c'est un peu trop grand pour une personne seule.

Il s'écarta de la porte et fit quelques pas vers moi.

— Tu sais, on est un peu plus près de Northwestern ici.

Mon cœur fit un petit bond dans ma poitrine.

— C'est vrai.

— La maison devrait être prête d'ici quelques semaines.

Hayden glissa une mèche de cheveux derrière mon oreille.

— Je trouve que c'est une maison parfaite pour un couple. Sans oublier LC, bien sûr.

— Est-ce que tu me proposes d'emménager avec toi ?

J'étais presque sûre que je comprenais tout de travers.

Hayden enfonça ses mains dans ses poches.

— C'est trop tôt pour te le demander ?

— Je ne suis pas sûre de pouvoir être aussi ordonnée que toi.

Il sourit.

— Je ne te le demanderai pas.

— Mais j'essaierai quand même, dis-je, incapable de cacher mon enthousiasme.

— Cette maison est immense. Tu pourras avoir une pièce rien que pour ton bordel, si tu veux.

Hayden glissa un doigt dans le passant de ma ceinture et m'attira à lui.

— Tu risques d'en faire des cauchemars la nuit, le taquinai-je.

— Si tu laisses la porte fermée, je ne verrai rien.

— En effet, ça pourrait marcher.

Je regardai la chambre autour de moi en riant et finis par me rendre compte de l'énorme travail qu'il avait accompli. Je comprenais mieux ces retours tard le soir et son épuisement. Hayden avait fait tout ça pour nous.

Son bras s'enroula autour de ma taille.

— Alors, tu vas t'installer ici avec moi ?

— Je vis déjà un peu chez toi.

— Mais tu as toujours ton appartement.

— Je n'y ai pas dormi depuis des semaines.

Je me hissai sur la pointe des pieds pour l'embrasser.

— Je donne mon préavis à Cassie demain.

34

Hayden

J'accrochai mes clés à côté de celles de Tenley et me dirigeai vers la cuisine de notre nouvelle maison. Avec un peu de chance, j'allais la surprendre en pleine popote, vêtue d'un tablier avec presque rien en dessous. C'était super bandant. Mais, à ma grande déception, je ne la trouvai nulle part.

— Tenley ?

Je posai mon sac sur le plan de travail et sortis les courses. Je l'appelai une deuxième fois, mais elle ne répondit toujours pas. Je remis à leur place tous les aliments mal rangés dans le frigo et les placards, jetant des coups d'œil par-dessus mon épaule pour être sûr de ne pas me faire prendre.

J'essayais de me débarrasser de ma manie du rangement, mais j'étais à peu près certain de ne jamais y arriver. Enfin, tant qu'elle ne m'empêchait pas de vivre ou de faire l'amour avec Tenley, je me disais que ça allait.

Je la cherchai partout au rez-de-chaussée, mais il était désert. En montant l'escalier, j'entendis cependant le son de sa voix. Tenley chantait. Elle devait être en train de défaire ses cartons.

Je la trouvai dans la pièce où elle avait installé son bureau. C'était un vrai capharnaüm. Tenley avait des écouteurs sur les oreilles et portait un petit short et des jambières, une tenue digne d'un clip des années 1980. Son tee-shirt, qui était quasiment transparent, tombait de son épaule. Elle ne portait pas de soutien-gorge. Le tissu blanc et diaphane m'offrait une vue floue de son tatouage tout entier. En regardant bien, je devinai l'espace que je n'avais pas encore coloré au milieu de l'aile droite.

Notre dernière séance devait avoir lieu plus tard dans la soirée. Je l'avais reportée deux fois déjà depuis que nous avions emménagé dans la nouvelle maison. À l'exception de cette pièce, tout était maintenant parfaitement rangé.

La thèse de Tenley avançait bien. Bref, je n'avais plus d'excuses valables. Et la patience de Tenley s'épuisait. Je n'avais tout simplement pas envie de terminer son tatouage. Et j'allais encore essayer de reporter cette dernière séance.

Tenley rangeait ses livres sur les étagères sans ordre apparent tout en remuant les fesses. Disons qu'elle avait préféré utiliser la « classification décimale de Dewey » plutôt que la méthode Stryker. Je m'appuyai contre l'encadrement de la porte et la regardai.

C'était sacrément divertissant, même si j'avais envie d'entrer et de tout réorganiser. Il n'y avait pas de lignes droites, pas de continuité. C'était le chaos. Enfin, peut-être que je dramatisais un peu. Ça m'arrivait de temps en temps.

Quand le carton fut vide, Tenley le plia et le jeta sur les autres. Quand elle se baissait, la vue était magnifique. Il me restait une bonne heure devant moi avant d'aller travailler ; ça me laissait amplement le temps de lui retirer ce short.

Tenley se retourna en poussant un petit cri et tira sur un écouteur.

— Tu m'as fait peur !

— Désolé.

En fait, je ne l'étais pas du tout.

Elle posa ses mains sur ses hanches.

— Depuis combien de temps tu es planté là ?

— Assez longtemps.

Je me frottai la bouche pour cacher mon sourire.

— Je préfère de loin ta version de cette chanson à l'originale.

— Ha-ha. Très drôle.

Ses joues étaient toutes roses.

— Je suis sérieux.

Tenley avait une voix plutôt jolie et elle le savait. Elle chantait toujours dans la voiture.

Mais elle préféra ignorer ma remarque et se tourna vers sa pile de cartons.

— Il est quelle heure ?

— Onze heures et quelques.

— Quoi ? Je n'ai pas vu le temps passer. Il faut que je me change.

Elle abandonna son carton et essaya de passer devant moi. Mais je passai un bras autour de sa taille pour l'arrêter.

— Où tu vas comme ça ?

Rien n'était inscrit sur le calendrier, et elle n'avait aucun cours aujourd'hui.

— J'ai rendez-vous avec mon groupe. On l'a fixé hier. J'ai oublié de te le dire hier soir.

La veille, j'avais fouiné dans ses cartons et j'étais tombé sur son stock de pornos. C'était très instructif ; il y avait un tas de trucs là-dedans auxquels je ne m'attendais pas. Ça m'avait donné quelques idées, et, une fois passé l'embarras de Tenley, notre soirée avait été très occupée. Pas étonnant qu'elle ait oublié de me parler de sa réunion.

— T'as rendez-vous avec le gang des nazes ?

— Ne les appelle pas comme ça, dit-elle en souriant.

— À quelle heure tu dois partir ?

— Je ne pars pas. Ils viennent ici.

— Ici ? Chez nous ?

Tenley essaya de se dégager de mon étreinte, mais je ne la laissai pas s'échapper.

— Je me suis dit que c'était une bonne idée. C'est plus pratique que de se réunir sur le campus.

— Mais je dois aller au salon.

Pour ce nouveau travail de groupe, ce connard de Ian avait encore réussi à s'incruster dans son équipe. Les autres mecs n'étaient que des abrutis inoffensifs, mais Ian se prenait pour un mec cool. Il essayait toujours de faire comme si on était potes et me répétait sans cesse que Tenley était une fille géniale. Comme si je le savais pas déjà, putain.

Tenley fronça les sourcils.

— On n'a pas besoin de chaperon. Le but de cette réunion est de travailler ensemble, pas de se soûler.

— Je sais.

Tenley soupira.

— Ils arrivent dans une demi-heure. Tu veux que j'appelle Patrick pour qu'on fasse ça chez lui ?

— Ce n'est pas nécessaire. Est-ce que ce trouduc de Ian fait toujours partie de ton groupe ?

Tenley plissa le front.

— Il ne s'intéresse pas à moi.

— Bien sûr que si.

— Il sait que je vis avec toi.

— Ça rend le défi encore plus excitant pour lui.

— Il a une petite amie.

— Seulement parce qu'il sait que tu n'es pas disponible.

Tenley leva les yeux au ciel et me poussa.

— Il n'est pas dans notre groupe de toute façon ; alors, ça n'a aucune importance.

— Pourquoi tu ne me l'as pas dit plus tôt ?

— Parce que tu es impossible. Lâche-moi. Je dois prendre une douche avant qu'ils arrivent.

Je la laissai partir. Mais je l'attrapai à la sortie de la douche et profitai de sa nudité pour lui faire quelques trucs. Elle était encore en train de s'habiller quand son groupe arriva. Je me chargeai de les accueillir. Il y avait une nouvelle étudiante à la place de Ian. Elle avait l'air un peu nerveuse, mais j'étais content de voir une autre fille dans le groupe. Je leur proposai de s'installer dans le salon et, comme un bon maître de maison, leur apportai même des boissons. Lorsque Tenley descendit, elle portait son sweat-shirt STRYKER et un jean.

— Il faut que je file.

Je l'attirai vers moi pour l'embrasser. Elle garda les lèvres serrées, même quand je les caressai avec ma langue.

Visiblement embarrassée, Tenley finit par se dégager de mes bras.

— J'arriverai au salon vers dix-neuf heures.

Merde. J'avais voulu aborder le sujet tout à l'heure, mais j'avais été distrait par notre partie de jambes en l'air post-douche.

Je regardai le gang des nazes et la nouvelle. Leur présence pouvait peut-être jouer en ma faveur. Tenley ne se mettrait pas en colère devant d'autres personnes.

— Ah oui, à ce propos..., commençai-je.

Tenley secoua vigoureusement la tête.

— Oh non ! Non. Pas question.

Enfin, peut-être qu'elle se foutait bien de régler ses comptes en public.

— Mais je...

— Je reviens tout de suite, mettez-vous à l'aise, dit-elle avec un sourire forcé à son groupe.

Tenley m'attrapa par la main et me traîna jusqu'à la cuisine. Nous étions assez loin des autres pour qu'ils n'entendent et ne voient rien.

— Tu as déjà reporté cette séance deux fois ; tu ne vas pas recommencer.

— Mais j'ai un client qui a besoin...

— Beaucoup de tes clients ont besoin de quelque chose, et j'en fais partie. J'ai attendu suffisamment longtemps. Je veux que tu termines ce tatouage, Hayden.

— Je comprends bien. C'est juste que...

Je n'avais aucune raison valable de reporter cette dernière séance.

— D'abord, tu me fais une crise de jalousie en apprenant que mon groupe vient ici, et maintenant, tu veux encore annuler ma séance. Et si tu me disais ce qui se passe ?

Tenley inclina la tête et attendit.

Je n'arrivais toujours pas à me trouver d'excuse. Je contemplai le sol, puis caressai son gros orteil avec le mien.

— Je veux pas que ce soit la dernière séance.

Tenley passa ses bras autour de mon cou et posa sa joue contre ma poitrine.

— Ce n'est pas parce que ce tatouage se termine que je ne m'installerai plus jamais dans ton fauteuil.

— Je sais.

Je le comprenais très bien, en fait. Mais, quand on finissait un tatouage de cette taille, on pouvait s'attendre à éprouver une foule de sentiments différents.

Tenley allait en passer par là, et moi aussi. C'était ce qui me posait le plus de problèmes, parce que je n'avais jamais éprouvé de tels sentiments pour quelqu'un avant. J'avais vécu l'euphorie et la redescente post-tatouage de nombreuses fois. Parfois, l'agréable l'emportait sur le désagréable.

C'était en partie la raison pour laquelle je continuais à éviter ce moment : je ne savais pas comment Tenley allait vivre cette dernière séance, ni comment j'allais réagir de mon côté.

— Alors, pourquoi attendre ?

— Je veux juste que ce soit agréable pour toi.

— Ce le sera.

Tenley avait l'air tellement sûre d'elle.

Il n'était plus possible de reculer maintenant. Ce soir, le tatouage de Tenley serait terminé.

Les rendez-vous s'enchaînèrent toute la journée. Le mec avant Tenley arriva en retard et eut besoin de pauses plus fréquentes que prévu. Je dus donc demander à Tenley d'attendre un peu, ce qui la contraria. Elle craignait sans doute que je profite de ce retard pour reporter sa dernière séance.

Lisa et elle traversèrent la rue pour rendre visite à Cassie et aller nous chercher des cafés. Comme elle n'avait pas besoin d'argent, Tenley n'avait pas repris son travail là-bas depuis son retour d'Arden Hills. Ce boulot était surtout un moyen d'occuper son temps libre. Elle n'en avait plus besoin maintenant, parce qu'elle avait cessé de fuir ses problèmes.

Il était plus de vingt heures quand je terminai de tatouer mon client. Lisa, Jamie et Chris s'apprêtaient tous à partir. Tenley et moi allions donc avoir tout le salon pour nous. La séance ne durerait que deux-trois heures, même si je prenais mon temps, ce que j'avais bien l'intention de faire.

Nous étions seuls, mais je nous enfermai dans la pièce privée et entrepris de vérifier les fournitures posées sur le plateau.

C'était superflu. J'avais tout préparé en début d'après-midi pour pouvoir être dans le bon état d'esprit.

Les choses se passaient tellement bien ces derniers temps ! À part notre légère dispute de ce matin, il n'y avait plus aucun conflit entre nous. Je ne pétais pas les plombs à cause de serviettes mal alignées.

Tenley se débrouillait bien dans ses études ; sa nouvelle directrice de thèse lui facilitait beaucoup le travail. Calder, lui, avait perdu sa titularisation quand la vidéo avait été mise en ligne « par accident », puis envoyée intentionnellement au doyen. Je tenais à ce que rien ne vienne perturber l'équilibre que nous avions enfin trouvé.

J'avais réfléchi à ma réaction de ce matin. En dehors des raisons évidentes, qu'est-ce qui avait bien pu me mettre dans cet état ? Je n'avais toujours pas trouvé d'explication rationnelle.

Tenley s'assit, entièrement habillée, dans le fauteuil. D'habitude, elle se déshabillait dès que je verrouillais la porte.

— Tu vas devoir enlever ce truc si tu veux que je commence, dis-je en désignant son sweat-shirt à capuche.

— J'ai une question à te poser, d'abord.

— Je t'écoute.

Je commençai à assembler les pièces de ma machine à tatouer.

— Pourquoi cette dernière séance t'inquiète-t-elle autant ?

— On en a déjà parlé.

J'étais si nerveux que je faillis faire tomber l'aiguille. Tenley était perspicace. Je ne pouvais pas lui cacher grand-chose.

Elle tira son sweat-shirt par-dessus sa tête. Un geste bien étudié qui m'assurait que, si je répondais sincèrement à sa question, elle enlèverait plus de vêtements. En dessous, Tenley portait un tee-shirt qui moulait ses courbes.

— Explique-le-moi encore. Déjà, je sais que tu aimes me voir dans ton fauteuil. C'est un fait.

— En fait, mon rêve est de te *prendre* sur ce fauteuil, et je crois que c'est réalisable...

Je posai la machine et enlevai mes gants. J'étais prêt à tout pour éviter cette dernière séance.

— Tu t'es déjà servi du sexe pour me distraire aujourd'hui. Ne recommence pas.

— Je pensais que la limite autorisée était fixée à deux fois par jour.

Je me penchai pour l'embrasser, mais elle tourna la tête, et je mordis son cou à la place.

— Réponds à ma question.

Tenley avait l'air très légèrement essoufflée.

— Je l'ai déjà fait.

Je suçai sa peau. Elle avait bon goût, comme d'habitude.

— Ne me ressors pas la même réponse que ce matin. Tu crois vraiment que je vais avaler ça ? Ne me prends pas pour une idiote.

Je savais bien que ma tactique de diversion risquait de ne pas fonctionner, mais j'aurais au moins essayé. Je m'assis dans mon fauteuil et me rapprochai d'elle. Je ne pouvais pas commencer la séance tant qu'il y avait une telle tension entre nous. Je devais me montrer juste envers Tenley.

— Je suis nerveux.

— À cause de ma réaction une fois que le tatouage sera terminé ? Mais je suis prête, tu sais.

Ça faisait longtemps que je ne l'avais pas vue craquer après une séance. En fait, elle avait vécu les dernières avec une tranquillité que je lui enviais. C'était moi qui avais le plus de mal à supporter la fin de ce tatouage, finalement. Je traçai du doigt les veines sur sa main, histoire de fixer mon attention sur quelque chose.

— En fait, j'ai plus peur de la mienne que de la tienne.

Après un long silence, je levai les yeux et croisai son regard interrogateur.

— Je ne veux pas perdre ce truc entre nous.

— Tu veux parler de ce qui se passe quand nous sommes ici ?

Tenley retourna sa main et glissa ses doigts entre les miens.

— C'est stupide. Je me comporte comme un idiot.

— Mais non.

Elle embrassa le dos de ma main.

— On aurait sans doute dû parler de ça avant. Si je t'ai laissé reporter deux fois cette séance, c'est aussi parce que j'aime le lien qui se crée entre nous quand nous sommes ici.

Je n'aurais pas dû être surpris qu'elle comprenne ma réaction ou que nos peurs soient les mêmes.

— Je suis désolé d'avoir autant retardé ce moment.

— Je me suis dit que tu avais tes raisons.

Tenley remua, et j'écartai les jambes pour qu'elle puisse glisser les siennes entre les miennes. Sa main libre s'enfouit dans mes cheveux, puis glissa vers ma nuque.

— Ce tatouage n'est plus le symbole de ma perte, Hayden. C'était le cas au début, mais, avec le temps, tout a changé. Rien n'est plus pareil grâce à toi. Il ne faut pas voir ça comme une fin, mais plutôt comme une façon de boucler la boucle.

— J'ai simplement peur que tu te lasses de moi quand ce tatouage sera terminé.

Tenley caressa ma joue avec son pouce.

— Ça n'arrivera pas. Je tiens beaucoup trop à toi pour te quitter, Hayden.

Je lui attrapai la main et la portai à mes lèvres. Même s'il ne s'agissait que de mots, c'était exactement ce dont j'avais besoin.

— Je t'aime.

— Je sais. Je t'aime aussi. Maintenant, finissons ce que nous avons commencé.

Tenley s'adossa au fauteuil et attendit.

Je voulais faire durer chaque partie de ce processus, car ni elle ni moi ne pourrions revivre cette première fois.

Je lui enlevai lentement son tee-shirt et effleurai ses côtes délicates. Son soutien-gorge rouge à pois noirs et à volants en dentelle apparut. J'étais prêt à parier qu'elle portait la petite culotte assortie. On aurait dit la version grandeur nature de la pin-up que Jamie avait tatouée sur mon avant-bras une semaine plus tôt.

Risquant de ne plus pouvoir m'arrêter si je continuais à la déshabiller, j'enfilai une paire de gants et la laissai défaire elle-même son soutien-gorge. Tenley portait encore ses boucliers de tétons en forme de cupcakes. Elle me sourit innocemment en attendant que j'arrête de fixer ses seins et que je poursuive mon programme.

— Il faut que tu te retournes, chaton, dis-je à sa poitrine. S'il te plaît.

Ces séances avec Tenley étaient devenues presque aussi excitantes et intimes que des préliminaires. Au bout de deux heures, elle était toujours en forme, et la séance se poursuivait dans notre chambre. Généralement, le résultat était hallucinant. C'était aussi pour cette raison que j'avais retardé ce moment le plus possible.

Tenley se retourna et s'assit à califourchon sur le fauteuil. Mon cerveau put enfin se remettre à fonctionner normalement.

La zone sur laquelle je travaillais ce soir mesurait seulement quinze centimètres de longueur sur vingt de largeur.

— Prête ?

— Pour toi ? Toujours.

Le sourire faussement timide de Tenley détendit un peu l'atmosphère.

Je commençai par le doré et l'argenté, puis j'ajoutai du rouge et du bleu aux flammes qui léchaient le dessous des ailes. J'avais choisi de tatouer cette partie, car elle symbolisait à la fois la lumière et l'obscurité. Pour moi, Tenley serait toujours comme une lumière dans la nuit.

Tenley posa une main sur mon genou, tandis que je colorais l'aile. Elle ne se plaignit pas quand l'aiguille atteignit ses côtes ou toucha des endroits sensibles.

Elle s'était montrée aussi stoïque presque à toutes les séances. Elle n'émettait un petit soupir de soulagement que lorsque j'arrêtais la machine pour essuyer le résidu d'encre. Seule la rigidité de son corps m'indiquait qu'elle souffrait.

Le ton de nos conversations était léger. Ça n'avait plus rien à voir avec les premières séances, qui avaient été pleines de révélations difficiles.

Celle-ci s'acheva trop rapidement.

Quand j'eus terminé, à la recherche des endroits qui avaient besoin de retouches, j'examinai le tatouage en entier. Il n'y en avait aucun. J'avais été méticuleux. J'éteignis la machine et la reposai. Enfin, j'essuyai l'encre avec une compresse propre et admirai mon œuvre terminée pour la première fois.

— C'est fini.

Tenley m'adressa un sourire chaleureux et satisfait.

— Je veux le voir.

Je l'aidai à se relever du fauteuil, l'emmenai vers le miroir et orientai les côtés pour lui éviter de se tordre le cou. Il y avait un contraste saisissant entre les rouges, les bleus, les nuances de violet à la base des ailes et le doré et l'argenté sur ses épaules. Je n'aurais sans doute plus jamais l'occasion de tatouer quelque chose d'aussi sombre et magnifique de toute ma vie.

D'un doigt, Tenley traça le contour du bout de l'aile. Elle ressemblait à un ange en feu.

— Ce tatouage est fabuleux, dit-elle doucement.

— C'est grâce à toi.

Des larmes coulèrent sur ses joues tandis qu'elle l'examinait. La fin d'un tatouage de cette taille était souvent très émouvante. Elle l'avait tellement attendu. J'avais toujours considéré l'art corporel comme un moyen d'exorciser ses démons, mais il ne s'agissait pas du tout de ça, en fait. Les tatouages permettaient à la fois d'extérioriser et d'intérioriser ses sentiments. Tout comme moi, Tenley avait décidé de cacher la perte de ses proches sous son armure d'encre.

J'appliquai un film plastique sur son pansement, puis enlevai mes gants et essuyai ses larmes.

Tenley passa ses bras autour de mon cou. Comme elle se tenait toujours devant le miroir à trois faces, je pouvais admirer son tatouage sous plusieurs angles.

— Merci de l'avoir terminé et d'avoir tout de suite accepté d'être mon tatoueur.

— Comme si j'avais eu le choix !

Du bout des doigts, je traçai le contour du tatouage.

— Il faudra que Lisa prenne une autre photo de toi quand il aura cicatrisé.

Les doigts de Tenley se promenèrent sur ma poitrine.

— Ai-je besoin de te rappeler que nous vivons ensemble ? Tu pourras le voir autant que tu voudras, non ?

— Mais je n'ai jamais assez de toi autour de moi.

— Je vois très bien ce que tu veux dire.

Tenley glissa ses mains sous mon tee-shirt et les fit remonter le long de mes flancs. Je ne l'arrêtai pas lorsqu'elle tira mon tee-shirt par-dessus ma tête et le jeta sur le sol. Je ne résistai pas non plus quand elle m'attrapa par ma boucle de ceinture et m'entraîna jusqu'au fauteuil. Elle fit alors glisser ma ceinture dans les passants de mon jean et ouvrit mon bouton.

Ensuite vint le tour de ses leggings.

— J'adore ces trucs. Pas de fermeture, pas de boutons, dis-je.

Je les lui enlevai d'un seul geste, et Tenley éclata de rire. Le jean au niveau des genoux, je me laissai tomber dans le fauteuil et constatai avec satisfaction qu'elle portait bel et bien une petite culotte assortie à son soutien-gorge sexy.

Je glissai mes pouces sous l'élastique de son sous-vêtement et le fit glisser le long de ses jambes tout en embrassant sa peau de son nombril à l'os de son pubis. Comme d'habitude, Tenley posa ses mains sur mes cheveux et guida ma bouche un peu plus bas. En général, elle arrivait très bien à me faire comprendre ce qu'elle voulait.

Je lui donnai un petit coup de langue avant de lever les yeux vers elle.

— Peut-être que je devrais te ramener à la maison ?

Tenley plissa les yeux d'un air sombre et sexy.

— Tu rêves.

Si je la laissais faire, on n'allait pas s'ennuyer ce soir. Elle me lâcha les cheveux et appuya sur mes épaules jusqu'à ce que je sois adossé au fauteuil, puis elle s'installa à califourchon sur mes genoux. Son sexe chaud et humide rencontra ma queue dure et impatiente. J'attrapai ses hanches et l'empêchai de bouger.

— Hayden, gémit-elle.

Sa queue de cheval tomba sur son épaule, masquant presque le bouclier de son téton. Tenley était l'incarnation de la tentation : magnifique, fougueuse et impatiente. Il m'aurait été très facile de m'introduire immédiatement en elle, mais je ralentis la cadence.

— J'ai besoin de te sentir en moi. S'il te plaît.

Tenley m'embrassa lentement, tendrement.

— Tu crois que je ne ressens pas la même chose ?

— Alors, prends-moi, putain de merde !

Je ris, et Tenley me mordit la lèvre. En souriant, elle se blottit dans mes bras.

Il n'y aurait plus jamais de premières fois comme celles-là : c'était le premier tatouage sur son dos, et la première fois que je tatouais un dessin de cette envergure sur une personne que j'aimais. Un moment sacrément important. Il fallait que je le savoure. Et Tenley me laissa faire. Nous n'aurions pas pu nous sentir plus proches l'un de l'autre. La fusion de nos êtres était totale. Au fil de ces années de souffrance, j'avais oublié ce que signifiait aimer. Je ne connaissais pas ce sentiment d'être entier, présent dans ma propre vie.

Et puis Tenley était arrivée, et j'avais pris conscience de ce que je ratais tout en ayant très peur de le reconnaître. Comme elle, j'avais fui mes problèmes, mais c'était bel et bien fini. J'avais obtenu justice ; mieux encore, j'avais gagné l'amour de Tenley. Elle était le commencement d'une nouvelle vie pour moi, la renaissance que j'avais tant cherchée. Elle incarnait le phénix tatoué sur mon corps, qui renaît de ses cendres.

Chacun de nous portait en lui l'empreinte de l'autre. C'était beaucoup plus profond qu'un tatouage sur la peau. Nos âmes elles-mêmes étaient marquées.

Dans cette vie, au fil des années qu'il nous restait à passer ensemble, chacun de nous allait être une armure pour l'autre.

Remerciements

Brooks, tu es d'une fiabilité exemplaire.
Merci à toute mon équipe chez Orion ; vous êtes des personnes extraordinaires.
Alex, Anne et Kris, merci de m'avoir aidée à dompter la bête. J'ai tellement de chance de vous connaître.
Mes chers Filets, je suis fière d'être l'une des vôtres.
Enn, tu es une femme admirable et un être d'exception.
Deb, tu es la personne la plus incroyable que je connaisse. J'ai beaucoup de chance de t'avoir pour amie. Sans toi, je ne me serais jamais lancée dans cette folle aventure.
Merci à mes amis et à ma famille de m'avoir soutenue avec ferveur de la naissance de ce livre à sa publication.
Enfin, merci à vous tous qui m'accompagnez depuis le début de cette aventure. Je vous dois beaucoup. Merci d'avoir cru à la sincérité de mon écriture.

Du même auteur

Bad Boy

Longs cheveux noirs, courbes sexy, Tenley est une jeune femme magnifique. Hayden, le tatoueur auquel elle demande un dessin complexe pour orner son dos, est fasciné.
Derrière les apparences, il devine une jeune femme très sensible, avec des tragédies et des blessures. Hayden, lui, est tout ce dont Tenley a toujours rêvé : un homme beau et fort, un vrai bad boy qui éveille chez elle le désir d'explorer leurs corps.

Prise au piège d'une vie compliquée, la jeune femme voit aussi en Hayden un moyen de s'évader et de laisser les secrets derrière elle. L'intense passion physique qu'ils vivent pourra-t-elle résister au poids du passé ?

Intense, déchirant, sombre et sensuel :
une histoire d'amour incomparable.

ISBN : 978-2-8246-0447-3

www.city-editions.com